걸어서
돌아
왔지요

윤제림의
행인일기

걸어서

돌아

왔지요

ㄴㄴ> <ㄷㄴ

차례

1부

2부

3부

4부

1
부

서초동 향나무를 지나며

저는 오늘도 당신 곁을 지나서 일터로 갔습니다. 백 리 바깥의 직장으로 가자면 저는 날마다 길 복판에 장승처럼 서 있는 당신을 지나야 합니다. 당신은 반포대교를 건너온 차들이 강남의 끝이나 서울 남쪽을 향해 내리달리는 고갯마루에 서 있습니다.

당신은 어떤 물건이 얼마나 오래 묵은 것인지를 이야기할 때 우리가 곧잘 쓰던 표현 그대로, '옛날 고려 적'부터 그곳에 서 있었다지요. 처음 뿌리를 내린 자리에서 자세 한번 고치지 않고 말입니다. 호시탐탐 더 나은 위치나 포즈를 잡으려고 끊임없이 두리번대고 종종거리는 저 같은 소인배들은 당신 앞에서 마냥 왜소해질 뿐입니다. 무딘 붓으로 당신이 살아온 정물靜物 팔백칠십여 년의 사연을 짚어보려 하지만, 실마리를 찾기가 쉽지 않습니다.

끝없이 밀리는 자동차들 그 요란한 진동과 매캐한 연기 속에도 당신은 고개를 바로 세우고 지순한 눈매로 하늘을 우러릅니다. 허리를 곧게 펴고 우리 부끄러운 목숨들을 굽어봅니다. 놀랍고 기막힌 장면도 더러 있겠으나 대부분은 시시하고 너절한 광경들일 터인데 당신은 지루하다는 표정 한번 짓지 않습니다.

옛날 사람들은 어땠습니까. 이 고개가 '마뉘꼴'이라 불리던 시절에는 범도 나타나고 산적이 출몰할 만큼 으슥한 골짜기였다지요. 아직도 당신의 기억에 남아 있는 길손은 누가 있나요? 저 한명회 대감을 가차없이 꾸짖고 부여 무량사로 향하던 매월당 김시습 같은 사나이, 붓이나 먹을 사러 한양성 들어가던 과천 농부果農 김정희 선생 같은 분들은 못 보셨는지요?

생각해보면 당신은 천년 사극의 관객입니다. 아니 어쩌면 조선 왕조쯤은 한 화면에 담고 있을 무비 카메라입니다. 당신의 장기는 엄청난 롱 테이크지요. 필름을 되돌려보면 별의별 것이 다 보일 터입니다. 여우, 승냥이, 호랑이, 멧돼지…… 야반도주하는 사내와 여인, 과거에 떨어지고 돌아가는 서생, 가렴주구로 한밑천 잡아서 한양으로 돌아오는 탐관오리, 보부상…… 임진년의 왜군, 청나라 장수, 행진하는 일본 군대, 피난민 행렬, 미군 지프…… 냄새나는 고급 세단, 고단한 오토바이……

당신의 기억 창고 안에는 알려지기만 하면 국사편찬위원들이 한걸음에 달려올 만큼 놀라운 사료들도 많을 것입니다. 당신의 양쪽 어깨 너머로 보이는 검찰과 법원이 두려워할 만한 세월의 알리

바이도 하나둘이 아닐 것입니다. 그런 까닭에 당신은 보호를 받고 있는 것이 아닐까요. 아니 '보호수'라는 당신의 타이틀은 어쩌면 보호관찰이나 사찰의 대상을 의미하는 것일지도 모릅니다.

그렇게까지 고약한 생각은 밀쳐두더라도, 저는 당신의 삶이 자꾸만 연민스럽습니다. 근력이 부쩍 더 쇠잔해 보이고 온몸의 피돌기도 예전 같지 않아 보입니다. 위태롭고 안쓰러운 생각이 연방 일어납니다. 요즘 당신의 자세는 마치 횡단보도의 절반도 건너지 못했는데 빨간색으로 바뀐 신호에 안절부절못하고 어정쩡 멈춰 선 어르신 형국입니다.

어떤 이들은 당신이 저 속리산 정이품 소나무나 세금을 내기도 하는 예천 석송령처럼 팔자가 늘어진 나무인데 무엇이 걱정이냐고 묻습니다. 서울의 최고령 상록수로 갖은 호강을 누리지 않느냐며 눈을 흘깁니다. 틀린 말들은 아닙니다. 당신의 원기를 돋우기 위해 서울시는 수시로 당신 몸에 영양제 링거를 매달고, 커다란 물차와 높다란 사다리를 동원하여 때맞춰 목욕도 시킵니다.

그럼에도 불구하고 저는 당신에게 묻고 싶어집니다. "행복하십니까?" 당신은 고개를 저을지도 모릅니다. 산속에서 늙어가는 친구들이 부럽다고 할 것만 같습니다. 너무나 많은 일을 보고 홀로 기억한다는 것이 얼마나 힘든 일인지 아느냐 묻고 싶을 것입니다. 사실과 진실을 모두 알면서도 법원과 검찰청 앞을 그저 묵묵히 지나고 있는 목격자의 심정과 다를 바 없을 테지요.

당신에게서 살아남은 자의 슬픔을 봅니다.

②

소월로 김소월씨 댁

저는 남산 밑에 삽니다. 흔히 '경리단(국군재정관리단) 골목'이라 불리는 곳으로 해방촌 맞은편입니다. 요즘 부쩍 유명해져서 주말이면 관광지 못지않게 행인이 많은 곳입니다. 남산이 북한산이나 지리산이라면 사하촌 언저리거나 산장 여관이 있어야 할 자리입니다. 아, 공연히 복잡하게 말하고 있군요. 소월로 아랫마을입니다.

소월로. 남대문에서 시작하여 남산의 남쪽 산허리를 감아도는 길, 부산이나 통영의 산복도로를 닮은 길입니다. 저는 제가 사는 동네 길에 소월처럼 큰 시인의 이름이 붙어 있다는 것이 무척 좋습니다. 그 길을 걷다가 외지 사람을 만나면 이 길이 제가 사는 마을길이라고 자랑하고 싶어집니다. 매주 사나흘은 그 길의 행인이 되지요. 명동이나 인사동쯤은 그리로 휘적휘적 걸어서 오갑니다.

그 길의 이름은 1984년에 붙었다는데, 작명의 사연은 쉽게 짐작할 수 있습니다. 필경 남산도서관 옆에 세워진 그의 시비에서 의미를 찾았겠지요. 1968년, 신시新詩 육십 년을 기념하여 어느 신문사가 세운 그것 말입니다. 잘생긴 바윗돌에 「산유화」가 새겨져 있지요.

산에는 꽃피네,/꽃이 피네./갈 봄 여름 없이/꽃이 피네.//산에/산에/피는 꽃은/저만치 혼자서 피어 있네.//산에서 우는 작은 새여,/꽃이 좋아/산에서/사노라네.//산에는 꽃 지네,/꽃이 지네./갈 봄 여름 없이/ 꽃이 지네.

제 눈에는 그것이 마치 저 세종로 복판에 있는 도로원표처럼 보입니다. 이 강산 삼천리로 뻗어나간 길들의 기준이 되는 그 표석처럼, 소월 시비를 우리 현대시의 크고 작은 길들이 시작된 곳임을 말하는 표지로 삼고 싶은 마음에서 비롯된 착시일 것입니다. '시작된 곳'이라고 말하기는 쉽지 않을지 몰라도, 이곳을 기점으로 한국문학이 도달한 여러 가지 성취의 이정을 짚어볼 수는 있을 것이라 생각합니다.

소월이 누굽니까. 그이를 빼놓고 이 땅을 대표하는 시인 하나를 내세우려면 갑론을박이 간단치 않겠지요. 그러나 소월의 가치를 정하고 한국문학사에서 그의 자리를 매기는 일에는 문학 전문가들의 도움이 필요치 않습니다. 평범한 독자들, 아니 남녀노소 누구나 엄지손가락을 치켜들며 소박한 추천의 한마디씩을 모을 수 있을 것입니다.

한국인은 「엄마야 누나야」를 부르며 소년소녀로 자랍니다. 「개여울」과 「진달래꽃」과 「못 잊어」를 읊조리며 사랑의 연대기를 보냅니다. 어느 날 "세상모르고 살았"음을 깨닫고 눈물짓습니다. "겨울의 기나긴 밤, 어머님하고 둘이 앉아" 자신이 "어쩌면 생겨나"왔는지 물어가며 사람의 길을 이야기합니다.

문득 궁금해집니다. 이쯤 되는 시인이 왜 그 흔한 기념관 하나 없을까. 소월로에 괴테의 집(Goethe-Institut: 독일문화원)은 있는데 소월의 집은 어째 없을까. 러시아 국민 시인 푸시킨의 동상도 있는 도시에, 왜 우리가 그토록 사랑하는 그의 모습은 없을까.

제 나라 시인 하나 번듯하게 섬길 줄 모르는 나라의 문학에 지구상 어느 나라가 관심을 가져줄까. 책도 잘 읽지 않는 사람들이 한 작가의 수상 소식에는 왜 그리 수선스러운 걸까. 그렇다면 우리가 매년 가을에 목을 빼고 노벨문학상을 기다리는 것은 염치없는 일 아닐까.

그런 의문들이 꼬리를 무는 끝에 익숙한 뉴스 화면이 떠오릅니다. 중국에 간 우리 대통령이나 외교관들이 연설을 하거나 건배사를 할 때 이백이나 왕유 같은 당나라 시인의 시구를 인용하는 장면입니다. 상호 간 이해력과 호감도 항목의 점수를 높여보려는 심사지요.

뒤집어보고 싶어집니다. 우리나라에 온 외국 사절들 입에서 소월의 시가 흘러나오는 기자회견을 보는 상상입니다. 외국의 원수가 한국을 대표하는 시인의 기념관을 방문하고 방명록에 우리 시에 대한 소감을 적는 광경입니다.

구체적인 주문을 하렵니다. 소월로에 소월 김정식씨 댁이 있었으면 좋겠습니다. 남산은 서울에서도 중심이 되는 곳, 사철 아름다운 곳. 통일의 시대가 와도 국토의 중심일 수 있는 곳. 거기 한국인의 심리적 정체성을 아름다운 언어의 무늬로 빛내준 시인의 기념관이 있기를 바라는 것은 아주 자연스러운 소망일 것입니다.

우리 한번 그려봅시다. 꽃그늘 아래서 무명 가수 한 사람이 그의 시에 붙여진 노래들을 부르고 있는 소월로의 저녁, 모여든 구경꾼들 사이에 산책 나온 김소월씨도 끼어 있을 것입니다. 시인을 알아본 누군가가 그를 무대 위로 모셔 올리고, 시인은 수줍은 얼굴로 사람살이의 아득함과 모국어의 아름다움을 이야기하겠지요.

외국 관광객들은 한국인의 애틋한 정한과 다감한 심성을 아름다운 시편으로 남기고 간 시인의 체취를 느끼고 갈 것입니다. 국격도 한 뼘은 더 높아지겠지요.

내 친구의 집은 어디인가

한 번도 가보지 못한 곳에 대한 그리움이 고향 생각만큼이나 구체적이고 간절하게 일어날 때가 있습니다. 대개는 영화나 소설 혹은 음악이나 그림을 통해 저장되었던 정보들이 시키는 일입니다. 예술작품 속의 장면이나 문장들이 어느 날 툭 불거져나오며 마치 숙제를 종용하듯이 여행 욕구를 부추깁니다.

최근의 제 증상은 이렇습니다. 문득 그리스에 가고 싶어집니다. 바람처럼 자유로운 인간 그리스인 조르바를 만나러 크레타섬으로 가야겠다고 생각합니다. 혹은 아그네스 발차의 노래를 들으며 꼭 여덟시에 떠나는 기차를 타야겠다고 마음먹습니다. 그것이 제가 그리스에 가려는 이유의 전부입니다.

그러나 위의 두 사람 모두 만나기는 쉽지 않습니다. 한 사람은 소설 속에서도 이미 세상을 떠났고, 또 한 사람은 세계를 누비는 프리마돈나인 까닭입니다. 그럼에도 불구하고 지중해나 에게해를 떠올리는 순간, 두 사람의 얼굴과 목소리가 제 눈과 귀에 와 있습니다.

오늘 제 가슴속엔 또 그런 그리움 하나가 막무가내로 요동치고 있습니다. 급기야 명령이 들립니다. "테헤란으로 가는 비행기를 타라. 공항 세관원이 입국 목적을 물으면 코케라는 마을에 사는 아마드와 네마자데를 만나러 왔다고 해라. 무슨 관계냐 물으면 한 사람은 어린 시절의 '너'라고 하고 또 한 사람은 '친구'라고 대답해라."

그들은 제가 세상에서 제일 좋아하는 영화 〈내 친구의 집은 어디인가〉(이하 '내 친구')에 나옵니다(같은 제목의 TV 프로그램은 이것을 빌린 것이지요). 물론 그애들을 만나겠다는 소망 역시 그리스의 그것처럼 백일몽일 것입니다. 간다고 해도 1987년의 소년들이 여태껏 같은 모습일 리 없고 마을 역시 예전 풍경은 아닐 테니까요.

그럼에도 불구하고 저는 그 흙먼지 풀풀 날리는 길을 달려가고 싶습니다. 견딜 수 없이 보고 싶은 까닭입니다. '내 친구'가 보여주는 순정의 시간이 그리운 것입니다. 자기도 모르게 가방에 넣어오게 된 짝꿍의 숙제 공책을 돌려주러, 어딘지도 모르는 친구의 집을 찾아 숨이 턱에 차게 달려가는 소년을 만나고픈 욕심입니다.

마을과 마을을 잇는 황톳길이 눈앞에 삼삼합니다. 공책 한 권을 보물처럼 품에 안은 소년이 뛰어가던 지그재그의 언덕길입니다. 끝내 친구의 집을 찾지 못한 소년이 망연자실 하늘만 쳐다보고 섰던 좁고 어두운 골목길도 보입니다. 일을 마치고 돌아오는 당나귀가 힘겹게 지친 몸을 끌어올리는 길입니다. 거기 금방 울음이 터질 것 같은 얼굴로 서 있는 소년이 눈에 밟힙니다.

영화 탓입니다. 그곳에 가면 유년기의 '나'를 볼 수도 있을 것이라고 생각하게 만든 그 영화. 하지만 '내 친구'는 영화가 아닙니다. 우리 기억의 퇴적층을 소상히 꿰고 있는 사람이 우리가 아직은 천진하고 무구하던 시간의 지층 하나를 고스란히 스크린으로 떼어다 놓은 것일 뿐이지요.

그 사람은 압바스 키아로스타미Abbas Kiarostami. 흔히 네오리얼리즘 혹은 시네마 베리테Cinéma Vérité의 거장으로 불립니다만, 저는 그를 시인이라고 불러야 한다고 믿습니다. 인간이 가야 하는 여러 가지 길의 소실점과 마음의 경계를 전방위의 예술 작업으로 보여준 사람입니다.

열흘 전쯤 그의 부음을 들었습니다. 이제는 어른이 된 아마드와 네마자데는 지금 한없는 슬픔에 빠져 있겠지요. 외삼촌처럼 다가와 자신들의 유년기를 불멸의 필름으로 남겨준 사람의 죽음을 받아들이기 어려울 것입니다. 이란 북쪽 지방에 대지진이 났다는 소식을 듣고는 '내 친구'의 마을과 자신들의 안전을 확인하고자 위험을 무릅쓰고 찾아와준 사람이었으니까요.

코케 마을 사람들 모두가 이 감독이 떠난 것을 친구의 죽음처럼 안타까워할 것입니다. 바로 그 지진이 지나간 길의 여정을 담은 영화 제목 〈그리고 삶은 계속된다〉처럼 죽음 앞에서도 계속되어야 하는 사람의 길에 대해 밤새 이야기하겠지요. 그리고 키아로스타미 감독이 돌아간 집은 어디일까를 궁금해할 것입니다.

저도 문상을 가고 싶습니다. 넓은 마당에 커다란 차일을 치고 온 마을 사람들이 두런거리고 있을 그 마을로 말입니다. 별빛을 머금어 더욱 반짝거릴 눈망울의 아이들과 함께 어른들 얘기에 귀를 기울이다보면 페르시아의 지혜도 얻어오겠지요.

키아로스타미는 길의 예술가입니다. 그 길의 끝은 대개 하늘과 맞닿아 있지요. 고물 오토바이 한 대가 내는 소리가 소음의 전부인 길입니다. 가다가 올리브나무 숲으로 이어지는 길입니다. 그의 설경 사진이 보여주고 있는 것처럼, 눈길에 찍힌 트럭의 바큇자국이 수묵화의 선처럼 아름다운 길입니다. 구불구불한 길에 전봇대들만 심심하게 서 있는 길입니다.

공책 한 권을 전하러 친구의 집으로 가는 길입니다. 무욕無欲의 길입니다. 순수의 길입니다. 사람의 길입니다. 그 길에서 키아로스타미 감독은 이렇게 노래합니다. "나 여기 왔네 바람에 실려/여름의 첫날/바람이 또 나를 데려가리/가을의 마지막 날"(사진집 『바람이 또 나를 데려가리』).

그가 떠나간 길을 그려봅니다. 테헤란 시내 '서울로' 같은 길은 물론 아닙니다. 서울 강남의 '테헤란로'는 더더욱 아닐 것입니다.

$$\text{4}$$

통영에서

B극장은 시장 골목 안에 있습니다. 포목점, 국밥집들과 어깨를 나란히 하고 있습니다. 횟집과 어물전, 채소 가게와 마주하고 있습니다. 대개의 시장이 그렇듯이 여기도 먹거리, 찬거리들이 제일 먼저 손님을 마중합니다. 갯것들, 비린 것들이 코밑을 간질입니다.

말하자면 이 극장은 모든 감각기관이 일시에 중심을 잃어버리게 할 만큼 번다한 시장 복판에 있습니다. 물론 영화관이라면 대수롭지 않을 수도 있지요. 그러나 여긴 연극 전용관입니다. 언뜻 생각하면 극장을 차린 사람들이 참 딱해 보일 수도 있습니다. 이 복잡하고 정신없는 장소로 누가 연극을 보러 오겠느냐며 고개를 갸우뚱할 것입니다. 하필 이런 곳에서 예술작품을 팔아야겠느냐며 눈살을 찌푸릴 사람도 있겠지요.

그러나 공연 시간 맞춰 극장 앞에 가보면 그 모든 걱정들이 기우임을 알게 됩니다. 언제 나타났는지 삼삼오오 모여든 관객들로 매표소 앞은 금세 소문난 식당 문전처럼 수선스러워집니다. 어서 들어가 앉아서 맛있는 음식의 진가를 음미하고 싶어하는 표정들입니다.

이쯤 되면 '시장 안의 극장'은 하나도 이상할 것이 없습니다. 오히려 무척 잘 어울리는 자리라는 생각이 듭니다. 극장이 무슨 일을 합니까? 사람살이의 바탕을 보여줍니다. 마음 깊은 곳에서 나는 소리를 들려줍니다. 우리가 맛보아야 할 것이 밥과 국물만이 아님을 깨닫게 하고 인간의 체취를 확인시킵니다.

영화가 정찬이라면 연극은 우리 인생이 섭취해야 할 날것이지요. 지금 막 밭을 떠나온 푸성귀거나 새벽 그물에 올라온 바다의 생물입니다. 횟감입니다. 먹기도 아까울 만큼 곱고 단정하게 차리고 젓가락을 기다리는 그것이 아니라, 꾸밈없으나 정성껏 그리고 먹음직스럽게 버무려진 막회입니다.

시장 안의 소극장은 그런 것을 팔고 있었습니다. 일상에서는 쉽게 충족되기 어려운 정신의 허기와 마음의 갈증을 풀어주는 메뉴입니다. 재료의 원산지 또한 이 지역을 크게 벗어나지 않습니다. 이를테면 이 고장이 낳은 예술가들 이야기. 그들의 삶에서 뜨거운 부정父情과 가족애를 찾아내는가 하면(연극 〈동치미〉), 이승과 저승을 넘나들 만큼 애틋한 러브스토리(연극 〈꽃잎〉)를 그려내고 있었습니다.

보아하니 그런 작품들은 앞으로도 얼마든지 줄을 이을 것 같습니다. 이 고장에 태胎를 묻은 예술가들만 꼽자 해도 열 손가락이 모자라니까요. 『토지』의 박경리, 「꽃」의 김춘수, 시조 시인 초정 김상옥, 「깃발」의 시인 청마 유치환, 연극의 동랑 유치진, 미술의 전혁림, 음악의 윤이상…… 여기 출신은 아니지만 대표적 작품의 연대기가 이곳의 시간들로 채워지는 화가 이중섭, 통영 바다를 '자다가도 일어나서 가고 싶은' 곳이라고 고백하며 빛나는 시편들을 남기고 간 시인 백석……

거기까지라면 B극장 사람들이나 이 지역 연극인들의 창작 일지가 '통영 인물열전'으로 폄하될 수도 있습니다. 다행스럽게도 그들의 꿈과 노력은 한 걸음 더 나아갑니다. 그들은 연극을 포함한 모든 예술이 누구에게나 가치 있어야 한다고 믿는 사람들입니다.

그들은 통영의 뭍과 섬들이 예술의 힘으로 생기를 잃지 않고, 이 고장 마을마다 풍성한 이야기가 넘치게 하려는 소망을 지녔습니다. 그 결과물들도 이미 적지 않게 쌓여 있더군요. 통영연극예술제 안내 데스크에서 그 물증을 보았습니다. 『시가 흐르는 섬마을』 『가는개 마을의 노래』…… 소박한 책자들이었으나 내용은 감동적이었습니다.

하나는 '사량면 양지리'라는 섬마을 주민들의 앤솔러지였고, 또 하나는 '가는개細浦'라는 갯마을 사람들의 시집이었습니다. 양쪽 다 B극장 사람들을 비롯한 통영 연극인들의 집요한 노력의 결실이더군요. 한 권은 영한대역으로 외국인도 읽을 수 있게 한 것이었습니다. 만든 이들의 긍지가 어느 정도인지를 엿볼 수 있는 대목입니다.

그들은 극작의 샘물이 어디 있는지를 오래전에 알아차렸습니다. 연출과 연기의 스승이 누군지를 깨쳤습니다. 그리하여 연극예술의 교사가 자신들이 나고 자란 땅에 있음을 알고 섬으로 갔습니다. 제 고장 어른들로부터 이야기의 곳간 열쇠를 물려받는 일이 무엇보다 시급한 숙제임을 절감한 까닭입니다.

연극이 장터 상인들의 일과 다르지 않음을 알고 시장 복판에 극장을 지은 사람들다운 태도입니다. 박원선(사량도 주민, 1939년생) 할머니의 시 「약이 밥이 되고」를 읽다가, 연극 한 편의 실마리가 될 수도 있는 작품이란 생각이 들었습니다.

조개를 판다./오금이 저린다.//마늘을 심는다./복숭아씨가 애린다.// 병원에 간다.//조개 팔고 마늘 팔아도/병원비도 안 된다.//일하기 위해 병원 가는지/병원 가기 위해 일하는지//그러다가 중풍을 맞았다.// 많이 좋아졌다./약이 밥이 되고/밥이 반찬이 되었다.//오늘도 절름거리며/텃밭을 가꾼다.

다음 통영 여정에는 사량도를 넣고 싶습니다. 그 섬 안의 길이란 길은 모두 연극이 되어도 좋을 이야기 길일 것만 같습니다.

5

그 여름날의 심학규씨

일주일에 한 번씩 작은 라디오 방송국엘 갑니다. 지하철을 삼십 분쯤 타고 가서 다시 삼십 분쯤 걸어갑니다. 어느새 기억 저편으로 썩 물러나 앉은 '올드 브랜드'들에 관해 이야기하며 연관된 시를 읽는 시간입니다.

지난주엔 아이스크림 이야기를 하다가 「심청가」한 대목을 낭독했습니다. 심봉사가 황성 잔치에 가는 여정이지요. 뺑덕 어미는 다른 남정네와 눈이 맞아 줄행랑을 치고 심봉사 혼자 뙤약볕 속을 걸어가다가 물소리 반겨 듣고 목욕을 하는 광경입니다. 얼마나 반가웠을까요. 오뉴월 염천에 몸은 불덩이처럼 달아오르고, 속에선 천불이 날 지경이었을 테니 말입니다.

"심봉사 좋아라, '얼씨구 절씨구. 저런 물에 가 목욕을 허면 서러운 마음도 잊힐 테요, 깨끗한 정신이 돌아올 테니, 어찌 아니 좋을 손가?' 상하의복을 벗어놓고 물에 가 풍덩 들어서며, '에, 시원허고 장히 좋네'. 물 한 주먹 덥벅 쥐어 양치질도 퀄퀄 허고, 물 한 주먹 덥벅 쥐어 가슴도 훨훨 씻어보면, '에, 시원허고 상쾌허다. 삼각산 올라선들 이에 더 시원허며, 동해수를 다 마신들 이에서 더 시원허리. 얼씨구절씨구 지화자 좋네, 툼벙툼벙 장히 좋네'."(한애순 창)

생각만 해도 시원해집니다. 어떤 음료, 어느 빙과가 저 심봉사가 만난 계곡물만 할까요. 그러나 청량감도 아주 잠시. 심봉사는 금세 또 허망하고 슬퍼집니다. 목욕을 하는 동안 어느 도적놈이 옷가지를 홀랑 집어가버린 것입니다. 심봉사는 또 열이 오릅니다. 다시 비난과 증오의 불길이 활활 타오릅니다.

누가 심봉사의 불을 끄나 안타까워할 때 고마운 이가 나타납니다. 이 고을 무릉 태수입니다. 실성한 사람처럼 알몸으로 행차를 막아서는 심봉사에게 태수는 연유를 묻습니다. 자초지종을 듣고 난 그가 선뜻 의복을 내어줍니다.

심봉사는 백배 감사하고 다시 길을 갑니다. 가다가 그늘에 앉아 쉬고 있자니 동네 부인들이 와서 방아를 찧어달라고 청을 합니다. 방아타령을 하면서 한바탕 일을 하고 술과 밥을 얻어먹습니다. 요즘식으로 표현하자면 '알바'를 한 셈인데, 일값을 제대로 받은 것 같지는 않습니다.

천신만고 끝에 심봉사는 황성 땅을 밟습니다. 저는 이 대목에서 늘 황후가 된 심청이가 야속합니다. 이런 궁금증 때문입니다. 왜 심황후는 황주 관아에 영을 내려 부친 심학규씨를 모셔 올리지 않았을까? 아니면 왜 직접 도화동으로 행차하여 부녀 상봉을 하지 않았을까?

물론 저는 지금 판소리 사설에서 이야기의 합리성이나 리얼리티를 논하려는 것은 아닙니다. 그저 폭염 속 심봉사의 처지가 너무나 딱해서 이야기의 구성까지 원망스러운 것입니다. 자신의 말 한마디로 황금 수레를 탈 수도 있는 신분인데, 아버지가 저토록 생고생을 하게 한 심황후에 대한 불만이지요.

가만가만 짚어보면 「심청가」 후반부의 염량세태가 지금 우리 사는 세상과 크게 다르지 않습니다. 심학규씨의 여름을 더욱 혹독하게 만든 일들과 오늘 우리를 더욱 열불나게 만드는 사건들이 잘도 포개집니다.

딸 팔아 전곡이나 좀 만진다는 걸 알고 심봉사를 속여넘긴 여자. 남의 여자를 꾀어 줄행랑을 친 사내. 아내도 잃고 외로이 길을 가는 불쌍한 홀아비. 빈털터리 맹인의 옷을 들고 간 도둑. 알몸으로 땡볕 속을 걸어간 노인. 앞 못 보고 물정 모르는 행인을 아주 헐값에 부려먹은 방앗간 여인들…… 요즘 우리가 보고 듣는 뉴스의 주인공들과 얼마나 닮았습니까.

그러나 「심청가」 속의 못된 사람들은 그리 오래지 않아 자취를 감췄을 것입니다. 옷을 잃은 심봉사에게 무릉 태수가 보여주는 행동이 그런 심증을 단단히 굳혀줍니다. 그는 심봉사를 위해 이렇게 명령합니다. 가마꾼에게 이르되, "너는 수건을 써도 상관없으니 갓과 망건을 벗어서 심봉사에게 줘라" 합니다. 수노한테는 여비는 물론 담배와 담뱃대까지 챙겨줄 것을 당부합니다(정권진 창).

내친김에 멋대로 상상해보고 싶어집니다. 심청이, 아니 심황후의 나라는 그런 나라였습니다. 그런 시절이었기에 황후의 아버지가 황성까지 걸어오게 되었을 것입니다. 황후는 사사로운 일로 나라 전체를 수고롭고 번거롭게 하고 싶지 않았던 모양입니다.

심황후가 궁금했던 것은 아버지의 일만이 아니었을 것입니다. 자신의 부친과 같은 처지의 사람들이 나라 안에 얼마나 되는지, 그들 모두를 위로할 수 있는 법은 없는지, 사람을 불러 묻고 천자께 청을 했겠지요. 이윽고 황후의 마음씀씀이에 탄복하며 천자가 하교했을 것입니다. "황성에 맹인 잔치를 베풀라."

심봉사와 나라 안의 모든 맹인들이 일시에 눈을 뜨게 된 내력을 판소리에서는 부처님 도술이라 합니다. 그러나 저는 송천자와 심황후 그리고 무릉 태수처럼 '백성의 값을 아는 사람들의 은공'으로 믿고 싶어집니다.

6

사람에게 물어보자

지방에 가서 차를 타고 한나절쯤 달리다보면 문득 일어나는 생각이 있습니다. '대한민국은 숨을 데도 없고 도망 다닐 데도 없을 만큼 좁은 나라.' 순간 우리가 먼길의 대명사처럼 배웠던 '천릿길'이 사실은 그리 먼 거리가 아니란 것과 '삼천리 방방곡곡'이 그다지 커다란 집합이 아니란 깨달음에 이르지요.

그런데 제 그런 생각을 일찍이 흔들어놓은 사람도 있었습니다. 이 좁은 국토에서 삼 년 동안이나 신출귀몰했던 탈옥수. 장장 구백 칠 일을 잡힐 듯 잡힐 듯 잡히지 않던 사람. 수사망을 뚫고 종횡무진 국토를 누비던 그가 우리나라가 그렇게 작지 않은 땅임을 가르쳐주었습니다.

동시에 다음과 같은 믿음을 갖게 했습니다. 근사한 로드무비나

〈도망자〉처럼 손에 땀을 쥐게 하는 영화는 미국만큼 큰 나라에서나 가능한 것인 줄 알았는데⋯⋯ '아, 그것은 땅덩이 크기의 문제가 아니다. 숨바꼭질의 무대가 크다고 더욱 재밌는 놀이가 되는 것은 아니다. 중요한 것은 숨다가 찾다가 새삼스럽게 발견되는 장소의 매력과 시간의 아우라!'

왜 아니겠습니까. 그런 장르의 작품들이야말로 사람과 자연을 씨줄 날줄로 엮어가는 드라마니까요. 주인공들의 행로와 이야기의 결말은 대부분 길과 하늘만이 알고 있게 마련입니다. 그러나 이젠 다릅니다. 사람과 자연 사이에 끼어들어 하느님 행세를 하는 것이 있습니다. 카메라입니다.

우리는 요즘 온종일 카메라 앞에 서 있습니다. 일거수일투족을 그에게 보고합니다. 하여 그것은 우리에 관해 모르는 것이 없습니다. 우리가 몇시에 집을 나서는지, 무슨 담배를 피우고 어떤 맥주를 즐기는지, 몇번 버스를 타는지, 우리 일을 우리보다 더 소상히 알고 있습니다.

그래서 제가 만일 어떤 사건에 연루되어 의심을 받게 된다면 경찰은 저에 관해서 저보다도 카메라에게 먼저 물어볼 것입니다. 이렇게 생긴 사람이 이리로 지나간 시간이 몇시인지, 무슨 옷을 입었는지, 걸음걸이는 어땠는지. 혼자 지나갔는지, 동행이 있었는지. 모자를 썼는지, 오른손에 들고 있는 건 무엇이었는지⋯⋯

우리는 언제부터인가 사람의 일을 사람에게 묻지 않습니다. 사람의 일을 카메라에게 묻습니다. 사람의 일에 사람의 도움을 청하지 않습니다. 기계한테 잠을 깨워달라 하고, 기계한테 날씨를 묻습니다. 선생님 말씀조차 인터넷에 물어 진위를 확인한 뒤에 고개를 끄덕입니다. 오래전부터 알고 있던 길을 내비게이션에 물어보고서야 핸들을 잡습니다.

얼굴에 무엇이 묻었는지 거울에게도 사람에게도 묻지 않습니다. 셀프카메라를 켜고 화장을 고칩니다. 지나가는 사람들에게 카메라 셔터를 눌러줄 수 있겠느냐고 물어보지 않습니다. '셀카 봉'으로 간단히 해결합니다.

나그네가 사람에게 길을 묻지 않습니다. 인터넷에 묻고 내비게이션에 묻습니다. 돌다리를 건너오는 사람을 눈으로 보고서도 돌다리를 의심합니다. 사람이 사람의 길잡이가 되지 못합니다. 사람이 진실의 증거가 되지 못하고 의혹의 대상이 됩니다. 사람이 목표나 희망이 되지 못합니다.

그런 세상에 퍽이나 반가운 문구 하나가 눈에 띄었습니다. '길 가르쳐주는 집'. 남대문시장 입구 대로변 생수와 음료수를 파는 노점상에 붙은 안내문이었습니다. 혹시 구청이나 경찰서의 부탁을 받은 것은 아닐까, 마음 졸이며 물었습니다. 주인은 질문이 끝나기도 전에 단호히 고개를 저으며 답했습니다.

"순전히 제 생각입니다. 무엇인가 물어보고 싶은데 행인들 눈치만 살피며 허둥대고 쭈뼛거리는 사람이 너무나 많더군요. 간절한 눈짓으로 도움을 청해보지만 무심히 지나치는 사람들, 애꿎은 휴대전화만 들여다보면서 '그런 건 안 나오는데……' 하면서 안타까워하는 젊은이들…… 보다못해 저렇게 써붙이게 되었지요."

사실 인터넷과 내비게이션에 물어야 할 일보다 사람에게 물어야 할 일이 더 많습니다. 빈대떡집 위치와 고등어구이 백반값이야 기계가 답할 수도 있겠지요. 그러나 그 집 주인 할머니가 감기에 걸려서 가게문이 닫혔다는 말은 사람에게서만 들을 수 있을 것입니다.

이 땅을 조금 더 넓게 쓰는 방법 하나는 기계의 가르침에 만족하지 않는 것입니다. 자동차를 세우고 창문 밖으로 고개를 길게 빼서 사람에게 길을 묻는 것입니다. 인터넷에는 없는 이야기, 구글 지도에도 나오지 않는 장소를 알게 될 테니까요. 지나는 길에 맑고 시원한 샘물이 있는 것도 모르고 편의점에 가서 생수를 사 마시는 나그네는 얼마나 딱한 사람입니까.

사람에게 묻는 것이 많은 사람일수록 할리우드 영화 문법도 상상하기 어려울 만큼 행복한 사건의 주인공이 될 것입니다. 돌아오자마자 책상 앞에 앉아서 멋진 기행문을 쓰기 시작할 것입니다.

7

이별의 기술을 소년에게

지하철에서 소설을 읽다가 내려야 할 역을 지나쳤습니다. 두어 정거장 더 온 것이면 이내 돌아섰을 텐데, 한 이십 분은 더 달려온 것 같았습니다. 퍽 낯설게 느껴지는 지명을 보고 종착역이 멀지 않다는 것을 알았습니다. 순간 생각이 바뀌었습니다.

마침 특별한 스케줄도 없고 게으름도 좀 피우고 싶었던 터라 무작정 밖으로 나섰습니다. 처음 와본 곳에 대한 호기심이 생기면서 낯선 동네를 기웃거리며 걷는 재미도 느껴보고 싶었습니다. 초행길의 설렘과 흥분을 즐겨보기로 했습니다.

덕분에 '플리 마켓'을 만났습니다. 물론 저는 '벼룩시장'이 훨씬 더 친숙합니다만, 요즘은 그렇게 쓰는 경우가 더 흔합니다. 그런 곳은 대개 젊은 사람들의 장터이기 십상이지요. 어쨌거나 불쑥 차에서 내린 보람이 있었습니다. 갈 길이 바쁘지 않은 사람에게 그만큼 흥미로운 구경거리도 흔치 않으니까요.

뿐이겠습니까. 눈 밝은 사람은 뜻밖의 횡재를 할 수도 있고, 재수가 좋은 사람은 꿈에 보던 물건을 만나기도 하는 골목의 장 구경. 저 역시 은근한 기대를 품고 모여선 사람들과 늘어놓은 물건들을 번갈아 할끔거리며 걸었습니다. 저를 기다리는 물건이 있을 것만 같아서 아주 느린 걸음으로 장터 한 바퀴를 다 돌았지요.

그러나 제가 바라는 것은 없었습니다. 실망스러워하며 돌아서려 는데 길 끝에 혼자 앉은 소년이 발길을 붙잡았습니다. 초등학교 일 학년쯤으로 보이는 사내아이였습니다. 뙤약볕 아래 꽤 값이 나가게 생긴 공룡 인형 두 마리를 내놓고 있었습니다. 서툰 글씨로 가격표 를 붙여놓았더군요. 하나는 이천 원, 하나는 천오백 원. 제가 보기 에도 턱없이 싼값이었습니다.

궁금하기도 하고 땀으로 얼룩진 소년의 얼굴이 안쓰럽기도 해 서 이것저것 말을 붙여보았습니다. 혼자 나왔느냐, 이걸 팔아서 뭘 하려느냐, 엄마 아빠가 알고 계시느냐. 제 물음에 대한 소년의 답은 이러하였습니다. "꼭 갖고 싶은 로봇이 새로 나왔는데 그걸 사려면 이걸 팔아야 해요." 그래봤자 삼천오백 원인데 그것으로 어떻게 원 하는 것을 사겠느냐고 물었지요. "나머지는 아빠가 주신댔어요."

전후 사정이 대충 짐작되더군요. 상황을 재구성해보았습니다. 아들이 아버지에게 새 장난감을 사달라고 조릅니다. 그러고 보니 아들이 늘 갖고 놀던 장난감들도 보이지 않습니다. 아내를 통해 아들이 신상품 로봇에 반쯤은 넋이 나가 있다는 것을 알았습니다.

아버지는 아들에게 제안을 합니다. "그렇게 끔찍이 좋아하던 공룡들이 이제 싫어진 모양이구나. 만일 네가 새 친구를 만나면 네 사랑을 잃은 그애들은 이제 어쩌지? 이렇게 해보면 어떨까. 너만큼 사랑해줄 사람을 찾아보는 거야. 너는 싫증이 나지만, 누군가는 간절히 갖고 싶은 물건일 수도 있지 않을까. 어떠냐. 너도 새 친구를 만나고, 또 누군가에게도 새 친구를 만들어주지 않겠니."

결론부터 앞세우자면 소년의 아버지는 참 좋은 선생님입니다. 그는 압니다. 이젠 필요 없어진 물건, 간수하기조차 귀찮아진 물건, 공연히 붙잡아두고 있는 물건…… 아이들의 물건이라면 어떻게 하라고 가르쳐야 할지, 누가 교사가 되어야 하는지 압니다. 그런 수업은 일찍 시작할수록 좋다는 것도 압니다.

참 많은 문제에 답을 주고 만물을 행복하게 하는 가르침입니다. 그러한 마음씀씀이가 천수를 채우지 못하고 사라질 물건이 제 명을 다 누리게 합니다. 이 땅의 자원과 에너지를 알뜰히 쓸 수 있게 합니다. 인간의 상품이나 하늘이 지은 물건이나, 만물이 제 복을 누릴 때 지구의 장수도 보장됩니다.

하여, 부모라는 이름의 교사들은 아이들에게 세상의 놀라움과 아름다움과 즐거움에 관한 배움의 기회를 제공해야 하는 동시에, 그것들과 평화롭게 헤어지는 법도 가르쳐야 합니다. 생명 가진 것은 물론, 사물과의 관계에서도 사랑과 우정의 문법이 있어야 하는 이유를 일러주어야 합니다. 이별의 기술이 필요한 까닭을 가르쳐야 합니다.

그 교실을 나온 소년은 압니다. 자신이 가진 물건의 장점과 매력이 제 눈에 다 띄지 않을 수도 있고 다른 사람의 손에서 더 빛나고 아름다울 수도 있음을 압니다. 처음부터 제 것이었던 물건이 그리 많지 않음과 잠깐 지니는 물건들이 의외로 많음을 압니다. 죽을 때까지 제 것이라고 우길 수 있는 물건이 별로 없음을 압니다. 이쪽 팀에서 천덕꾸러기 취급을 받던 선수가 저쪽 팀에 가서 펄펄 나는 슈퍼스타가 되는 경우가 스포츠 세계의 일만이 아님을 압니다.

소년은 자라서 퍽 향기롭고 값나가는 어른이 될 것입니다. 정들었던 자동차와 헤어지는 날, 친구나 연인과 이별할 때만큼 애틋한 어조로 진심 어린 하직 인사를 할 줄 아는 사람.

"잘 가라, 조금 전까지는 내 것이었던 사랑이여!"

8

제주에서

제주도에 왔습니다. 그 카페에 왔습니다. '바다는안보여요'. 재작년 여름 산길을 내려와 막 바닷가 마을 골목으로 접어든 제 발길을 멈춰 세우던 곳입니다. 간판을 보는 순간 그 이름의 지은이가 궁금해졌고 작명의 사연을 알고 싶어졌지요. 그러나 아쉽게도 문이 닫혀 있어서 들어가보지 못하고 그냥 지나쳤던 집입니다.

아쉬운 마음에 그 가게 밖 풍경과 간판 사진만 여러 장 찍어왔습니다. 참 이상하게도 제주도가 생각날 때마다 그 사진을 자꾸 들여다보게 되더군요. 이름에 관한 이야기가 화제로 피어나는 자리에 가면 꼭 그 상호를 들먹이곤 했습니다. 그럴 때마다 다음번 제주 나들이에는 꼭 그 집 찾아가기를 일정 속에 포함시켜야겠다는 생각을 하곤 했지요.

오늘, 정확히 이 년 만에 저는 그 찻집의 손님이 되었고 주인도 만났습니다. 자리에 앉자마자 간판을 가리키며 어떻게 저런 이름을 짓게 되었느냐 물었고, 다음과 같은 답을 들었지요. "여기가 올레길 첫 코스 중간쯤에 해당하는 지점입니다. 이곳을 지날 때쯤이면 다리도 무거워지고 쉬고 싶은 생각이 들게 마련이지요. 그이들을 위해서라도, 존재만으로도 작은 청량감을 안겨줄 수 있는 카페를 만들고 싶다는 생각을 했습니다. 처음엔 바보 같은 이름이라고 웃던 사람들과 좋다고 박수를 치던 이들이 반반쯤이었는데, 이젠 대부분 좋은 느낌 쪽에 표를 던지더군요."

카페 주인의 대답은 제 추측을 크게 벗어나지 않았습니다. 주인은 매사에 복잡한 것을 싫어하는 것 같았습니다. 어떤 문제는 별다른 고민 없이 일차원적으로 해결하는 쪽이 무엇보다 쉬운 해법임을 깨친 사람의 태도가 느껴졌습니다. 꾸밈없는 결론이 최상의 플롯일 수 있음을 배운 사람임이 분명해 보였습니다.

그 카페 생각 끝에 문득, 홍상수 감독의 영화 제목들이 꼬리를 물고 떠오릅니다. 〈강원도의 힘〉〈오! 수정〉〈생활의 발견〉…… 〈해변의 여인〉〈밤과 낮〉〈잘 알지도 못하면서〉〈하하하〉〈우리 선희〉〈지금은 맞고 그때는 틀리다〉…… 뜬금없고 느닷없고 터무니없어 보이는 말들 같지만, 사실은 내용을 정확히 아우르며 관객의 숨겨진 욕구를 자극하는 제목들입니다.

'바다는안보여요'가 마치 홍감독의 영화 제목 같다는 생각이 듭니다. 요즘 표현으로 손님의 취향을 '저격'하는 방식이 유사해 보입니다. 혼자만의 생각입니다만, 제주도에 온 사람들은 일종의 강박에 시달리지요. 일출을 볼 수 있는 호텔방을 제일로 칩니다. 수평선이 내려다보이는 횟집에서 저녁을 먹고 싶어합니다. 빨간 스포츠카를 타고 해안도로를 달리는 환상을 버리지 못합니다. 그리고 뙤약볕이 쏟아지는 해수욕장이 한눈에 들어오는 창가에 앉아 최상급의 커피를 마시길 원합니다.

제주에 머무는 동안은 바다와 헤어지지 않아야 한다는 강박입니다. 자신은 제주도에 다녀온 사람 중에도 가장 고급의 시간을 보낸 사람임을 자랑하고 싶어합니다. 설악산을 다녀온 동료나 백운계곡에 갔다 온 사람과는 확실히 선을 긋고 싶어합니다. 홍천강에서 고기를 잡다 온 이웃과 해운대에서 놀다 온 친구와는 분명히 차별화된 기억을 가지려 합니다. 경쟁자나 비교 대상이 없는 여름 추억의 주인공이기를 염원합니다.

'바다는안보여요'는 그런 욕구를 보기 좋게 뒤집어놓습니다. 바다가 배경으로 등장하지 않는 휴식도 충분히 만족스러울 수 있음을 가르쳐줍니다. 침대에 엎드려 바라보는 아침해보다, 이른 새벽 민박집 골목을 돌아나와 이십 분쯤 걷다가 만나는 일출이 더 값진 풍경임을 넌지시 일러줍니다. 오름에서 바라보는 아침 바다가 더 경이로울 수도 있다는 힌트를 줍니다.

그 카페에 가면 정말 바다는 보이지 않습니다. 주인이 고백한 대로 그 카페 창문 밖에 바다는 없습니다. 그저 아름다운 해변으로 이어지는 마을 골목길이 있을 뿐입니다. 눈에 들어오는 부분은 부분

대로, 전체는 전체대로 정갈한 풍경사진들이 사진첩처럼 펼쳐질 뿐입니다.

사실 우리는 알고 있습니다. 경주 수학여행에 가서 불국사여관이 불국사가 내려다보이는 여관이 아님을 일찍이 알았습니다. 하여 설악산산장여관에서 대청봉이 보이지 않는다고 주인에게 화를 내지 않습니다. 파크장여관이 창문 밖으로 공원의 모습을 보여주지 않는다고, 옆 건물 콘크리트 벽만 보여준다고 주인을 소리쳐 부르는 일도 없습니다.

'바다는안보여요'의 매력은 솔직함입니다. 단점을 긍정하면서 그것조차 사랑의 시선으로 바라볼 때, 새로운 의미도 발견된다는 것을 일러줍니다. 보이는 것이 보여줄 수 있는 것의 전부가 아님을 가르쳐줍니다.

바다가 보이지 않는 호텔, 식당, 횟집, 카페…… 사장님들 힘내십시오. 경쟁자를 이길 수 있는 방법이 바다에만 있는 것은 아닙니다.

9

이름이 뭐예요?

이쪽은 반가이 인사를 하는데, 상대가 별 반응 없이 지나가면 기분이 매우 언짢아집니다. 갑자기 투명인간이 된 것 같거나 존재감이 사라진 느낌이지요. 누군가가 인사를 하면 어떻게든 받아야지요. 인사받는 법이 어디 한두 가지입니까. 고개만 까딱해도 좋고 빙긋이 웃거나 눈웃음만 보여도 좋지요. 손을 흔들어도 좋고 대답만 해도 되지요.

인사를 건넸는데 아무것도 돌아오지 않으면 의문이 꼬리를 뭅니다. '내가 뭘 잘못했나? 나는 저를 대접해서 고개를 숙이는데 제까짓 놈이 뭐라고 목을 꼿꼿이 세우는 걸까? ……혹시 그는 나를 모르는 게 아닐까? 다음부터는 나도 모른 체할까? 아니면 무슨 유감이 있느냐고 따져볼까? 그러면 공연히 시비를 건다며 도리어 역

정을 내진 않을까?'

순간 상상만으로도 소름 끼치는 생각이 따라붙습니다. '혹시 내가 그렇지는 않았을까? 누가 내게 공손히 인사를 했는데 의식도 못하고 지나친 일은 없었던가? 나로 인하여 온종일 불쾌해지거나 우울해진 사람이 있진 않았을까? 그리하여 나를 만날 때마다 영 재수없는 녀석이라고 손가락질을 하는 사람은 없을까.'

안도현의 시 「애기똥풀」은 그런 상황의 무서움과 안타까움을 그림처럼 보여줍니다.

나 서른다섯 될 때까지/애기똥풀 모르고 살았지요/해마다 어김없이 봄날 돌아올 때마다/그들은 내 얼굴 쳐다보았을 텐데요//코딱지 같은 어여쁜 꽃/다닥다닥 달고 있는 애기똥풀/얼마나 서운했을까요//애기똥풀도 모르는 것이 저기 걸어간다고/저런 것들이 인간의 마을에서 시를 쓴다고

아무리 인사성이 밝은 사람이라도 생각이 여기에 미치면 불안해집니다. 얼른 휴대전화를 켜서 '애기똥풀'을 검색할지도 모르지요. 늘 지나다니는 동네 어귀 공원의 여러 가지 꽃이 눈에 밟힐 것입니다. 회사 복도에 누군가가 열심히 가꾸고 있는 화초의 이름이 알고 싶어질 수도 있지요. 제법 넓은 그늘을 드리워주는 관리사무소 앞 커다란 나무가 무엇인지 수위 아저씨에게 물을지 모릅니다.

그것들이 날마다, 그것도 같은 시간에 지나다니는 사람을 몰라

볼 리가 있었을까요. 인사를 했을 것입니다. "서윤이 엄마, 오늘도 폭염이 대단하지요." "김부장님, 오늘 옷차림이 시원해 보이네요." "택배 아저씨, 땀 좀 식히고 가요." 식물들뿐이겠습니까. 아침이면 감나무 우듬지에 앉아서 402호 창문을 들여다보며 지저귀는 산새는 이렇게 인사를 할 것입니다. "총각, 출근할 시간이야."

서로가 서로의 존재 가치와 이유를 알아준다는 것은 좋은 일입니다. 가까이 살고 자주 보는 얼굴일수록 그래야지요. 사람만 이웃이 아닙니다. 집이나 일터 근처에 살고 있는 나무와 풀꽃과 새와 길고양이 들 모두에게 관심을 가질 수 있다면 그는 온 세상의 인사를 받는 사람이 되겠지요. 아는 만큼 친해지니까요. 인정해주는 만큼 인정받게 되니까요.

누군가를 알고 이해하자면 이름부터 알아보는 게 순서일 것입니다. 물어볼 수밖에요. 물론 처음 보는 상대에게 불쑥 이름을 묻는 일이 쉽지는 않습니다. 꽃이나 나무라면 더욱 난감한 일입니다. 더욱 답답한 것은 알고 싶어도 알아낼 방법이 별로 없다는 것입니다. '친하게 지내고 싶은 꽃은 많은데, 이름을 모르겠다. 어찌하면 알 수 있을까? 생김새를 일일이 설명하기도 어렵고. 몽타주를 만들어 보여줄 수도 없고.'

해결책은 가까이 있었습니다. 목마른 사람이 우물을 판다지요. 꽃 이름에 갈증을 가진 사람들이 모여서 훌륭한 '지식의 샘'을 파놓은 것을 보았습니다. 꽃 이름 검색 앱app입니다. 반갑기 그지없더군요. 지체 없이 제 카메라에 담겨 있는 사진을 올리며 물었지요. "이

꽃 이름이 뭐예요?"

순식간에 전국 각처에서 답글이 올라오더군요. 덕분에 제가 그렇게 알고 싶어하던 꽃이 '가우라'라는 것을 알았습니다. 제 일터에도 있고, 아침 산책길에도 피어 있는 꽃입니다. 날마다 마주치는 얼굴이지요. 가던 걸음을 멈추고 들여다봐야 할 만큼 무척 예쁜 꽃입니다. 무슨 꽃일까 궁금해서 제가 가진 식물도감, 화훼도감 모두 꺼내서 뒤져도 알 수 없던 꽃입니다.

인터넷 시대, SNS 세상의 위력을 실감하면서 그것이 세상을 얼마나 아름답고 평화롭게 만들 수 있는지 알게 되었습니다. 갸륵한 일입니다. 앱 하나가 참 많은 사람이 꽃과 인사하고 지낼 수 있게 만들어주었습니다. 꽃의 얼굴을 보여주면 앞다투어 이름을 알려주는 사람들, 그 어여쁜 마음이 꽃처럼 아름답다는 생각이 듭니다.

아무튼 저는 정말 간절히 알고 싶던 친구의 이름을 알았습니다. 가우라. 이제 그의 인사를 받을 수 있게 되었습니다.

10

베짱이를 생각함

해가 갈수록 고쳐먹게 되는 생각들이 많아집니다. 옳다고 믿던 것들의 허점을 읽게 되고, 한쪽만 보던 것들의 반대쪽을 보게 되는 까닭입니다. 무조건 따르던 규범들의 허구를 깨닫게 되고 교과서적 원칙과 이치의 융통성 없음을 확인합니다.

선악과 미추 혹은 우열의 이분법적 잣대에 놓이는 생각일수록 그런 경우가 많습니다. 어떤 것은 자꾸 경계가 모호해지고 어떤 것은 아예 흑백과 명암이 뒤바뀝니다. 겉과 속이 자리를 바꾸고 아래위가 거꾸로 섭니다. 으뜸과 버금이 엇갈리고 바탕과 언저리가 헷갈립니다.

그럴 때면 틀리게 알고 있던 사실에 부끄러워집니다. 오해하고 있던 것들에 미안해집니다. 얼굴이 뜨뜻해집니다. 미안한 생각이 드는 대상을 일일이 찾아다니면서 진심으로 사과의 인사를 건네고 싶어집니다. 나아가 용서를 빌고 싶어질 때도 있습니다.

매미의 울음도 이제 속절없이 잦아들고 있는 산길에서 당신들 생각이 났습니다. 미뤄두었던 사과를 하고 싶어졌습니다. '미안합니다. 이 땅의 사람들은 참 오랫동안 당신들을 세상에 없어도 그만인 존재의 대명사로 생각해왔습니다. 개미처럼 근면 성실을 모토로 열심히 일하지 않고, 나무 그늘에서 기타나 치며 노래하는 잉여의 생명. 일도 안 하고 얻어먹기나 하는!'

당신들은 한 시절 개미들의 냉대 혹은 천대를 받으며 눈칫밥을 먹었습니다. 그리하여 자신의 아들딸이 당신과 같은 사람이 되겠노라는 꿈을 밝혀도 가차없이 꾸짖고 야단을 치는 사람이 되었습니다. 너까지 광대 혹은 딴따라가 되려 하느냐고 아버지는 내쫓으려 하였고 어머니는 말없이 한숨만 내쉬었습니다.

반성합니다. 우리는 오랫동안 당신들의 노래를 따라 부르면서도 당신들을 우리 아랫자리에 두었습니다. 당신들 얼굴만 보아도 박장대소를 했지만, 당신들 인생은 그저 놀림감으로 쓰거나 업신여겼습니다. 정상의 자리에 올라도 그저 타고난 행운이나 금시발복今時發福의 횡재쯤으로 폄하했습니다.

사과합니다. 우리는 당신들의 일을 거룩한 노동으로 생각할 줄 몰랐습니다. 노래 한 소절, 춤사위 하나가 얼마나 뼈아픈 준비와 훈련의 시간을 거쳐야 나오는 것인지 몰랐습니다. 당신들에게 쏟아지는 박수갈채가 얼마나 춥고 배고프고 고단하게 걸어온 길 끝에서 받게 된 것인지를 헤아리지 못했습니다. 무엇보다 우리는 당신들의 일이 그 어떤 행위보다 뜨거운 이타행利他行임을 몰랐습니다.

이제 우리는 당신들로부터 받은 것만큼 돌려주어야 할 것도 있음을 알게 되었습니다. 부끄럽지만 당신들의 춤과 노래가 세계를 움직이고 나라의 이름값도 좌우할 수 있다는 사실에 고마워하고 있습니다. 아울러 우화 「개미와 베짱이」가 우리에게 전해준 교훈이 얼마나 부당하고 편파적인 것이었는지도 깨달았습니다.

그런 마음으로, 지난주에 우리 곁을 떠나간 한 분을 위해 하늘나라에 편지를 쓰려 합니다. 당신들에 대한 그간의 오해와 편견을 떨치며, 그분의 공적을 기리는 공경과 예의의 훈장을 바치고 싶은 마음의 표현입니다. 하늘나라와의 커뮤니케이션이 누구보다 자유롭던 시인 천상병의 시(편지) 한 대목을 빌려 썼습니다.

"(하늘나라에 가 계신) 아버지 어머니…… 희극배우 한 분이 그 동네로 갔습니다. 수소문해주십시오. 이름은 구봉서입니다. 만나서 못난 사람들의 뜨거운 인사를 전해주십시오. 살아서 더없는 웃음과 즐거움을 세상 사람들에게 주었습니다. 그리고 자주 사귀세요. 그분만은 아무도 욕하지 않을 것입니다. 내내 안녕하십시오."

저속하다느니 유치하다느니 했지만 그에게서 웃음보따리를 선물받지 못한 사람이 몇이나 될까요. 빼어난 연기를 했지만 웃기는 사람이 영화상의 수상자가 되어선 곤란하다고 불이익을 받고, 사회를 풍자하고 비판한다는 이유로 냉대를 받던 시절, 대통령 앞에서도 할말을 했다는 사람 구봉서. 어떤 정치인이 국민들에게 그 사람만큼 잇속도 계산속도 없는 위로의 시간을 주었을까요.

악극단의 아코디언 주자로 시작해서 희극배우로 방송인으로 우리 현대사의 모든 장면들을 유머와 재치로 녹여낸 사람, 그에게서 우리가 오해했던 베짱이의 얼굴을 봅니다. 베짱이들은 개미들만큼 열심히 씨를 뿌립니다. 개미들이 들판에 씨를 뿌릴 때 베짱이들은 개미들 마음에 씨를 뿌립니다.

그토록 사납던 여름도 결국은 물러갈 채비를 하는 이때, 이 시대 모든 매미와 베짱이들의 노고를 생각합니다. 그들이 우리에게 전해주는 웃음꽃 한 송이, 노래 꽃 한 다발에 얼마나 많은 땀과 정성이 스며 있는지를 생각합니다.

안녕히 가세요, 막둥이 아저씨.

11

동경에서

동경에 왔습니다. 출장입니다. 대학 박물관과 도서관을 중심으로 여러 전시 공간을 돌아보고 배울 만한 대목을 찾아 나선 길입니다.

이제 많이 익숙해진 나라라서 놀랍고 신기한 것은 드물지만, 질투와 부러움이 일어나는 대목은 여전히 적지 않습니다. 지금 저는 무사시노미술대학 도서관에서 그런 감정을 경험하고 있습니다. 난생처음 도서관에 온 것 같은 느낌이랄까. 광화문 어느 대형 서점 한복판에 홀로 서 있는 섬마을 소년의 기분이랄까.

건축 테마(책의 숲)에 걸맞게 책들이 나무의 정령처럼 도서관에 들어서는 사람들과 눈을 맞춥니다. 전체적인 인상은 신전처럼 거룩하고, 자연스럽게 이어지는 목조 계단은 제단처럼 위엄이 있습니다. 빈 서가로 연출된 벽면은 책이 천상의 비밀을 담은 그릇이라는 것을 보여주려는 주술적 의도로도 읽힙니다.

도서관은 사람의 생각이 하늘에 최대한 가까이 다가서는 곳이
란 것을 염두에 두었는지, 자연광을 끌어들여 시간의 움직임을 몸
으로 느끼게 합니다. 모퉁이마다 마련해놓은 명품 의자들은 책 속
에서 걸어나올지도 모를 위대한 저자들을 모시려는 자리처럼 보입
니다.

'지구상의 아름다운 도서관 베스트 20'에 선정된 곳답게 태가
다릅니다. 일본을 대표하는 건축가 단게 겐조가 동경 한복판에 지
은 성모마리아 대성당 같은 숙연함이 있습니다. 당연히 책들의 표
정도 평화롭습니다.

왜 아니겠습니까. 그들에게는 '5성급 호텔' 투숙객의 여유가 보
입니다. 책꽂이들이 야적장 컨테이너들처럼 무심하게 늘어서 있지
않습니다. 빼곡한 서가를 배경으로 무표정한 책상들이 의무적으로
줄을 맞추고 있지도 않습니다.

저는 이 도서관을 '책의 교회'라 부르고 싶어집니다. 안도 타다오
가 지은 '물의 교회'나 '빛의 교회'와 다르지 않아 보이는 까닭입니다.
종교적 영성을 불러오는 곳이기보다는 저마다의 마음속 스승을 영
접하는 장소로 보입니다. 신심이 우러나옵니다. 십일조를 바치고 싶
은 생각까지 일어납니다. 누군가에게 절을 하고 싶어집니다.

누구겠습니까. 책이란 이름의 신입니다. 하느님입니다. 저는 지
금 새삼스럽게 일본이 숭배하는 것이 무엇인지를 떠올려봅니다. 저
혼자 취해서 끌어낸 생각입니다만, 일본은 태양과 책의 나라인 것

같습니다. '일日+본本'.

일본의 책들은 행복합니다. 차를 타고 지나치는 조그만 마을, 작은 도시에도 도드라져 보이는 건물 하나는 책방입니다. 마을 사람들이 믿고 따르는 정신의 신사입니다. 자연과 절대자에게 일일이 묻고 배울 수 없는 것들을 스스로 배우고 깨치려는 자각의 교실입니다.

어떤 책방은 수녀님 혼자서 지키는 공소公所 같고 어떤 서점은 개척교회를 닮았습니다. '책本'이라는 글자를 십十 자나 만卍 자 표지처럼 내걸고 있는 책의 사원들입니다. 저마다의 경전을 들고 저마다의 신을 모시는 사람들이 있어 책방 풍경은 아름답고 성스럽습니다.

녹차가 아니라 손수 원두를 볶아서 직접 내린 커피를 대접하는 젊은 스님의 암자가 떠오르는 곳도 있습니다. 다이칸야마에 있는 츠타야 책방입니다. 서점인가 하면 커피숍입니다. 책이 편의점과 만나고 스포츠용품과 만나며 요리 도구들과 만납니다. 책이 정물이 아니라 생물로 일어나 꿈틀거립니다.

외국의 서점에서 우리나라 책들의 풍경을 생각합니다. 적이 다행스러운 것은 요즘 우리나라에도 동네 책방이 살아난다는 소식을 자주 듣게 된 점입니다. 작고 소박하지만 생각이 남다른 서점들입니다. 후배 시인이 시집 전문 서점을 차렸다는 전갈은 무척이나 반가웠습니다. 대기업 임원을 지낸 카피라이터가 자신의 이름을 내건 서점을 연다는 뉴스 또한 흥미롭습니다.

거대한 성전이 아니라 개성적이고 매력적인 책의 교회를 그리워하는 사람들이 기다려온 일입니다. 복음이 종교 시설에만 있는 것이 아니라 책방에도 있음을 깨달은 형제들이 늘어난 증거입니다. 그중엔 인터넷 세상의 엉터리 교주들에 속았던 사람들도 있을 것입니다. 움베르토 에코의 얘기를 진작 귀담아 들었어야 했다고 후회하면서 책방으로 돌아오는 사람들일 것입니다. "인터넷은 신이다. 그런데, 아주 멍청한 신이다."

일본의 서점 문화가 다채로운 이유 중 하나는 그들의 손엔 아직도 책이 들려 있다는 사실일 것입니다. 돌이켜보건대 우리는 너무 빨리 책을 내려놓았습니다. 너무 서둘러 책을 덮었습니다.

동경의 박물관과 도서관과 책방을 둘러보면서 제 믿음은 더욱 단단해지고 있습니다. 과거는 박물관에 있고, 현재는 인터넷에 있고, 미래는 책에 있다는 생각이 그것입니다.

12

터미널에서

오늘도 저는 그리로 산책을 나갔습니다. 이산가족들이 모여 사는 마을입니다. 그렇다고 속초 아바이마을 같은 곳은 아닙니다. 사할린에서 영구 귀국한 어른들의 마을도 아닙니다. 조선족 동포 집단 거주지도 아닙니다. 이주 노동자 타운도 아닙니다.

꽤 큰 마을입니다. 달동네 하나를 통째로 밀어내고 들어앉은 대단위 아파트만큼 넓습니다. 특이한 것은 집들의 나이가 모두 제각각이란 점이지요. 언제 지었는지 모를 만큼 오래된 것들이 있는가 하면 생긴 지 얼마 되지 않은 것들도 적지 않습니다. 새집들도 드문드문 보입니다.

집주인들의 나이도 차이가 많이 납니다. 백 살 안팎의 사람들도 있고, 미성년자도 더러 있습니다. 집집마다 커다란 문패가 있어서 주인의 성별과 나이와 종교까지 알 수 있습니다. 그런 까닭에, 벌써 십여 년 이상 이곳을 출입하는 저는 이 마을 가가호호가 제 사는 곳 이상으로 익숙해진 지 오래입니다.

이 마을이 여느 동네와 다른 점이 있다면, 열에 아홉이 일인 가구라는 것입니다. 남녀노소를 불문하고 '싱글'입니다. 아무래도 외롭고 쓸쓸할 것입니다. 그러나 동네에 깔리는 공기가 그다지 무겁지 않습니다. 오히려 밝고 투명합니다. 바람은 경쾌하고 햇살은 명랑합니다.

길들이 반듯반듯하고 골목마다 비질 자국이 선명합니다. 산색이 사계를 또렷이 알려주고 화단의 꽃들은 때맞춰 피고 집니다. 하여 이 마을은 달력이 필요 없을 것만 같습니다. 들머리엔 소문난 약수가 있어서 물 길러 오는 사람들이 줄을 잇습니다. 공기가 좋아서 산책을 나오는 사람들과 등산객의 발길이 끊이질 않습니다.

진작 알아차리셨지요? 그렇습니다. 공원묘지입니다. 우리와 가까운 사이였다가 멀리 간 사람들의 마을입니다. 부모 자식과 형제자매간, 친구지간, 사제지간, 이웃사촌 간이다가 홀연히 뚝 떨어져 나간 사람들. 그들이 마련한 새 주소지입니다.

같은 국민이었다가 시민이었다가 동창이었다가 동료였다가…… 예비군 훈련도 민방위 훈련도 같이 받고, 노인대학도 같이 다니다가…… 인간의 마을을 벗어난 사람들. '함께'였다가 우리보다 먼저 '홀로'가 된 사람들의 마을입니다.

노래 하나가 떠오릅니다. 죽음을 참으로 애절한 업보의 가시밭

길로 그리는 노래, 〈회심곡回心曲〉. 저승사자가 활대같이 굽은 길로 살대같이 달려와서 거역할 수 없는 황천길로 데려가는 과정을 참으로 리얼하게 전해주지요.

구구절절 슬픔을 동반한 공포가 우리 남아 있는 삶의 방향을 제시합니다. 그날이 오면 일가친척도 벗님네도 아무 소용이 없고 결국은 속절없이 혼자가 되어 길을 떠날 수밖에 없다는! 한 번 다녀가는 길, 효도하고 우애하고 선한 공덕을 쌓으며 살다 가라는!

반감이 없을 리 없습니다. 죽음을 꼭 그렇게 숙명적인 이산離散으로만, 하릴없는 통과의례의 관문으로만 받아들여야 하는 것일까 하는 저항감입니다. 까짓것! 서울역이나 인천공항의 그것과 별반 다를 것 없는 일로 여길 수도 있을 텐데 말입니다. 생각해보세요. 우리가 터미널에서 경험하는 숱한 이별 중에도 죽음만큼 기막히고 기약 없는 경우들이 허다하지 않던가요.

그곳은 '돌아올 수 없는 다리'의 한쪽 끝이 아닙니다. 천지간을 오가는 터미널이거나 금강산이 보이는 이산가족 합동 면회소 같은 곳입니다. 그렇게 부르는 순간, 그곳은 야생화 가득히 피어난 들판이나 숲속 정거장처럼 아름다운 곳이 됩니다. 벌써 많은 묘지가 그런 풍경을 보여주고 있습니다.

제가 지나다니는 공원묘지도 예외가 아닙니다. 이른바 자연장, 수목장이 변할 것 같지 않던 이 동네의 모습을 바꿔놓고 있습니다. 주거의 개념과 디자인의 변화는 이제 산 사람들만의 이야기가 아닙니다. 유택幽宅은 이제 하늘 보고 누운 자의 영어囹圄가 아니라 우리가 부르면 언제든 팔 벌리고 달려나오는 사람들의 평화로운 처소입니다.

만남의 광장을 품은 천연의 호텔. 인간 최후의 주거는 그것이 마땅한 선택입니다. 풀과 꽃과 나무 들, 바람과 별과 함께 사는 집입니다. 거기서 인간은 비로소 우주 대가족의 일원이 됩니다.

제 시 한 편을 보여드리고 싶어집니다. 빙모님을 배웅하고 돌아오던 날에 쓴 것입니다. 제 아이의 외할머니가 이사 간 집, 아니 그분이 머무는 터미널 호텔 이야기입니다.

할머니를 심었다. 꼭꼭 밟아주었다. 청주 한 병을 다 부어주고 산을 내려왔다. 광탄면 용미리, 유명한 석불 근처다.//봄이면 할미꽃을 볼 수 있을 것이다.

— 졸시, 「꽃을 심었다」 전문

13

경주에서

펜PEN클럽이 마련한 작가대회에 초대를 받아 경주에 왔습니다. 폐막식 무대에서 시 한 편을 읽어달라는 부름입니다. 물론 즐겁고 행복한 일이지요. 그런데 약속 날짜가 가까워질수록 제 마음 한구석은 점점 어둡고 불편했습니다. 지진 때문이었습니다. 첨성대와 불국사와 원자력발전소의 안위가 궁금해지면서 걱정은 더 깊어지더군요.

'가뜩이나 어수선하고 뒤숭숭해진 도시에 한 편의 시가 어떤 의미를 전해줄 수 있을까?' 내려오기 전날까지 그 질문에 근사하게 답해보려고 애를 썼습니다. 공연히 이 책 저 책을 뒤지며 늦도록 잠을 못 이뤘습니다. 다행히 새벽녘에 답을 얻었습니다. 신라인의 노래 향가에 생각이 가닿은 것입니다.

서라벌 옛사람들은 나라 안에 흉조가 있거나 위급한 일이 생길 때면 말의 신령함과 노래의 힘으로 화를 면하고 복을 불렀지요. 경덕왕 때 두 개의 태양이 나란히 나타나자 월명사로 하여금 「도솔가」를 지어 부르게 했습니다. 진평왕 때는 융천사의 「혜성가」로 혜성도 쫓아버리고 왜병도 물러가게 했지요.

신라의 노래는 재난과 변고만 이기는 게 아니라, 간절한 희망과 기원을 현실로 이뤄주기도 했습니다. 「서동요」 「헌화가」 「처용가」 등이 그런 것들이지요. 천지간에 사랑의 경계가 없음을 알게 하고, 나이도 신분도 뛰어넘은 순정 어린 로맨스를 보여주었습니다. 병마를 거느리고 다니는 귀신을 단박에 무릎 꿇렸습니다.

이번 작가대회에 참가한 사람들 모두 저와 같은 생각을 했던가 봅니다. 아니 향가의 정신이 모두를 흔들어 깨운 모양입니다. 국내외 각처에서 모여든 시인 작가들이 약속이라도 한 것처럼, 오늘 이곳의 어려움을 언어의 신통력으로 풀어보자고 뜻을 모았습니다. 삼국유사가 「서동요」에 대해 이야기하는 것처럼 오늘 우리 시와 노래에도 '영험 있음'을 보이려는 뜻이지요.

마침내 '경주선언문'이 채택되었습니다. 문학과 문학인이 곤경에 처한 사람들에게 위로와 치유와 구원의 용기를 보이겠다는 다짐입니다. 겁먹은 아이와 노인에게 희망을 주고, 지치고 고단한 사람들에게 투지를 주려는 것입니다. 작가들이 삶의 존엄성과 문화의 소중함을 방해하는 불합리한 제도와 가치관을 개선하고 기록하는 시대의 사관이 되겠다는 결의도 들어 있습니다.

조상님들이 그랬듯이 지극한 정성은 하늘을 감복시키고 긴절한 언어는 어떤 존재와도 소통이 가능함을 보여주자는 뜻입니다. 저는 그런 의도를 제 무대에서 표현했습니다. 도인의 이름도 하늘 문의 열쇠임을 말하며 우리 시대 고승 효봉의 이야기를 시로 읽었습니다.

우리가 지금 진정으로 두려워할 것은 땅의 흔들림이 아닙니다. 마음의 흔들림입니다. 절실히 요구되는 것은 제 땅과 제자리를 지키며 살아온 죄밖에 없는 사람들에 대한 사랑과 관심입니다. 휴머니즘의 위력에 대한 믿음입니다. 부끄러워해야 할 것은 바르고 마땅한 생각들을 구겨버리는 비겁하고 졸렬한 생각들입니다.

어제 오늘 제가 만난 경주 시민들은 대부분 비슷한 하소연을 하더군요. '호텔도 민박집도 식당도 찻집도 손님이 뚝 끊겼다, 주말이면 밀물처럼 몰려오던 손님들이 썰물처럼 빠졌다, 손가락 빨게 생겼다, 지진보다 인심이 더 무섭다…… 사람들이 더 야속하다. 아프다고 떠나간다면 그것이 어디 사랑이냐?'

왜 아니겠습니까. 아파할 때 보듬고 안아주어야 사랑이지요. IMF 시절에 참으로 인상적인 의견을 제시했던 칼럼 하나가 생각납니다. 유명한 정신과 의사의 글이었습니다. 궁핍의 세월을 견디려고 직장인들이 도시락을 싸갖고 다닌다는 이야기를 듣고 쓴 글이었습니다. 제 기억이 정확하다면 이런 충고가 들어 있었습니다. "직장인들이여, 도시락을 싸지 마시오."

시절이 어렵다고 도시락을 먹으면, 샐러리맨들을 바라보고 장사를 하는 그 많은 식당은 결국 문을 닫으란 이야기가 아니냐는 내용이었습니다. 그것은 자신의 생존과 누군가의 몰락을 맞바꾸려는 사고와 다를 바 없다는 것이었지요. 한마디로 사회적 발상의 전환을 주문하는 글이었습니다.

오늘 이곳의 문제가 꼭 그렇습니다. 거듭 말하거니와 경주는 우리 모두의 보물창고이며 급소입니다. 또하나의 공동경비구역JSA입니다. 여기엔 이 땅의 자존심을 곧추세워주는 실물의 역사가 있고, DMZ처럼 조심스러우나 지켜내야 할 에너지의 우물이 있습니다.

경주가 건강하고 평화로워야 대한민국이 화평합니다. 석굴암이 무사해야 하고 바닷가에 아무 일이 없어야 합니다. 경주는 지금 너무나 크고 무거운 짐을 혼자 지고 있습니다. 짐은 나눠 지고 일은 거들어야 합니다. 저마다 믿고 따르는 분께 기도해주시고, 각자의 방식으로 사랑을 표현해주십시오.

가을입니다. 저 새파란 하늘을 첨성대 혼자서 우러르게 하지 맙시다. 천년을 지켜온 계림의 소나무들도 가늘게 떨고 있습니다.

14

터진개에서

얼마 전까지 저는 제 약력의 첫줄을 이렇게 써왔습니다. '제천에서 나고 인천에서 자랐다.' 요즘에는 이렇게 고쳐 쓰고 있습니다. '제천이 낳고 인천이 키웠다.' 어느 날 문득, 앞 문장의 결함을 발견하고 나서부터입니다. '나고 자랐다'라는 표현은 '마음대로' 세상에 태어나고 '제멋대로' 성장했다는 의미가 아닌가!

사람이 어찌 절로 나고 자랄 수 있겠습니까. 깊이 뉘우칩니다. 그간 저는 저를 낳아준 땅에 무심했습니다. 길러준 땅에 무례했습니다. 불손했습니다. 참으로 미안하게도 저를 낳은 산골의 기억은 다 잃은 척했고, 사춘기의 구차스러운 장면들은 슬며시 구겨버리기 일쑤였습니다. 뻔뻔하기도 했습니다. 젖먹이 시절을 보냈을 뿐이라며, 그곳에 대한 '기억 없음'을 당연하게 생각했습니다. 오늘의 나를 부풀리거나 합리화하기 위해 쓸 만한 재료가 될 때만 키워준 곳을 이야기했습니다.

나이가 들어가는 징표일까요. 요즘은 누가 제 고향을 물어오거나 그 땅 이름이 눈에 띄고 귀에 들릴 때마다 그곳에 대한 채무의 규모를 가늠해보곤 합니다. 단번에 그 빚을 갚을 가능성은 없어 보입니다. 천천히 조금씩 갚아나가야겠다는 답으로 가상의 채권자들을 따돌리고 있습니다. 저의 필명 '제림堤林'이 제천 의림지에서 건져온 것이라는 사실조차 잊고 살았던 시간에 대한 반성입니다.

인천은 말할 것도 없습니다. 중요한 성장기를 다 보낸 곳인데다 신혼살림을 시작했고 큰애를 낳은 곳이니까요. 그런데도 많은 기억을 버리려 했습니다. 떠올려보아야 초라하고 추레한 것들이 대부분인 까닭이었습니다. 고작 한 시간 거리지만 심리적으로는 대전보다 멀게 느껴지게 된 것도 그런 이유에서일 것입니다. 부모님이 아직 거기 계시고 친구가 있는 곳인데도 공항 이름처럼 무심히 부르고 적었습니다.

그러는 동안 거리 이름들도 많이 달라졌습니다. 교차로 표지판에 적힌 낯선 도로명 때문에 엉뚱한 곳으로 길을 잘못 들기도 합니다. 순간 당혹감과 함께 야속한 마음이 일어납니다. '내가 걸어서 오가던 학교 길에 누가 저런 이름을 붙여놓았을까?' '이 길이 언제부터 화도진로가 되었고, 조금 전에 지나온 큰 길은 왜 제물량로가 되었을까?'

'화도진' '제물량'의 내력을 몰라서가 아닙니다. 둘 다 인천의 역사는 물론 우리나라 개항의 배경을 설명하는 데에 중요한 명칭들이지요. 개화기엔 이 지역을 두고 '국토의 인후부'란 표현으로 지정학적 가치를 강조하곤 했습니다. 목구멍이나 다를 바 없이 소중한 지역이란 뜻입니다. 그런 군사적 요충 혹은 진지의 명칭이 이제 길 이름으로 쓰이는 것입니다.

길이야 무슨 죄가 있겠습니까. 강산이 몇 차례 변하는 동안 이곳에 큰 관심 두지 않고 그저 나그네처럼 오간 사람이 잘못이지요. 마음 자세를 고쳐 잡으니 낯익은 이름들이 옛 친구네 문패처럼 반갑게 눈에 들어옵니다. 배다리, 참외전로, 큰우물길…… 제가 먼저 알은체를 하니 서점과 극장과 삼계탕집 그리고 제과점이 경계심을 풀고 눈을 맞춥니다.

때묻고 냄새나는 골목일수록 옛 모습이 더욱 역력합니다. 친구 어머니가 하던 어물전이 도드라져 보이고, 즐겨 찾던 우동집도 반색을 합니다. 지금은 신포동으로 불리는 '터진개'입니다. 갯벌 쪽으로 터진 땅이란 뜻이지요. 이곳만의 지명도 아닙니다. 엇비슷한 이름의 땅이 전국에 여럿이지요. 모두 유사한 지리적 조건을 갖고 있을 것입니다.

아무려나 저는 그런 이름이 숨이 칵 막히게 좋습니다. 생모는 아니지만 그만 못할 게 없는, 길러주신 어머니 그 비린내 나는 치맛자락에 안기는 느낌입니다. 동시에 집이 어디냐 물으면 '개건너'라고 답하던 친구의 조그맣고 까무잡잡한 얼굴이 삼삼하게 떠오릅니다. 친구의 집은 이름 그대로 갯벌 너머에 있었습니다. 소풍을 다닐 만큼 아름다운 곳이었지요.

삶의 풍경이 그리 복잡할 것 없었으므로 작명의 방식도 참 간단했습니다. 수도국이 거기 있다고 해서 '수도국 산山'으로 불리는 달동네가 있었습니다. 기상대가 있는 마을이면 '기상대'라고 불렀습니다. 종교 시설인 전도관 언저리에 살면 '전도관 산다'고 말했습니다.

심플했습니다. 일견 수선스럽고 무질서해 보였지만 복잡하고 까다로운 셈법은 없었습니다. 젊은이들이 떠나고 그 시절 그 어른들만 남아서 시골 면소재지처럼 헐거워진 옛 도심은 여전히 순박합니다. 누가 인천을 '짠물'이라고 했을까요. 인천은 짜지 않습니다.

만국공원(지금의 자유공원)을 넘어 차이나타운에서 신포시장으로 걸어가보세요. 어디나 그렇다고 할 수는 없지만, 이 동네에서 쓰이는 자나 저울의 눈금은 대개 손님 편일 것입니다. 터진개에는 갯벌의 습관처럼 퍼주고 나눠주는 일이 익숙한 사람들이 더 많으니까요.

'터진개'는 아무것도 숨기고 감추지 않습니다.

15

예식장을 나서며

또 주례를 섰습니다. 이제 그만 맡아야지 결심한 것만도 벌써 여러 차례지만, 막상 제자들이 찾아와 간청을 하면 금세 물렁물렁해집니다. 자식 이기는 부모가 없다지만 제자를 이기는 선생도 없는 것 같습니다. 그리하여 일 년에 두어 번쯤은 이 자리에 섭니다.

이번에도 한참을 망설였습니다. 혼자 묻고 혼자 답할 것이 많았기 때문입니다. '내가 이 사람들 인생 마라톤의 출발선을 지켜줄 만한 사람인가.' '이 아름다운 약속의 증인이 될 만한가.' '가장 빛나는 시간의 목격자로서 영원히 이들 편에 서서 이들을 응원하고 옹호할 수 있을까.'

저울질이 끝나려면 여러 날이 걸립니다. 저를 주례로 세우고 싶어하는 이들이 알지 못하는 흠결이 많은 까닭입니다. 그것들은 대부분 아주 오래된 벽癖이나 고약한 습관들이지요. 제가 얼마나 부실한 사람인지 알면 부탁을 철회할지도 모릅니다.

너무 거창한 이유만 앞세웠습니다. 그렇게 근엄하고 근사한 경계심만으로 주례 승낙을 고민하는 것은 아닌데 말입니다. 사실은 아주 가볍고 일상적인 핑계가 더 많습니다. 주례 역시 날받은 신랑 신부와 가족들처럼 조심스레 지내야 하는 것이 제일 부담스러운 일입니다.

삼가고 긴장해야 합니다. 다음과 같은 상상을 하면서 근신해야 합니다. 주례가 눈에 다래끼라도 생겨서 안대를 하고 예식장에 나타난다면. 감기에 걸려서 콧물을 훔치며 혼인서약을 받거나, 코맹맹이 소리로 성혼선언문을 읽는다면. 술 취해 걷다가 부딪쳐서 콧잔등에 반창고라도 붙이고 나타난다면.

다행히 그런 방정맞은 가정법은 그렇게 힘이 세지 않습니다. 긍정적 사고와 명분이 고개를 들면 눈 녹듯이 스러집니다. '덕분에 한동안 술 조심, 길 조심, 몸조심하면서 다닐 수 있으니 얼마나 좋으냐'라는 생각으로 바뀝니다. 저를 이런 자리에 설 만한 사람으로 보아주는 제자가 있다는 것에도 고마워하게 됩니다.

어쩌면 그것은 대단히 관대한 선의의 제안일 것입니다. 선생의 허물은 못 본 척하고, 언제나 선생의 괜찮은 모습만 바라보겠다는 의지의 표현인지도 모릅니다. 자위일 수도 있지만 제가 아직은 저들에게 결정적으로 실망을 안긴 적은 없다는 증거로 여겨도 좋을 것입니다. 못난 얼굴을 아직은 용케 감추며 살아가고 있다는 안도

감도 거기에 포개집니다.

그런 생각들이 오늘처럼 주례를 서는 날의 즐거움과 행복으로 이어집니다. 평소에 보고 싶던 제자들을 한자리에서 보게 되는 기쁨입니다. 반가운 얼굴들이 테이블 네댓 개를 차지하고 있는 가운데 자리에 앉아 있으면 갑자기 부자가 된 느낌입니다. 몰라보게 예뻐지고 늠름해진 청년들이 술잔을 들고, 혹은 명함을 들고 제게로 다가오면 세상에 부러운 사람이 없습니다.

"쯧쯧…… 저래가지고 세상을 어떻게 살꼬." 혀를 차며 걱정하던 제자일수록 자신감 넘치는 표정에 힘있는 목소리로 제 안부를 물어옵니다. 대견합니다. 보너스를 받는 기분입니다.

그럼에도 불구하고 예식장을 나서면서 저는 또 다짐합니다. '이제 주례는 그만 서야지. 앞으론 무조건 사양해야지. 마음 편히 술을 마시고 싶으니까. 이마에 큼지막한 뾰루지가 생겨도 나만 창피하면 되니까.'

하지만 이 결심이 또 얼마나 지켜질지는 모르겠습니다.

16

올해 노벨문학상은 개인상이 아니다

예브게니 옙투셴코의 시 낭송을 들은 적이 있습니다. 옛 소련의 대표적 반체제 시인인 그가 1988년 국제 펜클럽 초청으로 우리나라에 왔을 때였지요. 서소문 어느 아트홀에서 그의 낭송회가 열렸습니다. 저는 제일 앞줄에서 그 유명한 시인을 보았습니다.

지금도 그의 몸짓과 목소리가 선명히 떠오릅니다. 그는 마치 한 사람의 배우나 가수처럼 보였습니다. 소품이나 배경음악이 있는 것도 아닌데, 시는 노래처럼 리드미컬했고 동작은 흥미로웠습니다. 모노드라마를 보는 것 같았습니다.

혼자서 그 큰 무대를 다 쓰더군요. 미끄러지듯 걷다가 우뚝 섰다가 춤을 추듯이 흐느적거리기도 했습니다. 그의 몸은 그의 시가 시키는 대로 다양한 동선을 그렸습니다. 표정도 자주 바뀌었고 제스

처도 다양했습니다.

몇 가지 시 제목은 우리말로 읽기도 했지요. '나의 소망'을 '나의 사망'으로 발음하는 바람에 폭소가 터지기도 했습니다. 어쨌든 시를 읽고 있는 옙투셴코의 육성은 강물처럼 출렁거렸고, 음률은 바람처럼 자유로웠습니다.

인류여, 나는 그대의 모든 바리케이드에서/싸우고 싶다./매일 밤 지친 달이 되어 죽고/매일 아침 새로 태어난 태양이 되어/부활하고 싶다.

순간 시인의 몸도 가수의 그것처럼 하나의 악기라는 생각이 들었습니다. 야성적 사유와 감각적 기교로 생명의 원천을 즐겨 노래한 시인 딜런 토머스가 함께 떠올랐지요. 시인 김종길 선생께 들은 이야기도 생각났습니다. 당신이 딜런 토머스의 시 낭송을 직접 들어본 적이 있는데, 폭포수 옆에 서 있는 것처럼 느껴지더라는 증언.

오늘 아침엔 거기에 노벨문학상을 받게 된 가수 밥 딜런 생각을 포개어봅니다. 단언컨대 밥 딜런은 시를 연주하는 '악기'입니다. 딜런 토머스가 되고 싶었던 악기입니다. 밥 딜런은 애초에 자신의 정체성을 시인에 두었지요. 그렇기에 저는 그를 시인이라 부르는 데 주저할 이유가 없다고 봅니다.

시인은 제 몸 하나가 온전한 일터입니다. 직장이지요. 자신이 고용주이며 스스로가 노동자입니다. 저 혼자 갑도 되고 을도 됩니다. 지은이면서 최초의 독자입니다.

비판자이면서 옹호자입니다. 포착되지 않은 장면의 발견자입니다. 보고되지 않은 사건의 기록자입니다. 적발되지 않은 상황의 고발자입니다.

외롭고 고단하지만 뜨거운 삶입니다. 어느 시인의 말처럼 온몸으로 밀고 가야만 합니다. 그래서 인간의 일과 성취 중에서 가장 뾰족한 끝자리에 오른 것들을 우리는 시라고 부릅니다. 이를테면 '춤의 시' '모래의 시' '빙판의 시'…… 시인도 그만큼 많습니다. '링 위의 시인'도 있고 '건반 위의 시인'도 있습니다.

밥 딜런은 기타를 들고 한 인간이 도달할 수 있는 가장 높은 데까지 올라갔습니다. '천국의 문'을 두드렸습니다. 피뢰침도 없는 첨탑 끝에 위태롭게 서서 노래를 불렀습니다. 영화 〈집오리와 들오리의 코인로커〉 속 대사처럼 '신의 목소리'를 들려주었습니다. '답은 바람이 알고 있다'고 말해주었습니다.

뉴욕타임스는 그를 천재 시인 랭보와 옙투셴코에 비유하기도 했지요. 저는 밥 딜런의 노벨상 수상 소식을 한 가수가 지향해온 궁극적 가치가 시인의 꿈과 동류항임을 인정받은 일로 받아들이고 싶습니다. 스웨덴 한림원이 문학의 만국공원에 세운 하나의 기념비쯤으로 이해하고 싶습니다.

그것은 지구 대가족의 꿈과 우주의 평화를 모토로 수천 년을 이어온 문학의 포용력과 위엄을 만천하에 보여주려는 생각일지도 모릅니다. 카메라가 펜이나 연필을 대신하고 인공지능이 모든 창작을 해보겠다고 덤비는 오늘, 문학의 정신을 다시금 환기시키려는 의도로 읽어도 좋을 것입니다.

　세상에는 아직 글로 옮겨지지 않았을 뿐 그 자체가 문학적 서사이며 시적 텍스트인 일들이 얼마나 많습니까. 글쓰기를 업으로 삼고 있지 않을 뿐 저마다의 언어로 시적 성취를 이룬 사람들이 얼마나 많습니까. 바로 그런 이유에서 저는 이번 노벨문학상은 펜 이외의 도구로 시를 쓰는 시인들에게 주어지는 상이라고 생각합니다.

　인류에 나누고 세상에 보태온 바가 문학의 그것에 필적하는 사람들을 시인으로 호명한 것이지요. 위대한 가수 루이 암스트롱의 죽음에 바쳐진 옙투셴코의 조시弔詩가 그런 짐작을 가능하게 합니다. 「암스트롱의 트럼펫」이라는 시의 끝 대목 말입니다.

　서로 하는 일은 다르지만/시인과 재즈 가수는 같은 형제/그들은 같은 것을 세상에 주기 때문에

17

시간을 읽는 다른 방법

말씀이 그대로 시가 되는 시인이 있습니다. 그분 입술이 열리길 기다렸다가 흘러나오는 말을 받아 적으면 그게 그대로 한 편의 시입니다. 한번은 그분께서 당신의 학생들에게 동백꽃으로 유명한 고창 선운사 가는 법을 일러주셨지요. 제 기억이 정확하다면 꼭 이와 같았습니다.

"선운사는 저그 전라도 고창이라는 곳에 있는디, 고창은 정거장이 읎어. 서울역으서 기차를 타고 정읍까지 가야 해. 거그서 고창까지는 버스를 타지. 헌데 버스가 하루에 몇 대 읎어. 한참 기둘려야 해. 그래서 말인데…… 차부 옆에 보면 주막이 하나 있네. 들어가서 막걸리 한 되를 시켜. 그늠을 다 마시면 버스가 와."

전라도 사투리로 느릿느릿 내려놓으시는 그 말씀을 시집에다 옮겨 실으면 영락없이 당신의 시편으로 읽힐 것입니다. 버스 시간 표나 배차 간격을 말하는 대신 '막걸리 한 주전자를 다 비우면 버스가 온다'고 말하는 사람. 이분이 누굴까요. 미당 서정주 시인입니다.

도대체 막걸리 한 되를 비우는 동안이 얼마나 되는 시간일까요? 물론 천차만별이겠지요. 마시는 이의 주량이 얼마나 되며, 누구와 마시는지, 무엇을 안주로 삼을지…… 제각각 한 시간도 되고 두 시간도 될 것입니다. 뿐이겠습니까. 주모의 기분이 어떠한지, 옆 탁자에는 어떤 손님들이 와서 무슨 이야기로 웃고 떠드는지, 창밖으로는 무엇이 내다뵈는지, 날씨는 어떤지……

막걸리 한 되의 시간을 어찌 시계로 재겠습니까. 그럴 수도 없고 그럴 필요도 없습니다. 그것은 꼭 읽어내야 하는 시간이 아닙니다. 따지고 지켜야 하는 시간도 아닙니다. 막걸리 한 사발을 앞에 놓고 있으면 버스를 기다린다는 사실조차 잊게 될지도 모릅니다. 선운사 스님과 시간 약속이 있는 것도 아니고, 절 아래 민박집에 도착해야 하는 시간이 정해져 있는 것도 아닌 까닭입니다.

주문한 술을 다 못 먹었는데 움직이는 버스가 보이면 다급히 손을 흔들며 달려가면 됩니다. 술값도 못 치르고 버스에 올라도 괜찮습니다. 차창 밖으로 고개를 내밀고 사흘 뒤 서울 가는 길에 다시 들르겠다고 하면 됩니다. 그날은 서울 가는 기차를 기다리기 위해 막걸리 한 되를 마셔야 할 테니까요.

그렇다면 막걸리 한 주전자를 비우고, 그 얼근하고 흥겨운 기분으로 갈 수 있는 거리는 얼마나 될까요? 동시 한 편을 읽다가 그것은

'막걸리의 거리'라는 생각이 들었습니다. 지은이는 사탕 하나를 입에
물고 어디까지 갈 수 있는지, 그 거리를 재고 싶었던 모양입니다.

> 할머니가 옛날 사탕을 하나 주면서, 사탕 하나에 든 달고 고소한 맛이
> 얼마나 긴 줄 아느냐고 물었다 맛의 길이를 어떻게 재느냐고 되물었
> 더니, 걸으면서 재보면 운동장 열 바퀴도 넘는다고 했다 뛰면서 재면
> 스무 바퀴도 넘겠다고 했더니, 자동차를 타고 재면 서울에서 천안도
> 갈 거라 했다 비행기 타고 재면 제주도도 가겠다고 했더니
>
> ─곽해룡, 「맛의 거리」 부분

퍽 흥미로운 발상이라서 의문은 꼬리를 뭅니다. 밥 한 그릇으로
갈 수 있는 거리, 커피 한 잔을 마시고 또 한 잔을 마시고 싶을 때까
지의 거리. 국밥 한 그릇의 거리. 피자 파이나 햄버거 하나의 거리.
라면이나 짜장면 한 그릇의 거리. 어쩌면 우리는 모두 다음 한 그릇
과 다음 한 잔을 마시기 위해 걷고, 달리고, 차를 타는지 모르겠다
는 생각이 듭니다.

제 선배 한 사람은 만났다 헤어질 때면 이렇게 하직 인사를 챙
깁니다. "오늘 즐거웠네. 자, 누구네 집이 제일 먼가. 막차 놓치지들
말고 어서 헤어집시다. 나야 뭐 걸어가도 된다네. 〈노들강변〉 두 번
부르면 우리 집이야." 짐작이 가십니까? 〈노들강변〉 두 번 부르면
닿는 거리.

저는 종종 그 선배 흉내를 냅니다. 그리 멀지 않은 길을 걸을 때

면 〈노들강변〉을 부르며 갑니다. 주로 네댓 번 부를 만한 거리였지만 열댓 번을 거푸 부르고 간 적도 있습니다. 아무려나 1934년에 만들어졌다는 신민요 〈노들강변〉엔 묘한 매력이 있습니다. 가사가 일제강점기 만담가로 유명했던 신불출의 솜씨라서 그럴까요.

이 노래를 부르다보면 창씨개명을 강요받은 그가 제 이름을 '강원야원江原野原'으로 고치고 일본어로 '될 대로 돼라'라는 뜻인 '에하라 노하라'로 부르게 했다는 일화까지 떠오릅니다. 그럴싸해서 그런지 언짢은 기분은 금세 흐물흐물 자취를 감춰버리고, 유쾌한 기분은 한껏 고조되어 발걸음을 가볍게 합니다.

음정과 박자의 눈금을 정확히 읽어내지 않아도 되어서 그런 것 같습니다. 노랫말을 따라 낭창낭창 휘어지며 걷다보면 계절에 상관없이 춘흥이 일어나기 때문일지도 모릅니다.

노들강변 봄버들 휘휘 늘어진 가지에다가/무정세월 한허리를 칭칭 동여매어나볼까/에헤요 봄버들도 못 믿으리로다/푸르른 저기 저 물만 흘러 흘러서 가노라.

우리가 꿈꾸는 세상은 〈노들강변〉을 몇 번 불러야 닿을까요? 우리가 기다리는 세월은 막걸리 주전자를 몇 개나 비워야 올까요?

18

마재에서

　마재에 왔습니다. 다산 정약용 선생 유적지. 옛날엔 광주 땅이었으나 지금은 남양주군이지요. 선생께서는 태어나서 십오 년, 유배에서 돌아와 십팔 년, 생애의 절반쯤을 여기서 보내셨습니다. 산색과 물빛이 곱고 투명해서 가을을 느끼기에 아주 그만인 곳이지요. 아름다운 강마을입니다.

　강진의 초당에서도 자나 깨나 그리워하시던 고향입니다. 그곳에서 쓰시던 호號에서도 이곳 마재에 대한 당신의 사랑을 확인할 수 있습니다. 스스로를 '열수옹洌水翁', 곧 '한강 늙은이'라 칭하셨지요. 몸은 천리 밖 남도에 계셨지만 마음은 늘 이곳 한강수와 함께하셨다는 뜻일 것입니다.

　다산의 고향 그리는 마음은 참으로 각별한 가족 사랑으로도 표현됩니다. 귀양살이를 하는 동안 집안의 자식들이 행여 그릇된 길로 빠지지 않을까 노심초사, 끊임없이 편지를 보냅니다. 그 먼 곳에서도 자식들의 공부와 성장에 대해 사랑과 관심을 소홀히 하지 않습니다.

편지로 세상 모든 이야기를 다합니다. 농사짓는 법, 생활의 지혜, 사람답게 사는 이치와 선비의 도리 등등. 폐족廢族도 성인聖人이나 문장가가 될 수 있다며 두 아들에게 용기를 줍니다. 몸을 움직이는 태도, 말씨, 얼굴빛을 항상 바로 가져야 한다고 가르칩니다. 그렇지 않으면 나쁜 짓大惡이나 비뚤어진 길異端, 잡스러운 일雜術에 홀리기 쉽다고 말합니다.

마침 이곳 실학박물관에는 선생이 가족에 기울인 애정의 농도를 가늠하게 하는 물증이 전시되고 있습니다. '하피첩霞帔帖의 귀향—노을빛 치마에 새긴 다산 정약용의 가족 사랑'이란 특별전입니다. 보물이 된 친필 서첩을 그의 고향에서 볼 수 있는 기회입니다.

하피첩은 참으로 애틋한 사랑의 산물이지요. 그것은 1810년, 그러니까 다산의 강진 유배 생활이 십 년째 되던 해에 만들어졌습니다. 두루 알다시피 부인 홍씨가 귀양지로 보내온 여섯 폭 치마를 잘라낸 것으로 꾸민 서첩입니다. 붉은 치마 '하피', 그것으로 이룬 글묶음이라서 '하피첩'이란 어여쁜 이름이 붙었지요.

오늘 그 진품을 보았습니다. 하마터면 종적도 모를 뻔했던 것, 우여곡절 끝에 발견되어 빛을 보게 된 것, 이 전시가 끝나면 다시 국립민속박물관으로 돌아가 깊은 잠을 자게 될 것이라지요. 다산 선생의 온갖 서체가 어우러진 명품을 직접 보게 된 것은 퍽이나 큰 행운입니다.

친필에서 선생의 육성을 듣습니다. "나는 너희에게 물려줄 것이 없다. 그러나 가난을 구제하고 삶을 넉넉하게 할 두 글자 부적을 줄 것이니, 너희들은 소홀히 여기지 말아라. 하나는 '근(勤: 부지런함)'이요, 다른 하나는 '검(儉: 검소함)'이다. '근검', 이 두 글자는 논밭보다 좋은 것이어서 평생 쓰고도 남는 것이다."

학정에 시달리는 백성의 아픔을 보면 눈물로 써내려가던 그 글씨입니다. '사람들이 가마 타는 즐거움만 알고 가마 메는 사람의 괴로움은 모른다'고 안타까워하시던 어른다운 말씀입니다.

다산의 인간애는 '가족에 대한 가장으로서의 책무'를 다하는 일에서 시작되었음이 분명합니다. 백성을 아끼고 사랑하는 법을 '수신제가修身齊家'로 익히신 분이지요. 당연한 일입니다. 제 식솔을 사랑하지 못하는 사람이 어찌 타인의 처지를 살필 수 있겠으며, 나아가 세상을 이롭게 하겠습니까.

선생의 편지에 이런 말씀이 있습니다. "사람을 알아보려면 먼저 가정생활을 어떻게 하는가를 살펴보면 된다. 만약 옳지 못한 점을 발견할 때는 거꾸로 자기 자신에게 비춰보고, 나도 아마 이러한 잘못을 하지 않나 살펴본 후 자신은 그러지 않도록 해야 한다."

가정을 올바로 건사하는 일이 사회적 활동의 원동력이 된다는 말씀으로 읽힙니다. 왜 아니겠습니까. 삶의 에너지를 가정과 가족들로부터 공급받는 사람의 신언서판身言書判은 두루 믿음직스러울 것입니다. 아니라면 생활은 외롭고 생각은 일그러지기 쉽겠지요.

선생은 사위에게도 살가운 사랑의 인사를 전하여 힘을 실어줄 줄 아셨습니다. 멋지고 자상한 장인이었지요. 이곳 마재로 장가들러 오는 그를 한 마리 새에 비유하여 멀리서나마 시를 써서 반겼습니다.

포롱포롱 날아온 새/우리 집 매화 가지에 쉬는구나//꽃향기 짙으니/그래서 찾아왔겠지//여기 머물고 깃들어/네 집안을 즐겁게 하려무나//이세 꽃 활짝 피었으니/열매도 많이 열리겠네

시집가는 딸을 위해 그려 보내신 〈매화병제도梅花屛題圖〉에 담긴 시입니다. 선생은 어쩌면 가족을 사랑하고 그 가족들로부터 돌려받은 사랑의 힘으로 유배를 견뎠을 것만 같습니다. 그렇게 사신 분이기에 결혼 육십 년을 기리는 잔칫날, 사랑하는 가족과 친지들의 배웅을 받으며 먼길을 가셨을 테지요.

이 풍진세상에도 선생의 고향 마을 가을빛은 사뭇 아름답고 평화롭기만 합니다.

19

조계사에서

조계사는 지금 꽃대궐입니다. 절 마당 안의 커다란 나무들과 돌계단, 갖가지 조형물들이 온통 국화의 옷을 입고 있습니다. 눈길 가 닿는 곳마다 꽃 장엄, 말 그대로 화엄華嚴입니다. 언뜻 보아도 수백 수천의 화분이 경내를 가득 채우고 있습니다. 꽃송이로 세자면 수천수만일 것 같습니다.

일주문을 들어서는 순간 국향이 온몸을 휩싸고 돌며 사람을 반깁니다. 쌍용의 꽃 장식이 눈을 어지럽힙니다. 밤에 보면 더 장관일 것입니다. 황홀하겠지요. 국화 송이송이가 벌건 대낮에도 꽃 등불입니다.

절에 피어난 꽃들답게 송이마다 사연의 명패들이 붙어 있습니다. 어떤 꽃은 가신 이의 명복을 빌고 있고, 어떤 꽃은 부모의 건강이나 자식들의 성공을 기원하고 있습니다. 예나 지금이나 '사랑은 내리사랑'이라고 대부분 아들딸들을 위해 비손하는 글입니다.

그중에도 대웅전 앞에 어사화가 꽂힌 사모 형태의 장식물이 눈에 띕니다. 과거에 합격한 사람이 쓰던 그것 말입니다. 가까이 가서 들여다보았습니다. 아니나 다를까, 그 언저리의 꽃들은 모두 대입 수능시험 수험생들을 위한 것들이었습니다.

하나같이 '무인생 아무개, 대학 합격 소원성취'거나 '정축생 아무개, 대학 수능 고득점 합격 기원'이라고 적혀 있었습니다. 순간 국화꽃 보는 재미가 조금 떨어지기 시작했습니다. 똑같이 생긴 꽃, 천편일률의 문구, 똑같은 희망과 기원……

그런데 딱 한 사람의 꽃이 달랐습니다. 생년과 이름만 있었습니다. 궁금했습니다. '이 아이의 할머니 할아버지 아니면 아빠 엄마는 왜 아무런 기원의 말을 써넣지 않았을까. 이 울타리 안의 모든 꽃들은 예외 없이 수험생들의 것이니 이 아이 역시 수험생일 텐데.'

별의별 상상을 다 해보았습니다. '대학 입시를 앞두고 있었는데 불의의 사고로 세상을 떠난 것은 아닐까. 워낙 실력이 모자라서 합격은 언감생심, 그저 요행이나 비는 모양이지. 그도 아니면 그저 부처님이 굽어살펴주시기만을 기도하려는지도 몰라.'

제 아이들이 대입 시험을 보던 때의 기억이 떠올랐습니다. 아내가 백일기도를 다녔습니다. 일하랴 살림하랴 허둥대면서도 틈만 나면 정성껏 손을 모으고 절을 하더군요. 어느 날 아내에게 물었습니다. "무얼 빌어?" 그렇게 물으면서도 참 멍청한 질문이라는 생각이

들었습니다.

몰라서 묻느냐거나 별걸 다 묻는다고 핀잔이나 듣겠다 싶었습니다. 그런데 아내는 뜻밖의 답을 했습니다. "점수가 어떻게 나오든지, 대학에 붙든지 떨어지든지, 그것을 우리 아이들 스스로가, 그리고 부모인 우리가 순순히 받아들일 수 있게 해달라고 빌어요."

아, 그것은 제 아내의 삼십 년 어록 중 가장 빛나는 한마디였습니다. 아이들이 어떤 결과를 보인다고 하더라도 그것을 인정하고 순응할 수 있게 해달라는 바람. 물론 저희 부부가 말처럼 그렇게 달관의 경지를 보이지는 못했습니다. 그럼에도 불구하고 제가 아내의 기도를 아직도 퍽 근사하게 기억하는 까닭은 그것에는 염치라는 것이 있었다는 점입니다. 터무니없는 욕심은 없었다는 것이지요.

문득 '빌다'라는 말의 사전적 풀이가 궁금해서 찾아보았습니다. 이렇게 나오더군요. '①바라는 바를 이루게 하여달라고 신이나 사람, 사물 따위에 간청하다. ②잘못을 용서하여달라고 호소하다.' 그리고 또하나, '남의 물건을 공짜로 달라고 호소하여 얻다'.

국어사전이 '비는' 방법을 가르쳐주고 있습니다. "①기도나 희망을 이뤄주십사 빌려면 ②먼저 반성부터 할 일이다. 아들딸의 고득점과 합격을 빌기 전에 자신이 그만한 성과를 기대할 만한 부모인가를 먼저 짚어보라. 복과 운을 하늘에 빌자면, 스스로의 부덕과 불민에 대해 먼저 용서를 빌어야 한다."

저 이름만 써놓은 아이의 부모는 그걸 깨달은 사람일 것만 같습니다. 간절히 빌어보려던 꿈이 자신들에게 너무 크고 무거운 것임을 자각한 모양입니다. 그래서 더이상의 말들을 쓸 수 없었는지도 모릅니다. 아니면 모든 것을 그저 자신이 믿고 따르는 절대자 앞에 그냥 내려놓고 돌아선 것이었겠지요.

모쪼록 생년과 이름만 적힌 저 아이가 가진 실력을 다 발휘할 수 있었으면 좋겠습니다. 나아가 저 여섯 글자의 기원이 대학 입시에서 끝나는 것이 아니길 바랍니다. 아무 토를 달지도 않고 과도한 주문도 없는 저 꽃송이가, 백지수표처럼 엄청난 복록을 부를 약속이 되면 더욱 좋겠습니다.

여기 오는 길에 사들고 온 시집의 표지를 들여다봅니다. 아주 짧은 시 한 편이 그대로 책 제목입니다. 『꽃씨 하나 얻으려고 일 년 그 꽃 보려고 다시 일 년』(김일로). 일 년의 의미가 새삼스러워집니다. 수험생들이 기다려온 일 년과 그 너머에서 기다리는 수많은 일 년을 생각합니다.

기울어가는 일 년과 다가올 일 년을 생각합니다. 오늘 우리(나라)는 무엇을 빌어야 할까, 생각해봅니다.

⟨20⟩

소리판에서

이 땅의 한 시절, 극장에 가면 우리는 일제히(!) 일어나야 했습니다. 영화를 보러 가서도 국민의례를 하던 시절이었지요. 동해에 해가 떠오르고 을숙도에 철새들이 날아오르는 화면을 지켜보면서 애국가가 다 끝날 때까지 서 있어야 했습니다. 황지우 시인의 시 「새들도 세상을 뜨는구나」에 잘 그려져 있는 광경입니다.

그보다 조금 더 오래된 기억입니다만, 누가 시키지도 않았는데 모두가 일어서던 적도 있었습니다. 대개는 영화가 끝나갈 무렵이었습니다. 주인공이 천신만고 끝에 꿈을 이루는 대목에서 그랬습니다. 다 죽어가던 영웅이 기사회생하여 우뚝 서는 장면에서 그랬습니다. 절체절명의 위기에서 극적인 반전이 일어날 때 그랬습니다. 이를테면 〈춘향전〉에서 이도령이 나타나는 순간입니다.

"암행어사 출두야!" 그 한마디에 누가 먼저랄 것도 없이 관객들은 자리에서 벌떡 일어납니다. 힘껏 박수를 칩니다. '이제 우리 춘향이 살았다'라는 안도감의 표현입니다. '변학도 넌 이제 죽었다' 하고 소리치며 한껏 참았던 분노와 격정을 일시에 쏟아내는 승리의 함성입니다.

알 수 없는 통쾌함과 짜릿한 전율이 있었습니다. 비루하고 답답한 일상에선 느낄 수 없는 쾌감이기도 했습니다. 그때 우리는 행복한 관객이었습니다. 감독의 필모그래피에 관심을 가진 사람도, 숨겨진 메시지를 읽으려고 애쓰는 사람도 없었습니다. '미장센'은커녕 '크레디트 타이틀' 같은 용어도 몰랐습니다. 그저 입을 헤벌리고 영화를 보았습니다. 침을 흘리며 보기도 했습니다.

그냥 이야기에 빠졌습니다. 아무도 분석하고 평하려 들지 않았습니다. 그저 스크린 안으로 들어가 스토리 속의 한 사람이 되었습니다. 〈춘향전〉을 보러 간 사람이면 모두 춘향이가 되었습니다. 적어도 영화를 보는 동안은 춘향이의 일이 자신의 일이었습니다. 팔짱을 낀 구경꾼은 하나도 없었습니다.

엊그제 그런 맛을 보았습니다. 예술의 전당이 기획한 판소리 무대였지요. 저는 두 시간 내내 춘향이가 되고 심청이가 되었습니다. 심청이 아버지가 젖동냥을 다니는 대목에서 눈물을 질금거렸고, 어사 장모가 된 월매가 덩실덩실 춤을 출 때엔 따라서 춤추고 싶어졌습니다. 소리판이 끝났을 때는 손바닥이 아프게 박수를 쳤습니다.

오랜만에 판소리를 현장에서 들었습니다. 아니, 그 판에 끼어 그날의 소리를 완성하기 위해 관객으로서의 역할을 다했습니다. 판소리는 창자 혼자 힘으로는 만들어지지 않습니다. 고수가 밀고 당겨주어야 하며, 관객이 들었다 났다 해주어야 합니다. 함께한 이들이 소리꾼의 기운을 어르고 추슬러주어야 합니다.

그날의 판은 소리와 북 그리고 추임새가 잘 어우러진 마당이었습니다. 한 소리꾼의 작품세계가 하나의 국악 장르로까지 대접을 받는 이자람씨의 소리판답게 시종 흥겨웠습니다. 그녀의 이름값을 아는 사람이라면 놀랄 일도 아닐 것입니다. 많이들 알다시피 이자람씨는 판소리가 전통적 형식과 규범에만 묶인다는 것이 너무나 밉지고 속상한 일이라고 생각하는 사람입니다.

그렇다고 해서 스승의 입에서 제자의 마음으로 전해지는, 구전심수口傳心授의 바탕을 지켜나가는 일을 게을리 하지 않습니다. 옛것의 미덕은 계승하고 발전시켜나가되, 모험을 두려워하지 않는 소년처럼 아무도 생각지 못했던 길을 찾아냅니다. 연극을 소리로 짜기도 하고 소설을 무대로 옮겨내기도 합니다. 덕분에 젊은이들이 국악에 흥미를 갖습니다. 유네스코 문화유산답게 세계가 관심을 갖게 합니다.

문득 이 하수상한 시절이 소리판만 같았으면 좋겠다는 생각이 듭니다. 지도자는 저 젊은 소리꾼처럼 자꾸 새로운 세상을 열어내는 사람이어야 할 것입니다. 위정자들은 북 치는 이처럼 명창의 소리가 장강의 물결처럼 순리대로 흐르게 도와야겠지요. 그런 무대라면 관객들은 절로 신명이 날 것입니다. 추임새가 제 어린 시절 극장의 박수 소리처럼 다시 터져나올 것입니다.

요즘 광화문의 밤이야말로 엄청난 소리판입니다. 춘향과 이도령, 방자와 향단이와 월매가 손을 잡고 나옵니다. 심봉사와 청이, 죽은 곽씨 부인에 뺑덕 어미까지 한 목소리를 냅니다. 흥부와 놀부가 어깨동무를 하고 광장에 모여 외치는 소리가 〈적벽가〉처럼 천지를 울립니다. 조금 더 있으면 산속 짐승들과 용궁의 물고기들까지도 몰려나올지 모릅니다.

우리는 행복한 관객이고 싶습니다. 사필귀정의 결말에 일제히 일어나서 박수를 치고 싶습니다. 모두 한쪽을 바라보면서 어사출두를 학수고대합니다. 심봉사 눈뜨는 대목을 기다립니다. 흥부의 박에서 무엇이 나올지 궁금해하면서 토끼도 자라도 잘되기를 기원합니다.

추임새도 얼마든지 준비하고 있습니다. '좋-다' '얼씨구' '지화자'…… '그렇지' '잘한다' '이쁘다'. 절로 터져나오는 탄성이면 무엇이나 좋다고, 이자람씨가 새삼스럽게 가르쳐준 것들입니다. 그런 소리들, 어서 외치고 싶습니다.

21

영릉에서

아침 일찍 여주에 왔습니다. 영릉, 세종대왕을 뵈러 왔습니다. 세상은 시끄러운데 이곳은 적막하기 그지없습니다. 간간이 일어나는 솔바람 소리가 제일 큰 소리입니다. 겨우 매달려 있던 나뭇잎들이 하염없이 지고 있습니다. 솔잎도 하릴없이 떨어져 쌓입니다. 가을과 겨울이 평화롭게 자리를 바꾸고 있습니다.

저는 지금 새벽녘에 겨우 잠이 드셨을 대왕의 침소를 기웃거리고 있습니다. 무엄하게 기침 소리도 몇 번 내봅니다. 머리를 조아리며 나직하게 여쭤봅니다. "전하, 얼마나 마음이 아프십니까?"

부질없는 질문입니다. 나라가 편치 않은데 당신 같은 성군의 심사가 편하실 리가 없지요. 밤마다 촛불을 밝혀들고 당신의 동상 곁으로 구름처럼 모여드는 백성들, 소망의 외침을 여기서도 다 듣고 계실 것입니다.

여기뿐이겠습니까. 전국의 초등학교 운동장에서 당신은 이 땅의 미래를 걱정하고 계실 테지요. 아울러 지폐 속 당신의 초상을 바라보는 얼굴마다 웃음꽃이 피어나기를, 당신의 문자로 읽고 쓰고 배우는 모든 이들의 꿈꾸는 세상이 어서 열리길 기다리실 것입니다.

그것이 나라의 안녕과 백성의 행복을 책임진 자리에 앉은 이의 마음이지요. 그래서 지금 이 나라 사람들은 당신을 에워싸고 희망의 노래를 부릅니다. 세종문화회관 앞에서 우리 모두가 원하는 나라의 모습을 그리고 있습니다. 세종시에서 남극의 세종기지까지 한 뜻이겠지요.

각설하고, 제가 평일 아침나절에 여기 와 망중한에 든 연유를 여쭙겠습니다. 제 수업을 듣는 몇 학생의 과제 덕분입니다. 그들이 내민 작품의 메시지를 보는 순간, 고개가 절로 끄덕여졌습니다. 동시에 이곳이 떠오르더군요. 그들은 '한글의 가치를 더욱 드높이기 위한 캠페인 아이디어를 내보라'는 선생의 요구를 보기 좋게 만족시켰습니다.

소재부터 신선했습니다. 그들은 광화문 촛불시위 현장에서 화제를 찾아냈습니다. 대왕의 동상을 중심으로 갖가지 표어가 적힌 팻말을 들고 있는 군중에게서 한글의 가치를 읽었다는 것이 자못 대견스럽기까지 했지요. 학생 하나가 천천히 설명을 시작했습니다.

"엊그제 광화문에 갔다가 이 사진을 찍게 되었습니다. 이 장면이야말로 한글의 위대함을 드라마틱하게 보여주고 있다는 생각이 들었지요. 세종대왕께서도 말할 수 없이 행복해하셨을 것입니다. 너무나 흐뭇하셔서 눈물을 글썽이셨는지도 모를 일입니다."

속으론 몹시 반가우면서도 짐짓 모르는 체하며 질문을 던졌습니다. "시위 광경을 보고 세종대왕이 흐뭇해하실 거라고? 왜?" 학생은 조금 더 힘이 들어간 목소리로 말했습니다. "훈민정음 서문을 생각해보세요. 어리석은 백성이 말하고 싶은 바가 있어도 제 뜻을 펼치지 못하는 사람들이 많아서 스물여덟 글자를 만드셨다고 밝히셨잖아요."

어서 결론을 듣고 싶어서 채근을 했습니다. "그래서?" 학생은 신이 나서 받았습니다. "대왕께서 한글을 만들지 않으셨다면 저 많은 팻말의 주장과 외침들이 어떻게 가능했겠어요? 국민들이 억울하고 답답한 가슴속 응어리들을 무엇으로 저렇게 쉽게 표현할 수가 있었겠습니까?"

순간 저도 한껏 행복해져서 외쳤습니다. "훌륭한 발견이야! 요즘 우리 시위 문화에 대한 온갖 해석들이 쏟아지고 있지만 그런 이야기를 한 사람은 아무도 없었어. 방송국 앵커도, 신문사 논설위원도 그런 가치는 찾아내지 못했어. 광장 한복판에 세종대왕을 모셔놓고도 그분의 마음을 읽어볼 생각은 아무도 안 했어."

저는 요즘 말로 '격하게' 그들을 칭찬했습니다. 동시에 지체 없이 당신을 찾아뵙고 이 젊은이들의 기특한 소견을 자랑하고 싶어졌습니다. 그리고 진심으로 감사의 절을 올려야겠다는 생각이 들었습니다.

"대왕이시여, 과연 보고 계시는지요? 당신이 지으신 '백성을 가르치는 바른 소리'가 '바른 나라를 향한 뜨거운 격문'으로 천지를 가득 채우고 있습니다."

이제 이 땅의 백성들은 돌을 던지지 않습니다. 화염병에 불을 붙이지도 않습니다. 자신들의 손으로 또박또박 눌러 쓴 한 글자 한 글자가 돌멩이보다 더 단단하다는 것을 알기 때문입니다. 가슴 깊은 곳에서 솟아난 한마디 한마디가 칼보다 매섭고 화살보다 독하다는 사실을 믿기 때문입니다.

당신께서는 저희들에게 참으로 엄청난 힘을 주셨습니다. 남녀노소 누구나 이르고자 하는 바가 있으면 망설이지 않고 자신의 뜻을 드러낼 수 있게 해주셨습니다. 지상에서 가장 아름답고 과학적인 문자, 한글. 지구 위의 어느 조상이 후손들에게 이만한 선물을 했을까요.

또다른 한 팀의 과제는 당신을 이렇게 예찬하고 있습니다. "세종대왕, 당신은 오천만의 산타클로스입니다." 사진이 재미있더군요. 광화문에 계신 당신의 머리에 빨간 털모자가 씌워지고 있는 모습입니다.

문득 이렇게 외치고 싶어집니다. "세종대왕 만세. 한글의 나라 만세."

22

고속도로에서

도저히 참을 수 없어서 차를 세웠습니다. 아니, 무서워서 멈췄다고 하는 게 더 옳은 것 같습니다. 눈 한번 껌벅였다 싶었는데 몇백 미터가 꿈길처럼 흘러갔습니다. 찰나의 시간이었지만 축구장 한 바퀴쯤의 거리를 자동차 혼자서 달린 것입니다. 아찔했습니다. 머리털이 곤추섰습니다.

나하곤 상관없다고 생각했던 문장들이 일시에 모여들었습니다. 제 차를 포위했습니다. '졸음운전의 종착지는 이 세상이 아닙니다.' '졸음운전—영원히 잠들 수 있습니다.' '겨우 졸음에 목숨을 걸겠습니까?' 고속도로에서 흔히 만나게 되는 그런 경고 문구들이 빈말이 아님을 실감했습니다.

요즘 고속도로의 안전을 관리하는 이들이 졸음운전과 한바탕

전면전을 벌이는 이유를 온몸으로 확인했습니다. 운전자의 경각심을 불러일으키려는 표어들이 왜 그리 많아졌는지를 알게 되었습니다. 그것들이 어째서 그렇게 자극적이고 충격적인 문장이어야 하는지도 절로 이해됐습니다.

그것들은 대부분 '죽느냐 사느냐'의 살벌한 이분법으로 비극적 결말을 또렷이 깨닫게 하려는 노력입니다. 그러나 졸음이란 놈은 어지간한 회유나 협박에는 꿈쩍도 하지 않습니다. 애당초 말로 타이르고 글로 주의를 준다고 달아날 녀석이 아니지요. 이성적으로 타협이 가능한 상대라면 뭐가 문제겠습니까. 녀석은 정말 안하무인! 인정도 사정도 살필 줄 모릅니다.

총을 든 군인도 무서워하지 않고 목숨을 걸고 생사의 경계를 넘어서려는 선방禪房의 스님도 두려워하지 않습니다. 그렇기에 최전방 고지의 초병에게는 '졸면 죽는다'라는 구호가 명찰처럼 붙어 다니고, 공부하는 스님들에게는 죽비소리 요란한 경책警策이 떠나질 않는 것일 테지요. 그것만 다스릴 수 있어도 부처로 가는 길은 그리 멀지 않다고 합니다. 오죽하면 졸음을 마귀 취급하여 '수마睡魔'라 부르겠습니까.

졸음에 대한 방책은 꼭 한 가지. 잠을 자는 것입니다. 운전자라면 차를 세우고 쉬는 것 말고는 방도가 없습니다. 그래서일까요. 고속도로는 이제 권유나 위협 대신 신신당부를 합니다. "전방 2km에 졸음쉼터, 졸리면 제발 쉬어가세요." '제발'이란 두 글자가 참으로 눈물겹게 읽힙니다. 이쯤 되면 통사정입니다. 애걸복걸입니다.

'제발' 졸음에 저항하지 말라는 당부입니다. 놈을 이기려고 덤비다가는 되레 잡아먹히기 십상이니, 싸우려 하지 말고 슬그머니 꽁무니를 빼라는 충고입니다. 져주는 게 이기는 것이라는 승리의 이치를 간곡히 이르는 것입니다.

그러나 순순히 져주기가 그리 쉬운 일이 아닙니다. 잠깐 눈을 붙이려 해도 시간이 허락되지 않는 경우도 있고, 쉬고 싶어도 쉬지 못하는 사람도 적지 않습니다. 야간비행중인 조종사가 그럴 것이고, 언제나 비상대기중인 안전요원들의 밤이 그럴 것입니다. 밤새 달려가야 하는 화물트럭 기사가 그럴 것입니다. '부모 형제 나를 믿고 단잠을 이룬다'라는 군가의 주인공처럼 부릅뜬 눈으로 나라를 지키는 병사가 그럴 것입니다.

밤에만 국한된 이야기도 아닙니다. 지하철 기관사에겐 낮 근무도 야근과 다를 바 없겠지요. 끊임없이 껌을 씹어가면서 졸음과 싸운다는 이야기를 어디선가 들었습니다. 수면 시간이 태부족인 수험생들의 사정도 비슷할 것입니다. 갖은 묘책을 다 써보지만 시도 때도 없이 내리덮이는 눈꺼풀의 무게를 이기기란 쉽지 않습니다.

그러고 보니 세상에는 언제나 두 가지 부류의 사람이 존재한다는 생각이 듭니다. 자고 있는 사람과 깨어 있는 사람. 누군가의 잠을 위해 누군가는 깨어 있고, 누군가가 깨어 있는 덕분에 누군가는 편히 잠을 잡니다. 자고 일어난 사람은 자신을 위해 밤을 지새운 이의 노고에 고마워하면서 '불침번'의 자리로 달려갑니다.

불침번은 말할 것도 없이, 잠들지 않고 서 있거나 주어진 길을 가야 하는 사람. 그는 자신의 수고 덕분에 세상이 무사하고 평화로운 것에 행복해합니다. 그걸 보람으로 알면서 사랑하는 사람이 잠을 깰세라 발뒤꿈치를 들고 걷습니다. 기침도 참고, 혼자 깨어 있는 시간의 고독과 적막을 참고 견딥니다.

잠을 자야 할 사람과 이제 일어나 나가야 할 사람이 그윽한 눈길로 서로를 바라보는 세상은 생각만 해도 아름답습니다. 그런 상상에 참으로 어여쁜 동시 한 편이 겹쳐집니다. "아기가 잠드는 걸 보고 가려고/아빠는 머리맡에 앉아 계시고/아빠가 가시는 걸 보고 자려고/아기는 말똥말똥 잠을 안 자고". 윤석중 선생의 「먼 길」입니다.

아침에도 잠자리에 드는 사람들과 한밤중에도 집을 나서야 하는 사람들을 헤아려봅니다. 물고기는 밤낮 눈을 뜨고 있다지요. 산사의 풍경과 목어와 목탁이 모두 물고기 형상을 하고 있는 까닭을 짚어봅니다.

지금 저는 깨어 있어야 할 사람인지, 그냥 잠에 빠져도 좋을 사람인지를 생각해봅니다.

23

터널의 시간

저는 날마다 세 개의 터널을 지나다닙니다. 하나는 제법 길고 둘은 비교적 짧습니다. 둘은 무료지만 하나는 유료입니다. 한 번 지날 때마다 이천오백 원을 냅니다. 하루 두 번이니 무시할 액수는 아니지요. 거기에 고속도로 통행료까지 보태면 제가 매일 길에다 바치는 돈은 적지 않습니다.

당연히 요금에 저항감이 일어나기도 합니다. 길보다는 터널 쪽이 더 그렇지요. 문득문득 비싸다는 생각이 듭니다. 날마다 지나는 사람은 할인이라도 좀 해줄 일이지 하면서 투덜거릴 때도 있습니다. 그러나 그런 불만은 금방 뭉개집니다. 마음의 스위치를 곧 바로 '긍정' 모드에 옮겨놓는 습관 덕분입니다.

하지만 저는 그렇게 대범하지도 너그럽지도 못합니다. 그저 매사에 합리화를 잘할 뿐입니다. 터널 통행료에 대한 체념도 따지고 보면 이솝우화 「여우의 신포도」 속 여우 같은 태도에 가깝지요. 불리하거나 불편한 생각은 얼른 고쳐먹습니다.

'이 터널이 없으면 어쩔 것인가. 한참을 빙 돌아다녀야 한다. 통근 시간 이 주변의 도로 사정을 생각해보자. 잘못 걸리면 아예 길에 갇히기 십상이다. 출근 시간이 삼십 분 더 걸릴 수도 있고, 귀가 시간이 한 시간 늦어질 수도 있다. 그러니 터널은 내게 하루에 한두 시간쯤을 선물하는 셈이다. 일주일이면 몇 시간인가? 열흘이면?'

그렇기에 저의 터널 통행료는 '시간'이란 이름의 물건값입니다. 요금소는 시간을 파는 가게지요. 물론 다른 이용객들의 생각은 제각각일 것입니다. 시시각각으로 다를 테지요. 심야엔 비싸게, 아침저녁엔 싸게 느낄 것입니다. 한가한 사람은 비싸게, 분초를 다투는 이는 저렴하게 생각할 것입니다. 분명한 것은 모두가 터널이라는 물건을 애용한다는 사실이지요.

하지만 이 땅의 모든 터널이 그렇게 평화로운 소비의 대상은 아닙니다. 한적한 시골 마을의 터널은 대개 포식자에 가깝습니다. 제 고향 사정만 살펴보아도 그렇습니다. 2킬로미터 길이의 터널 하나가 수백 년 역사의 고갯길을 먹어치웠습니다. 아흔아홉 굽이 옛길이 존재의 이유를 잃었습니다.

길만 길을 잃은 것이 아닙니다. 오래된 상점과 주막과 민박집이 실업의 처지에 놓였습니다. 전설이나 설화를 이야기하고 풍물과 조형물을 내세워 노스텔지어를 일으켜보지만 좋았던 시절을 돌이키기엔 역부족입니다. 터널이 '이야기 길'을 잡아먹었습니다.

도처에 터널입니다. 길이 늘어나니 그것도 자꾸 많아지는 것이 겠지요. 걱정스러워하는 이들에게 전문가들은 입을 모읍니다. 터널을 뚫는 일이 산천을 덜 망가뜨리고 경제적으로도 제일 효과적인 도로 건설 방식이라고 말입니다. 그렇게 만들어진 도로들은 또 이렇게 말하지요. "이제 '한 시간대'에 당신이 가고 싶어하는 해변이나 휴양림에 도착할 수 있습니다."

궁금해집니다. '바닷가에 가는데 왜 그렇게 쏜살같이 가야 하나. 숲속을 찾아가는 여정이 뭐 그렇게 바쁠까.' 제가 궁금해하든 말든 엊그제 난 길 옆으로 또 새로운 도로가 건설되고 있습니다. 숲이 있던 자리에 새로 뚫리고 있는 구멍이 아궁이처럼 탐욕스러워 보입니다. 길들이 마라톤 경기처럼 기록 단축 경쟁을 합니다. 여행객들은 귀대 시간에 쫓긴 휴가병처럼 서두릅니다.

눈부신 경치, 천하의 절경일수록 땀흘려 찾아온 이에게 자태를 허락하고 싶을 것입니다. 금강산이 아름다운 이유 한 가지도 쉬이 접근하기 어려운 점 아닐까요. 그 산의 기행문들이 대부분 야단스러운 감탄과 감격의 기록인 것 또한 거기 이르는 길의 고단함과 무관하지 않을 테고 말입니다.

만일에 만물상이나 비로봉 밑까지 지하철을 타고 가는 세상이 온다면 금강산은 천년만년 그렇게 아름다운 비경을 간직할 수 있을까요. 누군가는 이런 이야기를 철없는 낭만주의자의 한가한 시비쯤으로 웃어넘길 것입니다. 그런 분들이 모쪼록 다음과 같은 경험을 하게 되기를 기대합니다.

새로 난 터널로 달려가서 만난 '구름바다'보다 인적 끊긴 고갯길 꼭대기에서 더 아름다운 운해를 목격하기를. 최신 내비게이션이 안내한 '맛집'보다 한적한 지방도로변 점순 할매네 집이 '한 수 위'라는 것을 알게 되기를. 통행금지 푯말이 붙은 터널 덕분에 일곱 살 때 보았던 쌍무지개를 다시 보게 되기를.

낯선 터널을 만나거든 인사를 건네며 말을 붙여보세요. '터널아, 너로 인하여 지워지고 있는 길은 어디인가? 땅속으로 가는 자동차가 놓칠 수밖에 없는 풍경은 무엇인가?' 스스로에겐 이렇게 물어보세요. '소금강을 보러 가면서 왜 인천공항으로 바이어 마중 가는 영업사원처럼 뒤도 돌아보지 않고 달리는가?'

또 있습니다. 영화 〈터널〉의 주인공처럼 외쳐볼 일입니다. '지금 우리가 갇혀 있는 이 어두운 터널의 끝은 어딘지. 터널을 나가면 무엇이 기다리는지. 소설 『설국』의 첫머리처럼 하얗게 눈 덮인 세상이 나오는지, 어떤지.'

24

달력에 관한 명상

옛 직장 동료에게 전화를 걸었습니다. 달력이 나왔거든 몇 부 보내줄 수 있느냐는 부탁을 하고는 이런 답을 기다렸습니다. '예, 나왔어요. 곧 보낼게요.' 그런데 뜻밖의 대답이 돌아왔습니다. '올해는 달력을 찍지 않았습니다. 경기도 어려운데다 수요도 별로 없어서 그러기로 했어요.'

서운했습니다. 서운함을 넘어 난감해지기까지 했습니다. 삼십년 이상 그것만을 달력으로 알고 살아온 까닭입니다. 심심하리만치 단순한 디자인이지만 여백이 많고 앞뒤 달을 함께 볼 수 있어서 좋았지요. 넉넉히 얻어서 주변 사람들에게 나눠주기도 하던 물건이었습니다.

'이제 그 자리에 무엇을 걸어야 하나?' 다른 달력을 걸면 마치 모르는 사람의 사진처럼 낯선 느낌일 것만 같습니다. 중독이 따로 없습니다. 너무 오래 한 가지에만 정을 붙인 탓입니다. 그나저나 맘에 드는 달력 구하기가 쉽지 않을 것 같아 걱정입니다. 연말이 코앞인데.

달력은 세밑 풍경에 빼놓을 수 없는 소품이었습니다. 현실이 춥고 고단할수록 새해에 거는 기대는 커지기 마련이었지요. 나아지지 않는 세월을 탓하며 쓸쓸히 술잔이나 부딪치고 헤어지는 친구의 손에 쥐여주던 그것. 돌돌 말은 달력은 희미한 희망의 온기를 지닌 물건이었습니다.

올해 우리 이웃들의 송년 모임도 별반 다르지 않을 것입니다. 물론 소중하게 옆에 끼고 갈 달력은 많지 않겠지요. 그렇다고 해서 달력의 부재를 아쉬워하거나 안타까워할 사람이 얼마나 되겠습니까. 따지고 보면 제 동료 얘기가 옳지요. '수요가 많지 않아서……'

달력을 대신하는 것들이 많아진 까닭입니다. 컴퓨터를 비롯한 전자기기들과 휴대전화…… 그것들이 스케줄을 기억하고 약속 시간까지 일러줍니다. 내후년에는 공휴일이 몇 번 있는지도 가르쳐줍니다. 젊은이들은 십 년 뒤의 자기 생일이 무슨 요일인지도 즉석에서 알아냅니다.

그럼에도 불구하고 저는 달력이 '없어도 그만'인 존재가 되어간다는 것이 여간 섭섭하지 않습니다. 지난 시절의 달력은 날짜를 알리는 일만 한 것이 아닙니다. 그것은 퍽 오랫동안 우리가 꿈꾸고 노력해야 할 이유를 가르쳐주었습니다. 그 안엔 언젠가 한번 가보고 싶은 먼 나라의 집들과 동화 속 삽화 같은 풍광이 있었습니다. 그림 같은 길과 자동차가 있었고 천사 같은 아이들의 웃음과 눈부신 미인들의 미소가 있었습니다.

지질은 또 얼마나 좋았습니까. 그것은 가정에서 구할 수 있는 가장 세련되고 고급스러운 종이였습니다. 눈처럼 새하얀 그것으로 하는 일은 왠지 신성하게 느껴지기까지 했습니다. 그런 것이기에 새 책의 표지를 싸는 것처럼 무언가 의미 있는 일을 할 때에나 쓰였습니다.

새 달력을 마주하는 제 마음은 여전히 공책을 새로 장만한 어린이의 그것과 다르지 않습니다. 아직 오지 않은 시간의 스토리에 대한 호기심을 감추지 못하면서 마음의 행로를 다잡게 됩니다. '올해는 내가 시간의 주인이 되어야지.' 그런데 이 생각 끝에 왜 갑자기 제 어린 시절 바람벽에 붙어 있던 그 달력이 떠오르는지 모르겠습니다.

그것은 국회의원의 사진이 절반을 차지하고 있는 달력이었습니다. 열두 달이 한 장 안에 다 들어 있었지요. 일 년 내내 한 사람 얼굴만 쳐다봐야 하는 단점은 있었지만 궁핍한 시절 그 달력 한 장은 참 고마운 것이었습니다. 제작 의도가 그리 순수한 것은 아니었다 해도 그것에 관한 오늘의 제 기억은 퍽 긍정적입니다.

정치가가 자신이 젊어지려는 세월과 자신의 얼굴을 일대일로 나란히 놓는다는 것은 역사 앞에 명예를 걸겠다는 뜻 아니겠습니까. 그런 태도의 주인공이라면 자신의 이름과 얼굴을 간판에 넣은 설렁탕집 할머니처럼 신뢰를 얻을 것입니다. 자신의 시간과 '국가와 국민의 시간'이 둘이 아니라는 것을 분명히 자각한 증거로 이해할 수 있기 때문입니다.

문득 이 땅에서 지도자가 되고 싶고 리더임을 자처하는 이들이 그런 달력을 만들어 갖기를 권하고 싶어집니다. 많이 찍을 필요도 없습니다. 열 장쯤만 인쇄해서 집과 사무실 방마다 붙여두었으면 합니다. 정치가의 얼굴은 곧 '시간의 얼굴'임을 스스로 확인할 수 있을 것입니다.

대문짝만하면 좋겠습니다. 드나들 때마다 보고 또 보시면 좋겠습니다. 그런 정치가들이 많아지면 대한민국은 달력이 필요 없는 나라가 될지도 모릅니다. 일일시호일日日是好日, 날마다 좋은 날인데 달력 볼 일이 뭐 있겠습니까. 산중무력일山中無曆日, 산속에 달력이 있을 이유가 없듯이.

25

청진동에서

종강을 했습니다. 한 학기를 무탈하게 마쳤다는 안도감이 일종의 해방감처럼 밀려듭니다. 제가 만든 싱거운 소리가 그리 싱겁지만은 않다는 생각이 드는 것도 이맘때입니다. '세상에서 제일 빨리 가는 시계는 대학의 시계다.' 동업에 종사하는 사람들은 쉽게 고개를 끄덕일 것입니다.

학기말이라고 즐거운 것만은 아닙니다. 방학이라는 무지개를 만나려면 몇 고개를 더 넘어가야 합니다. 제일 힘든 고개는 역시 학생들 성적 평가지요. 저마다 열심히 공부하고 노력한 결과를 두루 잘했다고 칭찬만 할 수 없고 흠결을 찾아서 깎아내리기도 해야 합니다. 줄을 세워야 합니다.

알다시피 사람이 사람을 재단하고 채점하기란 참으로 힘든 일입니다. 더군다나 의견과 주장의 흑백이나 곡직의 판별은 고통스럽기 그지없지요. 가장 곤혹스러운 순간은 잣대나 저울의 눈금이 고르지 못하다는 것을 스스로 알아차릴 때입니다. 자신도 미처 예상치 못한 답을 보게 될 때 출제자는 당혹스럽습니다. 조금 전까지 최상의 답으로 보았던 것보다 더 좋은 답이 나올 때 선생의 '스트라이크존'은 흔들립니다.

고백합니다. 제게는 이런 경우도 있었습니다. 어느 답안을 보고 '마뜩잖군' 하면서 C를 주었습니다. 그리고 화장실엘 다녀왔습니다. 조금 전의 답안을 다시 읽었습니다. '이걸 내가 왜 C로 봤을까. A플러스!' 입학 시험이라면 당락이 뒤집힐 수도 있었던 순간입니다.

뿐만이 아닙니다. 채점을 하다가 점심을 먹게 될 때도 위험합니다. 식전과 식후가 경미하게 흔들립니다. 마저 끝내지 못하고 퇴근할 때도 주의해야 합니다. 오늘 '세이프' 수준의 답안이 내일은 불행히 '아웃' 판정을 받게 될 수도 있습니다.

실수를 줄이려면 스스로를 들볶는 방법밖에 없습니다. 지각知覺의 부실함을 '조심하고 거듭 확인함'으로 극복합니다. 성적 산출의 근거를 많이 마련해서 이것과 저것을 '크로스 체크'합니다. 미심쩍은 것은 재차 들춰봅니다. 자와 저울의 눈금을 자꾸 확인합니다.

그럼에도 불구하고 학기말이면 저는 수학 선생님들이 부러워집니다. 수학 답안에서는 오해도 착시도 착각도 일어날 일이 없을 것 같아서입니다. 얼마나 좋을까요. 만천하에 공개되어도 정오가 분명하고 득점에도 이의가 있을 수 없는 성적표를 만들 수 있는 수학 선생님.

사람이 아니라 사실이 부러운 것인지도 모릅니다. 요즘 부쩍 많이 쓰이는 단어 '팩트' 말입니다. 실재이며 움직일 수 없는 현상인 것. 전제군주도 제멋대로 어쩌지 못하고 백만장자도 제 맘대로 바꾸지 못하는 것.

그런 점에서 저는 출석부가 고맙습니다. 절하고 싶어집니다. 그날 그 시간에 있었던 사람과 없었던 사람을 증명해주는 그것. 제 시간에 온 사람과 늦게 온 사람을 분명히 구분해주는 그것.

광화문 근처 해장국집에 앉아서 왜 출석부 생각이 새삼스러운지 모르겠습니다. 아무튼 저는 지금 곧 수업을 받으러 가야 하는 야간 학생처럼 국밥을 먹고 있습니다. 곧 해가 떨어질 것입니다. 촛불이 켜지고 광장은 거대한 교실이 될 것입니다. 될 수 있으면 시간 맞춰 가서 교단 앞쪽에 앉아야겠다고 생각하며 저녁을 먹고 있습니다.

물론 광화문의 교실은 출석을 부르지 않습니다. 지각을 했다고 나무랄 사람도 없습니다. 그럼에도 불구하고 어린아이, 노인 할 것 없이 끊임없이 모여듭니다. 백만 명의 학교입니다. 선생과 학생이 따로 없습니다. 국민이 국민을 가르칩니다. 초등학생의 말을 대학교수가 경청하고, 젊은 노동자의 의견에 허리 굽은 노인이 박수를 칩니다.

누가 출석을 부르는 걸까요. 국민들입니다. 이 땅의 백성 된 자들이 저마다 제 이름을 부르며 이곳에 와 앉고 섭니다. 궤변에 대한 저항입니다. 문제의 본질을 흐리지 말라는 명령입니다. 누가 보아도 같은 답을 가리지 말라는 주문입니다. 자꾸 괴상한 '보기'를 보태며 혼란을 부추기지 말라는 요구입니다.

죄지은 자들이 억지 알리바이를 만들기 급급해하는 시간에, 죄 없는 백성들은 역사에 부끄러운 알리바이를 남기지 않으려고 촛불을 듭니다. 누가 이 광장에 모이는 사람들의 진심을 의심합니까. 누가 이 교실의 출석부를 불신합니까. 지금 이 교실의 평가는 저의 글짓기 시험 문제처럼 제각각의 답이 있을 수 없습니다.

남녀노소가 한가지 답을 말하고 있기 때문입니다. '백만의 답'이 어떻게 '오천만의 답'일 수 있느냐고 묻는 사람도 있다지요. 온 국민의 의견을 알고 싶을 때, 국가도 조사 전문 회사도 '일천 명'쯤에게 묻습니다. 그렇게 나온 결과를 아무도 고작 천 명의 대답이라 업신여기지 않습니다. 나머지 사천구백구십만 구천 명에게 마저 물어보라 하지 않습니다.

광화문에 가서 출석을 불러보십시오. 거기 남녀노소가 고루 있습니다. 경향 각지, 각계각층이 모두 어울려 있습니다. 국민의 출석부가 있습니다.

2
부

26

희망 한 단

두 밤만 더 자면 새해입니다. 기막힌 일들이 너무 많아서 당최 면목이 없을 묵은해도 물러갈 채비를 하고 있을 것입니다. 달력은 한 해의 끝을 알리는데 어처구니없는 일들은 결말이 보이질 않습니다. 동지도 지났으니 새 계절의 입구. 그런데도 어둠의 길이는 좀체 줄어들지 않습니다.

돌이켜보자니 하늘과 땅도 점점 무심해지는 것만 같습니다. 가을에 시작된 지진의 공포는 여전히 계속되고 있습니다. 우리가 딛고 선 땅도 흔들리고 꺼질 수 있다는 사실이 우리를 두렵게 합니다. '하늘에 죄를 지으면 빌 곳이 없다'는데, 사람의 죄가 하늘에 닿아서일까요.

지난여름의 하늘은 얼마나 무서웠습니까. 그야말로 염천 그 자체였습니다. '혹서酷暑'라는 단어의 뜻을 모두가 실감했지요. 누가 여름과 겨울 중에 어떤 계절이 더 나으냐 물으면, 저는 이제 망설이지 않고 이렇게 답합니다. "겨울요. 얼어죽더라도 저는 이제 겨울 편입니다."

추위는 용기와 투지를 키우지만 더위는 인간을 무력하게 만듭니다. 한파 속의 이성은 얼음처럼 빛나지만 한여름의 두뇌는 제 할 일을 잊어버리고도 부끄러움을 모릅니다. 자연히 진지한 생각은 피하게 됩니다. 『논어』를 읽고 공자님 말씀을 새기는 일은 다음 계절로 미루게 됩니다.

더위에 둔감한 편인 저도 참기 어려운 여름이었습니다. 실크로드에서 경험한 섭씨 사십 도의 기억을 자주 떠올렸습니다. 타클라마칸사막의 낙타를 생각하며 견뎠습니다. 화염산을 지나는 삼장법사와 손오공 일행도 생각났습니다. 그 무렵 제 곁의 어른 한 분께서 이런 말씀을 하셨습니다. "이 더위 잘 간직했다가 겨울에 써."

도무지 끝날 것 같지 않던 여름이 아주 오래전의 시간처럼 느껴집니다. 이렇게 겨울 깊숙이 들어와 있는 것도 무척 오래된 일 같습니다. 저처럼 그래도 겨울이 낫다고 편을 들던 사람들도 벌써 마음을 바꿨을지 모릅니다. '그래도 여름이 낫지. 추운 것은 못 견뎌. 어디 기를 펼 수가 있어야지.'

하늘땅 꽁꽁 얼어붙는 것을 사람 힘으로 어쩌겠습니까. 참고 이겨내야지요. 조금 더 오래 살아온 이들의 '말도 아니게 추웠던 옛날' 이야기를 곧이들으며 어깨를 펴야 합니다. 민초들의 내성耐性과

기개를 길러준 것도 '겨울 공화국'의 시간이었음을 새삼스레 믿어볼 일입니다.

〈희망 한 단〉이란 노래가 있습니다. 원래는 시입니다. 타고난 감성으로 세상사를 나긋나긋 풀고 당기던 시인 김강태의 「돌아오는 길」이라는 작품입니다. 거기에 소리꾼 장사익이 곡조를 붙여서 시인 따라 하늘로 올라가려는 시를 지상에 내려앉혔지요. 올겨울 이 답답한 세밑에 더욱 간절하게 와닿습니다.

……춥지만, 우리/이제/절망을 희망으로 색칠하기/한참을 돌아오는 길에는/채소 파는 아줌마에게/이렇게 물어보기//희망 한 단에 얼마예요?

더위와 추위를 한몸으로 받아낸 햇수만큼의 동그라미가 나무들의 나이테라지요. 인간의 몸에도 그런 표지가 있다면 그것은 아마 끝없는 파문의 형태가 아닐까 하는 생각이 듭니다. 이를테면 절망과 희망이 밀물과 썰물처럼 끊임없이 일어났다가 꺼지면서 생겨난 문양.

그러나 그것들은 절대 그저 습관처럼 반복되어왔거나 하릴없이 그려진 무늬가 아닐 것입니다. 힘들고 고단한 시간에 대한 도전과 성취의 흔적입니다. 당연히 우리가 이 겨울을 통과하는 방식 또한 막연한 기다림이어선 안 될 것입니다. '춥지만' 문을 열고 먼 곳을 바라볼 일입니다. 한 십 리 바깥까지 나가볼 일입니다.

시인과 가객은 한목소리로 권합니다. '겨울의 무채색을 봄 빛깔로 칠해나가자. 절망을 희망으로 색칠해줄 사람은 따로 없다. 우리 스스로의 몫이다. 하늘 쳐다볼 일도 아니고 땅을 파고 있을 일도 아니다. 서로가 서로에게 어떤 희망이 될 수 있을까를 생각해야 한다.'

물론 제멋대로의 해석이지요. 하지만 틀리지 않을 것 같습니다. 시「돌아오는 길」에 덧붙인 장사익의 노랫말은 바로 그런 생각의 표현일 것입니다. 애드리브라 해도 좋고 능청이라 해도 좋을 이 대목. "희망유? 나두 그런 거 몰러유. 그냥 채소나 한 단 사가시유, 선상님."

채소나 한 단! 충청도 광천 장에 가면 만날 것 같은 아주머니의 희망입니다. 동네 상인들과 가난한 이웃들의 소망입니다. '꿈'의 구체적 목록입니다. 희망은 이념적 구호 속의 추상적 개념이 아니라 오늘 저녁 식탁과 내일 아침의 평화에 대한 믿음입니다.

희망의 생산지는 일출의 동해안이 아닙니다. 하수상한 시절을 기회 삼아 몸값 좀 올려보려는 정치꾼들의 '다이어리'도 아닙니다. 희망은 '국정國定'이나 '검인정檢認定'의 어휘가 아닙니다. 그저 "한참을 돌아오는 길"목에서 채소를 파는 아주머니의 때 절은 전대에서 나오는 한마디입니다.

27

신문 가판대에서

원로 소설가 A씨의 등단 무렵 일화입니다. 신춘문예에 당선되어 심사위원 중 한 분인 B선생님께 인사를 드리러 갔답니다. 수줍은 얼굴, 황송한 마음으로 절을 올렸답니다. 극진한 예의를 갖추었을 것입니다. 큰어른인데다가 존경해 마지않던 작가였으니까요.

한없이 떨리는 자리였겠지요. 저도 경험해보아서 압니다. 직접 뵙는 것 자체가 영광스러운 분 앞에서 병아리 작가는 숨소리도 크게 내기 어렵습니다. 비유하자면 장군과 이등병이 마주앉은 격입니다. 신인 배우가 슈퍼스타를 만난 경우라 해도 좋을 것입니다.

대가들의 음성은 대개 천상의 소리처럼 따뜻하고 거룩하지요. 그런데 그날 A씨가 B선생으로부터 들은 이야기는 온화하지 않았습니다. 오히려 충격적이었습니다. "나는 자네를 뽑지 않았네." 세상에! 이 무슨 날벼락 같은 선고일까요. 당신은 자신을 인정하지 않았다니.

눈앞이 캄캄했을 것입니다. 알 수 없는 외로움과 서러움에 울고 싶었을 수도 있습니다. 아버지로부터 너는 내 친자가 아니라는 이야기를 들은 아이처럼 막막했겠지요. 자신을 버리고 개가한 어머니로부터 문전박대를 당한 자식의 슬픔처럼 아득했을 것입니다.

하여간 B선생의 언사는 너무 가혹했습니다. 이렇게 이야기할 수도 있지 않았을까요. '자네 작품은 내 문학적 신념이나 가치관과는 거리가 있어서 나는 자네를 뽑을 생각이 없었다네. 하지만 함께 심사한 사람은 무척 반겨하더군. 모쪼록 좋은 작가가 되길 바라네.'

그렇게 말했더라도 섭섭했을 텐데, 대놓고 '자네의 등단은 내가 동의하지 않았다'고 할 것까지야! 상처가 힘이 되었을까요. A씨는 훗날 빛나는 작가가 됩니다. B선생처럼 명사가 되고 소설을 가르치는 대학교수도 됩니다. 신춘문예 심사위원도 됩니다.

두루 알다시피 신춘문예는 일종의 '고시'입니다. 고작 몇 사람을 뽑는데 수천 명이 응모를 합니다. 그런데도 지독히 불공평하고 불공정한 게임이지요. 비교조차 허락되지 않아야 할 텍스트들이 눈금도 분명치 않은 잣대로 우열이 가려집니다. 뽑히는 자와 떨어지는 자의 간격은 종이 한 장 차이입니다.

저는 해가 바뀌고 며칠은 신문 가판대 앞을 그냥 지나치지 못합니다. 얼마나 좋은 시인이 뽑혔는지, 얼마나 좋은 소설이 나왔는지 설레는 맘으로 신년호들을 펼쳐듭니다. 시인이라는 이름으로 삼십여 년을 보내며 연초마다 거듭해온 제 통과의례입니다.

등단의 기쁨을 숨기지 못하는, 그러나 새내기 문인으로서의 긴장과 설렘이 어려 있는 문청들의 싱그러운 얼굴을 보고 싶은 것입니다. 시와 소설, 동화 등이 고루 들어 있는 신문 한 부를 사면 마치 새로 나온 '세트 메뉴'를 앞에 놓은 청소년처럼 행복해집니다. 지하철을 타고 출근하고 외출하는 시간이 즐거워집니다.

당선 소감과 심사평을 읽는 맛은 특히 쏠쏠합니다. 그것은 남의 결혼식에 가서 자신의 결혼식을 회상하는 일과 비슷합니다. 좀 이상하게 들릴 수도 있지만, 신랑의 자리에 제 자신을 세우고 주례사에 귀를 기울여보기도 합니다. 남의 혼사에서 스스로의 결혼생활에 대한 반성과 새로운 지침을 얻는다는 것은 제법 큰 보람이지요.

그러니까 저는 초심을 확인하기 위해 거리를 헤매는 것입니다. 그런데 종이로 된 신문 구하기가 쉽지 않습니다. 신문을 파는 곳도 흔치 않고, 편의점 같은 곳에 가보아도 흔한 신문 몇 가지밖에 없습니다. 물론 인터넷으로 볼 수도 있지요. 그러나 거기선 문자의 표정이나 문장의 풍경이 잘 읽히지 않습니다.

세상이 어수선해서 그런지 시와 소설을 읽는 마음도 편치 않습니다. 떨어진 사람들 생각이 더 많이 납니다. 당선자보다 낙선한 문사들이 자꾸 밟힙니다. 여전히 취업준비생일 젊은이들이 포개집니다. 합격자보다 많게는 몇십, 몇백 배 더 많은 불합격자가 제 아이들처럼 떠오릅니다.

B선생 같은 분을 생각합니다. 그래서 뜻을 이루지 못한 사람을

생각합니다. 그러나 세상에 B선생만 있는 것은 아닙니다. 또다른 눈 밝은 이가 있어 A씨는 훌륭한 소설가가 될 수 있었지요. 분명한 것은 어딘가엔 자신의 진면목을 알아줄 사람이 있다는 것이지요.

낙선과 낙방은 더 좋은 기회가 기다리고 있음을 알려주는 신호인지도 모릅니다. 세상의 B선생들이 걸핏하면 퇴짜를 놓는 이유 또한 그런 것 아닐까요. 누가 귀인인지를 넌지시 일러주려는 의도일 수도 있습니다. 아니면 그렇게 가혹한 핍박을 통해 더 큰사람이 되게 하려는 복선일지 누가 압니까.

어쩌면 B선생 같은 분도 그리 고약한 분은 아닐 것입니다. 참고 지켜가야 할 것과 순순히 내려놓고 돌아가야 할 길을 아는 분일지도 모르니까요. 두 손 가지런히 가르침을 청해야 할 분인지도 모릅니다. 그런 이가 진정한 귀인인지도 모릅니다.

28

도둑을 보내며

아까부터 한곳만 응시하고 있던 남자가 말했습니다. "선생님 나오십니다." 삼삼오오 몰려섰던 사람들이 자연스럽게 줄을 지어 늘어섰습니다. 다급히 옷매무새를 가다듬고 자세들을 고쳤습니다. 대부분은 소복 차림의 젊은 여성들. 시선은 모두 복도 끝에 가 있었습니다.

저도 모자를 벗어들고 그쪽을 바라보았습니다. 이윽고 운구 행렬이 모습을 드러냈습니다. '선생님…… 선생님……' 흐느끼는 소리가 낮게 깔렸습니다. 후학을 기르는 것을 제일의 복으로 여겼던 분답게 수십 명의 제자가 당신 앞에서 슬피 울었습니다. 성창순 명창.

판소리를 좋아하는 사람들은 압니다. 당신은 김연수, 김소희, 박록주, 정응민, 정권진 등 당대 최고의 명창들로부터 두루 배우고 익힌 값을 고스란히 되갚고 가는 사람. 당신의 삶은 예인의 본보기였지요. 끊임없이 갈고 닦지 않으면 빛날 수 없음을 실천으로 보여주었습니다.

덕분에 저는 제 오랜 믿음이 참 명제인 것을 다시 깨달았습니다. '인간은 죽을 때까지 학생이다.' 당신은 배운 것에 만족하지 않고 끝없이 복습을 하였습니다. 송두리째 당신 것을 만들지 못하면 성에 차지 않았습니다. 끝을 봐야 직성이 풀렸습니다. 삼막사에서 했던 〈흥보가〉 공부가 꼭 그랬지요.

백일 동안의 산중 수련이 끝나던 날, 박록주 선생이 하신 말씀은 유명합니다. "너는 '소리 도둑년'이다." 아, 도둑! 그것은 학생이 스승으로부터 들을 수 있는 최고의 찬사 아닐까요. "너는 내가 가진 것을 다 털어갔다. 나는 이제 빈털터리다." 그러나 스승의 말투에는 도둑맞은 사람의 억울함이나 허탈함은 없었습니다.

한마디로 어여쁜 도둑입니다. 사랑스러운 도둑입니다. 스승은 그날부터 이 귀여운 도둑을 자랑하고 다녔을 것입니다. 그런 학생이니 어떤 선생님의 총애를 받지 못했을까요. 김소희 선생의 가르침 또한 크고 무거웠습니다. "사설辭說을 옳게 알지 못하면 네 소리는 시늉에 그치고 만다. 한문과 서예를 배워라."

당신도 스승으로 모셨던 한학의 대가 우전 신호열 선생을 찾아가 배우라는 가르침이었습니다. 이 도둑은 그분에게서도 자신이 품을 수 있는 최대한의 글과 글씨를 훔쳐냅니다. 그 결과, 국전(國展: 대한민국 미술전람회) 서예 부문에 입상할 정도의 문리를 터득합니다. 운동선수가 글공부까지 잘한 격이지요.

훔치는 만큼 실력은 불어나고 성창순의 이름값도 높아집니다. 인간문화재가 되고 뉴욕 카네기홀에서도 박수갈채를 받습니다. 자신의 장기인 〈심청가〉를 통해 독특한 '보성 소리'의 경지를 이뤄냅니다. 묵직하면서도 또렷한 창이지요. 봉우리와 골짜기가 분명한 소리지요.

어제 저는 밤늦도록 당신의 LP를 들었습니다. 1988년 어느 신문사가 펴낸 국악 전집에 실린 〈심청가〉 여덟 면을 다 들었습니다. 〈적벽부〉〈백발가〉 등의 단가를 듣고 또 들었습니다. 오십대 초반쯤에 녹음된 것인데, 그야말로 농익은 소리입니다.

그 소리의 임자가 멀리 간다기에 여기까지 왔습니다. 당신의 뒷모습이라도 보려고 새벽 세시에 잠을 깼습니다. 저는 이제 인기 가수나 댄스 그룹의 극성팬들을 나무라지 못하게 생겼습니다. 공항까지 쫓아다니며 이름을 연호하고 깃발을 흔드는 마음이 지금 제 마음과 다르지 않음을 알겠습니다.

다섯시에 발인입니다. 전라도 보성 판소리 성지공원까지 가야 해서 이렇게 이른 시간에 떠나는 모양입니다. '국악인장葬'이라지요. 조문객도 많을 테고 추모 공연도 한다니 서둘러야 할 것입니다. 세상이 명창 한 분을 보내는 모습을 따라가서 보고 싶은 마음 굴뚝같지만 저는 그저 여기서 손을 흔들 뿐입니다.

새벽길이니 서너 시간이면 닿겠지요. 거기에도 도둑들이 많이 모여 있을 것입니다. 당신이 당신의 스승으로부터 도둑이었던 것처럼, 당신도 당신의 뼈와 살을 제자들에 다 내어주셨을 테니까요. 대학 강의실에서, 당신이 만든 교실에서 당신의 소리를 빼앗아간 젊은이들이 얼마나 많겠습니까.

저는 이제 집으로 돌아가 〈심청가〉나 두어 군데 더 들어야겠습니다. 앞 못 보는 지아비와 어린 딸을 두고 곽씨 부인 떠나는 부분과 그녀가 하늘나라 '옥진 부인'이 되어 심청과 재회하는 대목. 떠나는 것이 아주 사라지는 것이 아니란 것과 언젠가 다시 만나게 된다는 인연의 수레바퀴를 확인하고 싶은 것입니다.

물론 심봉사 눈뜨는 대목 또한 아니 들을 수 없겠지요. "내 딸이면 어디 보자. 어디 내 딸 좀 보자. 아이고 내가 눈이 있어야 내 딸을 보제, 아이고 답답하여라. 두 눈을 끔쩍끔쩍 하더니마는 눈을 번쩍! 떴구나!" 몇 번을 들어도 좋은 이 대목에서, 이 험한 시절의 '해피 엔딩'도 빌어보아야겠습니다.

지상에서 훔친 것 고스란히 다 내려놓고 떠나는 '대도大盜'의 명복을 빕니다.

29

과천에서

추사 김정희 선생의 호는 수백 개입니다. 삼백여 개라고도 하고 오백 개가 넘는다고도 합니다. 시와 글, 그림마다 다릅니다. 장소와 상황에 맞춰서 호를 썼습니다. 처지와 나이를 생각하며 자신을 칭하였습니다. 스스로의 근본과 나아갈 바를 짚어서 정체성을 드러냈습니다.

청나라 학자 완원阮元을 따라 배우고 싶은 뜻을 담아서 '완당阮堂'이라 했습니다. 지극한 연모의 정이 담긴 작명이지요. 사마천을 사모하는 마음을 이름에 담았던 일본 소설가 시바 료타로 생각도 납니다. 환상의 듀오 사이먼 앤드 가펑클이 되고 싶은 보컬그룹 SG 워너비도 함께 떠오릅니다.

그러나 저는 이런 종류의 이름들은 그리 좋아하지 않습니다. 독립된 주체가 아니라, 자신이 어떤 존재의 그림자임을 자처하는 것 같기 때문입니다. 누군가가 이미 정해놓은 궤도를 따라가는 것 같은 태도가 마음에 들지 않아서입니다. 물론 김정희 선생이 보여준 삶의 방식은 그런 것들과는 거리가 멀지요.

추사가 사용한 이름의 대부분은 자신의 길이나 상황에 대한 자각에서 비롯된 것들입니다. 냉철한 탐구 정신과 치열한 현실 인식을 증명하는 것들입니다. 이곳 과천에서 지어 쓴 이름들이 특히 그렇습니다. 유배를 마치고 돌아온 옛집 과지초당瓜地草堂에서의 나날이 그림처럼 들여다보이는 이름들이지요.

과농果農, 과로果老, 과산果山, 과월果月, 과전果田, 과파果坡…… 추사는 여기서 온몸으로 실학자가 되었습니다. 추사의 '리얼리즘'은 여기서 완성되었다고 해도 좋을 것입니다. 과천 농부, 과천 늙은이로 이곳의 산과 달과 밭과 언덕을 있는 그대로 끌어안았으니까요. 운명에 대한 사랑입니다. 주인의식입니다.

추사가 일생 동안 보여준 태도지요. 그는 어디에 놓이든 자신의 존재 이유를 분명히 자리매김할 줄 알았습니다. 산이나 바다에 가면 시인이 되고, 옛날 비석 앞에 서면 학자가 되었습니다. 난초를 보면 화가가 되고, 스님과 마주앉으면 '천축고선생(天竺古先生: 천축의 옛 선생, 곧 부처)'의 제자가 되었습니다.

이른바 수처작주隨處作主의 자세입니다. "어디서나 주인이 돼라. 서 있는 바로 그곳에 진리가 있다." 추사가 고단한 삶과 맞서 싸운 힘도 대부분 거기서 나왔을 것입니다. 그런데 저는 그것도 과천 이

전과 이후로 나누고 싶습니다. 전자가 타고난 것이었다면 후자는 고승이 도달한 경계를 닮았지요.

혹시 서울 봉은사 판전 편액의 글씨를 아시는지요. 소설가 한승원 선생이 이렇게 표현한 것입니다. "추사가 일곱 살 때 썼다는 '입춘대길'의 서체가 이것과 다르지 않았을 것이다." 동의합니다. 소년의 글씨가 지닌 자유와 용기가 칠십 노인 손끝에서도 흘러나왔다면 최고의 경지임에 틀림없지요.

추사의 매력 중 하나는 '동심'입니다. 증거가 하나둘이 아닙니다. 어린이의 마음을 가진 어른이 아니라면 어떻게 이런 호를 지었겠습니까. '삼십육구주인三十六鷗主人' '담면啖麵' '염옹髥翁'. 순서대로 풀어보지요. 서른여섯 마리 갈매기의 주인, 국수 먹는 사람, 수염 많은 늙은이.

다시 봉은사 글씨 이야기입니다. 일곱 살 아이의 마음으로 써놓고는 '일흔한 살 병든 노인이 썼음'을 분명히 밝힙니다. "칠십일과 병중작七十一果 病中作." 죽음을 사흘 앞둔 날의 작품으로 알려진 것이지요. 문득 '칠십일과'를 '칠십일 년 생애의 열매'로 읽고 싶어집니다.

추사를 만날 수 있는 곳은 전국에 세 군데입니다. 충남 예산의 고택, 제주 대정읍의 유배지 그리고 여기 과천의 추사박물관. 앞의 두 곳은 즐겨 찾는 여행지라서 잊지 않고 들렀다 옵니다. 이곳은 출퇴근길이니 말할 것도 없지요. 비록 자동차로 지나더라도 과천에만 들어서면 저는 추사의 체취를 느낍니다.

자연히 이 박물관 앞에 차를 세우는 날이 많습니다. 제가 좋아하는 선생의 작품들이 대개 이곳 생활에서 나온 것들이라 그럴까요. 당신이 여기서 자연인으로 지냈던 까닭일까요. 이곳에 오면 당신의 땀내, 붓을 든 손에도 배었을 흙냄새, 즐겨 드시던 음식 냄새까지 맡게 됩니다.

　　'대팽두부과강채 고회부처아녀손大烹豆腐瓜薑菜 高會夫妻兒女孫.' 제가 이 두 줄을 별나게 좋아하는 이유도 크게 다르지 않을 것입니다. 멋대로 옮겨보겠습니다. "두부와 오이, 생강 그리고 나물 반찬, 이보다 나은 요리가 어디 있을꼬. 부부와 아들딸 손자가 함께 있는 자리, 이보다 더 좋은 잔치가 어디 있을꼬."

　　이 글에다 추사는 이렇게 토를 답니다. "이것은 시골 늙은이의 제일가는 즐거움이다. (……) 이 맛을 누리는 이가 몇이나 될까." 선생은 이렇게 묻고 있는 것입니다. "사소한 것들, 눈앞의 것들에서 얻어지는 행복을 아는가." 일상에 대한 대긍정大肯定입니다.

　　과천을 지나시거든 김정희 선생 댁에 한번 들러보십시오.

30

새우소녀 이야기

휴게소에서 우동을 먹고 있는데, 문득 한 소녀가 생각났습니다. 뜬금없이 떠올랐습니다. 저와 관계가 있는 것도 아니고 만난 적도 없는 여자애입니다. 가까이 모시는 어른께 들은 이야기의 주인공일 뿐입니다. 어른께서 팔십이 넘으셨으니 그녀도 그럴 것입니다.

무엇이 그녀를 생각나게 했을까요. 우동에 든 새우튀김이었습니다. 그리고 저만치에 놓인 TV 뉴스 화면에 비치는 얼굴들이었습니다. 손바닥으로 하늘을 가려보려고 안간힘을 쓰는 사람들. 삼척동자도 아는 일을 끝끝내 모른다 하고, 증거가 즐비한데 한사코 아니다 우기는 이들 말입니다.

어른께 들은 이야기. "부산 피난 시절이었어. 그애는 포장마차로 생계를 꾸리는 소녀 가장이었지. 많은 학생이 흘끔대며 돌아볼 만큼 예뻤어. 어느 날 그애한테 새우튀김 하나를 사 먹게 되었지. 그런데 맛이 영 수상쩍더라고. 재료가 신선하질 않았던 거야.

입에 넣었던 튀김을 뱉으며 버럭 화를 내었지. '이거 상했잖아!' 잔뜩 인상을 쓰면서. 그애는 말도 못하고 오들오들 떨기만 하더군. 나는 더 기세등등해져서 언성을 높였지. '상한 것 맞지? 이런 걸 어떻게 팔 생각을 한 거야.'

이쯤 되면 그 시절 음식 장사들은 대개들 이렇게 나왔지. '무슨 소리요? 여태 아무 일 없었는데. 돈 안 받을 테니 썩 가시오.' 그런데 얘는 고개도 못 들고 그저 좌불안석이야. 눈망울엔 눈물이 그렁그렁 열리고. 내 말이 옳다는 거지. 잘못을 안다는 거지. 아니나 다를까, 순순히 인정하더군. '네……'

기어들어가는 소리였지만, 발음은 또렷했어. 그런데 이상하지. 오히려 내가 당혹스러워지더군. 금세 물렁물렁해졌어. 한껏 치밀었던 분노가 순식간에 사라지더라고. 탁자라도 내려치려고 움켜쥐었던 주먹은 스르르 풀리고. 여태껏 살아오면서 그렇게 많은 이야기를 대신하는 한마디를 들은 적이 없어.

'맞아요, 새우는 상했어요.' '하지만 어쩔 수가 없었어요.' '오죽하면 그랬겠어요.' '이해해주세요.' '용서해주세요.' ……한 글자가 그렇게 많은 말을 품고 있었던 거지. 말의 힘? 아니야. 그것은 '진실의 힘' '고백의 힘'이지. 나는 더이상 아무 말도 못했어. 순순히 튀김값을 내고 슬그머니 뒷걸음쳐 나왔지.

그게 끝이야. 그뒤로는 포장마차도 학생도 볼 수가 없었어. 어쩌면 내가 그애를 볼 용기가 없었는지도 몰라. 한동안 그 길로 다니질 않았으니까. 요즘도 가끔 그 얼굴 그 표정이 떠올라. '새우소녀'. 이름도 성도 모르니까 그냥 내가 그렇게 지어서 부르는 거야. 에이, 싱거운 이야기 또 했군."

그런데 이 말씀을 하실 때 이분의 표정은 결코 싱겁지 않습니다. 느릿하지만 묵직한 어조에서 아련한 향수가 느껴지고, 첫사랑에 대한 미련처럼 아쉬움이 묻어납니다. 그래서 모종의 호기심이 일어나기도 합니다. 어쩌면 소설 「소나기」 같은 기승전결이 있었는지도 모르지요.

어쨌든 새우소녀가 "네……"라고 말하는 대목은 영화의 한 장면을 닮았습니다. 일촉즉발의 위기를 평화로 바꾸는 돌연한 반전의 '컷'입니다. 이쪽이 아무리 감정을 증폭시켜보아야 저쪽은 아무런 응전의 의사가 없다는 표시입니다. 조건 없는 투항입니다. 단두대에 죄인 스스로 목을 들이미는 형국입니다.

물론 그렇게 잘못을 인정했다고 해서 상한 새우가 신선한 상태로 되돌려지진 않습니다. 그러나 손님의 상한 마음은 어느 정도 돌아섭니다. 호되게 물리려던 죗값에서 얼마쯤은 에누리를 하게 됩니다. 형편없이 후려치려던 사람값도 아주 바닥에 내동댕이쳐지는 것은 면하게 합니다.

이 사람 역시 누군가의 자식이고 부모임을 생각하게 되면 더 그렇습니다. 말이 났으니 말이지만, 요즘 우리를 화나게 하는 사람들도 자식 눈치는 보더군요. 어떤 어미는 수의 입은 모습을 아들이 볼까 전전긍긍한다고 들었습니다. 더 큰 죄인 한 사람은 딸 얘기만 나오면 눈물부터 흘린다는 기사도 읽었습니다.

그들에게 들려주고 싶은 얘기가 있습니다. '당신들 자식의 눈만 두려워할 일이 아니다. TV만 켜면 나오는 당신들 얼굴을 온 나라 아이들이 보고 있다. 당신들의 거짓말은 이 땅의 모든 아이들 여린 가슴에 생채기를 내고 있다. 당신들이 '예'라고 하지 않음으로 인하여 대한민국은 거짓말하는 어른들의 나라가 되고 있다.'

죽는 날까지 반성과 회한이 많았을 사람, 춘원 이광수의 문장 하나가 의미심장하게 떠오릅니다. "나의 가장 심각한 참회는 어린 자식이 아픈 것을 볼 때에 온다." 당신들이 이제라도 새우소녀처럼 '예'라고 말해야 하는 까닭입니다. 당신의 아이가 더 아파하고, 우리 모두의 아이들이 더 아파지기 전에.

할머니가 되었을 새우소녀도 그 한마디를 기다리고 있을 것입니다. '네……'

31

명동에서

얼마 전까지만 해도 이곳은 차이나타운이었습니다. 우리말보다 중국어가 더 많이 들렸습니다. 베이징이나 상하이 거리를 옮겨다 놓은 것 같은 착각이 들 정도였지요. 유커游客, 그들이 오히려 이 거리의 주인 같고 우리가 나그네처럼 여겨졌습니다. 중국어를 공부하는 이들에겐 좋은 교실이었을 것입니다.

중국 관광객들은 명동 풍경의 일부였습니다. 이곳을 한국 '관광 1번지'로 만들어준 사람들이지요. 그런데 '든 사람은 몰라도 난 사람은 안다'고 했던가요. 중국 관광객들이 눈에 띄게 줄었습니다. 두 나라의 관계 악화로 관광산업이 직격탄을 맞았다는 소식이 괜한 말은 아닌 모양입니다. 태평성대라면 그러려니 하겠지만, 나라 형편이 말이 아닌지라 자꾸 한숨만 나옵니다. '아, 그 흔하던 중국 관

광객마저……!'

동시에 궁금증이 일어납니다. '정치외교적인 돌발 변수만 아니면 명동의 활황은 영원할 수 있는 걸까?' 저는 쉽게 '예스'라고 답하지 못하겠습니다. 의구심이 꼬리를 물기 때문입니다. '한중 관계만 원만하면 중국 관광객들은 언제나 줄을 설까?' '그들에게 한국은 꿈의 관광지일까?'

그것은 결국 '서울이 정말 좋은 상품인가' 하는 문제의 답을 구하는 일일 것입니다. 도시 브랜드의 품질을 가늠하는 잣대 역시 고객의 충성도에 있으니까요. 반복 구매 의사가 일어나지 않는 물건이라면 명품이 되기 어렵습니다. 자꾸 눈에 밟히고 생각이 나서 공항으로 달려가게 만드는 이름이어야 하지요.

서울을 다녀간 중국인들 중에 두고두고 서울을 그리워하는 사람은 과연 얼마나 될까요? 우리가 파리나 프라하, 교토 혹은 홍콩을 낭만으로 삼는 것처럼 말입니다. 기분 좋은 기억은 몇 번이고 되새김질하게 됩니다. 자꾸 생각나는 것들에는 무엇인가 중독 성분이 들어 있게 마련이지요.

명동(혹은 서울이나 한국)의 어떤 성분이 이곳에 왔던 사람들을 추억의 포로가 되게 할 수 있을지를 생각해봅니다. 눈 내리는 겨울밤 성당의 종소리일까요. 화장품 가게나 패션 매장의 모델들일까요. 치킨과 맥주 혹은 떡볶이의 매운맛일까요. 한류 스타들의 미소가 눈부신 백화점이거나 면세점일까요.

쉽게 변치 않고 바뀌지 않는 것들이 많아야 합니다. 건물과 조형물이 변하는 것이야 어쩌겠습니까. 패션과 유행의 변신이야 뭐라겠습니까. 인심이 한결같아야지요. 시대는 변해도 사람은 쉽게 변하지 말아야 합니다. 명동에 더 많아져야 할 것은 '마약 김밥'이 아니라 인상적인 공감과 소통입니다. 감동입니다.

중국에 대한 편견이나 선입견부터 버려야 합니다. 이를테면 중국 물건은 싸구려의 대명사거나 엉터리라는 고정관념. 그런 생각의 소유자라면 자신이 얼마나 '저렴한 중국'만 가까이했는지 짚어볼 일입니다. 어째서 중국인들도 먹지 않고 쓰지 않는 물건이 이 땅에는 그렇게 넘쳐나는지 따져볼 일입니다.

분명한 것은 우리 의식주의 일정 부분이 그들 손을 거친다는 사실이지요. 저는 궁금합니다. '다른 나라들은 중국 최고의 것을 찾으려 애쓰는데, 우린 왜 등외품 수입도 마다하지 않을까?' 그 결과 온 국민이 중국 상품 전체를 불신합니다. 중국인을 업신여깁니다. 이런 현상은 관광산업에도 치명적인 영향을 미칩니다.

짝퉁과 불량품의 나라, 속임수가 많은 나라, 지저분하고 비위생적인 나라…… 그런 나라에서 온 사람들이라 편견 가지면 진심어린 서비스를 다하기가 어렵습니다. 안목도 없고 수준도 낮은 사람들이라며 적당히 대해도 괜찮다는 생각이 만연할 것은 당연한 일입니다. '나쁜 순환'의 고리입니다.

국제 관계는 급변하지만 상대의 전통과 문화에 대한 시각과 태도는 쉽게 바뀌지 않습니다. 오늘 우리와 중국 사이에 '사드'보다 더 중요한 문제는 질시와 몰이해 아닐까요. 서로가 서로에게 더욱 깊은 관심을 가져야 하는 이유도 바로 여기 있습니다.

'넘어진 김에 쉬어가라'는 속담이 생각납니다. 중국인 관광객들 발걸음이 뜸해진 이때, 그들의 마음을 오래도록 붙잡을 지혜를 찾아보면 좋겠습니다. 진지한 반성의 시간도 생각보다 많이 필요할 것입니다. 이웃나라라고 잘 아는 것 같지만 사실은 잘못 알고 있거나 모르는 것 천지입니다.

중국은 거대한 책입니다. 쌓으면 태산, 늘어세우면 만리장성일 것입니다. '나는 몇 권, 아니 몇 쪽이나 읽었을까' 가만히 헤아려봅니다.

32

연남동 가는 길

지하철에서 졸거나 자다가 화들짝 놀라 깨면 주변부터 한번 쓱 둘러보게 됩니다. 그사이 누군가 저를 지켜본 시선이 없었는지 살피는 것입니다. 부끄럽거나 우스꽝스러운 모습을 보이진 않았을까 염려하며 훑어봅니다. 말하자면 이런 의구심. 코를 골진 않았는지, 침이나 흘리지 않았는지, 옆 사람이 눈을 흘길 만한 일은 없었는지.

별다른 혐의가 감지되지 않으면 다행이지만, 왠지 미심쩍어지면 얼굴이 뜨뜻해집니다. 출퇴근길엔 더욱 그렇습니다. 제겐 낯선 얼굴이지만 상대방은 저를 알고 있을 것만 같습니다. 눈이라도 마주치면 더욱 쩜쩜한 기분이 듭니다. 어디선가 제 강의를 들은 일이 있는 사람은 아닐까 하는 의구심까지 생겨납니다.

선생 노릇을 이십 년 넘게 해온데다, 인연 맺은 학교 혹은 교실만도 다섯 손가락을 넘는 까닭입니다. 생각이 거기 미치면 졸음이 싹 가십니다. 저도 모르게 고개를 바로 세우고 자세를 고쳐 앉게 됩니다. 누군가가 불쑥 '선생님'이라 부르며 인사를 건네올 것만 같아서 슬며시 차 안을 한번 더 둘러봅니다.

교단에 서는 분들이라면 제 얘기에 쉽게 공감해주실 것입니다. 한마디로 선생이란 직업의 불편함입니다. 누가 강요하는 것도 아닌데 공연한 강박증을 갖고 다닙니다. 어묵 꼬치나 붕어빵 따위 길거리 음식을 사 먹어도 사방을 둘러보고, 무단횡단을 할 뻔하다가도 차보다 먼저 행인들을 살펴 멈춥니다.

물론 제 지나친 벽이거나 엄살일 수도 있습니다. 그러나 세상의 모든 교사는 대부분 그런 분들이라 믿습니다. 한없이 부끄러운 인생과 한 점 부끄럼 없는 삶의 차이를 아는 사람. 염치와 오래 사귀어서 부끄러움의 얼굴을 잘 알아보는 사람. 치욕과 굴욕의 몽타주를 젊은 벗들에게 나눠주는 사람.

부끄러움을 가르치는 일. 당연히 어렵기 짝이 없지요. 누가 뭐래서가 아니라 스스로의 검열에 걸려서 엄청난 자괴감에 시달릴 때도 적지 않습니다. 제 경우엔 무엇인가 잘못 가르쳤다는 기억이 떠오를 때 그렇습니다. '아뿔싸. 그때 그 학생들은 틀린 것을 평생 옳다고 믿고 살아가겠구나.'

그렇다면 보통 일이 아니지요. 별의별 걱정이 다 일어납니다. 온갖 상상이 꼬리를 뭅니다. 환청까지 생깁니다. 어느 회사 회의실에서 어떤 졸업생이 이렇게 이야기하는 소리가 들립니다. '대학시절

에 우리 선생님께서 그렇게 가르쳐주셨어요. 저는 그것을 진리처럼 믿고 살아갑니다.'

선생의 입에서 흘러나온 말이라고 모두가 기억하는 것은 물론 아닙니다. 어떤 학생은 듣는 순간 지워버리고 어떤 학생은 해가 바뀌면 잊어버립니다. 어떤 학생은 몇 년쯤 더 간직하다가 새롭고 흥미로운 어떤 지식과 바꿉니다. 그러나 누군가의 머릿속에 들어가 박힌 어떤 문장은 세월과 상관없이 또렷하게 남아 있습니다.

누군가는 고스란히 기억하고 있다는 것. 세상의 모든 교사에게 그것은 일종의 '공포'입니다. 시시한 이야기를 내내 지우지 않고 있다는 것. 별 뜻 없이 한 이야기를 의미심장하게 간직한다는 것. 시원찮게 전달했거나 서툴게 가르쳐서 정반대로 알아들은 사람도 있을 수 있다는 것.

선생을 메이커에 비유한다면 그릇된 지식의 주인들은 잘못 만들어졌는지도 모르는 채 불량품을 사용하고 있는 사람들입니다. 혹은 유통 과정에서 변질된 물건을 온전하다고 믿고 쓰는 사람들입니다. 억울한 소비자들입니다. '리콜'을 요구하거나 최소한 '애프터서비스'라도 요청할 권리가 있는 고객들입니다.

스승이라는 제조업자가 생산한 제품은 보증이나 수리 기간이 따로 없습니다. 당연히 '영구 보증' '백 퍼센트 무상 수리'가 원칙입니다. 그래서 말인데, 졸업생들을 모아놓고 잘못 가르친 것을 고쳐줄 수 있는 기회가 있다면 얼마나 설레고 기쁠까요. 못쓰게 된 지식이나 신념을 새것으로 교환해줄 수 있다면 얼마나 즐겁고 보람찰까요.

소생의 제자들이 바로 그런 자리를 마련했답니다. 이름하여
'A/S 콘서트'. '서비스 맨'인 저는 오늘 저녁 여덟시에 그곳엘 가야 합
니다. 요즘 젊은이들 '핫 플레이스'의 하나인 연남동 어느 스튜디오입
니다. 가서 애프터서비스를 요청한 수십 명의 고객을 만나야 합니다.

서비스가 만족스럽다면 고객들이 그냥 있지는 않을 것입니다.
밥도 주고 술도 한잔 주겠지요. '청탁금지법'과도 상관이 없으니,
마음놓고 얻어먹어도 좋을 것입니다.

33

용문산 자락에서

해마다 이맘때면 저는 이곳을 찾아옵니다. 양평군 옥천면 용천리, 사나사 골짜기. 절로 가는 길이 무척 아름다워서 뒷짐을 지고 어슬렁어슬렁 걸어도 지루할 틈이 없습니다. 벼랑 끝 소나무들이 흐린 눈을 씻어주고, 엎드려서 그냥 입을 대고 마셔도 좋을 청정수가 심신을 간질입니다.

계곡 물길의 절반쯤은 아직도 눈과 얼음에 덮여 있습니다. 서늘한 기운, 신령한 바람 소리 때문일까요. 바윗돌 하나 예사롭게 보이지 않습니다. 함씨의 시조가 태어났다는 구멍 함왕혈도 그중 하나지요. 제주도 삼성혈을 생각나게 합니다. 그만큼 청량한 대기가 전설조차 사실로 받아들이게 만듭니다.

둘레가 이만 구천 척이 넘었다는 산성 함왕성 터전도 상상력을 자극합니다. '용문산 안개 두르듯 한다'는 속담이 공연히 생긴 것은 아닌 모양입니다. 당연히 이 산 언저리엔 수수께끼 같은 일들도 많았을 것입니다. 용문산의 옛 이름인 '미지彌智'도 원래는 용을 가리키는 옛말의 하나였다지 않던가요.

하지만 제가 지금 여기서 만나려는 것은 역사도 설화도 아닙니다. 우수도 지났는데 봄은 대체 어디쯤 오고 있는지 확인해보고 싶은 것입니다. 고백하자면 이곳은 제 단골 봄맞이 장소입니다. 저는 여기만큼 예쁜 봄소식을 들을 수 있는 곳도 드물다고 믿습니다. 물론 저 혼자만의 생각이지요.

제가 기다리는 춘신春信은 편지가 아니라 엽서로 옵니다. 이 골짜기에 사는 어린것들이 전해줍니다. 조그만 얼굴 가득 미소를 지으며 온기 어린 시간의 도착을 알려줍니다. 그래서 저는 입춘만 지나면 그들의 안부가 궁금해서 견딜 수가 없습니다. 눈을 떴는지, 잠을 깼는지, 고개를 내밀었는지, 보고 싶어 참을 수가 없습니다.

오늘도 저는 그들을 만나러 왔습니다. 그들의 이름은 '버들강아지'. 다행히도 쉽게 마주쳤습니다. 고맙게도 계곡 초입에서 그 앙증맞은 모습을 내보였습니다. 보자마자 반갑게 몸을 흔들었습니다. 흔든 것이 얼굴이라 해도 좋고 꼬리라 해도 좋습니다. 아무튼 그것은 세상에서 가장 작은 강아지들의 인사법입니다.

사랑스럽기 짝이 없습니다. 지금 막 세수를 하고 나온 것 같은 어린아이의 얼굴입니다. 어찌 보면 민낯이고 어찌 보면 분을 바른 얼굴입니다. 말갛다고 할 수도 있고 보얗다고 할 수도 있습니다. 비단결 피부라 해도 좋고 벨벳 천 같은 살결이라고 해도 좋을 것입니다. 그저 쓰다듬고 보듬고 안아주고 싶습니다.

해마다 풀리지 않는 궁금증도 있습니다. '저렇게 곱고 어린 것들이 어떻게 저토록 힘차게 솟구쳐나왔을까. 대체 무슨 힘으로?' 저것들을 보고 있자니 충남 서산의 그것들도 슬며시 떠오릅니다. 마애불로 유명한 용현계곡의 버들강아지들입니다. 여기 못지않게 눈에 삼삼한 그들입니다.

그 녀석들은 벌써 오래전부터 시끄러울 것입니다. 거기는 여기보다 훨씬 남쪽이니까요. 진짜 강아지들처럼 목에 방울이라도 달아준다면 그 소리가 여간 요란하지 않을 것입니다. 양평과 서산뿐이겠습니까. 버들강아지가 있는 풍경은 어디나 개학날 초등학교 교실처럼 시끄러울 것입니다.

이 예쁘고 귀여운 생명의 마스코트들을 어찌 혼자 보겠습니까. 사진을 찍어서 SNS 세상 여기저기로 띄웠습니다. 여럿이 모여서 떠드는 방마다 올리고, 이 싱거운 인사에도 반가워할 사람들을 골라서 보냈습니다. 버들강아지들이 전광석화처럼 날아가서 어른님 벗님 아우님들에게 봄을 알렸을 것입니다.

순간 이문재 시인의 시 「농담」이 겹쳐졌습니다. "문득 아름다운 것과 마주쳤을 때/지금 곁에 있으면 얼마나 좋을까 하고/떠오르는 얼굴이 있다면 그대는/사랑하고 있는 것이다". 그렇다면 저는 저 아름다운 버들강아지들과 함께 놀고 싶은 사람들을 떠올렸던 것입니다.

애틋한 사랑의 시도 연달아 생각났습니다. 선조 임금 때 여인 홍
랑의 시조입니다. 하릴없이 헤어져야 하는 임, 더이상 함께할 수 없
는 연인에게 보낸 사랑의 정표, '묏버들'. 어쩌면 그것도 '갯버들'이
었을 것만 같습니다. 저리 어여쁜 것을 혼자서 바라봐야 하는 신세
가 스스로 가여워 여인은 울었겠지요.

그러나 이 여인은 하염없이 울고만 있지 않았습니다. 이내 '공
유'의 방법을 생각해냅니다. 자신이 사랑하고 즐기는 것을 임께서
도 함께 누릴 수 있도록 버들가지를 꺾어서 보내는 것입니다. 그것
은 버들을 자기처럼 여기고 보아달라는 당부인 동시에, 비록 떨어
져 있어도 같은 것을 바라보고 싶다는 격한 소망의 메시지입니다.

"버들가지 가려 꺾어 보내노라 님의 손에/주무시는 창밖에 심어
두고 보소서/밤비에 새잎 나거든 이 몸이라 여기소서". 새싹이 나
고, 새잎이 돋고…… 그리 새삼스러울 것도 없는 장면이지만 알뜰히
함께 바라보는 것. 그런 것이 사랑이란 생각이 듭니다.

34

영화관을 나서며

문득 그 사람 생각이 났습니다. 남해에서 나고 자란 어른께 들은 이야기 속 인물입니다. 한 시절, 부산이나 통영 가는 밤배를 타면 꼭 그가 있었다지요. 두루마기 갖춰 입고 갓을 쓴 노인 하나가 어린 소녀의 손을 잡고 배에 올랐다지요. 말하자면 영화 〈서편제〉의 주인공을 닮은 사람.

배가 움직이면 어김없이 소리판이 펼쳐지고 손님들은 숨을 죽이며 그를 바라보았답니다. 덕분에 항구를 떠난 연락선은 금세 바다 위의 극장이 되곤 했답니다. 소리꾼 하나가 선장 대신 배를 몰고 가는 형국이어서 승객들은 그의 인질이나 포로가 된 것 같았다지요.

주로 〈심청가〉나 〈춘향가〉를 불렀는데, 절로 입이 벌어지고 침을 흘리며 듣게 되더랍니다. "아이고 우리 춘향이 불쌍해서 어찌

노." "심청이 아베는 우짤 끼고." 할매들은 연신 눈물 콧물을 훔쳤다지요. 울고 웃다보면 배는 목적지에 와 있더랍니다. 얼마나 아름다운 극장인지요. 노인은 얼마나 위대한 배우인지요.

좋은 소리꾼은 천의 얼굴을 가진 사람. 춘향이가 이도령이 됩니다. 월매인가 하면 변사또입니다. 순식간에 마스크를 썼다 벗었다 합니다. 타고난 재주만은 아닙니다. 혼자서 하는 일도 아닙니다. 그의 몸안에는 그렇게 많은 배우가 들어 있습니다. 부채 한번 접었다 펼 때마다 그들이 나왔다 들어갔다 합니다.

그는 배우인 동시에 감독입니다. 제작자입니다. 모든 권한을 다 가졌으니 캐스팅도 마음대로 합니다. 춘향도 심청도 최고를 불러옵니다. 공력을 총동원하여 최적의 외모와 성격을 그려냅니다. 가장 놀부다운 놀부와 뺑덕 어미를 빼닮은 뺑덕 어미를 눈앞으로 데려옵니다.

영화라면 생각하기도 어려운 일입니다. 모두가 공감할 춘향의 선발이 쉽지 않고 누구나 혀를 찰 만한 놀부 찾기가 쉽지 않습니다. 누군가가 이렇게 말한다면 영화는 출발부터 절망적입니다. "에이 무슨 춘향이가 저렇게 생겼어." "놀부가 놀부로 보이지 않는구면." 그래서 라디오 춘향이가 TV 춘향이보다 훨씬 춘향답습니다.

놀부는 놀부로 태어났다 싶은 사람을 찾아야 합니다. 놀부가 살지 못하면 흥부도 죽습니다. 흥부를 흥부로 만드는 사람은 놀부이기 때문입니다. 무릇 배우는 그 배역으로 타고난 사람이거나 출중하게 준비된 사람이어야 합니다. 영화가 시작되면 배우는 사라지고 극중 인물만 남아야 합니다.

언뜻 메릴 스트립이 떠오릅니다. 좋은 배우의 전형이지요. 영화 속에서 그녀는 완전히 실종됩니다. 〈철의 여인〉 속에 그녀는 없습니다. 마거릿 대처가 있을 뿐입니다. 스크린 속에서 배우는 사라져야 합니다. 이순신을 맡은 배우가 죽어야 이순신이 살아서 우리 앞으로 옵니다.

극장을 나서다가 방금 본 영화 〈맨체스터 바이 더 씨〉의 주인공이 올해 아카데미 시상식에서 주연상을 받았다는 걸 알았습니다. 케이시 애플렉. 그는 참으로 아무렇지도 않게 우리를 울리거나 아프게 하더군요. 그는 우리의 상처와 부끄러움 중에는 굳이 숨기려 하지 않아도 될 것이 더 많음을 심상히 일러줍니다. 아무렇지도 않은 표정과 동작들이 인생에는 연습이 없음을 보여줍니다. 관객 대신 참고 견디고 버텨줌으로써 영화 밖의 신산한 삶이 지속되어야할 이유를 일러줍니다. 〈문라이트〉의 조연 마허셜라 알리도 스크린 안에선 보이지 않습니다. 이웃집 아저씨가 보일 뿐입니다. 그가 '흙수저'의 아이들을 위로합니다.

최근에 제가 본 영화들 중에는 유난히 사회성 짙은 영화가 많았습니다. 물론 제 취향이 그래서겠지요. 하지만 그런 영화들이 그만큼 많이 만들어졌다는 증거이기도 할 것입니다. 당연히 제 머릿속에는 영화배우들보다는 그들이 연기한 얼굴들이 더 많이 남아 있습니다.

몇 사람은 뉴스 속 인물처럼 아주 또렷한 얼굴입니다. 자본주의의 모순과 부조리에 정면으로 맞서 싸운 다니엘 블레이크 씨. 우리 사회 안전망과 '코리안 드림'의 허상을 적나라하게 보여준 여자 한 매씨. 수천 킬로미터 바깥에 홀로 떨어진 공포를 온몸으로 보여준 다섯 살 꼬마 사루.

공통점은 배우들 모두 제 기억 깊은 곳으로 숨어버렸다는 것입니다. 그리하여 배우 데이브 존스(《나, 다니엘 블레이크》)는 없습니다. 공효진(《미씽》)도 없습니다. 써니 파와르(《라이언》)도 없습니다. 빙의 수준의 연기를 경험하게 해준 배우들. 말할 것도 없이 성공적인 캐스팅입니다.

광화문 영화 이야기를 하고 싶어집니다. 한번 모이면 수십만 명, 연인원 천만 명을 훌쩍 넘은 사상 최대의 블록버스터. '세상은 하나의 무대, 모든 인간이 배우'라는 셰익스피어의 말을 아무도 부인할 수 없게 만드는 영화. 우리 스스로 배우이면서 관객이며 제작자인 영화. 결말은 아무도 모르는 영화.

뉴페이스든 베테랑이든, 어디선가 위대한 배우 한 사람이 나타나야 완성될 영화. 오래된 배역이지만 전혀 새로운 차원의 연기를 보여줄 사람, 이 작품에 목숨을 걸 준비가 된 사람이 꼭 필요한 영화.

35

아우내에서

부끄러운 고백부터 해야겠습니다. 저는 아직까지 누나가 여기 누워 있는 줄만 알았습니다. 초행도 아닌데 이곳 사적지의 묘가 빈 무덤인 것을 몰랐습니다. 초혼묘招魂墓, 혼백만 불러 모신 자리. 효창공원 안중근 의사 묘비 아래 안의사가 계시지 않은 것처럼, 당신의 유택에도 당신이 없습니다.

1920년 서대문 형무소를 떠난 누나의 분하고 기막힌 주검은 이화학당의 주선으로 이태원 공동묘지에 묻혔지요. 야만의 시대는 무덤 하나도 가만히 놓아두질 않았습니다. 무덤은 파괴되고 시신조차 찾을 길 없게 되었지요. 짐승의 시간이었습니다. 뒷날 윤봉길 의사의 시신을 쓰레기장에 묻은 자들의 세월 아닙니까.

누나의 혼령만은 분명 이곳에 머물고 있겠지요. 고개 하나 넘으면 누나가 태어난 집, 한 굽이만 돌면 부모님 잠드신 곳 아닙니까. 총탄에 쓰러진 형님을 업고 뛰며 필사적으로 저항한 당신 숙부의 산소도 근처입니다. 무엇보다 그날 스러진 아우내의 원혼들이 모여 있는 언덕을 당신 아니면 누가 지키겠습니까.

추모각 앞마당에 봄 햇살이 가득 내려앉았습니다. 꽃나무들이 기미년 그날처럼 일제히 소리치며 일어설 태세입니다. 참고 견디며 비축해놓은 힘을 일순간에 다 쏟고 터뜨릴 것처럼 기를 쓰고 있습니다. 달리기 출발선에서 선생님의 호루라기 신호를 기다리는 여학생들을 닮았습니다.

이 고장 봄꽃들은 아마도 누나의 명령을 기다리고 있을 것만 같습니다. 풀꽃들도 강소천 선생의 노랫말에 나오는 얼굴을 찾고 있을지 모릅니다. "삼월 하늘 가만히 우러러보며 유관순 누나를 생각합니다." 누나는 삼월의 연인입니다. 이 땅의 사람들이 백년을 그렇게 부르고 따르며 사랑해온 이름입니다.

세 살짜리 꼬마도 팔십 노인도 당신을 누나라 불러왔습니다. 성별과 나이의 많고 적음과는 무관한 호칭일 것입니다. 헌법 전문도 당신을 생각합니다. "유구한 역사와 전통에 빛나는 우리 대한국민은 3·1운동으로 건립된 대한민국임시정부의 법통과……" 3·1이라는 단어에는 누나의 얼굴이 들어 있습니다. 누나는 3·1운동의 동의어입니다.

목숨을 걸었던 열일곱 살 봄날에, 그리고 숨이 지던 열여덟 살 가을날에, 당신은 나라가 존재해야 하는 이유를 보여주었지요. 오늘 이곳엔 더 많은 누나가 보입니다. 생가 옆집 담장에 낯익은 소녀의 얼굴이 보입니다. 유관순기념교회 입구엔 원통한 사연이 내걸렸습니다. 위안부 소녀들 이야기입니다.

그러고 보니 대한민국은 소녀들에게 참 많은 빚을 졌습니다. 아니, 그들에게 할말이 없는 나라입니다. 무덤도 청춘도 지켜주지 못했으니까요. 해준 것은 별로 없는데 요구는 얼마나 많았습니까. 그녀들의 아픔과 슬픔은 나라를 찾고도 오랫동안 계속되었지요.

전쟁과 가난, 성차별의 질곡 속에서 대부분의 언니 누나들은 콩쥐나 '몽실언니'가 되어야 했습니다. 가장의 역할을 떠안기도 하고 어머니를 대신해 노동과 희생의 굴레를 쓰기도 했습니다. 초등학교나 마치면 다행이었지요. 상급학교는 언감생심, 서울행 기차를 타거나 대처로 떠나야 했습니다.

구로공단, 마산수출자유지역으로 갔습니다. 버스 안내양이 되고 식모가 되었습니다. 그렇게 '공순이' '차순이' '식순이'가 되었습니다. 졸면서 재봉틀을 돌렸습니다. 있는 힘껏 버스에 매달렸습니다. 눈물이 절반인 밥을 먹었습니다. 어린 동생을 위해 봄날을 바쳤습니다. 공부하는 오빠를 위해 제 꿈은 버렸습니다.

가슴 설레는 나이였지만 그네를 뛰러갈 시간 따위는 없었습니다. 〈사랑가〉를 부를 처지가 아니었습니다. 굳이 비하자면 춘향이보다는 심청이에 가까웠습니다. 끼니를 책임져야 했습니다. 치마저고리에 흙과 먼지와 비린내와 기름때를 묻혀야 했습니다. 물불 가리지 않아야 했습니다.

자신의 인생을 자기 아닌 사람을 위해 썼습니다. 가족을 위해 청춘을 헐값에 내다팔았습니다. 나라를 위해 '소녀시대'를 바쳤습니다. 우리 현대사의 논공행상을 하는 자리가 있다면 누나들의 의자를 단상 높이에 두어야 하는 까닭입니다. 그날엔 무척 많은 훈장을 준비해야 할 것입니다.

소녀상을 생각합니다. 더 세우려는 사람들과 철거를 바라는 사람들의 실랑이가 딱해 보입니다. 건립의 명분과 의미를 공감하는 일이 쉽지 않은 모양입니다. 이렇게 생각해보면 어떨까요. '이 상에는 위안부 소녀만 들어 있는 것이 아니다. 우리 근현대사의 그늘에서 희생된 모든 소녀가 이 안에 있다.'

거기 이렇게 새기고 싶습니다. '이 소녀를 특별한 삶의 주인공이라고 생각하지 말자. 복되고 평화로운 나라에 나지 못했던 소녀들의 잃어버린 절정의 순간을 기리는 성상聖像이라고 보자. 이 소녀는 우리의 할머니다. 어머니다. 고모다. 이모다. 누나다. 영원한 누이들이다.'

그렇게 말할 수 있다면 우리가 잊지 말아야 할 모든 누나들을 대표하는 이름은 유관순이 마땅할 것입니다. 이제 곧 그 누나들이 봄꽃으로 하나둘 피어나겠지요.

36

해방촌에서

집을 나와서 길 하나 건너면 이곳입니다. 오래된 동네지요. 단골로 다니는 주점도 있고 즐겨 찾는 상점도 두어 군데 있어서 자주 드나듭니다. 엇비슷한 모습의 붉은 벽돌집들이 크고 작은 골목을 거느린 언덕이지요. 고개를 들면 서울타워가 똑바로 올려다보이는 이 산자락을 사람들은 해방촌이라고 부릅니다.

이른바 '해방 공간'에 생긴 이름일 것입니다. 8·15에서 6·25로 이어지는 혼란과 격동의 시기지요. 오갈 데 없던 도시 빈민들과 북에서 내려온 사람들, 각처의 피난민들이 이리로 모여들었습니다. 그러곤 겨우 비바람이나 가려질 만큼 엉성한 지붕들을 이고 살았지요. 생존의 벼랑에서 위태롭게들 살았습니다.

이범선의 소설 「오발탄」에 나오는 동네입니다. "산비탈을 도려

내고 무질서하게 주워 붙인 판잣집들이었다. 철호는 골목으로 접어들었다. 레이션 곽을 뜯어 덮은 처마가 어깨를 스칠 만치 비좁은 골목이었다. 부엌에서들 아무데나 마구 버린 뜨물이, 미끄러운 길에는 구공탄 재가 군데군데 헌데 더뎅이 모양 깔렸다." 1959년에 발표된 작품이니, 육십여 년 전 풍경입니다. 그 시절 생활상이 세밀화처럼 들여다보입니다. 이태 뒤에 유현목 감독이 영화로도 만들었지요. 한국 영화사에서도 손꼽히는 명편입니다. 영상자료원이 골라놓은 '꼭 봐야 할 우리 영화 백 편'에서도 첫번째 자리를 차지합니다.

원본은 잃어버렸다지요. 제가 본 영상도 해외 영화제 출품을 위해 영어 자막을 얹은 것이었습니다. 그럼에도 불구하고 이 낡은 흑백영화가 전혀 촌스럽거나 지루하지 않은 까닭은 치밀한 연출 덕분일 것입니다. 미장센의 힘이라 해도 좋겠지요. 등장인물과 배경 요소들이 완벽하게 한 덩어리로 어울립니다.

스크린에 비친 남대문과 명동 거리, 오래된 상표와 광고판들에 정범태, 최민식 같은 리얼리스트들이 찍은 전후 서울의 풍경사진들이 겹쳐집니다. 가난에 짓눌린 인간 군상이야 연민스럽기 짝이 없지요. 그 눈물겨운 장면들에서 우리가 얼마나 멀리 왔는지를 확인합니다. 이 언덕의 정경이 특히 그렇습니다.

'해방촌'을 옮겨놓은 영어 자막이 눈에 거슬립니다. 'Liberty Village'. 제게는 '자유의 마을'쯤으로 읽혔습니다. '리버티?' 영화 속 그 마을에는 없습니다. 먹고 입을 것조차 없는 이들에게 자유는 허구의 개념입니다. 속박과 억압의 다른 이름일 뿐입니다. 당연히 해방촌은 해방된 마을이 아니었지요.

「오발탄」의 사람들은 끊임없이 해방촌을 벗어나고 싶어합니다. 실성한 노모는 밤낮으로 "가자, 가자"라고 외칩니다. 그녀가 꿈꾸는 곳은 잃어버린 고향이지요. 제대군인은 권총을 들고 은행으로 달려가고 여동생은 밤거리를 헤매 돕니다. '부자유'의 울타리를 넘어가려는 탈출의 몸부림입니다.

소설 속의 은행 강도 영호는 소심하고 고지식한 형 철호에게 이렇게 대듭니다. "양심이란 손끝의 가시입니다. 빼어버리면 아무렇지도 않은데 공연히 그냥 두고 건드릴 때마다 깜짝깜짝 놀라는 거야요." "남들은 다 벗어던지구 '법률선線'까지도 넘나들면서 사는데, 왜 우리만이 옹색한 양심의 울타리 안에서 숨이 막혀야 해요?"

그렇다면 세상은 두 군데로 나뉩니다. 해방된 곳과 아직 해방되지 않은 곳. 물론 그것은 지리적 구분이 아니지요. 심리적 영토의 양분입니다. 해방촌은 사회적 귀천이나 물리적 빈부를 넘은 개념이어야겠지요. 정신과 영혼이 평화로이 쉴 수 있는 곳, 적어도 잠깐 머물다 지나는 정거장은 아닐 것입니다.

주막에 앉아 '오발탄'이란 단어를 되뇌어봅니다. 실종된 양심과 윤리, 혼탁한 관습과 법률에 치어 목표와 궤도를 잃은 청년들을 생각합니다. 술집과 카페마다 웃고 떠드는 소리 가득한 밤입니다. 건물들 사이로 막 불이 켜지는 옥탑방이 보입니다. 옆 건물 옥상엔 고양이 한 마리가 아직 돌아오지 않은 주인을 기다리고 있습니다.

「오발탄」의 해방촌에 오늘의 해방촌이 포개집니다. 여기가 무언가를 포기하고 망각해버리는 젊음의 특구나 현실도피의 해방구는 아닐 것입니다. 그리하여 저는 소망합니다. 누추하고 비루했던 시간의 흔적과 구조물들이 그저 소모적인 청춘의 놀이터가 아니라 꿈꾸는 이들의 전진기지이기를.

진짜 해방촌은 허위와 가식, 인습과 타성, 불의와 협잡, 부당함과 부조리가 없는 곳. 그런 곳이라면 사랑도 인심도 금세 변치 않을 것입니다. 골목마다 진격의 아지트들이 빼곡하고, 비로소 제 과녁을 찾은 오발탄들이 분명한 목표를 향해 날아갈 준비로 날마다 부산할 것입니다.

제 방식으로 기도하고 싶습니다. 저마다의 방식으로 기원해주십시오. 올봄에는 골목에도 광장에도 해방의 긍정적 가치가 넘쳐나기를. 해방촌이 특정 지역의 지명을 넘어 '자유의지'로 충만한 모든 장소를 일컫게 되기를. 나아가 다음과 같은 의미로 확장되기를. "여기를 두고 어딜 가랴. 영원히 머물고 싶은 인간의 마을, 해방촌."

37

소래포구에서

월곶역 근처에 차를 세웠습니다. 이쪽은 아무래도 주차 사정이 썩 좋지 않을 것 같아서였지요. 한 시절 협궤열차가 달리던 다리를 건넜습니다. 바닷물이 드나드는 갯골을 가운데 두고 저편 시흥과 이쪽 인천을 잇는 교량. 이제는 사람이나 지나는 그 오래된 다리 위에서 일주일 전 화재의 흔적을 내려다봅니다.

참혹한 광경입니다. 뒤틀린 철제 구조물들과 형체를 알기 어렵게 그을린 갖가지 집기들이 불의 폭력성과 야만성을 보여줍니다. 겨우 화를 면한 상점과 인접 건물은 슬픈 눈길로 화마가 쓸고 간 자리를 보듬고 있습니다. 무심한 갈매기떼만 갯벌에 숨겨진 먹이를 뒤져내기 바쁩니다. 썰물의 시간입니다.

타버린 소래 어시장의 내력도 갯벌에 있습니다. 내항의 건설로 인천항 출입길이 막힌 어부들이 이곳에 '물양장'(소형 선박 접안 부두)을 만들면서 생겨난 장터니까요. 갯벌 위에 열린 시장이라 해도 과언이 아닐 것입니다. 소래가 새우젓으로 이름을 날리던 1970년대, 입소문을 타고 관광객도 모여들기 시작했지요.

소년과 청년들은 이 철교 위에서 퍽이나 우쭐거렸습니다. 침목과 레일 밑으로 갯벌과 파도가 어른거리는 다리 위에서 장난을 치며 사내다움을 뻐기곤 했지요. 철교와 어시장은 소래의 상징이었습니다. 하지만 야단스럽게 도드라지는 풍경은 하나도 없었습니다. 그저 무채색 일색. 컬러필름으로 찍어도 흑백사진이 나왔습니다.

탁한 물빛, 바다의 알몸 같은 갯벌, 염치를 모르는 갈매기, 벌겋게 녹이 슨 닻과 고깃배의 낡은 깃발들, 소금밭과 시커먼 염전 창고, 머리가 하얗게 센 노인이 돌리는 수차水車, 정거장과 협궤열차 그리고 이가림 시인의 시 「내 마음의 협궤열차 1」 중 한 줄. "측백나무 울타리가 있는/정거장에서/장난감 같은/내 철없는 협궤열차는/떠난다."

협궤열차가 파스텔풍의, 은은하고 아름다운 시절만 싣고 달린 것은 물론 아닙니다. 그러라고 만들어진 낭만적 탈것도 아니었지요. 알다시피 그것은 일제가 식민지 수탈을 위해 만든 것이었습니다. 여주 평야 쌀을 실어내려고 수려선을, 이곳 소금을 싣고 가려고 수인선을 만들었습니다.

소금은 일종의 군수물자였습니다. 화약 원료로 사용할 양질의 천일염이 필요했던 그들이었지요. 일본은 일찍이 거대한 불장난을 계획했던 모양입니다. 조금 비약하자면 지금 제가 서 있는 이 다리 위로 엄청나게 많은 폭탄이 지나갔다고 해도 틀리지 않을 것입니다. 그것들로 진주만과 아시아를 쑥밭으로 만들었겠지요..

선로 너비 76.2센티미터의 '장난감 같은' 열차가 그렇게 무겁고도 무서운 노동을 했습니다. 그 꼬마 기차가 전쟁 물자를 지고 달렸을 다리 위에서, 오늘 또 소래의 슬픈 초상을 봅니다. 화상에 일그러진 얼굴입니다. 우리네 삶을 종종 전쟁에 비기는 이유까지 새삼스럽게 새겨집니다.

바람이 일어납니다. '폴리스 라인'에 매달린 A4 용지들이 흔들립니다. 불에 타고 남은 것들 위에서 리본처럼 펄럭입니다. 종잇장마다 네댓 글자가 적혀 있습니다. 사라진 가게들의 상호입니다. 고깃배 이름도 있고 동네 이름도 있습니다. 아들딸 이름도 있습니다. 화재 감식과 현장 관리를 위해 경찰이 붙여놓은 것일 테지요.

문득 그것들이 크나큰 희망의 징표로 읽힙니다. 이름표의 주인공들이 무사한 까닭입니다. 고깃배는 다치지 않았고 고향은 잘 있습니다. 애들도 아무 일 없습니다. 그보다 다행스러운 일이 어디 있을까요. 인간이 포기하지 않는다면 하늘도 모른 체하지 않는다지요. 이 잿더미 위의 사람들도 결국은 일어날 것입니다.

소금밭의 기억 때문일까요. '소래'는 결코 썩지 않고 죽지 않을 땅 이름일 것만 같습니다. 흔히 당나라 장수 '소정방'에서 연유되었다고도 하고, 우리말 '수리'에서 변용된 것이라고도 하는 지명이지요. 저는 뒤의 것에 한 표를 보태고 싶은 사람입니다. '높다'는 뜻으로, 머리꼭대기를 뜻하는 '정수리'에도 들어 있는 '수리'.

'소, 래'라는 두 음절에서는 '정수리'에서 솟구치는, 소생의 기운이 느껴집니다. 말할 것도 없이 갯벌의 힘이지요. 갯벌은 위대한 '밭'입니다. 얼마나 많은 것이 거기에 목숨을 의탁하고 살아갑니까. 구멍 하나하나가 뭇 생명들의 집이지요. 갯벌은 거대한 민주국가입니다. 아무런 차별 없이 억조창생을 키웁니다.

다리 끝 저만치에 그물을 손질하는 어부가 보입니다. 고기잡이를 나가려는지 배 한 척이 곧 움직일 채비를 합니다. 폴 발레리의 시 「해변의 묘지」 마지막 연의 첫머리가 떠오릅니다. "바람이 분다, 살아야겠다." 태평양전쟁도 지나고 6·25도 지나갔을 철교 위에서 다시 꿈틀거리는 포구를 봅니다.

봄볕이 금가루처럼 갯벌 가득 부서지고 있습니다. 새로 생긴 다리 위로 수인선 전철이 지나갑니다. 승객도 기관사도 불탄 자리를 내다보고 있을 테지요. 너무 빨리 옛 모습을 잃어가는 소래포구를 안타까워하겠지요.

38

강릉 선교장에서

눈보라가 몰아치는 대관령을 넘었습니다. 횡성을 지나자 봄비가 갑자기 춘설로 바뀌었습니다. 차 안에서도 한기가 느껴질 만큼 기온이 뚝 떨어졌습니다. 강원도 봄 날씨의 변덕스러움이야 모르지 않지만 이것은 정말 기습입니다. 동장군의 퇴각 명령을 듣지 못한 파르티잔들의 결사 항전 같습니다.

하지만 겨울 잔당은 터널 앞에서 무력하게 물러났고 고속도로 종점은 봄이었습니다. 활짝 피어난 산수유와 막 터지기 시작한 목련을 보며 천천히 차를 몰았지요. 어디서 무얼 하다가 이제 나타났는지, 구름 사이로 저녁 해가 얼굴을 내밀었습니다. 조금은 미안해하는 낯빛이더군요.

구겨졌던 하늘도 금세 반듯하게 펴졌습니다. 종일토록 요사스러운 날씨였지만 경포대 근처의 저녁나절은 점잖았습니다. 해도 제법 길어져서 계획된 곳을 둘러볼 시간은 충분했습니다. 눈비에 씻긴 옛집들이 한결 새뜻한 표정으로 나그네를 반겼습니다. 기왓골에서 떨어지는 낙숫물 소리조차 정겹고 평화로웠습니다.

선교장에 왔습니다. 경포대 가는 길에 있는 영동 지방 제일의 고택이지요. 아무리 무심한 행인이라도 그냥 지나치기 어려울 만큼 기품 있는 장원입니다. 율곡과 사임당의 오죽헌과 매월당김시습기념관 근처입니다. 허균과 난설헌이 나고 자란 초당도 멀지 않아서 문향文香이 그윽한 동네입니다.

이 집 역사의 시작은 영조 임금 무렵입니다. 충주에서 강릉으로 옮겨온 효령대군의 후손 이내번이 터를 잡으려 하니, 족제비 한 무리가 홀연히 나타나 이 자리를 점지했다지요. 하늘에 감사하는 마음으로 선행과 덕행을 아낌없이 베풀었던 모양입니다. 누대로 만복이 들어와 쌓이고, 벼슬길도 비교적 순탄했다고 합니다.

철종 시절 선교장이 낳은 통천군수의 선정善政은 유명합니다. 큰 가뭄이 들자 사재를 털어서 군민 전체를 구휼했다지요. 이 집이 '통천댁'으로 불리기도 했던 연유입니다. 곳간이 크다고 인심이 나는 건 아니지요. 사랑의 샘과 배려의 창고가 깊고 넓어야 합니다. 아니라면 곡물 창고를 지키고 늘이는 일에나 정신을 팔겠지요.

그런 집이니 식객도 많았을 것입니다. 숱한 시인 묵객이 금강산이나 관동팔경 유람 가는 길에 선교장 신세를 졌습니다. 손님 숫자만큼 시문과 서화가 쌓였지요. 그중에도 글씨 두 점이 백미입니다.

하나는 추사 김정희의 '홍엽산거紅葉山居.' 눈에 익혔다가 흉내내보
고 싶은 서체입니다.

또하나는 연못 위의 정자 '활래정活來亭' 편액입니다. 해강 김규
진이 썼는데 초록 글씨의 태가 여간 곱지 않습니다. 그림 같습니다.
서산 개심사 다락집 현판의 푸른 글씨를 바라보는 느낌입니다. 해
강이 누구입니까. 청나라에서 연마한 솜씨로 영친왕에게 서예를 가
르쳤던 사람입니다.

뿐입니까. 창덕궁에 산수 벽화를 그렸습니다. 왕의 사진을 찍었
습니다. 우리나라 최초의 사진관 천연당을 차렸습니다. 서예가입니
다. 화가입니다. 사진가입니다. 거기 하나 더 보태야겠습니다. 그래
피티 아티스트. 금강산 구룡폭포 앞 바위에 13미터나 되는 글자를
새긴 사람이니까요.

관심 두지 않은 일이 거의 없고 모르는 게 별로 없었을 사람, 김
규진. 한마디로 르네상스적인 인간이었지요. 천하의 팔방미인이 고
작 간판 글씨 한 점 써놓고 떠나진 않았을 것입니다. 사진도 찍고
그림도 남기고 했겠지요. 그가 묵는 동안 선교장의 사랑채 열화당
등불은 밤새 꺼지지 않았을 것입니다.

이렇게 큰 집을 건사하자면 일마다 자연의 뜻을 묻고 간곡히 도
움을 청해야 합니다. 산수 정기와 음덕을 받지 못하면 집은 금세 쇠
하지요. 선교장은 경포호수를 마당처럼 펼치고 솔숲과 대숲을 병풍
처럼 둘렀습니다. 기둥 하나도 위아래를 가려 세웠고 마루 한쪽도
나뭇결과 무늬를 살폈습니다.

선교장 주인들은 조상이 이룬 터전의 의미와 미덕을 옳게 새길 줄 알았습니다. 주인 노릇이 그리 간단하고 녹록한 일이 아님을 진작 알아차렸습니다. 자신들의 집이 재물보다 사람이 더 많이 모이는 곳이란 사실에 더 큰 긍지를 가졌습니다. 눈 밝고 지혜로운 이들의 발길이 끊이지 않음을 자랑스러워했습니다.

마침내 '열화당'이란 당호에 숨은 뜻까지 깨쳤습니다. 원래는 일가친척들이 '화기애애한 정담'을 나누는 집이란 의미였지요. 그런 곳을 세상의 현자를 모시고 시절 인연의 깊이를 재는 장소로 확장시켰습니다. 학문과 예술을 논하며 깨달음의 촌수와 항렬을 가리는 공간으로 승격시켰습니다.

다시 열화당 앞에 섰습니다. 같은 이름의 현대식 건물을 생각합니다. 경기도 파주에 있는 출판사지요. 건축, 사진, 미술 등 예술 분야 책들을 전문으로 펴냅니다. 선교장 후손들의 일터입니다. 말하자면 그들은 가업을 잇고 있는 셈이지요. 선교장 옛일이 '시간의 건축'이었다면 지금 그들이 하고 있는 일은 '생각의 건축'입니다.

39

잠수교에서

한강에 다리가 몇 개나 될까요? 나이에 따라 대답이 다를 것만 같습니다. 열 개? 스무 개? 서른 개? 뒤쪽에 가까울수록 젊은 사람일 것입니다. 답은 서른한 개. 제 주위 사람들에게선 '열대여섯 개쯤'이라는 답이 의외로 많더군요. 저 역시 그렇게 생각했습니다. 순간 '언제 그렇게 많아졌을까' 하고 궁금증이 일었습니다.

다리 하나를 끊어놓으니 피난길이 막막해졌다던 6·25때 이야기는 이제 전설처럼 여겨집니다. 하지만 그 장면이야 어찌 잊겠습니까. 이고 지고 난간을 기어오르는, 목숨 걸고 부서진 다리를 건너는 가여운 백성들. 퓰리처상을 받은 사진 한 장으로도 또렷이 기억되는 그 공포와 전율. 우리 현대사에 찍힌 하나의 상징이지요.

그때 그이들이 저렇게 많은 교량을 보면 무슨 얘기를 할까요. 한강교에 차례로 번호를 매기던 사람들은 차라리 순진하게 여겨지는 오늘입니다. 제1, 제2, 제3한강교…… 제3한강교의 의미는 사뭇 각별했습니다. 천릿길을 하룻길로 바꿔놓은 경부고속도로와 함께 태어난 다리였으니까요.

혜은이의 노래 〈제3한강교〉에 열광했고 같은 제목의 영화를 보러 극장 앞에 줄을 섰습니다. 그것은 노래 한 곡의 히트가 아니었습니다. 강을 건너는 길이 사지선다형 문제의 보기만큼 늘어난 데 대한 자축이었습니다. 흘러가는 강물 위에서 신세한탄이 아니라 사랑노래를 하게 됐다는 만족감의 표현이었습니다.

다리에 번호를 붙이는 일은 금방 멈췄지요. 숫자로는 감당되지 않을 일임을 예감한 사람이 있었나봅니다. 그러나 그도 역시 이렇게 많아질 것을 예상하진 못했을 테지요. 무슨 다리를 이용하느냐는 질문 하나로 서울 어느 지역에 사는 사람인지를 짐작할 수도 있을 만큼 늘었으니까요.

저는 지금 잠수교 위에 있습니다. 이 다리는 하나면서 둘이지요. 위는 반포대교, 아래는 잠수교. 한강 유일의 이층 교량입니다. 일주일에 한 번은 이 다리를 걸어서 건넙니다. 절반은 자동차 길, 절반은 자전거와 보행자의 길이라서 맘껏 한눈을 팔아도 됩니다. 먼산을 보며 팔자걸음을 걸어도 괜찮습니다.

서울 안에 여기만큼 보행자의 권리를 온전히 누릴 수 있는 길도 드물 것입니다. 저만치 미동도 없이 떠 있는 청둥오리떼가 이 다리위의 평화를 증명합니다. 행인도 느낄 수 있습니다. 먼지나 매연은 삽시에 흩어져버리고 경적은 쓸 일도 없습니다. 목소리 높여 노래를 부르며 걸어도 뭐라 할 사람 하나 없습니다.

물론 진천 농다리나 영월 섶다리에 견주기는 어렵지요. 그러나 물소리를 듣고 물낯의 표정을 읽는 맛은 퍽 흡사합니다. 귀를 기울이고 눈을 맞추면 강물이 말을 걸어옵니다. 충청도 강원도를 떠나온 물이 양수리에서 몸을 섞고 여기까지 오는 동안의 이야기를 들려줍니다.

잠수교는 여느 한강 다리들과 분명히 구분됩니다. 물론 통행량이나 도강渡江의 효율성으로 순위를 매긴다면 꼴찌를 면하기 어렵겠지요. 그러나 잠수교는 제자리를 지키는 것만으로도 존재의 이유가 있습니다. 태생부터 점잖고 겸손합니다. 하늘과 맞서는 물의 편입니다. 몸을 낮춤으로써 물의 변화를 제일 먼저 읽어냅니다.

물의 부피와 날씨, 숨결과 기분까지 온몸으로 감지합니다. 해마다 일주일이나 열흘쯤은 흙탕물 속에 잠깁니다. 그런 이유로 한동안은 세상과 격리됩니다. '잠수潛水'란 단어가 지닌 먹먹하고 묵직한 슬픔을 느끼는 시간이지요. 그리하여 이 작은 다리엔 남다른 내공이 쌓입니다.

잠수교는 현수교를 부러워하지 않습니다. 오히려 정조 임금 능행陵幸길에 놓이던 배다리의 긍지를 품지요. 물과 하나가 되려 하고 사람과의 합일을 꿈꿉니다. 다리 한쪽에서 앞뒷문 열어놓고 쉬는 택시를 위해 바람을 모아줍니다. 오토바이를 세우고 땀을 식히는 퀵서비스 기사의 의자가 되어줍니다.

한여름 한없이 밀리는 다리를 힘겹게 지나는 이들의 친구가 되고 싶어합니다. '치유와 휴식의 다리'지요. 뮤지션 자이언티의 노래 〈양화대교〉가 떠오릅니다. 일하는 아버지들 생각입니다. '어디냐고 여쭤보면 항상 양화대교'라는 아버지.

반포대교도 잠수교의 착한 마음을 아는 모양입니다. 마침 분수쇼가 한창입니다. 잠수교를 칭찬하고 격려하는 응원의 메시지 같습니다. 음악과 함께 쏟아지는 무지개 색상의 물줄기. 이층의 형이 일층의 아우를 위해 부르는 노래입니다. 고단한 행인들을 위해 펼치는 물과 빛과 소리의 잔치입니다.

이 시간 서울의 모든 다리 위에서 번민하고 갈등하는 사람들을 소리쳐 부르면서 안부를 묻는 것 같습니다. 끊임없이 내가 어디 있는지 묻고 밥 먹었는지를 궁금해하는 친구와 가족의 목소리도 들립니다. 자이언티의 노랫말 같은 희망의 인사입니다.

우리 행복하자고. 아프지 말자고.

40

안산에서

꼭 삼 년 만에 여길 왔습니다. 사흘이 멀다 하고 찾던 공원인데 그렇게나 오랫동안 발길을 뚝 끊었었지요. 그날 이후의 일입니다. 이 근처 단골 식당도 통 다니질 못했습니다. 이곳엘 오자면 그 학교를 지나야 하기 때문이었습니다. 제주도로 수학여행 간 학생들이 아직도 온전히 돌아오지 않은 학교.

제 일터에서 이십여 분 걸으면 그곳입니다. 거기서 한 굽이를 더 돌면 이 공원이지요. 초상집을 지나 밥 먹으러 가는 일이 죄스럽고 부끄러웠습니다. 수백의 목숨을 잃은 교문과 학교 건물을 보기가 두려웠습니다. 공원길도 싫어졌습니다. 여기에 합동 분향소가 세워질 무렵이었습니다.

급기야 이쪽 출입은 하지 않게 되었지요. 슬픔을 곱씹을 자신이 없었기 때문입니다. 어른의 한 사람으로서 참으로 비겁한 선택이었지요. 현실을 회피하고 아픈 장면을 애써 외면하려 한 것입니다. 이웃 동네 어른이라는 사실만으로도 충분히 고통스러웠습니다.

거리 곳곳에 드리워진 죽음의 무늬를 감지할 때마다 온몸이 떨렸습니다. 그러나 저는 거기서 한 발자국도 더 나아가지 못했습니다. 사고 직후 안산 올림픽기념관 임시 분향소에 다녀온 것이 고작이었습니다. 뉴스나 보면서 분개하고 가방이나 휴대전화에 노란 리본을 붙이고 다니는 것쯤으로 면책의 빌미를 삼으려 했습니다.

날마다 그들 앞에 꽃을 바치고 기도하는 사람들에 부끄럼을 느끼며 살았습니다. 가족들을 위로하고 봉사하는 이웃들에 대한 열등감을 숨기면서 삼 년을 보냈습니다. 어서 이 참혹한 기억이 희미해지고 살아 있는 자들의 죄책감이 흐릿해지기만을 기다렸습니다. '세월이 약'이란 속담의 리얼리티를 믿었습니다.

그러나 제 기대는 빗나갔습니다. 상처는 쉽게 아물지 않았고 통증도 차도가 없었습니다. 어른들의 자괴감은 깊어만 가고 어른들에 대한 아이들의 믿음은 점점 얕아져갑니다. 언제까지 기다려야 모두가 인정하는 '탈상脫喪'의 시간이 올까요. 얼마나 더 '가만히' 있어야 속시원히 밝혀질까요.

안산 화랑공원. 공원이 많은 이 도시에서도 손꼽히는 명소입니다. 갈대밭이 어우러진 호수를 중심으로 철새와 텃새가 고루 모여들어 사철 아름답습니다. 경기도미술관의 건축미가 인공의 격조까지 더해줍니다. '와~스타디움'(얼마나 인상적인 이름인지요)이 짝을 이뤄서 이 넓은 들판 풍경을 심심치 않게 합니다.

미술관 주변엔 갖가지 조각과 설치미술 작품이 시선을 잡아끌지요. 저는 최평곤씨의 〈가족〉을 제일 좋아합니다. 대나무를 쪼개어 이리저리 엮어 만든 거대한 인간 형상입니다. 동학 농민군들이 장렬한 최후를 맞은 공주 우금치, 임진각 평화누리 등에서도 만날 수 있는 거대한 군상입니다.

꿈꾸는 시선으로 흘러가는 구름을 바라보는 모습입니다. 어머니로 보이는 인물상의 품에는 아이가 안겨 있습니다. 어머니의 양옆에는 두 아이가 자랑처럼 서 있습니다. 하나만 빠져도 가족이란 제목과 거리감이 느껴질 것입니다. 기둥 하나가 없어지는 순간, 그 하나의 부재는 집의 붕괴로 이어지지요.

문득 착시가 일어납니다. 어머니는 죽은 아이를 안고 있고 곁의 두 아이는 울고 있는 것으로 보입니다. 터무니없는 생각도 불쑥 솟아납니다. 아버지와 아들의 모습으로 겹쳐지면서 화랑 관창의 시신을 안고 있는 신라 장군 품일이 보입니다. 말할 것도 없이 공원 이름과 세월호 참극이 한데 엉겨서 일어난 망상일 것입니다.

봄꽃이 한창입니다. 온갖 꽃들이 한쪽에서는 지고 한쪽에서는 피고 있습니다. 아니, 순서도 없이 다퉈서 피고 집니다. 이 강산 봄의 길이가 자꾸 짧아져가는 것을 그들도 아는 모양입니다. 꽃들의 세상에도 '장유유서'의 예절쯤은 곧 사라질 것만 같습니다.

이 고장 꽃들도 사월 제주도의 그것들처럼 기막힌 슬픔의 언어로 읽히기 시작합니다. 개나리꽃은 수천수만의 노란 리본입니다.

진달래는 엄마를 부르는 어린것들의 붉은 입술입니다. 조팝꽃은 아이들 돌아오길 기다려 갓 지어낸 밥입니다. 라일락의 강렬한 향기는 아름답던 젊음의 내음입니다.

우리의 기다림은 언제나 끝이 날까요. 여기서도 멀지 않은 곳에 사셨던, 성호 이익 선생의 시집을 펴니 이런 시(「기다림候人三道」)가 보입니다. "기약이 없었다면 기다리지 않을 것을/만날 기약하고 보니 기다리기 어렵구나./그대 마음 또한 설레리니/기다리는 사이 해가 저무네."

큰 선비가 조급증을 숨기지 못하는데 필부가 어찌 점잔을 빼겠습니까. 제가 하고픈 얘기를 당신께서 해주시니 그저 황송할 따름입니다. "오랜 기다림에 다시 짜증나고/시간 지나니 문득 화가 나네./어디쯤 왔을까 점쳐보니/길에 있는 사람도 내 마음과 같으리."

41

달빛 장터에서

해가 지자 한강공원에 장이 섰습니다. 두리번대며 기웃거리며 두어 바퀴를 돌았습니다. 이름부터 재미있습니다. '서울 밤도깨비 야시장—반포 낭만 달빛 마켓'. 푸드 트럭 수십 대가 광장의 울타리를 이루고 가운데엔 갖가지 노점들이 빙 둘러앉았습니다. 저마다 직접 만든 물건을 들고 나와 파는데, 대개 수공예품들입니다.

음악에 맞춰 춤추는 무지개 분수, 황홀한 야경에 살랑거리는 봄바람. 또하나의 강물로 넘실대는 젊음의 물결. 눈과 귀만 어지러운 게 아닙니다. 굽고, 찌고, 볶고, 삶고, 끓이고! 갖가지 냄새가 코를 간질입니다. 넓은 마당이 거대한 부엌입니다. 레스토랑입니다.

코너마다 장사진입니다. 음식 하나 사 먹자면 인내력 테스트를 받아야 할 지경입니다. 참을성이 없으면 구경꾼으로 만족해야 합니다. 당연히 점포마다 즐거운 비명이지요. 만두, 핫도그, 스테이크, 감자튀김…… 어느 줄이 더 긴가 시합을 하고 있는 것 같습니다. 하지만 아무도 지루해하지 않습니다.

저는 비교적 짧은 줄을 선택했습니다. 떡을 파는 곳입니다. 인절미 예닐곱 개를 노릇하게 구워서 일일이 조청을 바르고 콩고물을 묻혀줍니다. 연인인지 신혼부부인지 잘은 모르겠으나, 주인 남녀는 지금 숨 돌릴 겨를이 없습니다. 찰진 솜씨로 한 사람은 굽고, 찰진 말씨로 한 사람은 팝니다.

아무려나 고마운 일입니다. 이렇게 흥겨운 '청춘의 굿판'을 마련해준 사람들이 고맙고, 맛의 신세계를 경험하게 해주는 젊은이들이 고맙습니다. 하나의 브랜드가 될 수도 있을 작품들을 자랑스레 선보이는 젊은 아티스트들이 고맙습니다. 땀을 흘리며 불과 연기와 씨름하는, 저마다의 '신념'을 파는 젊은 그들이 고맙습니다.

동시에 미안한 생각도 고개를 드는군요. '저렇게 행복한 얼굴로 능력과 열정을 팔 수 있는 청춘들인데. 터가 없고 판이 없어서 젊음의 시간과 에너지를 놀리고 있는 젊은이들이 얼마나 많은가. 힘과 슬기는 넘치는데 쓸 곳이 없다는 것은 얼마나 딱한 일인가.'

연부역강年富力强. 시간 부자, 힘의 강자면 무엇 하겠습니까. 의자가 없고 명석이 없는데, 시장이 없고 광장이 없는데, 극장이 없고 무대가 없는데. 말이 통하는 사람이 없는데, 눈높이를 맞춰줄 사람이 없는데. 무엇 때문에 목이 타는지, 슬픔의 근원이 무엇인지 관심두는 이가 없는데.

청년실업은 통계 전문가나 정치가들의 회의실에서 해결될 문제가 아닙니다. 20세기 작도법으로는 그들이 그리워하는 세상의 지도를 만들기 어렵지요. 그런데도 우리는 지금, 그들이 계속 우리처럼 살기를 주문하고 있는지도 모릅니다. M1 소총 교본으로 미래 전쟁의 전술을 가르치고 있는 것인지도 모릅니다.

오늘 낮에 본 연극이 떠오릅니다. 아서 밀러의 〈세일즈맨의 죽음〉은 1949년에 초연된 작품인데, 감동의 공감대는 여전합니다. 평생을 성실히 살아온 주인공 윌리 로먼은 이 땅에도 존재하는 어떤 아버지의 이름일 수도 있습니다. 더이상의 '기회 없음'에 절망하며 자살로 삶을 마치는 가장이지요.

그러나 죽음의 진짜 이유는 그게 아니었습니다. 수입이 생길 때마다 현관 계단을 만들고 지하실을 만들고 욕실 하나 더 만드는 게 기쁨과 보람이었던 아버지. 시멘트 한 포대만 있으면 더할 나위 없이 행복했던 아버지. 그렇게 가정적이었던 사람답게, 누가 물으면 아들이 얼마나 잘나가는지 허풍을 치던 아버지.

아버지는 두 아들이 번듯하게, 남부럽지 않게 성공하기를 간절히 바랐습니다. 그러나 그 소망의 기준은 너무 오래된 것이었지요. 그가 지켜온 삶의 문법은 모범적일 뿐, 새로운 시대 질서와는 거리가 멀었습니다. 끝없이 이어지던 부자간의 갈등은 아버지의 죽음으로 끝이 납니다. 그것은 모든 가치의 소멸이었습니다.

그는 두 아들 비프와 해피가 자신의 보험금으로 희망을 찾기를 원했습니다. 그러나 자식들도 아내 린다도 행복해지지 않았습니다.

큰아들 비프의 대사가 의미심장합니다. 그가 좌절의 순간에 쏟아낸 말이지요. "왜 원하지도 않는 사람이 되려고 이 난리를 치고 있는 거야?"

아버지 친구 찰리가 장례식장에서 하는 얘기도 귀담아들어야 합니다. "세일즈맨은 반짝이는 구두를 신고 하늘에서 내려와 미소 짓는 사람이야. 사람들이 그 미소에 답하지 않으면, 그게 끝이지. (……) 이 사람(윌리 로먼)을 비난할 자는 아무도 없어. 세일즈맨은 꿈꾸는 사람이거든."

청년이야말로 꿈꾸는 세일즈맨입니다. 물론 아무거나 팔진 않습니다. 자신이 원하는 것을 팝니다. 직접 만들어 팔 수 있는 물건도 많습니다. 그러나 아무거나 만들진 않습니다. 원하는 것을 만듭니다. 원료와 재료, 노하우와 레시피, 아이디어도 충분합니다.

부족한 것은 달빛 장터. 그리고 '반짝이는 구두를 신고 미소' 지을 때 '미소에 답'해줄 사람들.

42

종로를 지나며

한동안 촛불의 거리였던 서울 한복판이 그날은 온통 등불의 물결이었습니다. 남산 밑을 출발해서 흥인지문을 지나온 빛과 사람의 파도가 보신각 네거리까지 출렁거렸지요. 사월 초파일을 맞은 선남선녀들이 형형색색 연등으로 봄밤을 수놓는 연등회. 올해도 저는 등불의 바다에서 꿈결 같은 시간을 보냈습니다.

옛날 종로서적 앞 길가에 앉아 동대문 쪽을 바라보았지요. 제 시선은 비스듬히 길을 건너 낯익은 건물 앞에 가 멈췄습니다. 그리하여, 그날 제가 찍은 사진들의 배경엔 빠짐없이 YMCA가 보입니다. 제목을 붙인다면 이런 식이 될 것입니다. '기독청년회관 앞을 지나는 흰 코끼리떼와 아기 부처.'

각 대학의 푯말을 앞세운 대학생불자佛子연합회의 행렬이 눈길을 끌었습니다. 대학 설립 주체들의 다양한 종교적 정체성을 생각하면 무척이나 평화로운 장면이었지요. 기독교, 천주교, 불교와 원불교 등이 하나로 어울린 형국이었습니다. 세상의 '차별 없음'을 배운 젊은이들의 풍경답게 조화로웠습니다.

문득 경기도 안양安養시나 강화도 불은佛恩면 같은 불교적 지명들이 생각나더군요. 안양은 극락의 다른 이름, 불은은 부처의 은혜. 그런 동네 교회나 성당이 축하 현수막을 내걸었을지도 모른다는 생각이 들었습니다. '부처님 오심을 함께 기뻐합니다.'

새삼스러울 것도 없는 이야기입니다. 법정 스님과 김수환 추기경님 같은 어른들께서 진작 물꼬를 터주신 덕분이지요. 스님이 성당에 가서 법문을 하시고 추기경님은 절에 가서 강론을 하셨습니다. 그뒤로 많은 절과 교회와 성당이 따라나섰습니다. 서로가 예수와 부처의 탄생을 축하하는 인사를 나누게 되었습니다.

이번에 화계사 신도들이 선보인 숭산 스님 모습의 등불 인형에서 결정적인 한마디가 들렸습니다. "온 세상은 한 송이 꽃." 스님의 한결같은 가르침이었지요. 일찍이 만공 선사가 깨달은 것을 그분은 몸으로 실천했습니다. 해외 포교를 통해 불교 세계화의 길을 활짝 열어냈습니다.

최근에 저는 그 사연을 시로 썼습니다. "지구가 한 송이 꽃이란 사실을 유리 가가린보다 먼저,/닐 암스트롱보다 먼저 알고 온 사람이 있었다/가야산 수덕사에 그의 글씨가 있다,/세계일화世界一花, 세계는 한 송이 꽃/어디서 보았을까//달에서 보았을 것이다/월면月面

이란 이름도 쓰던 사람이니까".

우주에 나가보지 않고서 어떻게 '세상이 하나의 꽃송이'인 줄 알았을까 하는 의문에서 시작된 글입니다. 듣고 나면 당연한 이야기 같지만, 곰곰 짚어보면 참 크고 무겁고 깊은 깨달음입니다. 산, 강, 길, 논, 밭, 집, 사람 모두가 하나의 이파리. 모여서 거대한 꽃 한 송이를 피워내고 있다는 생각입니다.

어느 별이 저 혼자 뚝 떨어져나가 앉아 있겠습니까. 어느 바다에 씨줄 날줄이 그려져 있겠습니까. 어느 하늘에 날짜변경선이나 국경선이 그어져 있겠습니까. 세상은 마이산 봉우리처럼 '통짜'입니다. '원피스'입니다. 그렇다면 지구는 우리의 몸뚱입니다. 우리의 집입니다.

'집 우宇' '집 주宙' 두 글자가 합쳐서 '우주'란 말을 이루고 있다는 사실도 우연은 아닐 것입니다. 우주는 모두의 집, 공동의 자산일 수밖에 없다는 명백한 증거지요. 푸틴과 트럼프가 한집에 삽니다. 수진秀珍이와 수잔Susan이 아래위층에 삽니다. 108호에 스님이 살고 305호에 목사님이 삽니다.

부처님 오신 날, 대통령 후보들이 조계사 법요식에 나란히 앉아 있던 장면을 생각합니다. 그리고 오늘, 우리를 새 나라로 데려가려는 이의 마음자리를 헤아려봅니다. 이어서 그이가 성철 스님의 1986년 초파일 법어를 새겨볼 수 있다면 좋겠다는 바람을 가져봅니다.

"교도소에서 살아가는 거룩한 부처님들…… 술집에서 웃음 파

는 엄숙한 부처님들…… 꽃밭에서 활짝 웃는 아름다운 부처님
들…… 교회에서 찬송하는 경건한 부처님들…… 들판에서 흙을 파
는 부처님들, 우렁찬 공장에서 땀 흘리는 부처님들…… 오늘은 당
신네의 생신이니 축하합니다."

부처님 아닌 존재가 없다는 말씀입니다. 거기 당신이 섬기려는
'민심'이 모두 들어갑니다. 촛불과 등불의 마음, 당신이 밝히려는
횃불의 이상도 있습니다. 협치, 탕평, 일자리 그 모든 것을 끌어안
고도 남습니다. 모두의 꿈을 싣고 달릴 수 있는 거대한 비유의 탈것
입니다.

석가모니가 열반에 들 때, 이런 문답이 있었지요. 제자들이 불안
해하며 여쭈었습니다. "스승이시여, 저희는 이제 무엇을 의지해야
합니까?" 스승이 답했습니다. "자등명自燈明, 법등명法燈明. 스스로를
등불삼고, 진리를 등불삼아 정진해라."

각자가 등불이며 서로가 신호등이라는 가르침입니다. 슬며시
기다려집니다. 백성들의 어둠은 모조리 사라지고 이 땅이 한 송이
등燈꽃이 되는 날.

43

새 나라에서

올해는 '계절의 여왕' 체면이 말이 아닙니다. 장미도 찔레꽃도 아카시아도 구겨진 얼굴을 좀체 펴지 못합니다. 황사에 미세먼지, 나아질 줄 모르는 대기환경. '오월'이란 단어를 충신처럼 따르던 수식어들도 저만큼 멀어졌습니다. 푸르른, 화사한, 상큼한, 싱그러운…… 그런 말들이 무색해졌습니다.

가장 실망스러운 이로 말하면 어린이들과 '오월의 신부'들이겠지요. 오월을 전부 어린이날처럼 누려야 할 아이들이 실컷 뛰고 달리지 못하는 아쉬움. 파란 하늘과 새하얀 드레스의 시간을 눈부신 기억으로 간직할 수 없는 안타까움. 마스크를 하고 공놀이를 할 수야 없지요. 뿌옇게 흐린 날 결혼식을 올리고 싶은 분은 없지요.

아무래도 어린이들이 걱정입니다. 그러지 않아도 체육 활동과 운동장에서의 시간이 부족한 그들에게 햇빛 구경이 점점 더 힘들어질 것 같아서입니다. 나빠지는 공기가 나라에 대한 애정의 농도까지 떨어뜨리지는 않을까 염려스럽기도 합니다. 문제는 분명한데 신통한 답이 없습니다.

"날아라 새들아 푸른 하늘을, 달려라 냇물아 푸른 벌판을."〈어린이날 노래〉는 나가 놀길 권하는데 일기예보는 야외 활동을 만류합니다. 엄마 아빠는 당신들 어린 시절, 풀과 별과 함께하던 시간을 자랑하지만 아이들에겐 옛이야기입니다. 흙장난을 하고 모래성을 쌓아야 할 아이들이 흙먼지와 모래바람에 갇혔습니다.

이런 참에 대통령이 어느 초등학교엘 갔다지요. 아이들과 스스럼없이 대화를 나눈 모양입니다. 자연스럽게 미세먼지 이야기가 나오고, 아이들은 크게 두 가지 희망을 말했다고 들었습니다. "교실 바깥에 나가서 수업을 하고 싶어요." "미세먼지를 알려주는 단위가 어려워요. 쉽게 표현해주세요."

반갑기 그지없는 주문입니다. 그것은 어린이의 소망을 넘어 온 국민의 긴급하고 간절한 바람이니까요. 마치 어떤 어른이 어린아이에게 시킨 것처럼 느껴질 정도입니다. 어른들은 가끔씩 아이들에게 그런 일을 맡깁니다. 스스로 꺼내기 어려운 말을 아이의 입을 빌려서 누군가에 전하곤 하지요.

중요한 문제의 핵심이 초등학교 교실에서 정리되었다는 것은 여간 다행한 일이 아닙니다. 땅 위의 국민들, 길 위의 사람들에겐 목숨이 달린 일입니다. 특정한 부류의 사람들 이야기만도 아닙니다. 가만히 생각해보면 우리 인생의 반은 길에서 보내는 것 아니던가요.

얼마나 무서운 일입니까. 숨을 멈추지 않는 한 원치 않는 것들이 끊임없이 우리 몸속으로 들어온다는 것. 걱정도 아니던 일들이 심각한 걱정거리가 되어 우리를 위협한다는 것. 물, 공기, 바람……그 무심하고 자애롭던 존재들이 국민 건강을 흔듭니다. 산업과 경제, 시장의 판세까지 좌우합니다.

그래서일까요. '기후 마케팅'이란 전문 용어조차 군대 용어처럼 들립니다. 그럼에도 불구하고 정보는 중구난방. 동일 장소의 미세먼지를 A신문은 '보통'이라 하고 B방송은 '나쁨'이라 말합니다. C채널은 '외출을 자제하라' 하고 D구청은 말끝을 흐립니다. 전황戰況 보도처럼 일사불란해야 할 텐데 말입니다.

어린이의 질문이 대통령으로 하여금 그런 대책을 서두르게 했다지요. 아무려나 '대통령이 보이는 초등학교 교실 풍경'은 '새 나라'에 대한 기대를 자연스럽게 부풀립니다. 어린 국민의 발언도 귀 담아듣는 나라를 꿈꾸게 합니다. 스승의 날이 어째서 세종대왕께서 나신 날인지를 새삼 짚어보게 합니다.

'군사부일체君師父一體'가 일컫듯, 위정자는 스승의 마음을 지닌 자여야 함을 일깨웁니다. 좋은 선생님은 이렇게 말하지 않습니다. '몇 번이나 일러주었는데 아직도 모르냐?' 대신 이렇게 말합니다. '내 설명이 어려웠던 모양이구나. 더 쉽게 말해주마…… 그래도 모르겠으면 언제든 다시 물어보렴.'

격쟁擊錚이란 것이 있었지요. 억울한 백성으로 하여금 왕의 행차에 뛰어들어 징을 치게 하던 제도입니다. 어가를 멈추고 자별하게 민원을 챙겨 듣던 정조 임금이 떠오릅니다. 그것은 스승의 마음이지요. 그런 마음이라야 '각설하고 단도직입'해야 하는 일들의 목록을 챙깁니다.

덕분에 삼 년간 미루기만 하던 문제도 결론이 났다지요. 세월호에서 제자들을 살리려 분투하다가 끝내 목숨을 잃은 기간제 교사들의 순직 인정. 스승의 날이어서 더욱 빛났습니다. 만인의 생각이 같다면 그대로 '법'이지요. 선생님이란 이름 앞엔 어떤 계급도 군더더기도 붙여서는 안 됩니다.

선생님은 이런 질문을 달고 사는 분들입니다. '이 아이들을 어찌할 것인가.' 교사로서, 아동문학가로서, 양심의 파수꾼으로서 평생을 뜨겁게 살다 간 분의 글 제목이지요. 이오덕 선생의 절규에 가까운 탄식이었습니다. 동심과 도덕과 양심의 실종에 관한 외침이었습니다. 그 물음, 그 마음을 위정자들이 가졌으면 좋겠습니다. "이 나라, 이 산하山河를 어찌할 것인가." 말할 것도 없이 스승의 그것입니다.

44

게스트 하우스를 나서며

뜻밖의 일로 한 달 열흘쯤을 낯선 동네에서 보냈습니다. 외국은 물론 아니고 제주도나 설악산도 아닙니다. 여전한 서울살이입니다. 집에서도 멀지 않은 곳이지요. 지하철도 같은 역을 이용했고 일터로 가는 길도 다르지 않았습니다. 이른바 게스트 하우스에서 눈부신 계절을 조금 어둡게 보냈습니다.

'찬란한 슬픔의 봄'을 실감했습니다. 벚꽃이 눈송이처럼 날리는 언덕에서 집 쪽을 바라보며 눈물을 숨겼습니다. 놀이터 아이들 웃고 떠드는 소리가 울적함을 달래주었습니다. 가난하던 시절, 어른들이 골목 가득 모여 노는 우리를 보고 미소 짓던 이유를 짚어보았습니다. 모내기를 마친 논을 바라보는 농부의 마음이었을 것입니다.

방이 따뜻해서 구겨지고 오그라지는 몸을 달랠 수 있었습니다.

심하게 다리를 저는 식탁을 살살 구슬려가며 썼습니다. 세탁기가 없어서 손빨래를 했습니다. 덕분에 손목과 손아귀에 제법 힘이 붙었습니다. 반지하 집이라서 햇빛 한줌 들지 않았습니다. 시간 가늠이 어려웠지만 장단점도 반반이었습니다.

불을 끄고 누우면 정말 칠흑 같은 어둠에 싸여서 숙면을 할 수 있었지요. 자칫하면 해가 중천에 떠도 모르고 자다가 화들짝 놀라 깨기 일쑤였습니다. 날이 흐렸는지 비가 내리는지 실내에선 도통 알 수가 없는 것이 흠이었습니다. 지각하기 딱 좋은 방이었지요. 몇 번인가 늦잠을 자서 허둥거렸습니다.

아무튼 태양도 나 몰라라 하고 지나쳐가는 방에서 사십 일을 묵었습니다. 드디어 돌아가는 날입니다. 후미진 골목 여관을 나서는 장기 투숙자처럼 묘한 기분이 듭니다. 귀향하는 부랑자처럼 감정도 퍽 복잡해집니다. 피난살이를 청산하는 기분과 그새 익숙해진 것들을 떼어놓아야 하는 서운함.

광고 카피 한 줄이 떠오릅니다. "집 생각이 나면 실패한 여행이다." 동시에 뜬금없는 생각이 꼬리를 뭅니다. '그렇다. 이것도 여행이다. 그런데 하루도 집 생각을 하지 않은 날이 없었다.' 게스트 하우스가 비웃듯이 묻습니다. '밤늦게 돌아와 잠이나 자는 주제에! 집이나 여기나 마찬가지 아닌가?'

할말 없습니다. 사실이니까요. 저는 집에 와서 잠이나 자던 사람입니다. 눈뜨고 살아 있는 시간의 대부분은 다른 도시에 가서 지내지요. 물론 그것이 어디 저만의 이야기겠습니까. 요즘 세상에 누가 밤낮으로 집을 지키며 살아갈 수 있을까요? 문전옥답을 지닌 농부? 살림집이 딸린 상점 주인? 산지기나 재택근무자? 전업 작가?

「내가 사는 곳」이란 시를 쓴 적이 있습니다. 아래와 같은 의문에서 일으킨 생각입니다. '잠만 자는 곳이 '어디 사느냐'는 물음에 답이 될 수 있는가? 인천에서 네 시간 동안 잠을 자고 서울로 돌아와 스무 시간을 보내는 사람은, 과연 인천에 산다 할 수 있을까? 그렇게 말하면 인천이 웃지 않을까.'

누가 나더러 어디 사느냐 물으면, 일산 산다고 답하는데,/그러면 일산이 웃는다//"너는 일산 사람이 아니지/너는 막차를 타고 와서 새벽이면 나가버리는/나그네지//일산 사람은/일산에 뜨고 지는 해를 빠짐없이 바라보고/일산에 내리는 눈비를 다 맞지/토박이 풀과 별의 내력을 알고/뜨내기 바람과 구름을 가려내지/무슨 일로 야반도주를 하다가도/동틀녘이면 돌아오지/목을 매달아도 아는 나무에 매달자고/울면서 돌아오지//저기 저 사람을 보게나,/선산도 공원묘지도 마다하고/이제는 묵밭 쑥밭이 되어버린/마늘밭에 묻힌 사람,/제 손으로 갈고 엎던 밭이랑을 베고 누운 사람,/목이 마르면, 한밤중에도 옛집까지 기어가서/살아서 먹던 물을 핥고 오는 사람//저쯤 되어야 여기 사람이지"//내가 사는 곳은 어디인가.

우리 시대 마지막 로맨티시스트 조병화 시인은 '가숙假宿'이란 표현으로 세상에 '정해진 자리 없음'을 설명했지요. '가짜 숙소'라는 뜻입니다. 우리가 집이라 믿는 곳은 그저 거쳐가는 임시 주거에 불과하다고, 그는 썼습니다. "나는 집이 없는 사람입니다. 있다면 당신의 '사랑'이 지금 내가 기거하고 있는 내 '존재의 집'입니다."

'사랑하는 사람이 존재의 집'이라는 시인의 말이 퍽이나 뜨겁게 읽힙니다. 몸을 누인 곳은 '임시'지만, 사랑은 언제까지나 변함없을 마음의 울타리인 까닭입니다. 그것을 느끼지 못한다면 정말 딱한 사람이거나 떠돌이 수도승처럼 모진 사람일 것입니다. 사람 이름은 어떤 집보다 믿음직한 주소입니다.

이제 게스트 하우스를 떠납니다. 더 오랜 정이 든 동네로 돌아갑니다. 더 오래 머물 곳으로 옮겨갑니다. 그곳 또한 언젠가는 비워주어야 할 처소입니다. 도연명이 세상을 뜨며 남긴 시 「자제문」에 이승의 집을 '여관'이라 쓴 이유를 새겨봅니다. "여관을 떠나 영원히 본래의 집으로 돌아가고자 한다將辭逆旅之館 永歸於本宅."

도연명과 조병화 시인은 벌써 도착해 살고 있을 본댁을 찾을 때까지 저는 몇 군데의 게스트 하우스를 더 들러야 할까요. 일생 동안 필요한 지상의 방은 몇 개나 될까요.

45

역삼동에서

원로 사진작가 Y선생님과 점심 약속을 하면 뭘 먹을까를 걱정하지 않아도 됩니다. 가는 집이 정해져 있기 때문입니다. 대개는 북엇국입니다. 뭔가 좀 다른 것을 드셔보길 권해도 소문난 집에 한번 가보시자 청해도, 번번이 고개를 저으십니다. 못 들은 척 그리로 걸어가십니다.

오늘도 기사식당입니다. 질리거나 물리실 법도 한데 다른 곳으론 눈길 한번 돌리지 않으십니다. "이 이상 좋은 게 어디 있남." 그 말씀이 마치 어떤 브랜드의 슬로건처럼 들립니다. "이것으로 충분하다." 여기서 더 무엇을 바라느냐는 뜻이지요.

기사식당 식탁은 화려하진 않아도 모자람이 없습니다. 어머니의 밥상을 닮았습니다. 그런 이유로 저는 한때 그곳을 한없이 고마워했습니다. 직장을 나와서 혼자 일을 하던 1993년 무렵입니다. 요즘 문자로 '혼밥'이 잦던 시절이지요. 지금이야 흔한 일입니다만, 그때만 해도 혼자 밥 먹기는 퍽 곤혹스러운 일이었습니다.

스스로가 연민스럽게 느껴지고 남들의 시선까지 은근히 신경 쓰이곤 했지요. 그즈음 기사식당이 눈에 띄었습니다. 거기선 혼자 밥을 먹고 있어도 아무도 딱한 눈길로 바라보지 않았습니다. 아니, 혼자가 아닌 손님들이 드물었습니다. 처음 보는 사람과 겸상을 하는 것조차 자연스러웠습니다.

그것이 하도 반가워서 하마터면 소리를 지를 뻔했습니다. '찾았다, 나를 위한 식당.' 덕분에 주변 사람들에게 농담처럼 떠벌리던 '사직의 변(辯)'까지 헛말이 아니게 되었습니다. "직장을 나온 이유요? 회사 택시 그만하고, 개인택시를 하고 싶어서요." 그렇습니다. 저는 그때 제 글쓰기를 곧잘 '생각의 택시 운전'으로 표현하곤 했지요.

노동과 휴식을 제 마음대로 요리하고 싶었던 것입니다. 그리하여 저는 개인택시 기사(프리랜서)가 되었지요. 사납금 걱정을 안 해도 되고, 교대 시간에 쫓기지 않아서 좋았습니다. 손님이 없으면 일찍 들어가고, 주말이면 '쉬는 차' 푯말을 꽂고 쉬었습니다. 제가 곧 회사였으니까요.

말처럼 쉽지는 않았지만, 제 이름이 찍힌 택시는 비교적 잘 굴러 갔습니다. 자연스럽게 어떤 기사식당의 단골손님이 되었습니다. 돈가스나 순두부찌개를 전문으로 하는 곳이었습니다. 그 돈가스는 아마 나라 안에서 제일 컸을 것입니다. 아무리 배고픈 청춘이라도 만족시킬 만한 크기였습니다.

그런데 세상엔 참 알 수 없는 일도 많더군요. 얼마 전에 그 거릴 지나다 그 식당들의 새로운 면모를 보게 됐습니다. 노란 유니폼을 입은 제 동업자들 사랑이나 받던 식당이, 고단한 '혼자'들의 식당이, 관광지 수준의 인기를 누리고 있더군요. 가족과 연인들이 줄을 서 있는 것이 보였습니다. 외국인 관광객도 적지 않았습니다.

아이로니컬하지 않습니까. 한때 '혼밥' 천국이던 식당이 이제 혼자 주문을 하면 오히려 눈치가 보일 것 같습니다. 아니, 한 그릇은 곤란하다고 주인이 손사래를 칠지도 모릅니다. 혼자를 위한 고깃집도 생기고 혼자를 위한 중국요릿집도 생기고 있는 시절에 말입니다.

그럼에도 불구하고 대부분의 기사식당들은 여전히 제 역할에 충실할 것입니다. 언제 올지 모르는 한 사람을 위해 셔터를 내리지 않습니다. 늦은 밤까지 불을 끄지 못합니다. 택시나 화물차를 몰고 오는 사람만 기다리는 것도 아닐 테지요. 온종일 일이 꼬여서 기진맥진한 영업사원의 저녁상을 준비하고 있을 수도 있습니다.

어느 집엔 도보순례중인 젊은 나그네가 찾아들지도 모릅니다. 또 어느 집에선 이리저리 식당을 찾아 헤매다 늦은 저녁을 먹게 된 연인들의 감탄이 터져나올 수도 있지요. '우리집 밥 같아요.' 어쩌면 밥을 먹다 말고 카메라를 꺼낼 것입니다. 며칠 지나지 않아서 전국적으로 유명해질지도 모릅니다.

그러고 보니 세상 어느 누가 운전자가 아닐까 하는 생각이 듭니다. 길고 긴 인생행로의 드라이버. 이력서는 그 운행일지 아니던가요? 이력履歷, 신발을 끌고 다닌 기록과 그 길의 역사. 말할 것도 없이, 혼자서 가는 먼길입니다. 그 길들 위에 무수한 기사식당이 있습니다.

거기엔 어머니나 아버지가 낯선 아저씨 아주머니의 차림을 하고 우리를 기다리고 있을 것입니다. 콩나물국밥을 먹고 있는 우리 곁에 와 서성거리며 자꾸 말을 거는 사람입니다. "많이 늦으셨네요." "어디서 오셨수?" "우리 막내도 서울 있는데." "어디로 가시는 길이오?" "날이 참 덥지요?" "오이냉국 좀더 드릴까?"

비유컨대 기사식당은 현대판 주막입니다. 지금 제가 앉아 있는 이곳이야말로 오랜 옛날부터 기사식당들의 거리였지요. 말과 마부들이 쉬던 자리, 관원들과 여행자들의 숙소가 있던 동네였습니다. 역삼동驛三洞. 말죽거리, 아랫방아다리, 역촌, 이 세 마을이 모인 곳이라 그런 이름이 붙었다지요.

저는 지금 조선 주막에 앉아 있습니다.

46

장충체육관을 지나며

초등학교 시절 사생 대회에 나가서 제법 큰 상을 받은 적이 있습니다. 무얼 그렸는지, 무슨 상을 탔는지는 잘 생각나지 않습니다. 그래도 분명한 기억은 무척 성대한 미술 잔치였다는 것입니다. 시상식을 장충체육관에서 했으니까요. 유명 언론사가 펴내는 '소년 신문' 이름이 붙은 행사답게 크고 화려했습니다.

시상식 전날 제 짝이 부러워하는 얼굴로 물었습니다. "너 장충체육관 간다며? 그럼 링 위에서 상을 타는 거야? 김일이 챔피언 벨트를 매는 자리에서?" 그랬습니다. 그곳은 우리의 영웅 김일 선수가 통쾌한 박치기로 상대를 쓰러뜨리고, 두 손을 높이 쳐들며 포효하던 곳이었습니다.

저 역시 그곳 한가운데는 권투나 레슬링 경기를 위한 링이 붙박이로 놓여 있는 줄 알았지요. 친구에게 약속했습니다. "링의 탄력이 어떤지 잘 보고 올게. '로프 반동'도 직접 한번 시험해보고." 레슬러들의 육중한 몸이 어쩌면 그렇게 고무공처럼 튀어오르는지 알아오겠다는 다짐이었습니다.

그러나 그곳에 링은 없었습니다. 무엇보다 아쉬운 점은 '박치기왕'이 밟은 자리를 디뎌볼 수 없다는 것이었습니다. 학교 가서 펼쳐 놓을 자랑거리가 시시해졌다는 생각에 맥이 풀렸습니다. 전국에서 모인 어린이들을 위해 갖가지 흥미진진한 프로그램들이 진행되었지만 제 머릿속은 온통 그것뿐이었습니다.

'링은 어디로 갔을까. 왜 그걸 치우고 행사를 하는 걸까? 상 받는 어린이를 한 사람씩 링 위로 불러올려서 상을 주면 더 멋지지 않을까?' 참으로 어린 생각이었지요. 체육관 바닥은 경기 종목에 따라 변신한다는 것을 몰랐습니다. 체육관은 권투나 레슬링 말고도 할일이 무척 많음을 몰랐습니다.

그도 그럴 것이 장충체육관만한 규모와 시설을 갖춘 공간은 전국에 두어 군데밖에 없었습니다. 당연히 쉴 틈이 없었을 테지요. 대통령컵이나 대통령 깃발이 걸린 운동경기도, 대학가요제도 여기서 열렸습니다. 김기수, 신동파, 장윤창…… 한국 체육의 별들이 여기서 빛났습니다.

원래는 육군체육관이었던 이 경기장에서 군인 출신 대통령은 명령이 규칙인 '군대식' 게임을 했습니다. 1972년, 이른바 '체육관 선거'. 대통령을 선출하는 대회치곤 너무도 싱거웠지요. 혼자 뛰고 혼자 우승한 격이었습니다. 1979년 대통령 권한대행이 대통령으로 뽑힌 곳도 여기였지요. 그것도 감동적인 경기는 아니었습니다.

우리 현대사 속의 체육관엔 환호와 박수만큼 통곡과 눈물도 많았습니다. 어느 해 오월, 남도 어느 무예 도장 바닥에는 죽은 사람이 줄지어 눕혀지기도 했습니다. 어떻게 숨졌는지도 알 수 없는 목숨들이 짐짝처럼 눕혀졌습니다. 들것에 실려 오고, 관에 담겨서 왔습니다.

대한민국이 커지면서 체육관도 하나둘 늘어갔습니다. 군청 소재지에도 세워지고, 읍내 중학교에도 생겼습니다. 거기서 새마을운동 기념식도 하고 반공궐기대회도 했습니다. 강연회도 열리고 인기 가수의 리사이틀도 열렸습니다. 종교 행사장으로도, 국회의원 선거 개표 장소로도 썼습니다.

한가할 시간이 별로 없었습니다. 큰물이 나거나 태풍이 지나가면 체육관은 더욱 바빠졌습니다. 이부자리나 겨우 챙겨들고 나온 이재민들로 가득했지요. 해일이 덮쳐도, 산불이 쓸고 가도 마찬가지였습니다. 전염병이 돌아도, 지진이 일어도 체육관은 집이 됐습니다. 뉴스 카메라가 뛰어오고 담요와 컵라면이 달려와 모였습니다.

어떤 체육관 이름은 스포츠 기사가 아니라 사회면 소식을 통해 더 유명해졌습니다. 삼 년 전 어느 봄날, 제 일터가 있는 도시의 올림픽 기념체육관이 그랬습니다. 농구 골대가 있던 자리에 수만 송이 국화꽃으로 장식된 제단이 차려졌습니다. 거기에 수학여행에서 돌아오지 않은 아이들 얼굴이 걸렸습니다.

농구대잔치 관중보다, 노래자랑 방청객보다 훨씬 더 많은 사람이 체육관 앞에 줄을 섰습니다. 사진뿐인 죽음들 앞에 줄을 섰습니다. 버스에도 줄을 섰지요. 남쪽 바다 섬마을 체육관으로 떠나는 버스였습니다. 이백이십 일간 체육관을 집으로 썼던 사람들과 '슬픔의 이웃'을 태우고 천릿길을 오가던 버스였습니다.

팽목항, 아니, 아이들이 떠난 바다를 향해 달려가는 차였습니다. 장충체육관 앞에서 왜 그 슬픈 버스가 떠오를까요. 왜 제 어린 날의 '슈퍼맨'들이 생각날까요. 김일 선수가 박치기 한 방씩 먹여주면 좋을 얼굴들이 어른거립니다. 이왕표 선수가 보기 좋게 메다꽂아주면 시원하겠다 싶은 사람들도 보입니다.

다시 열린 장충체육관은 복합문화공간을 표방하고 전국 대부분의 체육관들이 다목적 공간임을 강조합니다. 진도실내체육관은 요즘 무슨 일을 하고 있을까요. 무얼 해도 좋으니 더이상 '슬픔의 여관'은 아니었으면 좋겠습니다. 감동과 환희의 눈물은 많이 보고 싶지만 분하고 억울한 눈물은 보지 않았으면 좋겠습니다.

내일 이곳에선 격투기 경기가 열린다지요.

47

소나무숲에서

언젠가 라디오에서 이런 퀴즈를 들었습니다. "남산 위에 저 소나무 철갑을 두른 듯…… 애국가 2절 첫머리에 나오는 '남산'은 어디를 가리키는 걸까요? 보기를 드리지요. 서울 남산, 경주 남산, 나주 남산, 충주 남산, 삼척 남산……" 보기가 주어지니 더욱 알쏭달쏭했습니다. 맞히는 이가 드물더군요.

정답은 '이 땅 위의 모든 남산'이었습니다. 당연히 그것은 고유명사가 아니라 일반명사입니다. 남산이 어딘들 없겠습니까? 남산은 마을 앞산입니다. 날마다 눈을 맞추는 동네 산입니다. 풍수에서 말하는 안산案山입니다. 농담을 섞자면 이층집보다 한 뼘쯤 높은 산입니다. 야트막해서 노인도 아이도 한달음에 오르는 산입니다.

'봄이 오면' 진달래 피는 산입니다. '울긋불긋 꽃대궐'이 되기도 합니다. '나의 살던 고향' 산입니다. 그 산엔 으레 소나무가 서 있게 마련이지요. 어느 시인이 '살구꽃 피는 마을은 어디나 고향 같다'고 했는데, 저도 흉내를 내보고 싶어집니다. '남쪽에 산이 보이는 마을은 어디나 고향 같다.'

그럼에도 불구하고 삼천리의 남산 대표를 뽑으라면 결국 이 산이어야 할 것입니다. 목멱산. 이 나라 수많은 산성과 읍성 남대문의 대표는 숭례문이 되는 것과 마찬가지 이치지요. 그런 점에서 서울 남산에다 세상 모든 남산 소나무들을 모아놓고 우러르는 뜻은 퍽이나 장하고 갸륵해 보입니다.

저는 지금 서울 한복판에서 제 고향 소나무를 보고 있습니다. 서울에서 제주까지 조선의 모든 소나무들이 모두 모여 서 있는 숲입니다. 팔도소나무단지. H호텔에서 국립극장 쪽으로 돌아가는 둘레길 언저리입니다. 각 지방자치단체가 직접 심은 것들이라지요. 당연히 아무나 데려오진 않았을 것입니다.

서울로 보낼 나무들이니 고르고 또 골랐을 것입니다. 그래선지 하나같이 늘씬하고 잘생겼습니다. 지리산 벽송사 '미인송' '장군송'이 생각납니다. 소설 『토지』의 무대, 평사리 들판 '부부송'도 떠오릅니다. 통의동 '백송'이나 영월 청령포 '관음송'처럼 역사를 지켜온 나무들도 어른거립니다. 실제로 반가운 얼굴도 보입니다.

정이품송의 '맏아들長子木'입니다. 제법 무성하게 자란 아들에게서 아버지의 모습을 봅니다. 아직은 어린 나무입니다만, 그 기품이야 어디 가겠습니까. 인간이나 식생이나 자손이 있다면 영원히 죽지 않는 목숨임을 알겠습니다. 누가 백두대간의 등줄기를 푸른 빛깔로 꿈틀거리게 하는지 알겠습니다.

언젠가 속리산에서 이런 시를 썼습니다. "소나무 끝에 걸린 초저녁달이/법고法鼓처럼 운다/소나무가 운다 소 죽은 귀신이 운다//저 산발치 무논들에서/그런대로 숨통은 틘 보은벌까지/우리 아니었다면/뉘 갈아엎었으리/소 죽은 귀신이 운다/말티고개 열두 굽이로 속리산 문장대까지/우리 아니었다면/뉘 청산 이뤘으리".

소는 죽어 틀림없이 소나무가 될 것만 같습니다. 둘은 삶과 죽음의 모습이 너무도 닮았습니다. 소는 대지를 푸른 생명의 들판으로 바꿔놓습니다. 소나무는 모여서 청산을 이뤄냅니다. 살아서 온몸으로 일하고, 죽어서 온몸을 다 내어줍니다. 이 나라 민초, 아니, 창생(蒼生: 백성)의 생애 또한 그러했지요.

'초식의 짐승'과 '늘 푸른 나무'를 닮은 '풀꽃 같은 사람들'. 셋은 얼마나 가까운 사이입니까. 우리가 소와 소나무에게 배운 것도 많습니다. 소에게선 덕을 배우고 소나무에게는 지조를 배웠습니다. 소나무의 변치 않음에 대한 칭송이야 헤아릴 수 없이 많지요. 장자도 칭찬을 아끼지 않았습니다. "하늘에서 받은 본성을 지켜 땅 위에서 홀로 겨울이나 여름이나 푸른 것은 소나무와 잣나무뿐이다. 그들은 하늘에서 받은 본성을 그대로 지키기 때문에 스스로 믿어 두려워하지 않는다." 죽는 날까지 본성을 지키며 사는 목숨. 걱정스러운 의구심도 일어납니다. 소나무는 제 삶이 지루하거나 권태롭지 않을까요.

소나무라고 해서 왜 진력이 나지 않겠습니까. 철 따라 옷을 바꿔 입는 색색의 나무들이 어째서 부럽지 않겠습니까. '에버그린 evergreen'의 운명이 명예롭고 자랑스럽지만은 않을 것입니다. 무겁고 고단한 일일 테지요. 애국가에 나오는 나무답게, 삼백육십오 일 내내 엄숙하고 근엄한 표정으로 살아간다는 것이.

그러나 그렇게 외롭고 심심한 것만은 아닌 모양입니다. 박재삼 시인은 시 「천년의 바람」에서 말합니다. "천년 전에 하던 장난을/바람은 아직도 하고 있다/소나무 가지에 쉴 새 없이 와서는/간지러움을 주고 있는 걸 보아라".

마침 소나무 잔가지가 흔들리는 것을 봅니다. 바람이 소나무 겨드랑이에 간지럼을 주고 있습니다. 소나무가 온몸을 비틀며 웃습니다. 소나무와 노는 바람은 따로 있는 것 같습니다. 말할 것도 없이 '천년의 바람'입니다.

48

병원에서

시인 이백이 그의 시「장진주將進酒」에서 이렇게 묻습니다. "그대는 보지 못했는가? 덩그런 집 속/거울과 마주앉아 백발을 슬퍼함을!/아침에 푸른 실 같던 머리,/저녁엔 눈이 하얗게 내렸어라". 군불견君不見······ 조여청사모성설朝如靑絲暮成雪. 이 대목에서 독자는 두 부류로 나뉩니다.

'무슨 헛소리인가?' 하고 고개를 갸우뚱거리는 사람과 '옳거니! 과연 이태백이다!' 하면서 무릎을 치는 사람. 앞쪽에 가깝다면 청년입니다. 후자라면 인생의 반환점을 돌아선 나이겠지요. 장강의 물결이 한번 바다로 가서는 다시 돌아오지 않음을 깨달은 사람들일 것입니다.

결론은 간단합니다. '마시자!' 콜롬비아대학 출판부가 영어로 옮긴 이 시의 제목은 더 적나라합니다. "Bring the Wine!" 거나하게 취한 사나이의 얼굴이 보입니다. 그가 외치는 소리가 들립니다. "술 가져와!" 누구겠습니까. 한 번에 삼백 잔은 마셔야 한다고 쓴 사람, 이백입니다.

인생의 덧없음과 허락된 시간의 소중함을 생각합니다. 뜬금없이 어떤 상호를 떠올립니다. 멋대로 지어봅니다. '장안주점' 혹은 '황하반점'. 술집이나 밥집이 아니라 호텔입니다. 중국은 호텔을 그렇게들 부르지요. 거기에 가까운 이들을 불러놓고 여러 날 함께 먹고 자면서 향연을 펼치고 싶습니다.

호화롭지도 사치스럽지도 않은 곳입니다. 로비도 연회장도 정갈하고 소박합니다. 아무것도 꾸미지 않았는데 아름답고 그윽합니다. 홀 가운데엔 커다란 술통이 하나 놓여 있습니다. 이태백 같은 주당들 열두어 명이 밤새 마셔도 바닥이 보이지 않을 것 같은 크기입니다.

만병통치의 '술 샘酒泉'입니다. 몸에 좋은 것은 맛이 없기 마련이지만 이 술은 예외입니다. 마실 때마다 새로운 맛이 자꾸 새 잔을 채우게 합니다. 과음을 걱정할 필요는 없습니다. 한 잔이나 삼백 잔이나 취하는 것은 똑같습니다. 춤추고 노래하면서 술을 마십니다. 인생의 행복을 몸으로 느끼면서 잔을 비웁니다.

미래의 병원은 호텔과 다름없을 것이라지요. 아픈 사람들이 아니라 건강한 사람들이 모여서 더 복된 삶을 설계하는 장소가 될 것이라고 들었습니다. 지금 이곳을 생각하면 꿈같은 이야기입니다. 여기는 병원입니다. 제가 아픈 것은 아닌데, 요즘 저는 병원 출입이 잦습니다. 아픈 식구가 둘입니다.

이웃에 사는 선배의 이야기가 자꾸 생각나는 이유도 그 때문일 것입니다. "인체에도 내구연한耐久年限이 있다. 육십 년쯤 된다. 우리 몸은 그 정도 세월에 견디도록 설계되어 있다. 그 이상 쓰려면 겸허한 마음으로 살살 달래가며 써야 한다. 보증 기간을 훨씬 넘긴 물건에서 어찌 신제품의 성능을 기대할 수 있겠는가."

그렇다면 지금 제 가족들이 병원에 있는 것은 당연한 일입니다. '수리'가 빈번해질 수밖에 없는 육신들이니까요. 특히 여든세 해나 쓴 몸은 이제 더이상 고쳐 쓰기도 힘듭니다. 의사의 이야기를 나름대로 해석해보니 이런 뜻으로 읽혔습니다. "이제 그만 쓰시지요."

순간 이런 생각이 들었습니다. "날더러 '그만 쓰라'고? 그렇다. 세상에 어떤 물건이 저절로 못쓰게 되랴. 쓴 사람 잘못이다. '가족'이란 물건의 사용자는 다른 가족들 모두 아닌가. 어느 식구의 몸이 제 홀로 망가지랴. 모두의 책임이다. 막 쓰고 함부로 취급한 탓이다. 험하게 다루고 무심하게 버려둔 결과다."

우리는 누군가를 환자로 만듭니다. 가족과 친척, 친구와 이웃을 아프게 합니다. 귀찮게 하고, 애간장을 녹이고, 끼니를 거르게 하고, 고약한 숙제를 안기고, 시험에 들게 하고, 약점을 흔들고, 급소를 건드리고…… 그리하여 한 사람과 관계 있는 모든 사람이 한 사람을 병들게 합니다.

병상을 지키는 보호자들과 면회객의 절반은 그런 사람들입니다. 면식범. 아침에 '푸른 실'처럼 빛나던 머리를, 저녁에 '백발'이 되게 한 용의자들입니다. 도둑이 제 발 저릴 수밖에요. 병원에 들어서면 경찰에 연행된 범죄자처럼 오금이 저립니다. 의사와 간호사가 형사로 보이고 각종 서식들이 취조 문서처럼 보입니다.

미래의 병원에 가보고 싶습니다. 호텔을 닮은 병원 말입니다. 세상 모든 병원이 간판을 내리고 일제히 호텔로 바뀌는 날을 기다려봅니다. 너무 아파서, 도망치듯이 하늘로 간 동화작가 정채봉 형이 꿈꾸던 세상입니다. 그의 시 「노란 손수건」에 담긴 마음 풍경입니다.

병실마다 밝혀 있는 불빛을 본다/환자들이 완쾌되어 다 나가면/저 병실의 불들은 꺼야 하겠지//감옥에 죄수들이 없게 되면/하얀 손수건을 건다던가/병실에 환자들이 없게 되면/하늘색의 파란 손수건을 걸까//아니,/ 내 가슴속 미움과 번뇌가/다 나가서 텅 비게 되면/노란 손수건을 올릴까보다

'그랜드부다페스트호텔'을 닮은 병원, '장안주점'이나 '황하반점'에도 노란 깃발이 나부낄 것만 같습니다.

49

파주에서

이렇게 생긴 한자가 있습니다. '串'. 두 가지로 읽습니다. '꿸 관' 또는 '땅 이름 곶'. 곶감이라 할 때의 '곶'입니다. 지명으로 쓸 때는 대개 뭍으로부터 길게 튀어나온 바닷가 동네 이름 끝에 붙이지요. 호미곶, 장산곶처럼. 조선족 동포들이 꼬치를 일컫는 '꿰'이란 말과 같은 뜻의 한자이기도 합니다.

연변에 가면 그 두 글자가 나란히 적힌 간판이 많습니다. '꿰'과 '串'. 꼬치구잇집입니다. 글자의 생김에서 꼬챙이에 길게 꿰인 양고 기가 떠오릅니다. 곶감을 한자로 '관시串枾'라 부르는 이치도 단박 에 이해됩니다. 무청이 엮여서 시래기가 되는 모습과 북어 한 쾌, 굴비 한 두름도 겹쳐집니다.

한 줄에 매달렸으니 떠나온 곳도 같을 테지요. 같은 고장, 같은

밭, 같은 나무, 같은 바다에서 나고 자랐을 것입니다. 한 집안 일가붙이들이 헤어지지 않으려고 기를 쓰는 모습이 눈에 선합니다. 이왕이면 같은 새끼줄, 같은 나뭇가지에 매달리려고 애를 쓸 것만 같습니다.

사람의 '두름'을 생각합니다. 불편하고 불손한 상상을 이 글자가 허락합니다. '관貫'. 역시 '꿸 관' 자입니다. 본관이 어디냐 물을 때의 '관'입니다. 이런 질문과도 통합니다. '너는 어떤 줄에 꿰어진 사람인가?' '너를 꿰고 있는 나뭇가지는 어디에 뿌리를 두었는가?'

그곳이 관향貫鄕입니다. 진짜 고향이지요. 조선시대 사대부들의 삶을 요약해놓은 졸기卒記나 행장行狀 첫 대목에서 그런 뜻을 잘 읽을 수 있습니다. 성씨가 시작된 땅이 자신의 태 자리이며 본가임을 말해줍니다. 어디서 났든 전주 이씨는 무조건 '전주 사람'입니다.

이순신의 전기는 '덕수'에서 시작됩니다. "덕수인德水人 이순신은……" 덕수는 오늘날 황해도 개풍의 옛 이름, 충무공은 덕수 이씨지요. 서울 건천동에서 나고 충남 아산 외가에서 자랐지만 '덕수 사람'이라고 적습니다. 근본을 따지자면 이순신은 개성 사람입니다.

저는 파주 사람입니다. 본관 '파평'은 지금의 파주지요. 그래서인지 저는 여기에 오면 마음이 참 편안해집니다. 할아버지의 할아버지, 그 할아버지의 할아버지들 육신과 제 몸이 하나로 꿰어지는 환각을 경험합니다. 설명하기 어려운 느낌이며 감정입니다. 분명한 것은 그리 설지 않은 기억의 일렁거림이란 사실입니다.

하지만 수백 년 전 할아버지들에게 오늘의 저와 묻고 대답할 얘

깃거리가 얼마나 되겠습니까. 그저 당신들을 찾아온 후손을 기특해 할 뿐이겠지요. 지금 저는 보이지 않는 손 하나가 제 머리를 쓰다듬는 것을 느낍니다. 그 손은 어쩌면 오늘 제가 여기에 온 까닭을 잘 아는 것 같습니다.

저는 오늘 무척 보람찬 일을 했습니다. 차일피일 미루기만 하던 일입니다. 양친의 '돌아가 쉴 곳'을 관향에서 찾았습니다. 천주교인인 두 분께 무척이나 마땅하고 바람직한 집입니다. 여기까지 오는 노선 버스도 있습니다. 주변에 명소도 많아서 나들이길에 들르기도 쉬울 것입니다.

납골당이지만 여느 곳과는 좀 다릅니다. 민족화해센터가 지은 성당의 부속 시설입니다. 제 부모님의 새 주소는 그렇게 근엄한 이름의 지붕 밑입니다. 두 분 사이도 절로 평화로워질 것 같습니다. 더 가볍고 투명한 혼백이 되실 것입니다. 아무튼 큰 축복입니다. 죽는다고 누구나 평안해지는 것은 아니니까요.

아무것도 내려놓지 못하는 죽음이 얼마나 많습니까. 이념의 굴레를 벗지 못하고 인습과 편견과 오해에서 놓여나지 못하는 죽음들. 아무런 값도 매길 수 없는 것들을 쉽게 내려놓지 못하는 이들. 생각해보면 이상할 것도 없습니다. 신화 속의 신들도 우리와 별반 다를 게 없는데 저승의 사람들이라고 다르겠습니까.

'참회와 속죄의 성당'이란 이름이 많은 것을 일러줍니다. 헝클어진 매듭을 푸는 최선의 방법 중 하나는 어린이가 되는 일. 세상에 나와 처음 가졌던 마음의 주인공으로 돌아가라고 일러줍니다. 참회와 속죄의 이치가 그것이지요. 남과 북, 이승과 저승의 벽을 허무는 연장 또한 반성과 성찰밖에 더 있겠습니까.

겉모습은 신의주 어느 성당을, 내부 디자인은 함경도 어느 수도원의 내부를 본떠서 지었다지요. 이 땅 천주교 역사의 한 세기가 입체적으로 읽힙니다. 성당 문을 열면 손톱만한 타일들을 모아서 붙인 모자이크가 보입니다. 남쪽 화가가 그리고 북의 예술가들이 완성했다는 거대한 성화聖畵입니다. '남북 합작'입니다.

문과 창호는 전통 문양을 많이 살렸습니다. 연화문이 특히 곱습니다. 바티칸 어느 성당 돌확에 피었던 연꽃 생각이 납니다. 부안 내소사 대웅전 문살무늬도 떠오릅니다. 내 것, 네 것의 분별심이 스러집니다. 갈등과 대립의 경계가 무너집니다. 파주역에 신의주행 기차가 들어와 멈춥니다.

북경과 시베리아를 지나 파리까지 가는 길도 보입니다. 사해四海 인류가 하나로 꿰어지는 꿈입니다.

50

야구장에서

목동야구장에 왔습니다. 장맛비 속에 우산을 쓰고 왔습니다. 전국고교야구선수권대회 첫날 마지막 경기입니다. 개막전부터 구미가 당겼지만 굳이 이 게임을 골랐습니다. 동산고와 공주고의 시합입니다. 첫판부터 서로 만만치 않은 상대를 만난, 이 두 학교의 대결이 더 보고 싶었기 때문입니다.

'동산'은 이 대회의 전설입니다. 1950년대에 내리 삼 연패를 해서 우승기를 영구 보관하고 있는 학교입니다. 운보 김기창 화백이 그렸다는 푸른 용이 살아서 꿈틀거리는 깃발이지요. '공주' 역시 이 대회 우승 경력을 비롯해서 빛나는 전통을 자랑하는 명문입니다. 긴 설명이 필요 없습니다.

문답 하나로 충분합니다. '누가 나온 학교인가?' 동산고 류현진과 공주고 박찬호. '메이저리거'를 낳고 키운 학교지요. 오늘 경기는 현진 학교와 찬호 학교의 싸움입니다. 눈에 띄는 선수가 많을 것입니다. 투수만 보려는 것은 물론 아니지요. 한국 야구를 넘어 '빅리그'의 미래를 움직일 꿈나무들을 보고 싶은 것입니다.

당연히 설렘과 기대를 안고 왔습니다. 저 같은 생각으로 모인 사람들이 적지 않을 것이라 여겼습니다. 외야는 몰라도 내야는 제법 시끌벅적하리라 예상했습니다. 수천까지는 아니어도 수백의 시선이 일구―球 일구에 환호하리라 짐작했습니다. 순정 어린 박수갈채가 쏟아지는 정경을 떠올렸습니다.

한 해 팔백만 관중을 헤아리는 야구 리그가 있는 나라니까요. 그런 나라의 대표적인 고교 야구 대회니까요. 올해 대회가 칠십여 년 역사상 제일 큰 규모라니까요. 주최 신문사가 참가 고교 동문들의 성원을 촉구하는 사고社告도 여러 번 냈으니까요. '고교 야구가 살아야 한국 야구가 산다'는 목소리도 어제오늘의 것이 아니니까요.

그러나 예상은 보기 좋게 빗나갔습니다. 제가 그린 장면들은 프로야구 중계 화면의 잔상이었던 것 같습니다. 아니면 삼사십 년 전 동대문 야구장의 기억이었던 모양입니다. 운동장과 함께 사라진 추억의 풍경인지도 모릅니다. 혹은 이웃나라 야구 대회에서 부럽게 바라보았던 모습을 여기서도 보고 싶었던 게지요.

수만 명의 관중이 구름처럼 모여드는 고교 야구 대회. 본선에 오르기만 해도 평생 영광으로 여기는 대회. 모든 경기가 전국에 중계되고 게임마다 뉴스와 화제가 만발하는 대회. 모델이 야구공 하나를 들고 운동장 한가운데 서 있는 것만으로도 CF 한 편이 되는 대회. 일본의 '고시엔' 대회.

그러나 오늘 여기 모인 관중 숫자는 셀 수 있을 정도입니다. 한 사람 한 사람이 누군지도 알겠습니다. 선수들 어머니 아버지입니다. 지금 있는 힘을 다해 소리를 지르는 남자는 동산 투수의 아버지입니다. 방금 안타를 치고 나간 선수를 향해 일어나 춤추는 사람은 공주의 간판타자 어머니입니다.

갑자기 선수들과 아무런 관계도 없는 제가 불청객처럼 느껴집니다. 저는 선수들 이름을 잘 모르는 유일한 사람입니다. 옆 사람이 누군지, 뒷사람이 누군지 저만 모릅니다. 숙소 위치도 모르고 선생님 이름도 모릅니다. 모두가 저에 대해 궁금해할 것 같습니다. '저 사람은 누구지? 이 빗속에. 그것도 혼자서.'

저는 동대문야구장 시절만 생각했던 것 같습니다. 사실 그때 이후로 고교 야구 관람은 처음입니다. 고교 야구는 아직도 동창회와 향우회 현수막 아래 북과 꽹과리 소리가 시끄러울 줄 알았습니다. 교복 차림의 후배들과 나이를 잊은 졸업생들이 함께 교가를 부르고 구호를 외치는 그라운드로 알았습니다.

아뿔싸! 질금거리던 비가 폭우로 돌변합니다. 심판이 경기를 중단시킵니다. 쉽게 잦아들 비가 아닙니다. 숫제 퍼붓는 수준인데다 강풍까지 합세해서, 운동장 전체가 삽시에 물바다가 됩니다. 결국 2회를 넘기지 못하고 '서스펜디드 게임'이 선언됩니다. 내일 아침 아홉시에 속개된다고 합니다.

혼자 돌아나오려니 쓸쓸한 기분이 들었습니다. 이내 씁쓸해졌습니다. 주제넘게 한국 야구의 미래까지 걱정했습니다. 전문가들 앞이었다면, 물정 모르는 발상에 낭만적 몽상이라고 면박이나 받을 까탈들이 꼬리를 물었습니다. '이 대회를 돔구장에서 열 수는 없나.' '일본 H구단은 고교 야구를 위해 고시엔 구장을 흔쾌히 내준다는데.'

홈구장을 고등학생들에게 내어주기 위해 H구단은, 열흘간 원정 스케줄을 짜거나 인근의 다른 구장을 이용한다지요. 세상 모든 일의 값어치는 그것과 관련된 이들의 마음씀씀이에 따라 매겨집니다. 그러한 배려와 대접이 주인공들의 행동을 변화시킵니다. 미래를 달라지게 합니다.

제 원망의 대상은 그들만이 아니었습니다. '스탠드는 텅텅 비워 놓고서 류현진, 박찬호만 끊임없이 나오길 기다리다니! 도둑 심보 아닌가. 시집이나 소설책 한 권 읽지 않으면서 노벨문학상 작가를 기다리는 것과 뭐가 다르지? 뿌린 만큼 거두는 것 아닌가?'

그래도 최근에 들은 소식 하나로 궂은 심사를 달래봅니다. 화성 매향리 미군 사격장 자리에 대규모 '리틀 야구장'이 세워졌다지요.

$$\frac{3}{\text{부}}$$

51

박물관에서

수천 개의 단추가 모여 있습니다. 수천 벌의 옷이 모인 것과 다름없지요. 저는 지금 국립중앙박물관에서 단추의 만물상을 구경하고 있습니다. '프랑스 근현대 복식, 단추로 풀다'. 제목 그대로 단추가 주인공인 전시회입니다. 관객은 생각보다 많지 않습니다.

제목이 너무 어렵지 않은가 하는 의문이 언뜻 일어났다가 스러집니다. 물론 제 주관적인 느낌일 테지요. 이 작고 예쁘고 귀여운 사물에 너무 무거운 의미를 실었다는 생각. 전시장 안은 진지하고 근엄합니다. 격조와 품격이 가득합니다. '단추의 인문학'이라 해도 좋고 '단추의 박물지'라고 해도 좋을 것입니다.

파리의 어느 갤러리를 옮겨다놓은 것처럼 이국적 분위기까지 느껴집니다. 생활 속 오브제의 힘입니다. 익숙한 사물이 예기치 않은 장소에서, 그것도 떼 지어 나타난 것에 대한 놀라움! 관념의 유희나 추상적 개념의 타이틀이 붙은 전시에선 경험하기 어렵지요.

이것은 '단추의 재발견'입니다. 예민한 사람이라면, 일종의 배신감까지 느끼게 될지도 모릅니다. 언제나 청바지 차림이던 동료가 웨딩드레스를 입고 나타났을 때의 충격 같은 것 말입니다. 단추를 그저 옷이나 여미고 주머니나 지키는 '문지기' 정도로만 알던 사람들을 놀라게 합니다.

기능공인 줄 알았던 사람이 사실은 아티스트였던 격입니다. 아, 우리는 얼마나 많은 사물에 오해를 갖고 사는지요. 단추는 세상에서 가장 작은 캔버스입니다. 손톱만한 공간에 온 세상이 들어앉습니다. 초상과 풍경, 구호와 문장, 시와 수수께끼…… 그것들이 형태와 소재, 기법에 따라 천의 얼굴과 표정을 보입니다.

과학기술의 역사와 미래를 여는 상상력이 '버튼 하나만 누르면……'으로 시작되듯이, 버튼 하나 들여다볼 때마다 세기의 단면이 보입니다. 18세기 혁명과 19세기 산업, 20세기 상업이 보입니다. 단추가 타임머신의 버튼입니다. 그것이 동화 속 사물들처럼 역사의 페이지를 들추고 기억의 스위치를 올립니다.

단추 하나하나가 이야기 캡슐입니다. 역사의 증명사진입니다. 현미경을 동원하지 않고 만날 수 있는 최소한의 '코스모스'입니다. 『레미제라블』에서 보았던 혁명의 시간이 만화경처럼 들여다보입니다. 우디 앨런 감독의 〈미드나잇 인 파리〉 속 예술과 낭만의 거리가 요지경처럼 펼쳐집니다.

전시장 입구 한쪽에 좋은 안내문이 붙어 있더군요. "옷을 입는다는 것은 개인의 행위이지만, 넓게는 사회의 제도, 규범, 가치를 반영한 복합적 행위입니다. 복식 문화를 살피는 것은 과거 사람들의 내밀한 마음을 살펴보는 일이자, 한 시대의 가장 본질적인 의미를 되짚어보는 일이기 때문입니다."

단추들이 살롱과 무도회장의 초인종처럼 보입니다. 상류사회가 보입니다. 살바도르 달리의 보석 공예가 무색할 지경입니다. 알폰스 무하가 도달한 아르누보의 정점을 보는 것 같습니다. 슬며시 심사가 비틀어집니다. 의복에 붙은 단추들이 신분증 노릇을 톡톡히 했다는 사실이 공연히 뾰족하게 떠오른 까닭입니다.

문학청년 시절에 어떤 화가 선배에게 들은 이야기가 생각납니다. "내가 미술대학 다니면서 제일 많이 한 아르바이트가 뭔지 알아? 단추에 그림을 그리는 일이었어. 주로 유명 디자이너나 고급 의상실에서 나오는 일감이었지. 그때 내가 그린 그림이 어떤 귀부인의 옷에 가 달렸을까, 지금도 궁금해."

단추가 계급장이나 배지로 보입니다. 마침 벽에 적힌 역사적 에피소드 하나가 제 생각과 겹쳐집니다. "1894년, 체포된 드레퓌스 Dreyfus 대위에게 가장 먼저 내려진 선고는 이것이었다. 단추와 계급장을 떼어라." 어떤 자리에서 물러남을 가리켜 흔히 '옷을 벗는다'라고 하는 것도 마찬가지 의미겠지요.

아무려나 훌륭한 전시회입니다. 이렇게 귀한 물건들을 한자리에서 볼 수 있게 해준 컬렉터에게 공경의 인사를 건넵니다. "고맙습니다, 알리오Loïc Allio 씨. 당신 덕분에 '단추의 제국'을 보았습니다. 지구촌 동서남북과 수백 년 시간의 창고를 뒤져서 세운 나라. 상징과 이미지의 궁전을 보았습니다."

뒷걸음으로 돌아나오는데 프랑스 문화재 대접을 받는 단추들이 제 티셔츠 단추를 쳐다봅니다. 제 단추가 부끄러워 고개를 숙입니다. 그저 세상에 나온 뜻대로 사는 물건을 기죽게 한 것 같아 미안해집니다. 가운뎃손가락으로 쓰다듬으며 속삭여줍니다. "어느 단추가 지금 내 가슴을 지키는 너보다 귀하겠느냐."

52

순천식당 앞에서

저는 아무거나 잘 먹습니다. 별나게 좋아하는 것도 특별히 싫어하는 것도 없습니다. 솥에서 나온 것이면 가리지 않고 입으로 가져갑니다. 상 위에 오른 것이면 맛을 따지지 않습니다. 제 무차별의 식성 앞에서 세상 모든 음식은 평등합니다. 종교나 신념이 시키는 것도 아닙니다. 그저 혀끝이 좀 무딜 뿐입니다.

둔감한 미각을 핑계로 식당 선택과 메뉴 선정은 주로 옆 사람에게 떠넘깁니다. "전 아무거나 좋습니다. 드시고 싶은 걸로 하시지요. 저는 돼지 혓바닥입니다."

한번은 어떤 어른께서 제 표현에 즉각 토를 다셨습니다. "하하. 돼지 혓바닥? 기런 사람을 우리 고향에선 '약방집 맷돌'이라구 기래."

"무슨 뜻인지요?"

"생각해보라우. 한약방 맷돌에 들어가지 않는 거이 무어 있가 서? 세상에 약재 아닌 거이 어디 있간?"

평안도 말씨를 흉내내보았습니다만 비슷한지는 잘 모르겠습니 다. 아무튼 저는 평양 출신의 이 어른 말씀이 하도 우스워서 혼자도 곧잘 웃습니다.

그 이후로 제 식성을 소개할 때마다 그 비유를 곧잘 가져다 씁니다. "저는 약방집 맷돌입니다." 하지만 맷돌의 입이라고 모든 것 이 다 똑같이 달고 맛있을까요? 드러내놓지 않아서 그렇지, 특히 반기는 음식 한두 가지가 왜 없겠습니까. 누가 제게 그런 것을 물으 면 못 이기는 체 이렇게 답합니다. "홍어."

이것만큼 호오가 분명히 갈리는 음식도 드물 것입니다. 애정과 혐오가 극단적이지요. '홍어' 소리만 나와도 입맛을 다시는 사람과 눈살을 찌푸리는 사람. 저는 침을 꼴깍 삼키는 쪽입니다. 한참 잊고 지내다가도 일단 생각이 나면 참기가 어렵습니다. 즉시 찾아 나서 야지요. 일종의 중독입니다.

순천식당은 그런 날에 달려오는 곳입니다. 순천은 꼬막이나 짱 뚱어가 먼저 떠오르는 지명이지만, 이 집은 그것들 못지않게 홍어 가 좋습니다. '애탕'을 특히 잘합니다. 알다시피 그것은 삭힌 홍어 와 홍어 내장을 넣고 끓인 된장국입니다. 무, 콩나물, 마늘, 대파가 어우러지고 미나리가 곁들여지지요.

해질녘이면 그것과 막걸리를 마십니다. 날이 새면 그것에다 밥 을 먹지요. 홍어와 탁주가 보통 궁합입니까. "목포 지방에서는 홍어를 삭혀서 막걸리 안주로 먹는다. (……) 홍엇국은 주기酒氣를 없애는 데에도 효과가 있다." 말하자면 홍어는 술도 권하고 약도 줍니다. 정약전 선생의 『자산어보』에 나오는 이야기지요.

남도 출신도 아닌 제가 언제부터, 어쩌다가 홍어에 인이 박혔을까요. 선배나 어른들께 얼결에 배운 기억도 없습니다. 군대 생활에서 익힌 것도 아닙니다. 술꾼이니 술자리에서 친숙해졌다고 할 수도 있지만 그것도 아닙니다. 술꾼들이라고 모두가 홍어를 좋아하지는 않으니까요.

수수께끼는 하나 더 있습니다. 홍어 냄새도 맡지 못하던 아내가 이즈음엔 제 손으로 사 들고 오기도 하고, 산지에 직접 주문까지 합니다. 물론 같이 먹자면 여전히 손사래를 칩니다. 자신이 차려준 술상인데 코를 싸쥐고 저만치 물러납니다. 그럼에도 불구하고 뭔가 알 수 없는 매력이 있음은 진작 깨달은 눈치입니다.

전라도로 이사 간 서울 사람들 얘기가 생각납니다. 홍어를 보고는 이런 걸 어떻게 먹느냐며 질색을 한다지요. 그곳 사람들을 별난 사람으로 여기며 눈을 흘긴답니다. 그러나 삼 년만 지나면 딴사람이 된다는 것입니다. 남의 집 큰일 상차림을 보고 이렇게 흉을 볼 정도가 된다지요. "무슨 잔치에 홍어가 없어요?"

가만가만 짚어보면 제 '홍어 학습'의 경로도 그 범주를 벗어나지 않는 것 같습니다. 좋아하는 사람이 좋아하는 음식을 어찌 미워하겠습니까. 고백하건대, 제가 다닌 대학 근처에 유명한 홍탁집이 있었지요. 간판에 '사십 년 전통'을 내세우는 집이었습니다. 제 벗들과 가까운 선후배들은 대개 그 집에 있었습니다.

제 혀는 그때 그 유혹에 빠져서 이제껏 헤어나질 못하는 것입니다. 저뿐만이 아닙니다. 그 시절 그 자리의 사람들 모두 같은 증상을 보입니다. 문병을 가서 선배에게 이렇게 물었던 적이 있습니다. "형, 퇴원하면 뭐 먹고 싶어?" 어서 털고 일어나길 바라는 희망의 질문이었지요. 답은 간단했습니다. "홍어."

그 무렵 미국에 연구 교수로 가 있던 친구와 국제전화를 하게 되었습니다. 한참 안부를 주고받다 물었지요. "귀국하면 뭐가 제일 먹고 싶어?" 세상에! 병상의 선배와 똑같은 답이 날아왔습니다. "홍어." 짜장면도 김치찌개도 아니고, 냉면도 삼겹살도 아니고!

오늘은 비까지 추적거려서 애탕 생각이 더욱 간절합니다. 그런데 이를 어쩌지요. 순천식당이 문을 닫았습니다. 정기 휴일도 아니고 여름휴가를 떠난 것도 아닙니다. 아주 닫았습니다. 문득 순천만 갈대밭이 떠오릅니다. 흑산도 풍경도 삼삼합니다. 남도 밥상이 그립고, 흑산도 홍어의 안부가 궁금한 것입니다.

53

통영에서 2

전방위 예술가 존 버거와 공동 작업을 많이 했던 다큐멘터리 사진가 장 모르에게는 콤플렉스가 하나 있었습니다. 자신의 얼굴이 마음에 들지 않는다는 것이었습니다. 두 사람이 함께 지은 책 『말하기의 다른 방법』에는 다음과 같은 고백의 문장이 나옵니다. "코가 크지만 터무니없이 길쭉하지는 않다. 그런데도 나는 내 얼굴 모습을 오랫동안 받아들일 수가 없었다. '사뮈엘 베케트'처럼 보였으면 하는 것이 나의 꿈이었다(그런 얼굴을 가지려면 삶의 방식도 달라야 했다). 나는 나의 얼굴 사진을 많이 찍었는데, 그때마다 내 얼굴을 '위장'했다."

사뮈엘 베케트의 얼굴은 누가 보아도 '작가'입니다. 세상에 '얼굴 사전'이 있다면 그의 사진에는 다음과 같은 풀이가 붙을 것입니다. "작가란 이렇게 생긴 사람을 일컫는 말이다. 문학을 의인화하면 이런 형상이 된다." 특히 앙리 카르티에 브레송이 찍은 그의 초상을 보면 그런 생각이 더욱 절실해집니다.

몸은 서재에 있지만 생각은 아득히 멀고 깊은 곳에 가 있는 표정이지요. 연극 〈고도를 기다리며〉 무대 한가운데 서 있는 그 앙상한 나무의 인상입니다. 언제 올지는 몰라도 오기는 올 거라는 고도 씨도 비슷한 이목구비일 것 같습니다. 권태롭고 부조리한 세상을 깨어서 견디는 자의 고독과 허무가 가득한 얼굴입니다.

저 역시 글쓰는 자로서의 제 얼굴이 마음에 들지 않을 때가 있습니다. 어떤 시인의 사진 앞에선 모종의 열등감까지 느낍니다. "나는 왜 이 사람처럼 생기지 못했을까?" 김수영과 백석이 대표적인 비교 대상입니다. 전형적인 시인의 마스크, 혹은 잘생긴 배우의 얼굴이지요.

지금 저는 백석 시인의 시비 앞에 와 있습니다. 그의 시 「통영 2」를 새겨놓은 빗돌입니다. 통영은 조선 팔도에 발길 닿지 않은 데 없었을 이 보헤미안 시인이 특하나 사랑한 곳. '자다가도 일어나 바다로 가고 싶은 곳'이라고 노래할 만큼 엄청난 애정을 고백한 곳. 더구나 이곳 충렬사 언저리는 그가 수없이 오갔을 길이지요.

여기서 길 하나만 건너면 그가 그토록 연모한 여성 '란'이 살던 마을입니다. 한자로 해日와 달月을 닮은 우물井이 있다고, 동네 이름이 '명정明井'입니다. 우물 앞에 서 있으려니 란과 백석이 어른거립니다. 백석의 연적도 보입니다. 그대로 노천 소극장이 되어도 좋을 우물가에 러브스토리가 꿈틀댑니다.

산 너머로 가는 길 돌각담에 갸웃하는 처녀는 금錦이라는 이 같고
(……) 난蘭이라는 이는 명정골에 산다는데/명정골은 산을 넘어 동백
나무 푸르른 감로 같은 물이 솟는 명정샘이 있는 마을인데/샘터엔 오
구작작 물을 긷는 처녀며 새악시들 가운데 내가 좋아하는 그이가 있
을 것만 같고

북녘에서 온 훤칠한 청년 시인이 두 뺨에 동백꽃빛이 도는 임을
기다리던 곳.『토지』의 소설가 박경리 선생이 태어난 곳이기도 하
지요. 자못 신기한 것은 이 시에 등장하는 '금이'라는 이름입니다.
박선생 아명도 금이였던 까닭입니다. 십여 년의 나이 차를 무시하
고 두 금이를 같은 사람으로 보고 싶어집니다.

속살이 비치는 은조사 적삼을 입고 뻐꾸기 우는 서문안 고개를
넘나들던 이야기가 선생의 시「서문안 고개」에도 나오는 까닭입니
다. 백석의 연인 란의 사진도 있기는 합니다만, 저는 박선생에게서
그녀의 풍모를 읽습니다. 선생의 모친 역시 '적삼 하나만 갈아입어
도 서문안 고개가 환해진다'고 칭송을 받던 분이었다지요.

동피랑 마을과 짝을 지은 서피랑의 마을회관 벽에는 박선생 집
안 여동생 할머니가 쓴 시도 있습니다. 삐뚤빼뚤 초등학생 같은 글
씨입니다. "언니 니는 백 살까지 살 줄 알았더니"로 시작해서 "보고
싶다"로 끝납니다. '금이 언니는 백 살까지 살아도 아름다울 사람',

그래서 '두고두고 보고 싶은 사람'으로 읽힙니다.

통영에는 버스 정류장마다 사람의 얼굴이 있습니다. 이 고장이 낳은 예술가들입니다. 생김새 그대로 시 같고, 소설 같고, 그림 같고, 음악 같은 얼굴들입니다. 프랑스 문학의 거장 발자크의 말이 떠오르는 얼굴입니다. "사람의 얼굴은 하나의 풍경이다. 한 권의 책이다."

이 고장 사람이야 그렇다 해도, 타관 사람이 같은 대접을 받기는 쉽지 않을 것입니다. 백석과 이중섭. 두 사람 모두 저 먼 북녘 사람. 그러나 얼굴이 '풍경'인 사람. 얼굴이 '책' 한 권인 사람. 버스 정류장에 붙은 어느 음악가의 얼굴을 보다가 불쑥 이런 생각이 났습니다.

'한 인간이 풍경이나 장소가 되는구나. 어떤 이는 먼 곳에서 와서 낯선 고장의 이정표가 되는구나. 이 항구도시에선 얼굴이 마을 이름이 되는구나. 사람이 정거장이 되는구나.'

54

정림사지에서

부여에 왔습니다. 일 년에 두어 번은 내려옵니다. 볼일이 있어서 오는 것은 아닙니다. 특별한 연고도, 딱히 반겨줄 사람도 없습니다. 그런데도 고향처럼 자주 찾는 곳입니다. 정림사지. 이 절 마당이 시도 때도 없이 그리운 까닭입니다. 정림사지 오층석탑. 이 탑 생각이 나면 견딜 수 없어지기 때문입니다.

비가 내리면 비에 젖고 있을 절터 풍경이 궁금해서 버스를 탔습니다. 눈이 오면 눈을 이고 서 있을 탑이 눈에 밟혀서 표를 샀습니다. 자동차가 생긴 뒤로는 한밤중에 내려오기도 했습니다. 그런 날은 어둠 속에서 탑의 실루엣이나 바라보다가 되돌아서기도 했지요. 하지만 부여행의 보람은 그것으로도 충분했습니다.

대략 사십 년쯤 된 습관입니다. 이곳을 처음 본 날의 풍경도 생생합니다. 잡풀이 무성한 공터에 엉성한 철망이 폐사지의 경계를 보여주고 있었지요. 한가운데 돌탑과 돌부처가 폐족들처럼 서 있었습니다. 조선총독부가 만든 『조선고적도보』나 문교부가 펴낸 『국보도록』이 보여주는 모습과도 큰 차이가 없어 보였습니다.

'잘살아보자' 한마디가 온 국민의 화두였던 시절, 문화재를 돌볼 여유는 아직 없었습니다. 그런 이유로 얼마나 많은 유물이 논두렁이나 밭머리에서 굴욕과 인종의 세월을 견뎌야 했는지요. 불운한 비석은 구들장이나 빨래 바위가 되었습니다. 무덤 석물들은 고급 식당 정원이나 부잣집 뒤뜰로 거처를 옮겼습니다.

저도 잘못을 빌어야 합니다. 제가 자란 도시의 박물관 뜰에 앉아 있는 바윗돌에게 용서를 구해야 합니다. 어린 시절 저와 제 친구들은 청동기 시대 고인돌 위에서 뛰고 구르며 놀았습니다. 물론 푯말도 안내문도 없었지요. 아무도 그 커다란 바위의 정체를 일러주지 않았고, 누구도 우리를 꾸짖거나 나무라지 않았습니다.

국보 9호의 사정도 크게 다르지 않았습니다. 참으로 오랫동안 외롭고 쓸쓸했습니다. 이름조차 잘못 불려서 설움이 더 컸지요. 평제탑平濟塔. 백제를 쓰러뜨렸다고 으스대던 당나라 장수 소정방의 전승 기념탑쯤으로 잘못 알고 지냈습니다. 말하자면 외국인의 낙서에 속아서 가엽게만 바라보았던 세월이 무척 길었습니다.

과거를 반성하고 진정한 가치를 찾으려는 노력일까요. 부여는 요즘 이곳을 광화문처럼 모십니다. 그럴 만도 합니다. 정림사는 백년 넘게 도읍이었던 이 사비성의 심장부에 위치한 절입니다. 흥미로운 유물도 유구도 부족한 이 고도에서 이곳은 정말 고맙고도 소중한 상징이지요. 아니, 이 탑이 '백제'입니다.

때늦은 효도일수록 극진하지만, 금세 제풀에 지치기 쉽습니다. 여간해선 표도 나질 않으니까요. 그저 소처럼 묵묵히 밀고 나가야 하는 일. '문화재'라는 어른 봉양에도 돈보다는 마음을 더 써야 합니다. 끊임없이 살피고 보듬어야지요. 멋진 담장을 두르고 아름다운 등불을 다는 일은 그저 효도의 출발점일 뿐입니다.

고려 석불 쪽으로 걸음을 옮기는데 휴대전화가 요란하게 울립니다. 폭염 경보입니다. 공연한 걱정이 일어납니다. 이상기후가 문화재의 운명까지 바꿔놓을지 모른다는 생각입니다. 저 탑도, 이 불상도 예외가 아닐 테지요. 입구 쪽의 낯선 기계로 눈이 갑니다. 문화재의 건강 상태를 체크하는 장비입니다.

궁금해집니다. '테러 수준의 햇살을 온몸으로 받아내고 있는 저 석탑과 보호각 안에 모셔진 이 불상 중 어느 쪽이 행복할까. 부여박물관 뜰의 돌부처는 실내에서 지내던 시절을 그리워하지는 않을까. 김수근씨 건축으로 유명한 옛 박물관 사진을 보니 백제 토기랑 옹관들이랑 함께 지내던 바로 그 석불이던데.'

전각을 지었다 뜯었다 하던 서산 마애불 생각이 포개집니다. 탑골공원 원각사지 십층석탑도 떠오릅니다. 유리 상자에 안치되어 있지요. 국립중앙박물관 전시실에 있는 경천사지 십층석탑의 처지도 생김새만큼이나 비슷합니다. 일본으로, 궁궐 안팎으로 떠돌다 박제 신세가 된 사연이 덕혜옹주 얘기처럼 서글픕니다.

안에 있는 것들과 밖에 있는 것들. 제자리를 지키는 것들과 엉뚱한 곳으로 밀려난 것들. 누워 있거나 아직도 묻혀 있는 것들. 문화재도 타고난 팔자 같은 것이 있는 모양입니다. 이 고장 출신 박용래 시인의 시 「소나기」가 떠오릅니다. "앉았는 사람보다 섰는 사람 섰는 사람보다 걷는 사람 혼자 걷는 사람보다 송아지 두, 세 마리 앞세우고 소나기에 쫓기는 사람". '타는 목마름'으로 비를 그리는 돌탑, 이 땡볕이 아무렇지도 않은 돌부처가 겹쳐집니다.

소나기든 햇살이든 꼭 필요한 사람에게 더 많이 갔으면 좋겠습니다. 그늘은 고단한 사람을 더 따르고 바람은 착한 사람 편으로 더 불었으면 좋겠습니다. 사람은 물론 사람이 섬기고 부리는 모두에게 그랬으면 좋겠습니다. 지금 우리가 지나는 계절의 빛과 그림자가 두루 공평했으면 좋겠습니다.

55

헌책방 축제에서

이런 경험 있으실 것입니다. 자정 가까운 시간에 막차 타고 집에 가는 길, 버스에 승객은 딱 한 사람. 내가 그 한 사람일 때 '나'는 한 없이 곤혹스러워집니다. 급기야 소설을 쓰게 되지요. '이 버스는 끝까지 가지 않아도 되는데 나 때문에 달리고 있다. 저 기사는 내가 어디서 내리는지 묻고 싶은 것을 꾹 참고 있을 것이다.'

그런 날 제 귀는 정류장마다 이런 질문을 받습니다. "안 내리십니까?" "어디까지 가시죠?" 저는 기어들어가는 소리로 답합니다. "종점요." 입 밖으로 나오지도 않았을 소리를 기사는 용케 알아듣고 맞받습니다. "아, 좋은 데 사시는군요. 그런데 날마다 힘드시겠어요." 말투가 묘합니다. 위로인가 하면 동정입니다.

아침저녁 먼길을 달려야 하는 승객의 처지가 딱하다는 뉘앙스입니다. 아니, 고마움의 표시인지도 모릅니다. 당신 같은 사람 덕분에 이 버스 노선이 살아 있고 자신도 먹고사는 거 아니겠느냐는! 그러나 더 고맙기로 말하자면 이쪽입니다. 이 비좁고 어두운 길을 밤낮으로 묵묵히 드나드는 버스가 백배 더 고맙지요.

지금 제 심정이 그렇게 '반반'입니다. 미안함 반, 고마움 반. 이 축제 마당이 혼자 타고 가는 막차처럼 편치 않습니다. 책방 주인들의 시선이 일제히 저를 따라 움직이는 것만 같아 거북합니다. 주인들은 예상했지만 예상이 적중했다는 것이 여간 실망스럽지 않은 눈빛입니다. 손님 없는 것이 제 잘못처럼 미안해집니다.

손님보다 종업원이 더 많은 옷가게에 들어온 느낌입니다. 손님 하나를 서너 명이 에워싸며 반기는데 어떻게 휙 돌아서 나오겠습니까. 그렇다고 마음에 들지 않는 옷을 이것저것 사들고 나올 수도 없지요. 어서 다른 손님들이 와서 제 한몸이 받고 있는 시선과 관심을 흩어놓기를 기다릴 수밖에 없습니다.

생각이 꼬리에 꼬리를 뭅니다. '광화문이나 청계천 책방들이 이제 다리 밑까지 밀려왔구나. 더 밀려난다면? 메콩강 수상가옥들처럼 강물에 둥둥 떠 있어야 하는 것은 아닐까?' 이런! 저는 지금 잔치판에서 너무 못된 상상을 하고 있습니다. 공연히 '센티멘털'해진 것 같습니다. 감상이 도를 넘었습니다.

다리 밑 헌책방 축제. '다리 밑'이란 말에 붙잡혔던 모양입니다. 그 옛날 집도 절도 없던 사람들의 거처를 생각했을 것입니다. 침침하고 축축한, 음험하고 냄새나는, 무섭고 쓸쓸한 곳. '다리 밑'과 '헌책방'이란 말이 어깨동무를 한 모습에서 피난 시절 부산 영도다리 풍경까지 연상했는지도 모릅니다.

오늘날의 여름 다리 밑 풍경은 아주 다르지요. 강바람을 맞으러 나온 가족들과 연인들로 북적입니다. 도시에서는 제일가는 피서지입니다. 오뉴월 염천에 이만한 명당도 드물지요. 돗자리 하나 펴고 누우면 해변과 계곡으로 떠난 사람들이 부러울 것 없습니다. 지금 여기엔 책방들까지 따라와 모여 있으니, 금상첨화.

그럼에도 불구하고 이 축제 주최 측 예상은 확실히 빗나간 것이 틀림없습니다. 무더위를 피해 나온 시민들이 강변에 들어선 '책의 숲'을 무척이나 반길 것이라는 생각. 치킨이나 피자를 먹으며 아이들은 동화책을, 엄마 아빠는 소설을 읽을 것이라는 소망. 집으로 돌아가는 손에는 책 한 권씩 들리게 될 것이란 기대.

너무 낭만적인 설계였습니다. 조금 더 정밀한 계산과 시뮬레이션이 필요했지요. 전시에 기교를 부려야 했고, 책과 예상 고객의 거리를 좁혀줄 아이디어가 있어야 했습니다. 이곳저곳 책방들이 그저 한자리에 모이는 것만으로도 축제일 수 있다는 꿈은 너무 순진했습니다. 구슬을 쌓아놓기만 할 게 아니라 꿰어야 했지요.

물론 책의 먼지를 털고 보듬는 이들에게 많은 것을 부담 지우긴 어렵습니다. 그런 까닭에 누구든 나서서 도울 일입니다. 책의 운명을 아는 사람, 마케팅과 광고 홍보를 아는 사람, 젊은 전시기획자, 이벤트 전문가…… 헌책방을 돕는 일은 우리 사회 문화 양면에 참으로 가치 있는 의제의 하나라고 생각합니다.

헌책방은 낡은 책가게가 아니라 사설 도서관입니다. 먼지 나는 책들의 집합처가 아니라 개인 박물관입니다. 인사동 통문관이 그런 곳이지요. 거기서 학자가 몇이 나오고 얼마나 많은 '서지 전문가' '고서 감식가'가 나왔습니까. 그 정신의 곳간에서 얼마나 빛나는 논문과 명저가 태어났습니까.

눈 밝은 이들이 그런 곳의 사서가 되어주고 큐레이터가 되어주면 좋을 것입니다. 생각은 대한해협을 건너갑니다. 일본의 간다 헌책방 거리에 가닿습니다. 건물마다 고서점이고 가게마다 취급 분야가 다릅니다. 어느 집은 역사, 어느 집은 경제, 또 어느 집은 과학 서적을 다룹니다. 점포마다 전문 도서관입니다.

거리 전체가 책의 도시, 책의 장수촌입니다. 날마다 '헌책 축제'입니다. 여기서는 헌책방 주인과 손님 어느 쪽도 막차를 타고 가는 사람처럼 쓸쓸해 보이지 않습니다.

(56)

지리산 둘레길에서

해도 뜨기 전에 숙소를 나섰지만 길은 처음부터 꼬였습니다. 푯말을 잘못보고 산길을 헤맨 탓에 족히 두어 시간은 허비했습니다. 물론 급할 것 없는 산행이니 시간 좀 까먹은 것이야 별일 아니지요. 숨이 턱에 닿을 만큼 고된 비탈을 힘겹게 올라갔다 내려오느라 기력을 다 쏟은 것이 더 큰 문제였습니다.

이 기운으로 이 땡볕 속을 어찌 가나, 한숨이 절로 나왔습니다. 그것도 산길 사십 리입니다. 금세 자신이 없어집니다. 딴생각도 일어납니다. '이왕 이렇게 된 것, 다음으로 미룰까. 오랜만에 화엄사 구경이나 하고 그냥 돌아갈까. 공연히 만용을 부리다가 더위라도 먹고 쓰러지면 더 한심한 일 아닌가.'

그러나 용케 생각을 다잡았습니다. 화개장터까지 일곱 시간을 걸었던 어제를 생각했지요. 오늘은 경상도를 벗어나보기로 합니다. 언뜻언뜻 몸을 내보이는 섬진강 물빛이 힘이 될 것입니다. 남원에서 시작한 도보순례길. 함양, 산청 거쳐, 이제 하동 넘어 구례! 한 번에 사나흘씩 서너 차례, 몇 해를 이어온 여정입니다.

지리산 둘레길은 3도 5군 16면을 밟고 돕니다. 그런데 저는 이 '둘레길'이란 표현이 좀 못마땅합니다. 해발 천 미터를 넘어가기도 하는 길 이름으론 너무 점잖기만 하다는 생각에서입니다. 그럼 무어라면 좋겠느냐는 둘레길 안내센터 담당자의 질문에 이렇게 답했습니다. "지리산 허릿길 혹은 굽잇길!"

사실입니다. 지리산 둘레길은 휘파람 불며, 콧노래 흥얼대며 걷긴 어렵지요. 키는 한라산보다 두 뼘쯤 작지만 덩치는 세 배나 큰 산. 천사백 미터가 넘는 봉우리만도 이십여 개나 되는 산. 동서남북으로 수백 리를 치고 달리는 산. 누군가가 작심하고 숨어들면 석 달 열흘은 찾아다녀야 하는 산.

『택리지』에 나오는 말을 곧이듣자면, 일만 육천 개의 봉우리를 거느린 산. 그 열 배 백배의 사람들을 먹여 살리는 산. 온갖 열매와 나물과 약재를 감추고 파묻었다가 철따라 꺼내주는 산. 차나무를 키우고 고사리를 기르는 사람들, 그 장승 같고 돌미륵처럼 평화로운 낯빛도 따로 떼어낼 수 없는 산.

'굽이굽이 허리 굽혀 절하는' 마음으로 따라 돌 수밖에 없는 이유입니다. 등산과 유람의 산길이 아니라, 피어린 노동과 땀 젖은 생업의 길인 까닭입니다. 남명 조식 선생 사시던 덕산 사람들이 그러더군요. 이 고장 고갯길은 '곶감 팔러 다니던 길'이라고. 골골이 감나무 천지, 집집이 곶감이 널리는 마을이었습니다.

곶감 지게라고 더 가벼울 리 없겠지요. 술과 숯과 소금과 장작과 곶감이 평등했을 것입니다. 혓바닥은 덥석 반기는 물건이지만, 등허리가 단맛을 알 바 없지요. 놀부를 지고 넘든 춘향을 업고 넘든 힘들기야 매일반이었을 것입니다. 오늘 제 배낭 무게를 그 옛날 지게 위의 곶감 상자 혹은 등짐, 봇짐과 견주어봅니다.

이런 안내판이 자주 눈에 띕니다. "길을 허락해주신 마을 주민께 감사드립니다." 당연한 인사입니다. 인적보다 짐승의 흔적이 더 흔한 골짜기에 사람의 길을 열어낸 이들이 누굽니까. 맨손으로 일구고 온몸으로 다진 밭머리, 논두렁이 누구 땅입니까. 저는 지금 그런 이들의 길을 지나고 있습니다.

이성부 시인의 시(「산길에서―내가 걷는 백두대간 22」)가 감사와 공경의 인사를 대신합니다. "이 길을 만든 이들이 누구인지를 나는 안다/이렇게 길을 따라 나를 걷게 하는 그이들이/지금 조릿대밭 눕히며 소리치는 바람이거나/이름 모를 풀꽃들 문득 나를 쳐다보는 수줍음으로 와서/내 가슴 벅차게 하는 까닭을 나는 안다".

여행의 감동과 보람을 표현하는 대부분의 말과 글은 길과 풍광을 제공한 자에 대한 놀라움과 고마움의 표시입니다. 이제 몇 구간 남지 않은 제 둘레길도 새삼 그것을 깨닫게 합니다. '이렇게 높은 데까지 호미를 들고 올라온 이들이 있었구나.' '함께 가지 않으면 참으로 외롭고 무서운 길이었겠구나.'

지리산의 문장과 무늬가 뚜벅뚜벅 걸어가는 사람에게만 보이는 까닭을 알았습니다. 그것들은 대개 온종일 사람 두엇 겨우 지나는 길에 감춰져 있습니다. 어떤 탈것도 오를 수 없는 높다란 벼랑이나 사나운 비탈에 새겨져 있습니다. 이고 지고 먼길을 가는 사람들이 한 발 한 발 맨발로 써놓은 책이라 그렇습니다.

위의 시 후반부가 그 이치를 알게 합니다. 지리산이 얼마나 위대한 경전인지를 알려줍니다. 얼마나 오랜 세월 동안 쓰여졌는지 일러줍니다. 얼마나 많은 이가 제 이름도 밝히지 않고 쌓아두고 간 시인지를 가르쳐줍니다.

무엇에 쫓기듯 살아가는 이들도/힘이 다하여 비칠거리는 발걸음들도/무엇 하나씩 저마다 다져놓고 사라진다는 것을/뒤늦게나마 나는 배웠다/그것이 부질없는 되풀이라 하더라도/그 부질없음 쌓이고 쌓여져서 마침내 길을 만들고/길 따라 그이들 따라 오르는 일/이리 힘들고 어려워도/왜 내가 지금 주저앉아서는 안 되는지를 나는 안다

（57）

미끄럼틀 곁에서

저는 초등학교를 그냥 지나치지 못합니다. 여행길이든 출장길이든 학교 표지판이 보이면 걸음을 멈춥니다. 남의 집 정원을 기웃거리듯이 교문 안쪽을 들여다봅니다. 담장 너머로 목을 늘여 운동장 한 바퀴를 휘 둘러봅니다. 그러곤 학교의 나이를 가늠해보지요. 울타리 안에서 제일 덩치 큰 나무를 찾아봅니다.

그네를 매어도 좋을 만큼 팔뚝이 튼실한 느티나무나 허리 굵은 은행나무가 보이면 정중히 고개를 숙입니다. 마침 자전거를 타고 느릿느릿 교문 앞을 지나는 노인이 보입니다. 노인과 나무는 비슷한 연배일 것 같습니다. 그런 학교라면 학부형들은 물론 주민 대부분이 같은 운동장에서 자라난 사람들이기 쉽습니다.

가녀린 나무들만 차렷 자세로 힘겹게 서 있고 변변한 그늘 하나

없는 학교를 만나기도 합니다. 그럴 때면 공연히 짠해집니다. 어른들은 모두 출타하고 애들만 남은 집처럼 여겨지는 까닭입니다. 정반대의 학교도 있지요. 젊은이들은 모두 떠나고 노인들만 남은 시골집 같은!

이미 폐교가 됐거나 문 닫을 날이 머지않은 학교입니다. 미루나무 꼭대기 흰구름은 여전하지만 국기게양대엔 아무것도 없습니다. 칠 벗어진 건물엔 거미줄이 드리워지고 운동장엔 풀이 무성합니다. 이순신 장군도 세종대왕도 위엄을 잃은 지 오래입니다. 도시만 벗어나면 어렵지 않게 만날 수 있는 장면이지요.

그러나 지금 제가 홀린 듯이 이끌려 들어온 이 학교는 다릅니다. 심심산골 초등학교 같지 않습니다. 학교가 문 닫은 지 십 년이 넘었다 해도 이상할 것 없는 궁벽한 산촌인데 말입니다. 통학로는 정갈하고 표지판은 앙증맞습니다. 신사임당도 충무공도 표정이 좋습니다. 쓸고 닦고 가꾸는 손길이 많다는 증거지요.

금세 돌아나오려 했는데 한참을 앉아 있게 되었습니다. 미끄럼틀 곁입니다. '초등학교 관광'에 제일 좋은 자리지요. 그늘도 좋고 바람도 얌전해서 몸과 마음이 말랑해집니다. 조무래기들이 쉼없이 재깔거리는 소리도 싫지 않고, 혼자서 축구공을 몰고 가는 아이의 과장된 동작도 귀엽기만 합니다.

인터넷 검색창에 이 학교 이름을 넣어봅니다. 전교생 스물아홉 명의 '미니 학교'인데, 교육의 질은 상상 이상입니다. 홈페이지에 구체적 증거들이 가득합니다. 한 학년이 대여섯 명쯤이니 움직이는 대로 교실이 될 것입니다. 찻잎을 따며 자연의 이치를 깨닫고, 교장실에서 다도茶道를 배우는 영상이 보입니다.

교장 선생님이 전교생의 버릇과 식성을 죄다 압니다. 영어 공부나 예체능 학습은 숫제 과외 공부 수준입니다. 선생님과 무릎을 맞대고 가야금을 익힙니다. 선생님과 친구처럼 농구공을 다툽니다. 현장학습 기행, 외국 수학여행쯤은 가족여행처럼 오붓해 보입니다. 지리산의 사계가 고스란히 이 학교의 봄 여름 가을 겨울입니다.

걱정스러운 점은 두 해 동안이나 신입생이 없었다는 것입니다. 이 학교 선생님들, 이 마을 어른들 모두가 어렵고도 중요한 숙제로 고민하는 눈치입니다. 왜 아니겠습니까. 이 어여쁜 꽃밭을 닮은 학교가 머지않아서 '사람 농사'가 끝난 묵정밭이 될 수도 있다는 것은 상상만으로도 서글픈 일입니다.

폐교의 위기를 면하려면 같은 처지에 놓였다가 위기를 벗어난 학교들을 배워야지요. 방법은 하나. 외지 어린이들을 '모셔오는' 것밖에는 묘수가 없습니다. 물론 학교 혼자 힘으론 버겁습니다. 지역민은 힘을 모으고 자치단체는 어떤 지원도 아끼지 않아야 할 것입니다. 관계된 사람들 모두의 합심이 중요하지요.

무엇보다 이런 마음을 앞장세워야 할 것입니다. '우리가 나고 자란 곳에서 초등학교가 문을 닫는다는 것보다 절망적인 뉴스는 없다. 이 고장 사람들 정신의 탯줄이 묻히고 우리가 비로소 사람으로 태어난 곳. 농부는 죽어도 종자는 베고 눕는다고 하지 않던가. 이제 이 마을 '사람밭'에 무엇을 심고 거둘 것인가.'

이 문제를 함께 걱정하고 같이 풀어보려는 이들에게는 이렇게 말길을 터보면 어떨까 싶습니다. '아무리 시골사람도 도시에서 세 달만 살면 촌티를 벗는다. 처음부터 도회지 사람이었던 것처럼 자연스러워진다. 그러나 서울 사람이 농촌에서 그만큼을 산다고 농촌 사람이 되진 못한다. 전원은 학습의 대상이 아니다.'

하늘과 바람, 풀과 별은 책이나 영화, 인터넷으로 가르치고 배울 수 있는 것이 절대 아니지요. 그것들과 동무하며 살아야 합니다. 문득 제주도 성산포 가는 길목 깊숙이 숨은 마을 신풍리가 떠오릅니다. 무슨 수를 써서라도 학교는 지켜야겠다고, 안 해본 노력이 없다지요. 이 마을 '농부 시인'에게서 들은 얘기입니다.

덕분에 김해나 부산에서까지 유학생들이 온답니다. 귀농과 귀촌을 꿈꾸는 이들도 생겨난답니다. 요즘엔 폐교 걱정 대신 학교를 더 잘 키울 궁리에 골몰한다지요. 아예 살러 오겠다는 사람들 줄도 자꾸만 길어져서 큼직한 공동주택까지 짓고 있다지 뭡니까.

58

편의점에서

퇴근길의 아버지 한 사람이 골목 모퉁이 담뱃가게로 들어갑니다. 소주 한 병과 과자 한 봉지를 들고 나옵니다. 사과 궤짝을 탁자처럼 당겨놓고, 플라스틱 상자를 끌어다가 걸터앉습니다. 유리컵 가득 술을 따라서 반쯤을 마십니다. 안주라고는 라면 부스러기를 닮은 과자 몇 점이 전부입니다. 이른바 '깡술'이지요.

이 모습을 물끄러미 내다보던 주인아주머니가 다가와 말을 붙입니다. "쯧, 그렇게 술만 드시면 어쩌누. 안주도 없이." 무슨 말을 더 하려는가 싶더니 이내 돌아서 들어갑니다. 조금 있다가 작은 쟁반 하나를 받쳐들고 나타납니다. "이거 새로 담근 김치인데 맛이 제법 들었다우. 안주하시구려."

김치맛이 예사로울 리 없습니다. 쓴 소주까지 대번에 달게 느껴질 것입니다. 조금 예민한 사람이라면 눈물을 글썽거릴지도 모릅니다. 공감과 인정과 배려가 고루 담긴 김치 한 그릇이니까요. 궁핍한 시대, 가난한 이웃에 대한 연민입니다. 내남없이 어렵게 사는 사람들끼리 흔히 주고받던 정입니다. 손님에 대한 예의입니다.

술 한 병을 비우고 일어나면서 손님이 고마움의 인사를 합니다. "김치 정말 맛있네요. 그냥도 좋지만 김치찌개 끓이면 꿀맛이겠는데요." 덩달아 기분이 좋아진 아주머니, 자신도 모르게 한 걸음 더 나아갑니다. "다음에 와요. 김치찌개 해드릴 테니." '아차' 싶지만 어려운 약속도 아니란 듯 고개까지 두어 번 끄덕입니다.

손님은 다시 찾아옵니다. 친구까지 데리고 옵니다. 벌써 구면이라고, '김치찌개 먹고 싶어 왔다'며 너스레를 떱니다. 꽁치 통조림을 집어 주인에게 건네고 소주 두어 병을 꺼내듭니다. 동행에게 엄지손가락을 추켜세우며 말합니다. "이 집 김치맛이 끝내준다네." 잠시 뒤 이들의 술잔 앞에는 꽁치가 들어간 김치찌개가 놓입니다.

소문은 금세 퍼져나가지요. 가난한 직장인들, 호주머니 가벼운 술꾼들이 모여듭니다. 인정 많고 마음씨 고운 담뱃가게 아주머니, 속으론 '이게 아닌데' 싶지만 돌이키기는 쉽지 않습니다. 그러나 싫지만은 않습니다. 잘하면 그리 손해 날 일도 아니지 싶습니다. 물론 그래봤자 소박한 욕심이지요.

'집 반찬 좀 넉넉히 해두었다가 내놓으면 되는 일 아닌가. 번데기 통조림 데워주고 북어포 구워주면 될 것 아닌가. 골뱅이에 파나 듬뿍 넣어 무치고. 술집을 마다하고 오는 손님들이니 점잖게 한잔

씩들 하고는 일어설 테고. 아예 그런 손님들을 위한 테이블 하나를 따로 마련해보면 어떨까.'

그렇게 꽁치 넣은 김치찌개를 소주 안주로 만날 수 있는 담뱃가게가 생겨났습니다. 세월이 흐르고 세상이 바뀌어서 북어포에 맥주 한 병 마시기 좋은 가게도 나왔습니다. 조금 과장하면 한 세대쯤은 지난 후의 일이지요. 한 시절, 맥주는 아무나 마실 수 있는 술이 아니었습니다. 명절 선물용으로도 나가던 고급 주류였지요.

술값이 넉넉지 않아서 상점이나 기웃거리던 사람들에게 맥주는 언감생심! 그런 날들을 지나서 맥주가 치킨과 짝이 되고 동네 골목의 술이 될 줄은 맥주 회사도 예상하기 어려웠을 것입니다. 그런 시간을 함께 데려온 것이 가게에서 마시는 맥주, '가맥'입니다. 어느 지방 도시에선 '가맥 축제'도 열린다지요.

황태포와 병맥주로 유명한 가맥집이 떠오릅니다. 구멍가게는 이제 시늉뿐이고, 본업은 소문난 안주맛을 찾아오는 손님 대접입니다. 촉촉하면서도 노릇하고 바삭한 그 맛을 보려고 줄을 서는 집이지요. 그 장면에 뜬금없이 '가정식 백반'이란 말이 얹힙니다. 말하자면 가맥은 가정식입니다.

불쑥 찾아온 손님을 위해 급히 마련한 주안상이 그와 같지 않던가요. 있는 것들 중에 제일 좋은 재료로, 가진 솜씨 중에 제일 나은 솜씨로, 할 수 있는 것 중에 가장 빨리 마련되는 음식으로 차려 내는 상. 그 앞에서 주인은 손님들에게 자랑 섞인 농담을 할 것입니다. "날마다 저희 집에 오시고 싶어지실까봐 걱정입니다."

저는 지금 편의점 앞 테이블에 앉아 맥주를 마시고 있습니다. 박철 시인의 시가 떠오릅니다. "막힌 하수도 뚫은 노임 4만원을 들고/영진설비 다녀오라는 아내의 심부름으로/두 번이나 길을 나섰다/자전거를 타고 삼거리를 지나는데 굵은 비가 내려/럭키슈퍼 앞에 섰다가 후두둑 비를 피하다가/그대로 앉아 병맥주를 마셨다".

안주도 없었을, 이 철없는 시인의 가맥 한잔은 결국 아내를 울리고 맙니다. "마침내 영진설비 아저씨가 찾아오고/거친 몇 마디가 아내 앞에 쏟아지고/아내는 돌아서 나를 바라보았다/그냥 나는 웃었고 아내의 손을 잡고 섰는/아이의 고운 눈썹을 보았다".「영진설비 돈 갖다주기」라는 시입니다.

박철 시인에게 전화를 할까 망설입니다. 미당이 짓고 송창식이 노래한 〈푸르른 날〉의 가사처럼 그리운 사람이 많아지는 날입니다. 집도 술집도 아닌 햇살 아래서 맥주 한잔하기 더없이 좋은 날입니다. 가을은 가맥의 계절입니다.

59

이발소에서

"머리에 머리카락 씨앗만 뿌려진 사람이야." 정채봉의 동화 『오세암』에서 다섯 살 꼬마 길손이가 하는 말입니다. 앞 못 보는 누나 감이에게 '스님'을 설명해주는 대목이지요. 스님 머리 모양을 그림처럼 그리고 있습니다. 옷 빛깔은 이렇게 표현합니다. "맛없는 국색깔이야." 기막힌 묘사력입니다.

길손이 식으로 이야기하자면 지금 제 머리는 잡초 무성한 들판입니다. 대체 무슨 씨앗이 이리도 잘 자라나는 걸까요. 엊그제 깎은 것 같은데 벌써 수북합니다. 이맘때의 묵은 묘처럼 어지럽습니다. 번뇌 망상의 풀, 절집에서는 '무명초無明草'라 부르는 풀. 특별한 사회의 일원이 아니라면 끊임없이 다듬고 가꿔야 하는 풀.

입영 전야의 젊은이가 떠오르고, 비구니 연기를 위해 삭발을 감행하던 배우 강수연의 결연한 표정이 생각납니다. 삭발하고 먹물 옷으로 갈아입고 나니 훨훨 날아갈 것 같다던 법정 스님의 말씀도 겹쳐집니다. 시선의 구속과 관습의 속박으로부터 놓여났으니 심신이 가벼울 것입니다.

저도 가끔 삭발하고 싶은 날이 있습니다. 그렇다고 무슨 대단한 결심이나 의지가 있어서가 아닙니다. 그저 민머리로 햇볕을 받아보고 빗방울이나 눈송이가 머리 가죽을 두드리는 느낌이 궁금할 때입니다. 제 몸의 다른 부분처럼 맨손으로 제 머리통을 사랑스럽게 쓰다듬어보고 싶기도 합니다. 그러나 생각뿐입니다.

오늘처럼 이발소 의자에 앉아서 잠깐 상상해볼 뿐입니다. 거울 속에 비친 몸뚱이에 박박 깎은 머리를 얹어봅니다. 제가 생각하기에도 썩 마음에 드는 모습은 아닙니다. 가족들이 극구 반대하는 이유도 따지고 보면 같은 까닭이겠지요. 삭발이야말로 아무에게나 어울리는 스타일은 아님이 분명합니다.

결국 늘 하던 주문을 합니다. 아무 말도 하지 않고 눈을 지그시 감는 것이지요. 한마디도 하지 않았는데 가위질은 시작됩니다. 칠년 동안 제 머리카락을 다스려온 사람입니다. 아마 제 머리카락 씨앗의 종류와 품질까지 훤히 들여다볼 것입니다. 머릿속까지 들여다보는 건 아닐까 하는 두려움도 지우기 어렵습니다.

잘려나가는 머리털들엔 그르고 못된 생각, 실없고 부질없는 걱정의 근원이 들었을 것만 같습니다. 이 가위에 제 모든 사고의 채널들이 죄다 감지되고 있을지도 모릅니다. 가위의 금속성이 저에 대한 평가의 말들로 들립니다. 딱한 사람이라며 혀를 차는 소리도 섞여 있습니다. 조롱과 야유의 휘파람 소리도 들어 있습니다.

'명색이 시인이라는 자의 머리가 황무지로군.' '값나가는 생각의 종자는 약에 쓰려 해도 없네그려.' '김수영의 시처럼 조그마한 일에만 분개하는 자로군. 언론의 자유를 요구하는 한마디도 못하면서, 갈비가 기름덩이만 나왔다고 분개하고…… 땅주인에게는 못하고, 이발쟁이에게!'

아무려나 이 의자에 앉으면 많은 일을 반성하게 됩니다. 헤어스타일만큼 정신의 태도와 형태도 가지런히 해보려 애를 씁니다. 절이나 교회 혹은 성당이 마음의 창문 안쪽을 들여다보게 한다면 이발소는 머릿속 생각의 거울을 살피게 합니다. 임영조 시인의 시(「이발을 하며」)가 그런 생각에 맞장구를 쳐줍니다.

일요일 아침/이발소 거울 앞에 앉으면/한 달 전에 헤어진 나를 만난다//말없이 주고받는 눈인사/그새 우리는 많이 수척해졌군, (……) 정중하게 빛나는 가위 속에서/검게 자란 시간이 잘려나간다/턱 밑에 무성하던 교만이/단칼에 모조리 스러질 때는/감격으로 차라리 눈을 감는다

삭발하던 날의 강수연씨나 법정 스님의 마음을 헤아려봅니다. 마침 가위질을 마치고, 제 머리를 쓰다듬고 있는 이발사가 마치 계戒를 이르는 노승처럼 여겨집니다. 이 집의 주인은 실제로 팔십 가까운 노

인. 이 어른의 평생을 마음대로 상상해봅니다. 이발소에 관한 오래된 기억의 장면을 편집해봅니다.

이발소에는 이발 기술을 배우려는 소년들이 있었습니다. 허드렛일과 손님들의 머리를 감기는 일을 도맡았었지요. 어쩌면 이 노인도 그런 세월을 거쳤을 것입니다. 바리캉과 몇 가지 도구를 들고 나타나서 아이들 머리를 깎아주던 '떠돌이 이발사'들도 있었습니다. 이분도 그런 시절을 보냈을지도 모릅니다.

저 주름투성이 손이 기억하는 뺨과 이마와 뒤통수는 얼마나 될까요. 요즘 저는 저 손이 일을 멈추게 될 날이 생각보다 빨리 올까봐 두렵습니다. 이 앞을 지나다니다가 회전등이 꺼져 있는 것을 보면 가슴이 철렁 내려앉습니다. 그것은 세탁소 아저씨의 죽음이나 단골 채소 가게의 폐업과는 비교하기 어려운 또다른 슬픔입니다.

특별한 종교가 없는 제게 이발소는 성소聖所의 평화를 느끼게 합니다. 귓가에 와 속살거리는 칼과 가위의 이야기에 때묻은 영혼이 씻깁니다. 마음을 바로 세워주고, 지난 계절을 정리해주고, 가야 할 길의 눈금을 읽어주는 철의 언어입니다. 그 차갑고 무서운 도구가 따뜻한 희망의 인사까지 전해줍니다.

60

화성에서

일터에서 멀지 않은 곳에 이 아름다운 성이 있습니다. 화성. 자동차로 삼십 분이면 닿는 거리지요. 일과가 조금 일찍 끝나거나 마음의 여유가 있는 퇴근길이면 이곳으로 차를 몹니다. 행궁 주차장에 차를 세우고 언덕을 오릅니다. 팔달산 정상에서 지는 해를 바라보다가 화서문 쪽으로 내려섭니다.

어둠이 깔리면 성곽 안쪽보다는 바깥 길이 더 좋습니다. 비교적 평탄한 길이라서 발을 헛딛거나 넘어질 염려가 적습니다. 게다가 성벽을 올려비추는 조명등이 은은히 밝혀지는 시간입니다. 민낯도 눈부신 배우가 '풀 메이크업'을 하고 무대에 오른 것처럼 매혹적입니다. 성곽과 하늘이 맞닿은 공제선이 사뭇 더 은근합니다.

오늘은 흔들리는 억새풀 너머로 달까지 떠올라서 가히 숨막히는 광경입니다. 공연히 유네스코 세계문화유산이겠습니까. 우리나라 어느 고을에 읍성, 산성이 없겠습니까만, 여기만큼 태깔이 좋은 곳은 흔치 않지요. 어찌 보면 미소년 같고, 어찌 보면 헌헌장부입니다. 이목구비는 또렷하고 풍채는 기품이 있습니다.

빠지고 모자란 데를 찾기 어렵습니다. 눈 밖에 나거나 거슬릴 구석이 없습니다. 성벽을 이룬 돌들의 사랑은 이백 년 동안 한결같습니다. 돌과 돌 모서리 귀퉁이를 깎고 물려놓아서 아직도 서로를 꼭 껴안고 있습니다. 크고 작은 돌들이 조선 오백 년을 통틀어도 단연 손꼽힐 만한 시간의 무늬로 빛나고 있습니다.

성벽과 누각이 만나는 곳엔 벽돌의 매력이 돋보입니다. 특히 장안문을 둘러싸고 있는 옹성과 공심돈에서 한껏 도드라집니다. 박지원 같은 실학자들이 조선 건축도 중국처럼 벽돌을 이용해야 한다고 주장하던 이유를 실감합니다. 벽돌은 흙과 나무와 돌의 약점과 한계를 극복할 수 있는 자재라는 이야기였지요.

물론 우리라고 벽돌을 쓸 줄 몰랐던 것은 아닙니다. 안동 법흥사 지탑과 여주 신륵사 강변의 장대한 탑이 좋은 증거입니다. 둘 다 전탑塼塔, 벽돌로 지은 탑이지요. 여주 토박이 어른들은 지금도 신륵사를 '벽절'이라 부릅니다. 벽돌 탑이 있는 절이란 뜻입니다. 지역의 '랜드마크'가 될 만한 명물이었다는 의미도 되겠지요.

그러나 불행히도 이 땅의 흙이 벽돌 만들기에 썩 알맞은 재료는 아니었나봅니다. 고려에서 조선으로 내려오며 점차 쓰임이 줄고 벽돌을 굽는 기술도 시들해져갔습니다. 기술자도 점점 흔치 않아졌을 테지요. 전국에서 온갖 장인들이 모여들어 이 성을 쌓는데, '벽돌 장匠'은 의주와 함흥 딱 두 군데 출신밖에 없더랍니다.

화성 축조 배경의 중심에는 '실학'으로 요약되는 근대정신이 있었습니다. 실용의 가치를 앞세운 세월의 시작이었지요. 실사구시實事求是의 이념을 군주가 몸소 실천했습니다. 백성들이 만세를 부르며 반기고 따랐지요. 정조는 훌륭한 CEO였습니다. 할아버지(영조)만큼 오래 살지 못했던 것이 아쉬울 따름입니다.

누가 화성이 보여주는 아름다움의 '비결'을 묻는다면 저는 이렇게 답하겠습니다. "화성을 명품으로 만든 것은 '공정 거래'입니다. 여기 쓰인 돌 하나, 나무 하나 어느 것도 제값을 인정받지 못한 것이 없습니다. 백성들이 양질의 자재를 골라오게 하고, 국가는 좋은 값에 사주었지요. 당연히 좋은 물건이 모였습니다."

금전과 물자만 온당하게 오고간 것이 아닙니다. 이 성을 만든 일꾼들은 막무가내로 동원되고 끌려오지 않았습니다. 나랏일이라고 무조건 논밭 일 다 집어치우고 강제노역에 나서게 하지 않았습니다. 재주와 솜씨에 따라 적절한 소임을 나눠주고 정당한 노임을 주었습니다.『화성성역의궤』에 나오는 사실입니다.

경험과 관록이 풍부한 이들은 모셔왔습니다. 목재를 잘 다루고 단청을 잘 올리는 스님이 있는 절에 공문을 직접 보내기도 했습니다. 분야마다 전문 기술이 늘어나고 장인들은 빠른 속도로 성장해 갔지요. 품값과 재룟값이 옳게 매겨진 일의 품질이 최상의 것이 되는 것은 너무도 자연스러운 일입니다.

진심으로 사람을 이해하고 사랑할 줄 아는 사람의 건축이 어찌 아름답고 견고하지 않겠습니까. 정조는 이 신도시의 건설이 백성들에게도 행복의 근원이 되기를 소망했습니다. 그 마음을 이렇게 표현했지요. "민심民心을 즐겁게 하고, 민력民力을 가볍게 하는 데 힘써야 한다."

효자 임금이 지극한 효심으로 납시던 길, 을묘년 능행陵幸이 사상 최대 규모로 재현된다지요. 이번 주말 수천 명의 사람과 수백 마리 말이 이백이십 년 전처럼 줄을 잇는답니다. 행차 길에도 백성의 삶과 민원을 챙기던 정조의 '여민동락與民同樂' 정신까지 오늘의 방식으로 펼쳐 보인다고 들었습니다.

욕심 같아선 창덕궁에서 융릉까지 모든 장면을 구경하고 싶습니다. 그러나 그것은 아무래도 어려운 일. 한강 노들섬에 나가 어가 행렬이 배다리를 건너는 모습이나 보고 올까 합니다. 장관이겠지요.

61

망원동에서

문득 다도해가 떠오릅니다. 꽃봉오리처럼 어여쁜 섬들이 눈에 밟힙니다. 지난 계절에 보고 온 바다가 한강물 위에 겹쳐집니다. 이 가을날엔 어떤 모습일까 궁금해집니다. 이상한 일입니다. 강에서 바다가 보이다니! 연못과 호수를 닮은 바다입니다. 「가고파」의 바다입니다.

"내 고향 남쪽바다/그 파란 물 눈에 보이네/꿈엔들 잊으리오/그 잔잔한 고향바다/지금도 그 물새들 날으리/가고파라 가고파." 그 바다를 한 번이라도 본 사람이라면 "파란 물 눈에 보이네"가 괜한 수사가 아님을 압니다. 꿈에라도 보이길 바라는, 사무치는 그리움의 표현에 고개를 끄덕이게 됩니다.

노랫말에 실린 사향思鄕의 애틋함은 이 시를 쓴 이은상의 호에서도 읽힙니다. 노산鷺山. 그 바다를 마주하는 산 이름이지요. 그러니까 고향의 산과 이 시인의 이름은 같습니다. 신토불이의 믿음입니다. 자신의 몸을 이룬 흙과 물에 대한 애정입니다. 조금 경박한 비유를 쓰자면 '메이커'에 대한 자부심입니다.

말이 났으니 말이지만, 얼마나 많은 이가 지명이나 강산 이름을 호로 썼습니까. '율곡' '다산' '화담'…… 옛사람들만 그런 것도 아닙니다. 향리 이름을 호로 쓴 대통령도 있었지요. 후광後廣. 생가가 있는 섬마을, 후광리에서 따왔습니다. 후광리가 없었으면 '후광'이 없었고, 후광을 낳은 덕분에 '후광리'가 빛납니다.

보고 자란 산과 물이 정신의 혈액을 만듭니다. 산의 높이, 물의 깊이가 인생과 세계의 크기를 재는 잣대의 눈금이 됩니다. 그러나 어느 산, 어느 물이 똑같은 얼굴이겠습니까. 어떤 물은 들판만 달리고 어떤 물은 산만 따라다닙니다. 그 산과 물에서 저마다 '보고 기억하는 부분', 꼭 그만큼이 각자의 고향입니다.

오죽하면 같은 한강을 동쪽, 서쪽 다르게 부를까요. 옥수동 앞은 동호, 마포 앞은 서강. 여주 사람들은 남한강보다는 여강, 영월읍 동편 주민들은 조양강보다 동강을 더 살갑게 여깁니다. 같은 강물은 없습니다. 암물 숫물 한데 어우러진다고 '아우라지', 양쪽 물이 만난다고 '두물머리'지요.

아무리 길고 큰 강도 끊어서 보면 연못이나 저수지와 다를 바 없습니다. 수백 리 먼길을 흘러와 마을 어귀에 닿는 순간, 강은 호수가 되어 고단한 몸을 눕힙니다. 때마침 보름달이 뜨면 둥글게 퍼지는 달빛을 받으며 하룻밤을 묵어갈 것입니다. 평화롭기 그지없는 강마을의 밤이겠지요.

호수처럼 아름다운 물가에 어찌 정자가 없겠습니까. 한양성 앞을 흐르는 한강변에만도 일고여덟 개의 정자가 있었습니다. 그중 하나가 망원정. 망원동의 유래를 품고 있는 장소지요. 호텔 등급으로 치면 단연 '칠성급'입니다. 두 임금과 그들의 형이 주인공으로 등장하는 무대인 까닭입니다.

여기에 처음 집을 지은 사람은 세종의 형인 효령대군. 어느 날 세종께서 이곳에 납시었다가 마침 가뭄 끝에 내리는 단비를 반기며 '희우정喜雨亭'이란 이름을 붙였다지요. 그리고 한동안 버려두던 곳을 성종의 형 월산대군이 고쳐서 쓰게 됐을 때, 성종 임금이 지금의 '망원정'이란 이름을 내렸답니다.

망원동이란 이름은 참 희망적이면서 미래지향적인 느낌입니다. 반가운 비처럼, 희소식들은 죄다 이리로 모여들 것 같습니다. 먼 곳까지 잘 바라보이는 곳이니 여기서는 먼 훗날도 또렷이 내다보일 것만 같습니다. 겸재 정선도 한강 진경眞景 한 폭쯤은 여기서 그리지 않았을까요. 서강 최고의 전망대니까요.

저는 지금 망원동을 걷고 있습니다. '젊은 벗'이 일러준 식당과 명소 몇 군데를 찾아다니며 오래된 동네에 부는 새바람을 느끼고 있습니다. 빛바랜 골목에 생기가 돌고, 조용하던 상점 거리가 활기를 띱니다. 무엇보다 반가운 것은 재래시장의 부활! 젊은이들의 힘입니다.

맛있는 냄새가 가득하고, 손님 부르는 소리가 떠들썩합니다. 채소와 과일에 윤기가 흐릅니다. 팔리지 않아서 제풀에 망가지는 물건이 많지 않다는 증거입니다. 군것질거리를 파는 노점 앞에도 장사진입니다. 살 것 많고 구경거리 많으니 요기부터 하려는 사람들로 보입니다.

모쪼록 일시적인 현상이 아니었으면 좋겠습니다. 흥미나 호기심으로 모여든 사람들은 쉽게 흩어집니다. 금세 싫증을 내지요. 이 동네의 매력과 경기가 크게 살아나길 기대합니다. 그러나 이곳이 다른 곳과 비슷해지진 않기를 바랍니다.

'망리단'이란 말부터 어서 추방했으면 합니다. 이곳의 변화가 이태원 경리단 골목과 비슷하다고 그런 말이 쓰인다더군요. 이치에 닿지 않는 말의 조합에 망원동은 자존심이 상할 것입니다. 망원동이 왜 이태원을 닮아야 합니까. 닮는 순간 손님은 떠나고 주인은 고향을 잃습니다. 망원정이 망향望鄕의 정자가 될 수도 있지요.

망원동은 '멀리 보고, 멀리 가기'를 기원합니다.

62

동경에서 2

우에노공원은 언제나 북적입니다. 숲과 연못과 산책로가 좋은데다 보고 즐길 곳도 많은 까닭입니다. 그런데 오늘은 유난히 더 복잡하고 부산합니다. 동물원의 아기 판다를 보러 온 사람들 줄은 정거장까지 이어졌습니다. 무서운 그림을 전시하는 미술관 행렬 끝에는 '대기 시간 칠십 분' 푯말이 보였습니다.

엄청난 인파에 질려서 제 계획도 퍽이나 망설여졌습니다. 공원 전체가 인산인해로 보였기 때문입니다. 그러나 이곳은 판다와 무서운 그림의 경쟁 상대가 아니었습니다. 이곳 동경국립박물관엔 '천재불사佛師' '우주최고의 조각가'로 떠받들어지는 운케이가 와 있습니다. 그의 작품들이 모여 있습니다.

크리스티 경매에 등장한 천이백팔십만 달러짜리 목제 불상으로 화제의 주인공이 되기도 했던 사람입니다. 우리 고려시대에 해당하는 헤이안 후기에서 가마쿠라시대에 걸쳐 활동했지요. 아버지 고케이, 동생 가이케이 등과 함께 독특한 유파와 양식을 창조한 인물입니다.

이 전시회를 마련한 사람도 예사롭게 보이지 않습니다. 몇 개의 절을 통째로 옮겨놓았다 해도 좋을 만큼 과감한 발상의 산물이니까요. 비유하자면 여기저기 흩어져 살던 가족들이 아버지의 이름으로 한자리에 모인 셈입니다. 아미타여래와 사천왕, 동자와 조사祖師들이 그 형형한 눈빛으로 반가움을 표현합니다.

위대한 손이 이뤄놓은 조홧속입니다. 옥으로 만들어진 눈동자가 제 얼굴을 뚫어져라 쳐다봅니다. 바람에 날릴 것처럼 사실적인 옷의 주름에서, 조각상의 신체가 꿈틀거리는 것 같은 착각마저 일어납니다. 실제로 모델을 세우고 골격과 근육을 묘사했을 것이라는 전문가의 추론에 고개가 끄덕여집니다.

운케이 가문 삼대, 케이파慶派 조각가들의 감성은 소박합니다. 이를테면 이런 대목이지요. 관음보살상의 한쪽 다리가 좌대 아래로 늘어져 있습니다. 마치 오랜 결가부좌에 지친 보살이 슬며시 다리를 내려놓고 쉬는 포즈입니다. 저는 이 모습에서 위대한 장인의 인간적인, 너무나 인간적인 면모를 읽습니다.

주목할 것은 천재의 솜씨만이 아닙니다. 천 년이 지난 물건을 이렇게 근사하게 살려놓은 후손들의 눈썰미지요. 빛과 그림자를 적절히 부려가면서 작품이 지닌 아우라의 극대화를 꾀하고 있습니다.

공간을 비우는 것을 두려워하지 않고, 국보급 문화재의 맨얼굴을 보여주려 애쓴 흔적이 역력합니다.

전시는 작품을 모아서 늘어놓는 일이 아니라, 관객과의 바람직한 소통의 통로를 열어주는 일이지요. 관객과 작가가 스스럼없이 대화할 수 있도록 더 많은 의자를 놓아주어야 합니다. 물론 '가상의 의자'지요. 그런 전시장의 작품들은 많은 말을 합니다. 관객은 더 많은 이야기를 듣게 됩니다.

그런 점에서 한글 번역까지 붙여놓은 것은 무척 잘한 일입니다. 일본 문화예술의 상류였던 나라 사람들을 위한 예의와 배려라면 더욱 고무적인 일입니다. 반가운 얼굴도 보았습니다. 선묘낭자. 여기서는 신의 반열에 오른 인물입니다. 선묘신 입상善妙神立像. 신라 스님 의상대사의 연인, 당나라 여성입니다.

의상의 유학 시절, 스님에게 반해서 신라까지 따라왔지요. 그녀가 보여준 능력은 인간 이상이었습니다. 용이 되어 스님의 배를 신라까지 호위하고, 영주 부석사를 지을 때는 공중에 뜬 돌浮石이 되어 훼방꾼들을 물리쳤습니다. 무량수전 왼쪽에 그 돌 '부석'이 있고 오른쪽에 그녀를 모신 '선묘각'이 있지요.

눈에 익은 동자상도 있습니다. 머리 모양이 영락없는 '피구왕 통키'입니다. 붉게 타오르는 불꽃 머리. 악을 물리치는 진리의 수호신이 목표를 향한 열정과 투지가 넘치는 용맹스러운 소년의 캐릭터로 태어난 것입니다. 순간 이 전시회가 흡사 한글 자막이 있는 일본 시대극처럼 보입니다.

또 어떤 역사의 곳간을 열고 먼지를 털어서 자존감을 높여볼까 끊임없이 연구하는 이들답습니다. 별것 아니라고 밀쳐버리기 쉬울 일도 이리 생각하고 저리 궁리합니다. 지극한 마음으로 쓸고 닦습니다. 싸고 또 쌉니다. 묶고 또 묶습니다. 울타리를 두르고 자물쇠를 채웁니다.

온갖 수식과 언어의 '인플레'를 동원하여 이야기를 생산합니다. 호재다 싶으면 온 나라가 매달리기도 합니다. '운케이 전'만 해도 그렇습니다. 잡지들이 앞다투어 특집을 마련했더군요. 출판사는 전집을 만들고 사찰들은 이벤트를 펼칩니다. 책방은 특별 코너를 꾸미고 신문사는 호외를 찍습니다.

저만 그리 느끼는지 모르겠습니다만 눈길 가닿는 곳마다 운케이가 있습니다. 온 국민이 손나팔을 만들어 한 예술가의 이름을 연호합니다. 박물관을 나서면서 우리가 찾아내고 새롭게 불러내야 하는 이는 누굴까 생각해봅니다. 누군가는 우리가 불러줄 날만 목을 빼고 기다리고 있을 것입니다.

누굴까요? 어서 불려 나와야 할 사람과 불러내줄 사람.

63

대학 입시 고사장에서

세상에서 가장 빨리 가는 시계는 대학의 시계입니다. 캠퍼스의 분침과 초침은 강의 시간에 쫓기는 학생처럼 언제나 분주하게 달려가지요. 새 학기가 시작됐나 싶으면 중간고사가 다가옵니다. 신입생의 계절인가 하면 졸업사진들을 찍고 있습니다. 어느새 부쩍 자란 일학년들이 의젓한 걸음걸이로 수험생들을 안내합니다.

제가 근무하는 학교는 지금 입학시험으로 부산합니다. 저 역시 여러 날째 학교를 떠나지 못합니다. 물론 즐거운 구속입니다. 새로운 벗들을 기다리는 시간이니까요. 스승과 제자는 나이 차가 많이 나는 학우입니다. 같은 뜻으로 같은 문제를 함께 풀어갈 친구. 노소를 가릴 필요 없는 길동무입니다.

그렇다면 면접시험장은 최상의 동지를 고르는 자리지요. 서로의 뜻이 통하고 호감의 눈빛이 오갈 때 교수와 수험생은 쉽게 동지가 됩니다. 그러려고 무엇을 위해 왔는지를 묻고 누구를 본받아 어떤 사람이 되고 싶은지 질문합니다. 그런 의도로 이렇게 묻습니다. "롤 모델이 있습니까?"

대개 전공 분야와 관련된 전문가나 위인들의 이름을 댑니다. 드물게 연예인 이름이 등장하기도 하지요. 그런데 올해는 좀 별나다 싶습니다. 이런 답이 많이 늘어난 까닭입니다. "제 롤 모델은 아버지입니다." 조금 과장하자면 열에 대여섯은 그렇게 말하더군요. 이렇게 말하는 사람도 적지 않았습니다. "어머니를 존경합니다."

놀랍다고 할 것까지야 없지만 의외의 대답입니다. 구체적인 이유를 캐물었지요. 부모가 하는 일이 좀 특별하거나 인생 역정이 드라마틱할 것이라 기대하며 물었습니다. "아버지 혹은 어머니께선 어떤 분이시지요?" 그러나 돌아오는 답은 싱거웠습니다. 누구보다 열심히 사신다거나 항상 희망을 잃지 않는 분이라는 식이었습니다.

그것은 세상 모든 아버지 어머니라는 이름의 소유자가 지닌 보편적 특질입니다. 아니, 아버지 어머니라는 단어를 구성하는 기본 성분입니다. 착시는 부모가 자식을 바라볼 때에만 생기는 현상이 아닌 것 같습니다. 자식들 눈에도 제 부모의 책임 정신과 희생적 태도가 세상에서 제일가는 것으로 보이나봅니다.

이렇게 말하면 어떤 이는 눈을 흘기며 저를 꾸짖을지도 모릅니다. "젊은 애들이 부모의 삶을 본보기로 살아가겠다는 것이 어째서 문제인가? 그런 청년들이 많을수록 좋은 것 아닌가?" 거기까지는 저도 이의가 없습니다. 그런 문답이 예절 학교에서 나온 이야기라면 아무런 토를 달 이유가 없지요.

보이스카우트나 논산 훈련소 설문 결과라면 오히려 박수를 칠 일입니다. 그러나 인생의 반을 좌우할 전공 선택의 자리에서 할 소리는 아닙니다. 공부하는 스님들의 '살불살조(殺佛殺祖: 깨달음을 얻기 위해 부처를 죽이고 스승을 죽임)'까지는 아니어도, 제 부모보다 나은 길을 걷겠다고 선언하는 게 옳지요.

제 바람은 그리 거창하지 않습니다. 아무리 생각해도 떠오르는 이름이 없어서 아버지가 롤 모델이라고 말하는 것은 아니길 바랍니다. 어머니를 그윽한 눈길로 바라보고, 아버지라는 이름을 따스하게 떠올리는 자식을 누가 부러워하지 않겠습니까. 그러나 세상에서 본뜨고 따라나설 대상이 어머니 아버지밖에 없어서야!

그러나 제 생각은 짧았습니다. 쉬는 시간에 고사장 밖으로 나와 보곤 세상 모든 학부모님들 앞에 무릎을 꿇게 되었습니다. 차가운 돌계단에 앉아 시험장 입구에서 눈을 떼지 못하는 아버지들. 자식의 학교가 될지도 모르는 건물들을 사진에 담으며, 시험 결과가 자식의 희망 같기를 기도하는 어머니들.

임시 주차장으로 쓰이는 운동장엔 더 많은 어머니 아버지가 보입니다. 상점 이름이 쓰인 승합차에 고단한 몸을 누이고 눈만 감고 있는 아버지. 택배 회사 트럭에 앉아 담배를 피우는 아버지. 아버지를 존경한다는 학생의 아버지들입니다. 정말 치열하게 살고 절대 희망을 잃지 않는다는 어머니들이고 아버지들입니다.

반성합니다. 수험생들이 보고 듣고 읽은 게 없어서 겨우 아버지 어머니나 떠올렸을 것이란 제 생각은 틀렸습니다. 시험장 밖에 분명한 증거가 있었습니다. 세상 어떤 공부가 부모의 삶을 이해하고 배우려는 마음보다 윗길에 있을까 생각해봅니다. 김현승 시인의 시「아버지의 마음」이 떠오릅니다. "바쁜 사람들도/굳센 사람들도/바람과 같던 사람들도/집에 돌아오면 아버지가 된다.//어린것들을 위하여/난로에 불을 피우고/그네에 작은 못을 박는 아버지가 된다. (……) 아버지의 눈에는 눈물이 보이지 않으나,/아버지가 마시는 술에는 눈물이 절반이다."

아버지와 어머니는 세상 모든 아들딸들의 롤 모델입니다.

64

공주 마곡사에서

햇빛에 반짝이는 물무늬가 무척 아름답습니다. 물의 실핏줄까지 들여다보입니다. 투명하기는 고려 불화佛畵의 '하늘 옷天衣'자락을 닮았습니다. 깊은 물은 거울 행세를 합니다. 나무들이 제 얼굴을 들여다봅니다. 가을 물은 소 발자국에 괸 물도 먹는다지요. 그냥 엎드려서 입을 대고 마시고 싶어집니다.

산과 물이 잘도 여물었습니다. '춘마곡추갑사春麻谷秋甲寺'라 했으니, 가을 경치는 아무래도 갑사가 낫지 않을까 하던 생각이 부끄러워집니다. 마곡사는 지금 골짜기 가득 가을입니다. 단풍은 우리 생각보다 훨씬 빠른 속도로 남하하고 있습니다. 곧 땅끝까지 내려가겠지요.

당신께서 이 절에 들어 머리를 깎으신 것도 이맘때였습니다. 열

여덟에 동학의 무리 수천 명을 이끌던 '아기 접주接主'. 국모를 시해한 원수를 서슴없이 처단하고 사형수가 된 열혈남아. 죽음도 그 뜨거운 피를 식히지 못할 것임을 알고 탈옥을 감행한 사내. 나라와 백성을 위해 걸어야 할 길을 운명처럼 맞이했던 사람.

김창암, 아니 김창수입니다. 김구입니다. 백범입니다. 저는 지금 1896년 청년 김창수가 스님 원종이 되어 걷던 길에 서 있습니다. 이름하여 '백범명상길'. 백범이 명상하고 다닌 길이라는 의미보다는 백범을 생각하며 걸으라는 뜻으로 읽힙니다. 영화 〈대장 김창수〉의 속편을 찍는다면 첫 장면이 되어도 좋을 곳입니다.

백범의 길은 여기 말고도 두 군데나 더 있습니다. 둘 다 제가 자주 다니는 길입니다. 하나는 용산 백범로. 선생의 묘소와 기념관이 있는 효창공원을 중심으로 펼쳐진 길이지요. 또하나는 인천 백범로입니다. 당신을 두 번이나 가두었던 인천이 그 일을 어찌 잊겠습니까. 연안부두 축항 공사 노역까지 했던 당신 아닙니까.

남산 기슭에 사는 저는 동상으로도 당신을 만납니다. 비둘기들이 당신 머리와 어깨에 올라앉은 것을 볼 때면 여간 송구스러운 것이 아닙니다. '저런 못된 것들!' 소리가 절로 나오지요. 하지만 이내 생각을 고칩니다. '백범이니까 새들도 스스럼없이 날아와 앉는다. 백범이니까 저런 미물도 쫓지 않고 내몰지 않는다.'

생애 대부분이 풍찬노숙의 날들이었던 당신이 어찌 떠돌이의 슬픔과 고통을 외면하겠습니까. 백정과 범부의 벗이기를 자처한 당신이 어떤 목숨들에 차별을 두겠습니까. 누가 뭐래도 당신은 타고

난 '휴머니스트'지요. 중국 절강성 가흥에 피신해 계실 때 함께 지낸 여인과의 이별 장면이 떠오릅니다.

"남경서 출발할 때 주애보는 본향인 가흥으로 보냈다. 그후에 두고두고 이따금 후회되는 것은, 송별 때 여비로 백 원밖에 주지 못했기 때문이다. 근 오 년 동안 한갓 광동인으로만 알고 나를 위했고 (……) 뒷날을 기약할 수 있으리라 믿고 돈으로라도 넉넉히 돕지 못한 것이 유감천만이다."

선량한 인연은 아무리 하찮은 것이라도 잊지 않은 백범이었습니다. 광복이 되어 전국을 돌며 조국과 백성의 현실을 살필 때 이 절에도 들르셨지요. 하룻밤을 묵고 기념식수도 하셨습니다. 그 향나무가 저토록 기품 있게 자라서 당신 대신 문안을 받습니다. 나무 앞에는 당신의 마곡사 시절을 기리는 집 한 채도 들어서 있습니다.

동그란 안경을 쓰고 파안대소하는 사진이 큼지막하게 걸려 있습니다. 백범당. 당신의 옛날 처소 심검당尋劍堂을 본떴습니다. '칼 찾는 집'. 당신의 칼은 말할 것도 없이 조국을 일으켜 세울 '지혜의 검'이었을 테지요. 훗날 당신이 이룬 대업의 동력도 그 칼의 기운이었을 것만 같습니다.

늦은 감이 없지 않으나 이 절이 한 위대한 인간에 지극한 경의를 표하고 나선 것은 백번 잘한 일입니다. 마곡사가 빛나는 까닭은 현판 글씨를 신라의 김생이나 근대의 김규진 같은 명필이 썼대서가 아닙니다. 탑과 전각과 경전과 불화…… 보물급 문화재가 즐비하기 때문만도 아닙니다.

이 절에서 그는 두어 계절을 났을 뿐이지만 마곡사는 대한민국 주석을 낳은 절. 당신이 평생 품었던 시를 읊조려봅니다. 김대중 대통령 신년 휘호에도 등장했던 글이지요. 서산대사가 지은 것으로 알려졌지만 사실은 정조 때 사람 이양연의 작품입니다.

"눈 덮인 들판 걸어갈 제,/함부로 어지럽게 걷지 말지어다./오늘 내 가는 길이/뒷사람의 이정표가 될 터이니." 그의 길이 이 시와 같았습니다. 길은 평생 어지러웠으나 걸음걸이는 공명정대했습니다. 일흔네 해 동안 발자국 하나도 함부로 찍지 않았습니다. 당신이 옮긴 걸음걸음에서 이정표를 봅니다.

어쩌면 당신의 체온과 체취가 남아 있을 심검당 툇마루에 앉아봅니다. 백성을 부처로 섬겼던 젊은 승려 원종이 제 앞에 다가와 서는 것을 느낍니다. 두루마기 차림에 지팡이를 짚고 미소합니다. 당대의 고승과도 같은 풍모입니다. 백범대사白凡大師.

65

종묘에서

'이 나라는 거대한 옥편이다.' 중국에 가면 그런 생각이 저를 놓아주질 않습니다. 눈길 가닿는 장면마다 한자의 형상과 의미가 겹쳐 보입니다. 천자문 한 획 한 획이 실물로 다가오고 '붕정만리鵬程萬里' 같은 사자성어는 동영상으로 살아납니다. 마치 한자 교실의 칠판이나 스크린을 바라보는 느낌입니다.

어느 정도 규모에 대大 자를 붙이고, 얼마나 길어야 장강長江이나 장성長城이라 할 수 있는지를 절로 깨닫게 됩니다. 천안문과 자금성을 보고 나면, 넓을 광廣 자의 뜻을 실감합니다. 집을 뜻하는 엄广 자와 가로 횡橫 자가 어울린 글자지요. 상형문자 하나가 봉황의 날개처럼 지붕을 펼치고 선 것이 보입니다.

관념 산수화 속으로 들어선 것처럼 천지의 경계를 분간하기 어려워집니다. 폭포가 삼천 척을 날아 떨어진다는 이태백의 허풍도 곧이듣고 싶어집니다. 소극장 배우가 초대형 무대에 섰을 때의 얼떨떨함이 그렇겠지요. 속절없이 사대주의자가 될 뻔하는 순간입니다.

속상한 기억은 또 있습니다. 일본 교토 혼간지나 나라 도다이지 전각들 규모가 우리보다는 중국에 가깝다는 것입니다. 우리가 오랫동안 얕본 일본의 집들이 우리 것보다 작지 않음을 확인했을 때, 제 충격은 컸습니다. 저 자신에게 물음 하나를 던지게 되더군요. '조선에는 큰 것이 없던가?'

답도 찾았습니다. '종묘를 보라.' 북경에 갖다놓아도 도드라져 보일 만한 크기와 넓이지요. 한 글자로 이르자면 광廣! 위엄과 권위는 말할 것도 없습니다. 한마디로 광光! 유네스코 세계문화유산을 넘어 하늘나라 재산 목록에도 등재되어 있을 것만 같은 건축입니다.

인간의 작품이지만 천지신명도 아끼고 보호할 것입니다. 한 일一 자로 길게 그어진 정전 용마루의 선이 저쪽 세상의 아스라한 경계처럼 보입니다. 정전 앞 넓은 마당 월대는 그저 아득하게만 느껴지는 침묵의 정원입니다. 『조선왕조실록』의 실물 부록이라 해도 좋을 것입니다.

불현듯 이우환 화백 생각이 납니다. 그이를 불러다가 월대 한복판에 커다란 바위 하나 가져다 앉혀보지 않겠느냐고 권하고 싶어집니다. 베르사유궁전 정원에서 그랬던 것처럼 말이지요. 연극 〈고도를 기다리며〉 무대의 그 볼품없는 나무 한 그루를 세워놓아도 의미심장할 것 같습니다.

오백 년 묵은 햇살과 바람의 노래가 오래된 영화의 오리지널 사운드트랙처럼 따라 울릴 것입니다. 바닥에 깔린 박석 한 장 한 장에 숨겨져 있던 문장들과 시간이 찍어둔 문양들이 우리 눈에도 들어올지 모릅니다. 칼로 떼어낸 것 같은 저 돌들이 어쩌면 세월의 경관처럼 읽힐 것입니다.

박석들은 강화도 옆 석모도에서 왔다지요. 그러고 보니 서해의 물무늬가 들여다보이고 파도 소리도 들려옵니다. 상상도 물결처럼 꼬리를 뭅니다. 이 나라 해와 달이 여기서 자고 일어나는 광경이 그려집니다. 왕릉의 주인들이 조회를 마치고 돌아가는 아침 풍경도 이어집니다.

종묘의 혼魂들과 왕릉의 백魄들이 만나는 시간이면 선릉이나 서오릉의 새들도 제 임금 따라왔다가 제자리로 날아갈 것입니다. 경복궁 청설모, 창덕궁 다람쥐들도 모여들겠지요. 이 근동의 목숨 가진 것들 죄다 모여 귀신들 도움이 필요한 이승의 일들을 아뢰고 저쪽 세상의 안부를 여쭐 것입니다.

왕릉에는 사람이 누웠지만 여기엔 용들이 누워 있을 것입니다. 이 동네 이름이 공연히 와룡동臥龍洞이겠습니까. 머지않아 겨울이 오고 눈이 내리면 종묘의 위엄은 더해질 것입니다. 더 아름답고 그윽하겠지요. 저 무거운 지붕에 순백의 휘장이 드리워지고 하늘나라로 통하는 에스컬레이터라도 놓일지 누가 압니까.

그런 날이면 우리 같은 백성들도 선량한 임금님을 따라가서 처음 보는 세상을 잠깐씩 경험해볼 수도 있지 않을까요. 아무려나 종묘가 우리를 매료시키는 힘은 저 장중한 정전의 지붕과 깊은 처마에 있습니다. 일곱 칸으로 시작해서 네 칸씩 세 번이나 늘린 끝에 얻어낸 경이롭고 신비로운 선입니다.

지그시 눈을 감고 그 허공의 지평을 우러르다보면 아무리 기울고 요동치던 가슴도 금세 수평이 잡힙니다. 다음부터는 수요일에 와야겠습니다. 수십 명 관객과 보조를 맞춰가면서 안내인을 따라도는 것은 아무래도 답답한 대목이 더 많은 까닭입니다. 물론 모르던 것을 알게 되는 장점도 없지는 않지요.

이제는 제 눈으로 보고 싶습니다. 사진작가 임응식 선생이나 배병우씨의 카메라도 잡아내지 못한 종묘의 더 깊은 속을 보고 싶습니다. 단언컨대 종묘는 조선 건축의 자존심입니다. 그렇다고 거리감을 느낄 필요는 없습니다. 우리가 제사상 차려놓고 절하는 뜻과 다를 것 없이 착하고 반듯한 마음의 처소니까요.

내일이 마침 '가을 제사秋享'라지요?

66

여운형기념관에서

산색이 점점 가을 들판을 닮아갑니다. 추수 직전의 논밭처럼 색색으로 익어갑니다. 잡목숲에는 벼, 수수 따위 온갖 곡식의 빛깔이 어룽거립니다. 노릇노릇 알맞게 구워진 빵 같기도 하고, 바삭바삭 잘 튀겨진 과자 같기도 합니다. 스테이크에 비유하자면 '웰던'입니다. 그 모든 냄새들이 바람에 날려옵니다.

이런 날이 일 년에 며칠이나 될까요. 이렇게 맛있는 햇볕과 달콤한 바람에는 웬만한 식품보다 더 높은 '칼로리'의 성분이 들어 있을 것만 같습니다. 천고마비의 이유도 어쩌면 가을볕의 당도나 영양가와 무관한 것이 아닐지 모릅니다. 저는 지금 다디단 햇살 아래 '길맛'이 좋은 오솔길을 걷고 있습니다.

남한강이 내려다보이는 작은 마을 고샅길입니다. 강물과 나란히 기차가 지나고 자동차들이 다닙니다. 철길 안쪽으로는 자전거 길입니다. 예사로운 자전거 길이 아니라 자전거 전용 도로입니다. 자전거 선수들과 선수들처럼 차려입은 애호가들의 은륜銀輪이 바람과 하나가 되어 달리는 길이지요.

길모퉁이를 돌아 오르면 이분의 생가와 기념관이 보입니다. 몽양 여운형. 중앙선 신원역 근처입니다. 외길인데다가 안내표지도 충실해서 어렵지 않게 찾을 수 있지요. 큰길에서 불과 수백 미터 떨어진 곳입니다. 그럼에도 불구하고 기이하리만치 고즈넉하고 평화로운 느낌의 골짜기입니다.

작은 굴다리가 대문 구실을 합니다. 거기에 몽양이 나와 있습니다. 실은 벽화 속 초상이지요. 캐리커처입니다. 재미있는 것은 차림새입니다. 야구선수 유니폼을 입고 한 손에는 야구 배트를 들었습니다. 고교생 훈련 캠프 울타리에 학생이 그린 그림이나, 야구 동호회 회원 모집 현수막의 일러스트를 연상시킵니다.

몽양이 누굽니까? 3·1운동의 실질적인 기획자였습니다. 레닌과 트로츠키, 쑨원과 장제스와 마오쩌둥, 호치민 등 세계의 지도자들과 교류하던 국제적인 독립운동가였습니다. 광복 후엔 '조선을 이끌어갈 가장 양심적인 지도자'로 손꼽히던 지도자였습니다. 탁월한 웅변가였으며, 불세출의 혁명가였습니다.

그런 그가 왜 야구 감독 행색을 하고 서 있을까요? 기념관으로 오르는 비탈길, 나부끼는 몇 개의 깃발 중 하나에 답이 보입니다. '조선 스포-쓰 도장'. 기념관 옆 작은 체육공원의 이름입니다. 여러 가지 운동기구가 놓여 있고, 그것들이 몽양과 무슨 관계인지를 설명한 안내판들이 서 있습니다.

몽양은 만능 스포츠맨이었습니다. 육상, 수영, 권투, 농구, 야구, 씨름, 택견, 철봉 등 못하는 운동이 없었습니다. 워낙 운동감각이 뛰어난데다 꾸준히 단련하고 훈련한 결과지요. 여기서 서울까지 단숨에 달려가 모친의 약을 지어왔다는 이야기, 한강 삼십 리를 쉬지 않고 헤엄쳤다는 이야기가 이 고장 전설처럼 전해집니다.

몽양은 나라 잃은 백성이 신체까지 부실해서는 참으로 가엾어질 수밖에 없음을 일찍이 깨친 것입니다. 청년들과 함께 뛰고 달리기를 즐기며, 스포츠를 통해 민족정기를 키웠습니다. 피지배 민족으로서의 한과 울분을 한껏 분출시키도록, 어떤 자리에서나 체육과 체육인에 대한 지원을 아끼지 않았습니다.

기념관에 있는 자료 하나가 그의 신념을 분명히 확인시킵니다. 사십팔 세의 맨몸을 보여주는 사진입니다. 1933년도에 나온 『현대 철봉운동법』이란 책에 실린 것이지요. 설명이 붙었습니다. "스포-쓰맨으로의 여운형 선생의 근영近影. 선생이 철봉 운동으로부터 얼마나 큰 효과를 얻으시었나 선생의 서문을 읽어보라."

아마도 이 글일 것입니다. "내 생각에 철봉 운동은 모든 운동의 기본으로 운동에 뜻 가진 사람은 반드시 철봉 운동을 경험해야 할 뿐만 아니라, 일반 민중들도 이 운동에 주의하여 국민 체육에 이용하지 않으면 안 될 것이다." 신념에 힘을 싣기 위해 상반신을 벗어부치고 사진을 찍은 것이지요.

몽양의 혁명가 기질은 스포츠에서도 보기 좋게 발휘되었습니다. 유학 시절에 야구 대표로 뽑혀 등록금을 면제받던 사람이었습니다. YMCA 야구팀을 이끌고 일본 원정을 다녀오기도 했습니다. 스포츠에 대한 그의 열정은 초인적이었지요. 거의 모든 종목에 간여하며, 조선체육회, 올림픽위원회까지 도맡았습니다.

그는 '한 손'의 고독과 절망을 아는 이였습니다. 철봉 운동이 생활이었던 사람 아닙니까. 필경 두 팔의 평형과 조화를 윗길에 놓았을 것입니다. 건국의 이상도 거기 있다고 판단했을 것입니다. 왼손, 오른손의 협력과 신뢰, 그 믿음으로 '좌우합작'을 꿈꾸었던 건 아닐까요.

그의 삶에서 무엇보다 소중히 새겨야 할 것은 나라와 백성에 대한 사랑과 용기입니다. 베를린 올림픽 출전 선수들에게 이렇게 당부했지요. "가슴에는 일장기를 달고 가지만, 등에는 한반도를 짊어지고 간다는 것을 잊어서는 안 된다." 월계관을 쓴 손기정 선수 사진 속 일장기를 지워버린 것도 바로 그런 마음이었을 것입니다.

67

세운상가에서

이 길은 대학 시절 제 통학로였습니다. 상가와 아파트를 겸한 이 건물 삼층 한쪽 편을 걸어 학교를 오갔지요. 종로와 퇴계로를 잇는 공중 가로였습니다. 아주 긴 육교였습니다. 이 건물을 지나면 청계천, 다음 건물 옆길을 다 빠져나가면 을지로. 상가 하나를 더 통과하면 남산 밑이었습니다.

무척 오랜만에 이 길을 다시 걷습니다. '다시 세운, 세운상가'입니다. '세운世運'은 온 세상 기운을 다 모은다는 뜻이었다지요. 가난의 굴레를 벗어던지려고 안간힘을 쓰던 1960년대, 근대화와 산업화의 기념비와도 같은 집이었습니다. 국내 최초의 주상복합 단지였습니다. 건물과 건물로 1킬로미터쯤을 이어놓은 보도였습니다.

판잣집과 밤거리의 여인들로 가득하던 거리에 세워진 신세계였습니다. 이 건물 전자상가의 화려한 불빛과 음향이 새로운 시대가 오고 있음을 알려주었습니다. 과학과 기술의 교실이 변변치 않던 나라에, 이곳은 훌륭한 학교와 실험실이 되어주었습니다. 이곳 사람들이 힘을 합치면 탱크도 만들 수 있을 거라고 했지요.

상가 위의 아파트는 연예인과 부유층, 고위층 인사 들이 주로 사는 최고급 주거였습니다. 창을 열면 남산 혹은 북악산이 보이고, 문을 열면 햇살이 쏟아져드는 중정이 있는 집. 삼일빌딩이 나라 안에서 제일 높은 건물이던 시절, 서울 복판에서 동서남북을 굽어보며 사는 맛이 예사롭지 않았을 것입니다.

김수근씨의 기획이었습니다. 국회의사당 건축 설계안 공모에서 일등을 차지하고 워커힐과 자유센터를 설계하는 등 일취월장하던 젊은 건축가의 야심찬 구상이었지요. 프랑스 건축가 르 코르뷔지에의 집합 주택을 본떠서 서울의 미래를 상징적으로 표현하려 했습니다. 공중 정원을 포함한 입체 도시를 세우고 싶어했습니다.

뜻대로 되지는 않았습니다. 공공 건축으로 의도된 이 프로젝트는 상업적 이기주의와 경제 논리를 이기지 못하고 토막이 났습니다. 당연히 이 공중 가로도 끝까지 이어지질 못했지요. 건물과 건물을 전부 다리로 연결하지 못했습니다. 그래서 이 길을 계속 걷자면, 계단을 내려가서 건너편 계단을 다시 올라가야 했습니다.

공중으로 내처 걷지 못하는 아쉬움은 있었지만, 이 길을 걷는 시간은 사뭇 즐거웠습니다. 날마다 낯설고 신기한 풍경들이 걸음을 멈춰 세웠습니다. 갖가지 좌판이 펼쳐졌고, 야바위꾼들의 감언이설이 넘쳤습니다. 바다 건너온 성인용 잡지와 영상들이 호기심 많은 청소년을 유혹했습니다.

그 시절의 어느 날이었습니다. 등굣길이라 걸음을 재촉하는데 웬 아저씨가 저를 손짓해 불렀습니다. 휴대용 탁자를 펼쳐놓고 점을 치는 이였습니다. 그가 대뜸 묻더군요. "학생, 무슨 공부하나?" 문학을 배운다고 답했지요. 고개를 저으며 그가 말했습니다. "자네는 법 공부를 해야 할 사람이야. 전공을 바꿔."

어리둥절해하는 제게 한마디를 덧붙이더군요. "하긴, 뭐. 문학도 나쁘진 않아. 법 공부를 하는 것보다는 못하지만. 십 년쯤 뒤에 이름을 얻겠군. 문운文運은 사십대에 열릴 거야." 그이의 예언은 신통하게 들어맞았습니다. 등단도 문단 활동도 그의 말대로 되었습니다. 제가 살아가야 할 세상 운세를 세운상가에서 알았습니다.

세운상가 위로 난 길은 제 청춘 영토의 중심축이었습니다. 그 길로 청계천 헌책방 골목과 종로 서점가를 드나들었습니다. 그 길로 공간사랑에 가서 연극을 보거나, 프랑스문화원에 가서 영화를 봤습니다. 보신각 뒷골목 '찻집'이라는 찻집에 갔습니다. 겨울이면 신문사에 원고를 던지러 갔습니다.

많은 장소와 공간이 달라졌습니다. 많이도 변하고, 아주 없어지기도 했습니다. 신춘문예의 아픈 기억이 있는 H일보 건물은 아주 없어졌습니다. 선배를 만나러 다니던 대학로 붉은 벽돌 건물은 이제 더이상 '샘터'가 아닙니다. 거기 '밀다원'이란 아름다운 이름의 카페도 있었지요.

둘 다 김수근씨 작품입니다. 그이 건축의 특징 한 가지는 천장이 비교적 낮고 내부 구조가 다소 복잡한 인상을 준다는 것입니다. 없어진 신문사와 주인이 바뀐 샘터 건물이 그렇습니다. 그는 자신의 그런 취향을 모태로 회귀하려는 본능의 충족이라고 설명합니다.

세운상가 역시 한 시대를 낳은 모태이고 환경이지요. 가만가만 짚어보면 이 나라를 전자 왕국, 인터넷 강국 자리에 오르게 한 저력도 여기서 나온 것 같습니다. 그래서 이곳을 다시 세우려는 노력이 가상해 보입니다. 착한 인공지능과 선량한 로봇의 시대도 여기서 열릴 것 같습니다.

빛을 잃어가는 공간을 일으켜 세우려는 이들에게 경의를 표합니다. 지나간 시간과 인간에 대한 예의와 공경의 태도를 가진 분들일 것입니다. 소설 같은 삶의 주인공들에게 오래 귀를 기울인 분들일 것입니다. 건축가의 길을 묻는 소년 김수근에게 누군가가 이런 충고를 했다지요.

"건축가가 되려면 소설을 많이 읽어라."

매향리에서

　야구장 여덟 개가 한자리에 모여 있습니다. 높은 곳에서 내려다보니 거대한 꽃잎 같습니다. 네 개씩 등을 맞대고 앉은 모습이 네잎클로버처럼 보이기도 합니다. 바닷가에 피어났으니 해당화 두 송이라고 해도 좋을 것입니다. 유소년과 여성들이 주인인 야구장이기에 더욱 아름답게 보입니다. '화성 드림파크'.

　광활한 야구 공원 울타리 밖은 논밭, 그 너머는 서해입니다. 들판 위로 청둥오리떼가 날아오릅니다. 떨어진 낟알이 많을 테니 먹을 것이 많겠지요. 새들이 날아가는 바다 저쪽으로, 농籠섬이 보입니다. 6·25가 한창이던 1951년부터 줄곧 전투기의 훈련 표적이었던 곳입니다. 이른바 '쿠니 사격장'.

　2005년까지 온몸으로 총탄과 포탄을 받아내던 섬입니다. 오십

년이 넘는 세월, 포화에 시달린 몸이 기울어가는 저녁 햇빛에 더욱 처연해 보입니다. 겨울이 오면 화상의 아픔도 더 커져갈 것입니다. 시리고 쓰릴 테지요. 야구장 입구 고갯마루 전시관에 그 고통을 가늠케 하는 증거물들이 있습니다.

시뻘겋게 녹이 슨 연습탄과 포탄 껍데기들입니다. 사격장이 폐쇄된 뒤에 갯벌에서 수거한 것들이지요. 고요한 바다를 불바다로 바꿔놓은 괴물들입니다. 야만과 폭력의 시간이 남긴 잔해입니다. 신동엽 시인이 '가라, 가라'고 그토록 저주하던 물건들입니다. 사라져야 할 모든 쇠붙이, '가야 할 껍데기'들입니다.

뭍과 물 가릴 것 없이 무참히 찌르고 난도질하던 '불 칼'입니다. 이제는 대부분 고철로 널려 쌓이거나 고깃덩이처럼 매달려 있습니다. 마른하늘에 천둥벼락이 끊이지 않았을 매향리 수난의 역사가 한눈에 읽힙니다. 그저 숨죽여 울기만 했겠지요. 매화 향기가 어찌 화약 냄새를 이길 수 있었겠습니까.

깨지고 부서진 흉기들 중엔 아주 달라진 모습으로 지난날의 치욕을 지우고 싶어하는 것들도 있습니다. 어떤 것은 날개를 달고 새가 되었습니다. 어떤 것은 '아이언 맨'의 형상으로 우뚝 섰습니다. 재생, 아니 신생입니다. 어떤 쇠가 제 스스로 파괴의 도구가 되고 싶었겠습니까. 참회와 속죄의 몸짓입니다.

그럼에도 불구하고 한번 목숨을 잃은 것들은 다시 돌아오지 않습니다. 게임 속 삶이야 무한정 반복되지만 생명체에게 두 번의 삶은 없습니다. 야구선수가 도루를 하다 아웃되었다고 죽지는 않습니다. 하지만 통일 전 독일의 베를린 장벽을 넘다가 죽은 한스나 야생의 새들은 여태 돌아오질 않습니다.

희생된 생명의 귀환 여부가 '전쟁놀이'와 '평화의 게임'을 구분시킵니다. 무엇보다 다행스러운 것은 매향리가 더이상 끔찍한 놀이판이 아니란 사실입니다. 대신에 이 바다 마을이, 이 나라 야구계가 그토록 염원해온 꿈의 그라운드를 품게 되었다는 것은 얼마나 행복한 일인지요.

샌프란시스코 자이언츠 구장이 떠오릅니다. 관중석 너머로 바다가 보이는 경기장입니다. 메이저리그 중계방송 카메라에 비친 풍경만으로도 마냥 부럽던 곳입니다. 홈런볼을 차지하기 위해 보트를 타고 바다에 떠 있는 사람들을 본 기억도 있습니다. 거기서 박찬호 선수가 승리를 거두기도 했지요.

스포츠의 무대가 대자연과 하나가 되어 어울린다는 것은 무척 멋진 일입니다. 아시아 최대의 유소년 야구장, 드림파크가 그런 곳입니다. 저까지 가슴이 설렙니다. 이곳이 어떤 프로야구팀이나 특수한 집단을 위한 공간이 아닌 까닭입니다. 기약도 없이 미뤄지기만 하던 어른들 숙제 하나가 속시원히 해결된 까닭입니다.

물론 늦은 감이야 없지 않지요. 연간 팔백만 명의 관중이 모이는 인기 종목에 미래를 위한 투자는 내세울 것이 없었습니다. 흙먼지 날리는 운동장에서 투혼만을 강조하며 내일의 주역을 키웠습니다. 참고 견디는 법만 너무 많이 가르쳤습니다. 번듯한 리틀 야구장 하나 지어주지 못하면서 큰 선수가 나오기만을 바랐습니다.

이제 어린 선수들에게 조금은 덜 부끄러워졌습니다. 이렇게 말해도 될 것 같습니다. "맘껏 던져라, 독수리처럼 내리꽂히는 강속구를 보고 싶다. 힘껏 쳐라, 저 바다 위를 날아가는 공을 보고 싶다." 공장을 세우거나 아파트 단지를 앉힐 수도 있던 땅에 야구장을 지어 선물한 어른들이기 때문입니다.

일찍이 「해에게서 소년에게」라는 시를 지어 어린이들에게 전한 시인의 마음을 생각합니다. 바다 해海 자에 어미 모母 자가 들어 있다는 사실도, 새삼스레 되새겨봅니다. 가진 것 다 내어주며 이 마을을 먹여 살려온 어머니, 매향리 바다가 이제 야구로 세상을 흔들고 싶은 소년소녀를 키웁니다.

이 부근은 낙조가 아름답기로 유명한 바다. 질곡의 세월을 뒤로하고 무심히 하늘과 바다를 물들이는 저녁 해를 봅니다. 온통 황금빛입니다. 이 바닷가에서 박찬호와 이승엽이 줄지어 나올 것임을 암시하는 태양의 문장紋章 같습니다. 2008년 북경 올림픽 야구 금메달도 저런 빛깔이었습니다.

69

제부도에서

'그 가게가 아직 같은 자리에 있을까?' '여전히 그 아주머니가 장사를 하는 걸까?' '그 집 아들도 이제 어른일 텐데, 어떻게 살고 있을까?' 궁금한 마음이 등을 떠밀어 제부도에 왔습니다. 잊었던 상호 하나가 불쑥 떠오른 까닭입니다. '재춘이네 조개구이'. 날이 추워지면서 조개구이가 먹고 싶어졌기 때문인지도 모르지요.

아침 일찍 고양이세수만 하고 집을 나섰습니다. '그때 그 모습이 아닐 수도 있다. 아예 없어졌을 수도 있다. 이십여 년이 흘렀는데 거기라고 어찌 변하지 않았겠는가. 내가 그때 모습이 아니고 사는 곳이 그때 그 집이 아닌데. 아니면 어떠랴. 바지락칼국수나 한 그릇 먹고 오자.' 그럴 요량으로 길을 떠났습니다.

짐작대로 많은 것이 달라져 있었습니다. 이리저리 새길이 뚫리고 묵은 길들도 한결 번듯해졌습니다. 길이 나아지는 것이야 내남 없이 반가운 일이지요. 그러나 모두에게 환영받는 변화란 의외로 많지 않습니다. '개발'이란 것이 대개 그렇습니다. 이 사람은 만족스러운 표정인데 저 사람은 못마땅한 얼굴입니다.

주민과 길손의 시선이야말로 상반된 것이기 쉽지요. 여행객들은 가는 곳마다 고즈넉하고 평화롭기만을 기대합니다. 바람도 점잖고 햇살도 얌전하기만 바랍니다. 추억의 장소라면 시간이 멈춰 있어야 합니다. 지붕도 울타리도 손보지 않았어야 합니다. 국밥집 허리 굽은 할머니는 여전히 아궁이 곁을 지키고 있어야 합니다.

참으로 이기적인 주문이지요. 여행객의 욕구가 충족되려면 모든 시골 마을은 민속촌이나 생활사박물관이 되어야 할 것입니다. 영구불변의 재료들로 시간의 오픈세트를 만들어야 합니다. 사람이나 짐승은 마네킹으로 바꿔놓아야겠지요. 날씨쯤은 저절로 맞춰져야 하고, 주민들의 노동은 쉼없이 계속되어야 합니다.

오늘 제 욕심도 그렇게 터무니없습니다. 누가 불러서 오기라도 한 것처럼, 낯선 풍경을 탓하고 있습니다. 재춘이네가 보이지 않는 까닭입니다. 「재춘이 엄마」라는 시의 모티프가 된 그 집이 없어졌습니다. 주차장 앞 그 터는 분명한데, 갑수네도 없고 병섭이네도 없습니다. 상규네도, 병호네도 없습니다.

대신 커다란 가건물 하나가 덩그마니 섰습니다. 간판에 예외 없이 애들 이름이 적힌, 점포 예닐곱 군데가 줄지어 섰던 바로 그 자리입니다. 그 터를 지붕 하나가 고스란히 이고 있습니다. 들어가서 칼국수를 시키며 물었습니다. 여기가 예전에는 이러저러한 곳이었는데 맞느냐 물었습니다.

맞다는 답이 돌아왔습니다. 그 자리에 있던 고만고만한 업소들이 힘을 합쳐서 이런 식당을 만들게 되었답니다. 그러고 보니 예전 가게 숫자만큼의 아낙네들이 국수를 삶고 음식을 나르고 있었습니다. 이번엔 그중에 나이가 제일 들어 보이는 이에게 물었지요. "혹시 재춘이 엄마를 아십니까?"

고개를 가로젓더군요. 순간 제 상상은 꼬리를 물었습니다. "재춘이네는 일찍이 제부도를 뜬 모양이다. 그렇다면 돈도 어지간히 벌었다는 뜻일 게다. 아니면 변화의 파도에 휩쓸리고 싶지 않았던 것일까. 무엇보다 결정적인 이유는 재춘이 때문이었을 것이다. 자식 교육을 위해서 장사를 접었거나 대처로 갔을 것이다."

재춘이 엄마가 이 바닷가에 조개구이집을 낼 때/생각이 모자라서, 그보다 더 멋진 이름이 없어서/그냥 '재춘이네'라는 간판을 단 것은 아니다./재춘이 엄마뿐이 아니다/보아라, 저/갑수네, 병섭이네, 상규네, 병호네.

—졸시, 「재춘이 엄마」 부분

아무려나 재춘이 엄마는 제게 픽 소중한 이름입니다. 그 이름으로 시를 써서 얻은 것이 분에 넘치는 까닭입니다. 여러 시인이 귀한 지면에 올려주고 낭송해주었습니다. 많은 네티즌이 이 작품을 인터넷 공간에 심고 퍼뜨려주었습니다. 말할 것도 없이 이 땅 모든 어머니들의 뜨거운 '모성'에 대한 공감과 찬사지요.

어느 기업 광고에도 쓰였습니다. 어머니를 기리는 시가 자본주의의 시, 카피와 만났습니다. 이런 문장으로 끝나는 광고입니다. "자식의 이름으로 사는 게, 그게 엄마의 행복인 거다." 재춘이네를 닮은 여러 상호가 함께 따라붙어서 세상에 재춘이 엄마가 얼마나 많은지를 보여주었지요. 선희네 수선, 연수네 약국…… 봉숙이네 마트.

섬 뒤편으로 돌아나오다가 공공 미술 프로젝트 하나를 보았습니다. 〈바람결〉이란 설치 작업이었습니다. 탁 트인 바다를 향해 건물을 앉히고 촘촘한 그물로 감싸고 수만 개의 수술을 붙여서 바람에 맡겨놓은 작품입니다. 갤러리를 겸한 그곳에 지난 시절 제부도 사람들 살림살이를 엿볼 수 있는 사진들도 전시되어 있었습니다.

사진 속에는 제부도의 초등학교와 관련된 장면들도 눈에 띄었습니다. 제 눈에는 재춘이 같은 아이들과 엄마들만 도드라져 보였습니다. 하나같이 검게 그을린 얼굴들이었습니다.

70

망우리에서

산 이쪽 편은 일종의 문학 공원이거나 예술가 마을입니다. 주차장에서 멀지 않은 곳에 시인의 집이 있고, 또 한 굽이 돌면 화가의 집이 있습니다. 조금 더 올라가면 길 하나를 사이에 두고 소설가 두 사람의 집이 연달아 나타납니다. 워낙 이름난 이들이 사는 곳이라서 그냥 지나치기 어렵습니다.

차례로 박인환 – 이중섭 – 계용묵 – 최서해씨 댁입니다. 그런 이들 곁에 섰다는 사실만으로도 가슴이 두근거립니다. 요즘 문자로 '레전드'와 악수하는 기분입니다. 스타와 일대일로 인사를 나누는 황홀감이 꼭 이럴 것입니다. 오래전부터 알고 지낸 사이 같은 착각마저 듭니다. 무슨 말로 안부를 물어야 할지 당혹스러워집니다.

시인 박인환씨 댁 입구에는 큼직한 빗돌 하나가 서 있습니다.

"인생은 외롭지도 않고/그저 잡지의 표지처럼 통속하거늘/한탄할 그 무엇이 무서워서 우리는 떠나는 것일까." 그의 대표작「목마와 숙녀」의 일부입니다. 집 앞에는 귀에 더 익숙한 문장이 있습니다. "지금 그 사람 이름은 잊었지만/그 눈동자 입술은/내 가슴에 있네."

한 시절을 풍미하던 어느 여성 가수의 목소리로 남아 있는 시「세월이 가면」의 첫머리지요. 세월이 갔지만 한국문학은 당신 이름을 잊지 않았습니다. 명실상부한 모더니스트, 당신의 눈동자와 입술도 기억합니다. 대부분 사람들이 꾀죄죄한 차림으로 궁핍의 나날을 견딜 때에도 당신은 영국 신사처럼 잔뜩 모양을 내고 다녔다지요.

강원도 인제 박인환문학관에 가면 볼 수 있는 모습입니다. 전쟁 직후의 명동 풍경이 거기 있고, 그 가운데 당신이 있습니다. 지금 제가 와 있는 망우리, 여기서도 평안하신지 궁금합니다. 당신의 기일이면 아들이 올리는 담배 럭키 스트라이크와 위스키 조니 워커도 여전히 반가우신지요.

아무려나 망우리가 이렇게 아름다운지 몰랐습니다. "이산 저산 꽃이 피니"로 시작되는 단가「사철가」의 무대를 닮았습니다. 이제 '한로상풍寒露霜楓' 국화의 계절은 지나고, '낙목한천落木寒天' 눈 내리는 계절. 이 마을 지붕마다 차가운 달빛이 내리고, 하늘과 땅이 온통 '은세계'를 이루는 날이 찾아질 것입니다.

이중섭씨 비석에는 두 아들 이름이 보입니다. 그토록 오매불망 그리던 '태현이, 태성이'입니다. 화가가 여전히 잊지 못하고 있을 얼굴들이 그림으로도 새겨져 있습니다. 막역했던 친구 구상 시인이 원산 시절에 목격했다는 장면도 생각납니다. 행복한 웃음소리가 담장을 넘기에 문틈으로 들여다보았더니, 세상에! 단칸방에서 네 식구가 벌거벗고 놀고 있었다지요. 이중섭 그림 속 가족 풍경과 같더랍니다. 그 정경이 하도 맑고 예뻐서 시인은 슬며시 뒷걸음으로 물러나왔다고 들었습니다. 화가는 지금도 그 시절을 그리워하지 않을까요. 옛날 제주나 통영에서처럼 여전히 가족이 모두 모여 즐길 날을 목 빠지게 기다릴지 모릅니다.

시인과 화가의 집에서 시간을 너무 많이 써서 두 소설가와는 인사만 겨우 하고 지나왔습니다. 짧은 겨울 해가 무서워서 그랬습니다. 목표로 삼은 서울둘레길의 한 구간을 통과하려면 걸음을 서둘러야 했지요. 그런데 이번에는 가수 한 사람이 발목을 잡고 놓지 않습니다.

'차중락'. 〈낙엽 따라 가버린 사랑〉의 그 사람입니다. 그의 묘소로 가는 길 풍광이 그의 레코드판 재킷 그림 같습니다. 스물일곱, 짧았으나 뜨거웠던 생애가 이종사촌 형 김수영 시인을 생각나게 합니다. 김수영의 친구 박인환까지 다시 불러냅니다. 모두 비슷했던 운명의 주인들, 가슴 깊이 품은 곡조를 온몸으로 밀고 간 사람들입니다.

근심 걱정일랑 모조리 잊었을 것입니다. 망우忘憂의 영토니까요. 망우라는 이름은 태조 이성계와 관련이 있답니다. 오늘의 동구릉 언저리에 자신의 쉴 곳을 정해놓고는 이렇게 말했다는군요. "들어가 누울 자리(건원릉 터)를 정해놓으니, 한시름 잊겠다." 그리하여 '망우'.

순간 태조는 넘어가야 할 경계를 보았을 것입니다. 되돌아보고 싶은 생각은 아예 없었을지도 모릅니다. 잊는忘 것은 새로운 마음으로 다른 곳을 바라보는望 일. 그런 생각이 저를 산꼭대기로 밀어 올렸습니다. 저 역시 어서 잊어버리고 싶은 일이 많기 때문이었을 것입니다.

'깔딱고개'라 불리는 오백칠십 계단을 따라 오르니 용마산 정상입니다. 천마산, 아차산과 함께 고구려의 최남단 보루였지요. 어디선가 날개 달린 말 한 마리가 나타나 구름을 차고 오를 것만 같습니다. 저만치 이 나라에서 제일 높은 빌딩이 불쑥 솟아오르며 실루엣을 드러냅니다.

망우리에 대한 오해가 대번에 씻깁니다. 오늘 보니 '망자亡者'의 동산이 아니라 '희망'의 정원입니다. 휘적휘적 걷다보면 수심은 제풀에 물러납니다. 버려야 할 길과 나아갈 길이 나침반의 동서남북처럼 또렷이 읽힙니다. 바람의 이야기가 마음의 풍향을 바꿔놓습니다.

71

춘천에서

춘천에 왔는데 뜬금없이 엉뚱한 고장 사람이 떠오릅니다. 함경도 원산 갑부 남백우. 독립운동 자금을 댔는가 하면 일제의 벼슬을 살아서 친일 인명사전에도 올라 있는 인물이지요. 귀가 밝았던 사람 같습니다. 세상 돌아가는 일에도 민감했지만 소리꾼의 등급도 매길 줄 아는 사람이었던 모양입니다.

말하자면 그는 '귀 명창'이었을 것입니다. 박록주 소리의 미래를 단박에 알아채고 열렬한 후원자가 된 사람이니까요. 요즘식으로 말하면 탁월한 스카우터 혹은 매니저였습니다. 그녀가 조선 제일의 명창으로 우뚝 서게 되기까지 이 스무 살 연상의 남편 도움이 컸을 것입니다.

박록주는 이 고장 출신 소설가 김유정이 죽자사자 따라다니던 여인이기도 했습니다. 김유정의 애정 고백은 대단히 전투적이었지요. 혈서를 쓰는가 하면 행패에 가까운 행동도 서슴지 않았습니다. 어떤 날은 통사정, 어떤 날은 협박이었습니다. 동선을 꿰고 있는지 때와 장소를 가리지 않고 나타났습니다.

요즘 같으면 당연히 구속감이었을 것입니다. 결과가 좋았을 리 없지요. 순정이라기엔 사랑의 기술이 그릇됐던 것입니다. 의욕이 과했고 요령부득이었습니다. 두루 알다시피 이 문학청년의 요란한 구애는 물론 물거품이 되고 맙니다. 보기 좋게 퇴짜를 맞은 김유정은 방황 끝에 이곳 춘천으로 내려옵니다.

쓰라린 실연의 경험이 문학적 성취 동기를 자극했을까요. 신춘 문예를 통해 세상에 나옵니다. 「봄봄」과 「동백꽃」처럼 빛나는 명편들을 남깁니다. 여인에게 주려 했던 사랑의 에너지까지 모조리 문학의 용광로에 들이부은 것입니다. 하지만 인생이 너무 짧았습니다. 눈부신 '글꽃'들을 단숨에 피워놓고 고작 스물아홉에 삶을 마칩니다.

훗날에 이런 사연들을 알게 된 박록주도 무척이나 아쉬워했다지요. "그런 사람인 줄 알았으면 그리 박대를 하진 않았을 것을. 손이라도 한번 잡아줄 것을." 안타까움도 컸을 것입니다. 만인의 소리꾼이 만인의 이야기꾼을 몰라봤으니까요. 사람 보는 눈이 좁았다는 자괴감에 가슴이 아팠을 것입니다.

그럴 때마다 원산의 사랑을 떠올렸을 것입니다. 남백우는 박록주에게 이렇게 말하곤 했지요. "당신은 내 여자지만 당신의 소리(노래)는 만인의 것이오. 서울로 올라가서 하고 싶은 일을 하시오. 한

달에 한 번쯤만 원산으로 내려오시오." 천하의 가객을 집안에만 붙잡아두지 않겠다는 뜻이었습니다. 쉽지 않은 배려입니다.

박록주와 남백우 그리고 김유정. 춘천행 기차를 타면 이 세 사람이 동시에 떠오르는 정거장을 지나게 됩니다. '김유정역'. 저는 이 푯말만 보아도 가슴이 설렙니다. 인간의 이름이 땅 이름이 되다니! 서양에선 흔한 일입니다만, 우리에겐 아직 낯설지요. 대지가 한 인간에게 전하는 사랑과 공경의 훈장입니다.

'에베레스트'처럼 남의 나라 산에 멋대로 제 나라 사람 이름을 붙이는 무례한 작명 방식과는 엄연히 다른 것이지요. 청년 김유정의 마음속 광풍과 화염을 다스려준 어머니의 땅 춘천이 아들 이름을 쓰고 있습니다. 그 이름을 식당이 붙이고 부동산 중개소가 붙입니다. 자랑스럽게 나눠 씁니다.

김유정역을 지나면 춘천역. 이 정거장도 세 사람을 떠올리게 합니다. 춘천역장과 소설가 그리고 시인입니다. 서로를 그윽한 눈길로 바라보는 세 사람입니다.

소설가 오정희 씨가 서울 나들이를 위해 춘천 역사에 들어서면 어떻게 알았는지 금테 모자를 눌러쓴 귀밑머리 희끗한 역장이 다가와 이렇게 인사한다고 합니다./"오 선생님, 춘천을 너무 오래 비워두시면 안 됩니다."//그리고 측백나무 울타리 가에서 서울행 열차의 꽁무니가 안 보일 때까지 배웅한다고 합니다./아, 나도 그런 춘천에 가 한번 살아봤으면!

—이시영, 「춘천」 전문

춘천역장은 유명한 소설가가 춘천역 승객인 것이 고맙고 자랑스럽습니다. 소설가는 그것이 고마워서 고개를 숙이고 인사할 것입니다. 멀리서 이 사연을 전해 들은 시인은 그 모습이 견딜 수 없이 사랑스러워 펜을 듭니다. '세상에 이렇게 아름다운 정거장 정경이 또 있는가.' 그런 마음이 시가 되었습니다.

소설가를 시장님 모시듯 하는 정거장, 춘천역은 한겨울에도 따스할 것입니다. "춘천은 가을도 봄"이라고 노래한 시인(유안진)도 있었지요. 왜 아니겠습니까. 춘천은 겨울도 봄입니다. 아니, 일 년 내내 봄입니다. 사랑하는 사람 이름을 정거장 이름으로 내걸 줄 아는 곳이니까요.

에티오피아 커피집 창가에서 김유정과 박록주와 남백우를 생각합니다. 춘천역장과 소설가 그리고 이시영 시인을 생각합니다. 춘천의 사랑을 생각합니다.

72

새남터에서

이곳은 조선시대 사형장이었습니다. '새남터'란 이름으로 알 수 있듯이, 원래는 굿판이 펼쳐지던 강변이지요. '지노귀새남'의 터입니다. 한강에 빠져 죽은 이들의 넋을 달래고, 좋은 데로 가길 빌던 곳이지요. 그래서인지 삶보다는 죽음이 더 가깝게 느껴집니다. 저승의 입구도 그리 멀지 않을 것 같습니다.

1456년 사육신의 삶도 여기서 끝났습니다. 수양대군의 왕위 찬탈에 죽음으로 맞섰던 이들 말입니다. 성삼문은 이런 시를 남기고 떠났지요. "북소리는 목숨을 재촉하는데/돌아보니 해가 지려 하는구나/황천에는 주막이 없다던데/오늘 밤은 뉘 집에서 쉬어갈꼬".

그로부터 사백 년쯤 뒤에는 더 엄청난 '피의 역사'가 있었습니다. 죽어도 두 임금은 못 섬기겠다고 목을 내놓은 자리에 죽음도 두렵지 않은 이들의 순교가 있었습니다. 천주교 신부들과 신자들이었습니다. 적어도 그들은 저쪽 세상에서 가야 할 길과 쉴 곳에 관해 충분한 정보와 믿음을 갖고 있었지요.

기해박해와 병인박해 등의 광풍이 휩쓸고 지나간 장소에 성당이 세워졌습니다. '순교성지 새남터 기념성당'. 일호선 전철을 타고 용산역 근방을 지나다보면 보이는 한옥 양식의 건물입니다. 양화진에는 이곳과 짝을 이루는 성소도 있지요. 병인년 그날을 기리며 지은 '절두산성당'.

천주교 신자도 아닌 사람이 주제넘게 무거운 이야기만 앞세웠습니다. 사실 저는 매우 싱거운 생각 하나로 여기까지 왔습니다. 오늘 아침 달력에서 한껏 도드라져 보이는 숫자 둘이 있었습니다. 22와 25, 동지와 성탄절. 빛과 어둠을 한몸에 껴안고 있는 날들이지요. 순간 이곳이 떠올랐습니다.

동지는 밤의 길이가 제일 길다는 절기. 어둠이 바닥을 치는 날입니다. 이제 조금씩 해가 길어지겠지요. 서서히 음의 기운이 물러나고 시나브로 양의 에너지가 잔뜩 움츠러진 만물에 힘을 실어줄 것입니다. 찬바람에 무릎을 꿇은 이들도 희망을 보고, 눈과 얼음의 길만 걸어온 이들도 용기를 얻을 것입니다.

성탄절이야 말할 것도 없지요. 역사가 기원 이전과 이후로 나뉘게 된 사연의 주인공이 오신 날. 세상 모든 천사는 아기의 모습으로 우리 곁에 온다는 것을 가르쳐준 날. 제아무리 큰 광명도 실낱같은 빛줄기에서 비롯됨을 알게 되는 날. 그리하여 저는 동지와 크리스마스와 설날이 같은 날의 다른 이름들임을 믿습니다.

'새남터'란 이름에서는 신생新生의 의미를 읽습니다. '새(롭게)(태어)남'의 터. 전라남도 진도의 '다시라기'와 포개지는 상상입니다. 물론 제 혼자 생각이지요. 상여가 나가기 전날 초상집 마당에서 한바탕 웃고 떠들고 즐기는 놀이 말입니다. 질펀한 춤과 노래와 재담이 상주의 눈시울에도 웃음기가 돌게 하지요.

장례 이야기가 나오니 천주교가 박해를 받던 시절 서양 선교사들 옷차림이 눈앞에 어른댑니다. 1836년에 들어온 최초의 서양인 모방Maubant 신부를 시작으로, 조선의 이방인들은 예외 없이 상복을 입고 다녔답니다. 훌륭한 잠행 전략이었지요. 상을 당한 이에게는 말을 붙이지 않던 습속을 이용한 것이었습니다.

삼베옷에 짚신을 신고 삿갓을 쓴 푸른 눈의 선교사. 사진 기록도 남아 있고, 새남터 기념관엔 실제 인물처럼 꾸며놓은 형상도 있습니다. 그들에게 상복은 어쩌면 전투복이었는지도 모릅니다. 엔도 슈사쿠의 소설 『침묵』과 그것을 영화화한 〈사일런스〉에서도 볼 수 있듯, 그들의 선교 여정은 전쟁의 나날과도 같았습니다.

목숨을 건 싸움의 양상은 조선과 일본이 다르지 않았을 것입니다. 양쪽 모두 극복해야 할 것이 많은 나라였지요. 조선은 농민들까지 일어나서 불합리한 제도와 인습에 맞서 싸우던 시대였습니다. 말하자면 선교사들은 구속과 차별과 압박과의 전쟁에 뛰어든 외인 병사들이었습니다. 시 한 편이 떠오릅니다.

회화 선생 윌리엄은/비가 올 때마다 '피'가 온다고 한다./그에게 내리는 비는 비지만/우리에게 오는 비는 피였다. //온몸이 온 마을이 피에 젖는다.

—강창민,「비가 내리는 마을」전문

비를 맞은 사람들, 피를 맞은 사람들이 함께 떠오릅니다. '학생 부군學生府君'이라 할 때의 학생과 백 년 전의 윌리엄 선생들입니다. 예수성심성당이나 예수성심신학교에 가면 만날 것 같은 사람들입니다. 국가문화재로 지정된 근대 건축물들인데, 원효로 어느 학교 안에 있지요. 들꽃처럼 아름다운 성당입니다.

저는 지금 연꽃을 타고 온 심청을 만난 기분입니다. '다시라기(다시+나기=부활)'의 섬마을 사람들도 눈앞에 보입니다. 지난겨울 광화문 촛불의 기억도 새남터 앞 한강물처럼 굼실거립니다.

73

정유년을 지나며

판소리 〈수궁가〉에 '상좌 다툼'이란 대목이 있습니다. 온갖 짐승들의 자리싸움입니다. 서로 제가 어른이라며 윗자리에 앉겠다고 티격태격하는 형국이 무척 재미있습니다. 노루는 자기가 삼국지의 조조와 나이가 같다며 나서고, 너구리는 이태백과 벗하며 글을 읽었다고 으스댑니다.

멧돼지는 한무제 때 났다면서, 너구리 나이는 제 손자만도 못하다고 시치미를 뗍니다. 토끼가 튀어나오며 호통을 칩니다. "어라, 이놈들! 나이를 모두 들어보니 내 고손자 나이만도 못혀." 자신은 구름으로 차일遮日 삼고 푸른 학과 벗하여 신선처럼 살다 간 낚시꾼의 시조 엄자릉과 친구라는 것입니다.

결국 토끼가 상좌를 차지합니다. 토끼 허풍이 다른 짐승들 콧대를 납작하게 눌러버린 것이지요. 그러나 기쁨도 잠시. 호랑이가 나타납니다. 토끼가 얼른 비켜 앉으며 호랑이 나이를 묻지요. 벼락처럼 답이 떨어집니다. 태초로 거슬러 올라갑니다. 자기가 여와씨를 도와서 모자라는 하늘 한쪽을 완성했다는 것입니다.

천지창조가 나오는데야 대적할 자가 어디 있겠습니까. 온갖 짐승들이 꼬리를 감추며 일제히 엎드립니다. 산중의 왕 나이를 물은 것부터가 불경스럽기 짝이 없었음을 뒤늦게 깨달은 것입니다. 급기야 누군가의 입에서 이런 말까지 새어나옵니다. "장군님은 어저께 나셨더라도 상좌로 앉으시오."

'가년加年'이란 단어가 생각납니다. 실제 나이보다 더 올려붙인다는 뜻입니다. 원래는 과거나 벼슬살이의 연령 제한 때문에 생긴 말이지요. 남자들 나이는 가끔 고무줄처럼 늘어났다가 제자리로 돌아옵니다. 술자리나 논산훈련소 같은 곳에서 은근히 대접을 받고 싶은 축들이 천연덕스럽게 한두 살을 들었다 놓았다 합니다.

"형씨는 올해 몇이오?" 묻고 답하는 동안, 묘한 긴장감까지 감돕니다. 화투나 카드놀이판에서 서로의 패를 흘끔거리는 순간의 스릴마저 있습니다. 속된 표현으로 '끗발' 싸움입니다. '도토리 키 재기'일수록 서로 꿀리지 않으려 애를 씁니다. 누가 세상에 먼저 왔는지를 가려 '갑甲'의 자리에 서고 싶은 것입니다.

위아래가 분명해지면 새로운 질서와 서열이 생기고 새판이 짜이지요. 그런데, '형' 소리 듣는 것보다 더 즐겁고 행복해지는 경우가 있습니다. 동갑을 만났을 때입니다. "무술생? ……이거 참 반갑소. 나도 개띠요." 누가 먼저랄 것도 없이 손을 맞잡게 되는 순간입니다. 팽팽하던 기 싸움도 대번에 끝납니다.

같은 해에 세상에 왔다는 것이 확인되는 순간 두 사람은 죽마고우가 됩니다. 날 때부터 알고 지낸 사이처럼 살가워집니다. 왜 아니겠습니까. 처음 본 풍경이 같은 까닭입니다. 처음 만난 햇살과 바람의 느낌도, 처음 귀에 들린 노래나 뉴스도 다르지 않았기 때문입니다. 노는 법도 공부 방식도 같았음은 물론입니다.

화제가 많을 수밖에 없습니다. 어떤 이야기가 나와도 구구한 주석이 필요 없습니다. 아는 것, 모르는 것이 엇비슷합니다. 겪은 일, 겪지 않은 일이 포개집니다. 먹어본 과자, 못 먹어본 아이스크림이 비슷합니다. 배우, 가수, 운동선수…… 알고 모르는 이름의 차이가 크지 않습니다. 시간의 '알리바이'가 쉽게 가려집니다.

언젠가 저는 동갑을 만난 기쁨을 이렇게 표현했습니다. "우랑바리나바롱나르비못다라까따라마까뿌라냐." 상대의 얼굴엔 금세 화색이 돌았습니다. "아, 서유기!" 그렇습니다. 그것은 1970년대 어린이 방송 라디오 연속극에 나오던 손오공의 주문이었습니다. 동시에 한 시절의 어린이들을 하나로 묶는 암호였습니다.

'우랑바리나바롱……'을 줄줄 외거나 알아듣는 이라면 원숭이나 닭띠 혹은 개나 돼지띠 들 중에 하나일 것입니다. 대표적인 '베이비부머'들이지요. 제 친구들도 그 안에 다 들어갑니다. 대부분은 '개'들입니다. 저처럼 일곱 살에 초등학생이 된 '돼지'들도 더러 있지요. 재수, 삼수를 거친 대학 친구들은 '닭'이나 '원숭이'입니다.

어제는 '돼지'들과 점심을 먹었습니다. 같은 해에 태어나서 같은 해에 시인이 된 기해생 친구 넷입니다. 등단 삼십 년을 자축하는 자리에 희수를 맞은 문단 어른도 모셨지요. 오십 년 동안 시를 쓰신 분입니다. 동갑의 돼지들이 효도를 겸해 제법 의미 있는 밥을 먹었습니다.

내일은 고등학교 동창 대여섯을 만납니다. 사흘 뒤엔 갑년의 아침을 맞게 될 친구들입니다. 원숭이와 닭들의 해가 가고, 이제 개의 해가 옵니다. 제 동갑의 해도 뒤를 따라오고 있겠지요. 지난여름, 세상을 떠난 '띠동갑'이 그리워집니다. 을해생, 제 어머니입니다.

같은 띠가 아니어도 어머니는 아들딸과 동갑입니다. 자식들이 지나온 세월과 옷과 밥과 일과 사랑을 친구처럼 아는 까닭입니다. 동갑을 잃은 한 해가 지나갑니다. '엄마 없는 하늘 아래', 정유년을 지납니다.

74

네거리에서

저는 윤회를 믿습니다. 그래서겠지요. 가끔 내세의 제 모습을 상상합니다. 어느 나라에서, 어떤 사람으로 태어날지 알 수 없기에 여러 가지 시나리오를 떠올려보곤 합니다. 벌써 지어놓은 이름도 있습니다. 미국식 이름과 일본식 이름입니다. 물론 더 많은 나라를 생각해야겠지요.

미국에 태어난다면 '워커Walker'가 되고 싶습니다. 걷는 사람. 저는 그 이름이 마냥 좋습니다. 이렇게 말하면 누군가는 이렇게 물을지도 모릅니다. "군인이 되고 싶소?" 6·25 때 미군 사령관 월턴 워커에서 연상된 질문일 것입니다. 한강변 '워커힐'도 그 사람을 위한 작명이지요.

다음 세상을 위한 제 이름 짓기는 어쩌면 쓸데없는 짓일지도 모릅니다. 떡 줄 사람은 생각도 않는데 김칫국부터 마시는 일인 까닭입니다. 다시 사람이 될지 돼지가 될지 어찌 알겠습니까. 파리나 두꺼비가 될 수도 있고 아무것도 되지 않을 수도 있지요. 그래서 단서를 꼭 붙여야 합니다. '다시 사람으로 온다면……'

신분과 직업은 상관하지 않겠습니다. 윤동주의 시 한 줄을 믿고 따르겠습니다. "……나한테 주어진 길을/걸어가야겠다." 시절과 인연을 탓하지 않고 묵묵히 걸어가겠습니다. 음식 타박, 반찬 투정 하지 않는 길손이 되겠습니다. 군대엘 가면 보병, 제대하면 우편집배원이나 국립공원 산불 감시인이 되겠습니다.

일본 사람으로 세상에 온다면 '고진'이라 불리고 싶습니다. '행인行人'의 일본식 발음입니다. 나쓰메 소세키의 소설 제목과 평론가 가라타니 고진이 생각나실 테지요. 실은 거기서 가져온 이름입니다. 하지만 또다시 글쓰는 사람이 되고 싶지는 않습니다. 승려가 되면 어떨까 생각중입니다.

이 대목에서 누군가는 이렇게 참견할 것입니다. "결국 마쓰오 바쇼 같은 사람이 되고 싶은 게로군." 시 쓰고 그림 그리며 구름처럼 떠돌다 간, 하이쿠 대가 바쇼를 흉내내려는 속셈이 들여다보인다는 이야기지요. 아니라고는 못하겠습니다. 제 글 대부분은 길에서 줍거나 지나는 이들에게 훔친 것들이니까요.

길을 나설 구실을 만듭니다. 편지 한 통 부칠 일이 생기면 기쁘게 우체국에 갑니다. 부조금으로 쓸 현금을 찾으러 즐거이 은행 지점엘 갑니다. 일터에도 현금지급기가 있지만 구태여 그곳까지 갑니다. 책 한 권 사러 삼십 분쯤 떨어진 책방에 갑니다. 혼자 점심을 먹게 되는 날은 휘파람을 불며 기사식당에 갑니다.

파주 장단콩으로 두부 요리를 잘하는 집이 있어, 왕복 한 시간을 걷기도 합니다. 퇴근이 늦어지는 날 저녁이면 라면이나 우동 한 그릇을 먹으러 뒷산 언덕을 팔자걸음으로 넘어갑니다. 지우개 하나를 사려고 골목길을 한참 걸어 초등학교 앞 문방구에 가기도 합니다.

며칠 전에는 갑자기 '말굽자석'이 생각나서 주변 초등학교 앞을 죄다 뒤지고 다녔습니다. 생각의 숙제 하나를 풀다가 문득 그 물건이 떠올랐지요. '근처에 있는 쇳가루를 모조리 끌어당기는 그 물건처럼, 필요한 생각들을 살뜰히 끌어모아주는 자석이 있다면 얼마나 좋을까.' 지체 없이 그것을 사러 갔습니다.

그리하여 책상머리에 말굽자석 하나가 붙게 되었습니다. 점점 부실해지는 기억과 상상력의 부스러기들이 그것에 모여들기를 바라는 일종의 주술입니다. 해가 바뀌면서 바보 같은 다짐 하나도 더 단단히 굳혀보려 합니다. '더 많이 걷자.' 별다른 '몸 살림'의 지혜도 노력도 없는 제게, 걷기는 거의 유일한 운동입니다.

'다리는 옛날로 돌려보내자. 머리도 가끔은 시골길로 내려보내자. 궁벽한 산촌에 살던 20세기 농부를 그려보자. 시오리 길을 걸어서 군청에 다녀오고, 낫이나 호미 한 자루를 사들고 구불구불 산길을 돌아오는 농부처럼 웬만한 길은 걸어서 다녀보자. 시로 옮겨보기도 했던 청량산 스님의 하루도 흉내내보자.'

어느 날인가는 슬그머니/산길 사십 리를 걸어내려가서/부라보콘 하나를 사 먹고/산길 사십 리를/걸어서 돌아왔지요.//라디오에서 들은 어떤 스님 이야긴데/그게 끝입니다./싱겁지요?

—졸시, 「어느 날인가는」 전문

새해 아침 네거리에서 자주 허물어지는 마음의 경계를 다잡아 봅니다. 회사원 시절 근무시간에 거리로 나설 때 책상머리에 써붙여두던 문구를 생각합니다. 'Walk=Work'. 이런 뜻이지요. "저는 지금 어딘가를 걷고 있습니다. (물론, 놀고 있는 것은 아닙니다.) 당신이 제게 준 문제를 풀고 있습니다."

잃어버린 말을 찾아서 걷습니다. 저는 누군가의 '가로열쇠', 제 곁을 지나는 사람은 저를 위한 '세로열쇠'. 네거리는 '십자말풀이' 난을 닮았습니다. 아니, 세상은 거대한 '숨은그림찾기 판'. 저는 지금 당신을 찾고 있습니다.

75

김영갑갤러리에서

대문에 빗장을 걸지 않는 집들이 있습니다. 언제든 찾아올 사람을 기다려 이른 새벽까지 등불도 끄지 않는 곳들입니다. 교회, 성당, 사찰…… 그곳들에 대한 우리 믿음과 기대도 한결같지요. 티끌과 먼지를 털어주는 곳. 몸과 마음의 상처를 어루만져주는 곳. 흐려진 눈과 귀를 씻어주고 혼탁한 정신을 맑혀주는 곳.

여기도 오랫동안 그런 데였습니다. '삼달국민학교'라는 표지석이 이곳의 역사를 알립니다. 초등학교가 있던 자리입니다. 마을에서 제일 넓은 마당, 스물네 시간 열린 광장이었을 것입니다. 아이들 책 읽는 소리, 풍금 소리가 내일을 믿게 했을 것입니다. 이 동네 우편물들의 임자도 대부분 여기 있었을 것입니다.

교장실 전화는 공중전화 노릇을 했겠지요. 추측건대 학교 행사는 마을 전체의 축제였습니다. 선생님들은 모두의 선생님이었습니다, 브레인이었습니다. 밭 갈던 할아버지도 궁금한 것이 생기면 학교로 뛰어왔습니다. 바깥소식과 세상 물정이 궁금한 이들은 엊그제 부임해온 선생님 하숙집에 모여 귀를 기울였습니다.

마을의 심장이 죽어갑니다. 폐교가 늘어갑니다. 문 닫는 것도 문제지만 버려지는 교사校舍와 운동장도 걱정입니다. 도산한 공장처럼 흉물스럽고 폐업한 양계장처럼 딱해 보입니다. 폐허가 된 절터나 궁궐터처럼 애잔합니다. 지진이나 전쟁으로 무너진 문화유적을 보는 것만큼이나 가슴 아픕니다.

새로운 용도나 주인을 찾기가 쉽지 않다고 합니다. 당연한 일입니다. 외진 곳, 낡은 건물에 누가 선뜻 관심을 갖겠습니까. 어찌해야 좋을까요. 묘목이 없는 꿈나무 농장, 생산을 멈춘 희망 공장. 주민들은 그저 아쉽고 서글퍼서 눈물짓고, 관계 기관은 답답한 속내를 숨기기에 급급합니다. 그분들에게 이곳을 보여주고 싶습니다.

제주도 서귀포시 성산읍 삼달로 137, 김영갑갤러리두모악. '행복한 폐교'라면 어폐가 있겠으나, '아름다운 폐교'라고는 자신 있게 말할 수 있습니다. 한 예술가의 공덕이랄 수도 있으나 그것은 너무 좁은 소견입니다. 이곳이 한 편의 영화라면 마지막 화면에 호명될 모든 이들에 두루 감사를 표해야 할 것입니다.

결론을 앞세우겠습니다. 누가 대한민국 폐교 중에 가장 귀하고 어여쁘게 다시 태어난 곳을 묻는다면 저는 이곳을 가리키겠습니다. 이 학교 졸업생이 와서 보아도 무척 자랑스러울 것입니다. 자신이

나고 자란 고향의 하늘과 오름과 바다가 어려서 공부하던 교실에 고스란히 모여 있으니까요.

외지에서 온 사진가 한 사람이 제주도의 변화무쌍한 풍경을 얌전히 길들여서 한자리에 모아놓았습니다. 변덕스럽기 짝이 없는 하늘, 수천의 얼굴을 지닌 오름, 야생마처럼 날뛰는 파도. 이 고장의 심방(무당)과 해녀와 테우리(목동)도 쉽게 붙잡고 다스리지 못하던 자연이 그의 카메라에 순순히 담겼습니다.

'순순히'란 표현을 오해하진 마십시오. 그것은 제주의 풍경이 고분고분 카메라 속으로 들어왔다는 말이 아닙니다. 한순간도 같은 포즈를 취하지 않는 이 섬 풍광들이 이 독한 사진가에게 하릴없이 무릎을 꿇은 것이지요. '당신처럼 집요한 사람은 처음 봤다…… 내, 졌다!' 하면서 자세를 바로 했을 것이란 이야기입니다.

김영갑은 그런 사람입니다. 제주와 결혼했고 사진에 목숨을 걸었지요. 밥도 잠도 잊고서 수많은 오름을 오르내리고 온몸이 굳어가는 병과 싸우며 이 사진 갤러리를 만들었습니다. 지성이면 감천이라지요. 그의 진심과 진정성은 이 섬이 생겨나게 한 '설문대 할망'에게도 통했을 것입니다.

제주에 올 때마다 들르는 곳인데 오늘은 유난히 새뜻합니다. 김영갑씨가 남은 목숨과 바꾼 곳, 삼달국민학교가 보석처럼 느껴집니다. 뒤뜰 찻집 옆에는 동백이 한창 붉고 돌담 밑엔 수선화가 마냥 곱습니다. 내일은 또 다를 것입니다. 제주의 황홀한 표정은 삽시간 혹은 찰나에 바뀌니까요.

한반도가 잡지라면 제주도는 호화판 별책부록입니다. 우리에게 이 섬이 없었다면 어땠을까요. 아주 나쁜 질문입니다. 상상하기도 싫습니다. 엊그제 오른 새별오름과 어제 오른 거문오름이 눈에 밟힙니다. 이 섬을 우리에게 안겨준 이는 대체 누굴까요. 그분께 큰절을 올리고 싶어집니다.

아마도 김영갑씨가 사랑한 분일 것입니다. 그이의 사랑 또한 간절해서 김영갑씨를 일찍이 불러 올리셨겠지요. 이제 관광 명소가 된 이 마당에서 별생각을 다하게 됩니다. 미술관이나 박물관은 '세상의 학교'. 한 마을의 학교가 온 세상 사람들의 학교가 되었습니다. 김영갑씨도 흐뭇해할 것입니다.

집에서 가져온 그의 책『섬에 홀려 필름에 미쳐』의 표지 사진을 봅니다. 댕기머리 총각입니다. 속표지에 쓰인 그의 글씨를 봅니다. '1996년 9월 12일 김영갑 드림.' 그날의 삼달국민학교를 상상해봅니다. 바람이 많이 불었을 것만 같습니다. 오늘처럼.

$$\frac{4}{부}$$

76

강릉발 KTX에서

"우렁차게 토하는 기적소리에/남대문을 등지고 떠나 나가서/빨리 부는 바람의 형세 같으니/날개 가진 새라도 못 따르겠네". 1908년 육당 최남선이 지은 창가 「경부철도가」의 첫머리입니다. 기차가 바람처럼 달려 하늘을 나는 새도 따르지 못할 만큼 빠르다는 이야기지요.

무척이나 허풍스러운 가사인데 꼬집기는 어렵습니다. 말 타고 달리는 것이 최고 속도의 '부산행'이던 시절이니까요. 기차의 등장이 얼마나 놀라운 사건이었겠습니까. 연기를 내뿜으며 달리는 시커먼 쇳덩이는 어쩌면 무섭기조차 했을 것입니다. 난데없는 괴물의 출현에 흰옷 입은 백성들은 입이 쩍쩍 벌어졌을 것입니다.

그렇다면 지금 제가 앉아 있는 이 탈것의 속도는 무엇에 비해야 좋을지 모르겠습니다. 서울 사람을 동해 바닷가에 부려놓는 데 두 시간도 걸리지 않은 '11:00발 강릉행 KTX-산천 830'. 강릉 향교앞 골목에서 저녁을 먹고 길을 나선 사람을 열시 이전에 집까지 데려 다주겠다며 달리고 있는 '19:30발 서울행 KTX 813'.

차창 밖은 칠흑입니다. 아무것도 보이지 않습니다. 밤차니까 그렇습니다만 내려오는 길도 다르지 않았습니다. 그저 산과 강과 들판을 지나고 있음을 느낄 수 있을 따름이었지요. 오면서 무얼 보았느냐 물으면 대답이 신통치 않을 것입니다. 눈길을 주는 순간 풍경은 이미 어디론가 밀려나버리고 없었으니까요.

기차가 멈춰 서는 순간도 다르지 않았습니다. 양평-만종-횡성-둔내-평창-진부-강릉. 하나같이 친숙하고 정겨운 이름들인데 얼굴이 없습니다. 역명이 다르면 내다뵈는 광경도 달라야 하는데 모든 정거장 생김새가 똑같습니다. 이렇게 말하다보니 이 열차의 정체성이 드러납니다. 이름 그대로 '교통수단'.

'수단'이란 말에서 서글픈 브레이크가 걸립니다. 목표를 이루기 위한 도구, 그 이상도 이하도 아닌 존재입니다. '철마'라는 근사한 이름으로 오랜 세월 사람과 체온을 나누던 그가 이제 차가운 기계 신세가 되어갑니다. '달리는 기계'. 말에 비유하자면 경마장의 말입니다. 앞만 보고 달립니다. 목표 지점만 생각합니다.

빙상 경기장의 도시로 가는 길이라서 더 그렇게 보일까요. 스피드스케이팅 선수의 고독한 질주를 보는 것 같아서 '짠한' 생각까지 더해집니다. 이 기차는 앞으로도 끊임없이 빨라질 것입니다. 과학과 기술의 채찍이 이 '경주마'의 기록을 계속 갈아치울 테니까요.

어느 날인가는 '천마天馬' 등급의 칭호를 얻게 될지도 모릅니다.

'반도 삼천리'가 삼백 리쯤으로 축소되는 기분입니다. 노모를 업었더니 새털처럼 가벼워 슬프더라는 효자의 심정을 이해할 것 같습니다. 부산행이 우리 국토의 신장身長을 확인시킨다면 이 기차는 우리 땅의 허리둘레를 알게 합니다. 속도에 취해 어머니의 대지가 점점 더 작아집니다.

기차가 횡성을 지나 만종역에 멈춰 섰습니다. 송강 정철의 「관동별곡」이 떠오릅니다. "섬강은 어드메오, 치악은 여기로다." 횡성에서 바로 이곳 원주 호저면으로 흘러드는 강이 섬강입니다. 송강이 강원도 관찰사가 되어 부임해오던 경로를 묘사한 대목에서 보이는 이름이지요.

길도 하나의 물줄기입니다. 길을 따라 땅기운도 흐르고 사람의 운세도 흐릅니다. 이 열차 길이 거쳐가는 모든 고을을 두루 적시며 흘러야 하는 까닭입니다. 올림픽의 해에 열린 노선답게 화합과 평등의 길이어야 합니다. 그렇지 못하면 '서울-강릉'을 오가는 비행기나 다를 바가 없을 것입니다.

'일등 열차'가 서는 곳들만 '일등 마을'이 되어선 곤란합니다. 기차와 승객과 정거장 모두 절약된 시간을 어떻게 쓸지를 함께 고민해볼 일입니다. 넉넉해진 시간들이 버스와 자전거와 운동화에 고루 나눠진다면 좋을 것입니다. 따라가고 싶은 길들이 많을수록 좋겠지요. 그 길들의 이름은 모두 '이야기 길'입니다.

재미있고 아름다운 길을 늘려가노라면 국토는 다시 넓어집니다.

올림픽 손님들이 다 돌아가고 나더라도 이 열차는 저절로 국제 열차가 될 것입니다. 그러고 보니 〈경부철도가〉 2절이 새삼스럽게 여겨집니다. 오늘의 '경강선 KTX'를 위해 준비된 가사 같습니다. 어떤 격차와 갈등과 대립도 없는 평화 열차의 정경입니다.

"늙은 사람 젊은 사람 섞여 앉았고/우리네와 외국인 같이 탔으나/내외 친소親疏 (상관없이) 다 함께 알고 지내니/조그마한 딴 세상 절로 이뤘네." 시간의 축지법으로 생기는 '거리의 소멸'이 세상 모든 거리감距離感을 없애는 마법일 수 있음을 노래하고 있습니다.

신경림 시인의 시 한 편(「특급열차를 타고 가다가」)이 던지는 질문도 받아봅니다. "이렇게 서둘러 달려갈 일이 무언가". 이어지는 답까지 생각해봅니다. "들판이 내려다보이는 산역에서 차를 버리자".

77

와운당 가는 길에

마음이 바뀌어서 택시를 세웠습니다. 차창 밖 설경이 저를 차에서 끌어내렸다고 할 수도 있습니다. 하늘엔 말간 낮달이 떴고 보이는 곳마다 눈밭입니다. 걷고 싶어질밖에요. 시간을 못박은 약속도 아닌데다 일찍 출발한 만큼 여유도 있어서 능장을 부리고 싶어진 것입니다. 한 십 리쯤 걸어볼 요량으로 차를 내렸습니다.

제삿날 큰집 찾아가는 걸음으로 느릿느릿 걸어갑니다. 내친김에 산자락으로 들어섰습니다. 산새 발자국 하나 없습니다. 혼자서 숫눈을 밟고 가자니 동심이 일어납니다. 옛날 국어책 한 줄이 저도 모르게 흘러나옵니다. "뽀드득뽀드득 눈을 밟으며, 할아버지 댁으로 세배 갑니다."

'뽀드득뽀드득' 소리가 그 시절 삽화까지 불러냅니다. 설빔을 차려입고 눈길을 걸어가는 소녀와 소년 그림입니다. 뽀드득뽀드득.
무척 오랜만에 듣는 천연의 음향입니다. 영화나 방송에서는 대개
인공적으로 만들어내지요. 감자나 옥수수 등의 전분 가루를 천 주
머니에 넣고 쥐었다 폈다 하면 이 소리가 납니다.

꾸며진 소리가 실제보다 더 진짜 같습니다. 뽀드득뽀드득. 참 곱
고 어여쁜 소리입니다. 구둣발에 짓눌리는 것들이 그렇게나 점잖은
소리를 냅니다. 신음소리라고 해도 말이 되질 않습니다. 너무도 야
무지고 앙증맞은 까닭입니다. 소리의 여운이 하도 환하고 개운해서
치약 광고에도 쓰인 적이 있었지요.

누군가가 제 발자국을 따라오면서 효과음을 내주는 것만 같습
니다. 로드무비의 주인공이 된 기분입니다. 한참 서서 먼산을 봅니
다. 싱겁게 점프도 해보고 입김도 하얗게 뿜어봅니다. 몸을 빠져나
간 온기만큼 달고 서늘한 기운이 입안으로 들어옵니다. 바람결이
해금 선율처럼 청량합니다.

선생님 댁에 가는 길입니다. 당신께서도 많이 지나다니셨을 길
입니다. 언제부터인가 서울 제자들 모임이나 대소사에는 꼭 버스
나 택시를 이용하시니까요. 예식장으로 장례식장으로 모시고 오르
내리는 제자들 수고를 덜어주시려는 뜻입니다. 곧 산수傘壽, 팔십이
머지않으신 어른의 배려입니다.

와운당은 그 어른 계신 곳. 지금쯤 사방에서 제자들이 그곳을 향
해 모여들고 있을 것입니다. 벌써 도착한 사람도 있고 저처럼 아직
길에 있는 사람도 있겠지요. 해도 바뀌고 마침 당신 생신이기도 하

여 함께 뵙기로 한 것입니다. 와운당은 '구름이 누운 집'. 지리산 뱀사골 '와운동'이란 데서 온 당호입니다.

당신이 평생 다니신 곳 중에 그만큼 한갓지고 평화로운 데도 드물었다지요. 말씀 끝에 나온 이름인데 결정은 쉽지 않았습니다. 몇 사람은 한참이나 고개를 갸우뚱거렸습니다. '누울 와臥'가 마음에 들지 않는 눈치였습니다. '눕는다'는 글자가 왠지 석연치 않았던 모양입니다.

찬성한 이들 생각은 이러했습니다. '구름은 정물靜物이 아니다. 소나무가 눕는 것이야 안타까운 일이지만, 구름이 길게 눕는 것이야 어디 염려할 일인가. 구름은 불로불사, 천변만화의 조화로 천지를 적시고 만물을 기른다. 앉았나 싶으면 일어나고 누워도 오래 눕지 않는다.'

저도 그쪽에 한 표를 보탰습니다. 구름은 영원히 나이들지 않는 소년과 같으니까요. 언제나 셀 수 없이 많은 꿈을 안고 살아 움직입니다. 어디서나 천하를 덮을 기세로 날아다니며 지상의 사람들을 설레게 합니다. 가끔은 악동처럼 인간을 애태우고 놀라게도 하지만 긴 세월을 놓고 보면 구름의 움직임은 대부분 선행입니다.

이런 말이 있지요. "운종룡 풍종호雲從龍 風從虎. 구름은 용을 따르고, 바람은 범을 따른다." 짐작건대 구름과 용과 바람과 범은 가까운 사이일 것입니다. 와호와 장룡의 주소가 어디겠습니까. 바람 길이거나 구름 숲이겠지요. 이 대목에서 '와운당'의 의미도 제 마음대로 읽고 싶어집니다.

'구름을 선생님이라 해도 좋지만 제자들이라고 봐도 좋겠다. 천지사방 분주히 떠다니던 구름들이여, 이리 와서 쉬어라. 와운당은 그대들의 쉼터다. 그렇게 말하는 순간 선생님은 와운 선생이 아니라 와룡 선생. 공명 선생과 동명동격同名同格이시니 무엇을 더 바라겠는가.'

우연의 일치일까요. 선생님은 경진생 용띠, 여기는 용인龍仁 땅. 구름들이 모여듭니다. 지치고 찢기고 때 묻고 상처받은 구름장들이 내려옵니다. "비가 올라나, 눈이 올라나. 만수산 검은 구름이 막 모여든다". 〈정선 아라리〉 가락으로 모여듭니다.

오늘 이곳 하늘엔 구름의 향연이 펼쳐질 것입니다. 용과 용의 처소에 모여든 구름떼가 늦도록 사랑과 우정을 나눌 테니까요. 쉬어 가는 구름, 울고 가는 구름, 자고 가는 구름…… 오늘밤 와운당은 구름의 호텔입니다. 「구름」이란 제목의 제 시 한 편 매달아놓고 싶습니다.

"무엇이 되어볼까, 궁리하는 새에/벌써 몇 세상이 떴다 집니다."

78

진천에서

작년 가을입니다. 광주 곤지암역을 지나는데 신립 장군 묘역 표지가 눈에 띄었습니다. 화살표를 따라 올라갔습니다. 산소로 오르는 저를 보고 어떤 노인이 다가와 묻더군요. "신씨십니까?" 고개를 저으며 답했습니다. "아니요. 그냥 나그네인데, 장군님께 인사나 드리고 싶어 들렀습니다."

노인이 또 물었습니다. "성씨가 무엇이오?" 후손도 아닌 이가 참배를 하겠다니 정체가 궁금해진 모양이었습니다. 파평 윤씨라고 밝히면서 김여물 장군 이야기를 꺼냈습니다. 임진왜란 때 신립 장군의 부장副將으로, 장군과 함께 장렬히 전사한 인물이지요.

문경새재의 아쉬움과 탄금대의 안타까움을 말하는 장면마다 등장하는 이름입니다. 유성룡의 『징비록』에도 나오지요. "일터 근처에 김여물 장군 무덤과 신도비 그리고 그 일가의 충렬문이 있습니다. 신립 장군 생각을 자주 합니다." 그렇게 신장군에 대한 인연을 늘어놓는데 노인이 느닷없는 질문 하나를 보탰습니다.

"파평 윤씨도 잉어 안 먹지요?" 어리둥절해하는 제게 노인이 이유를 설명했습니다. "저희도 안 먹습니다. 강물에 몸을 던진 장군의 시신을 찾지 못해 애태우는데, 어느 어부가 잡은 잉어 뱃속에서 '옥관자'가 나왔습니다. 장군님 머리 장식이었지요. 그제야 무덤을 만들 수 있었습니다. 저희가 어떻게 잉어를 먹겠습니까."

이렇게 말하는 노인의 얼굴에서는 비장함까지 읽혔습니다. 거기에 비하면 윤씨 집안 사연은 듣기가 편안합니다. 몇 가지 설이 있는데 저는 윤관 장군 얘기를 믿습니다. '장군이 거란군의 포위망을 뚫고 강가에 이르렀을 때 잉어떼가 나타나 다리를 놓아주었다. 적군이 따라붙으려 하니 자취도 없이 사라졌다.'

윤씨네는 '잉어님'들께 무조건 감사의 절을 올려야 합니다. 칠석날 까마귀와 까치들처럼 몸으로 다리를 놓아 위기에 처한 조상님을 구해주었으니까요. 월천공덕(越川功德: 물을 건네주는 일)은 「회심곡」에서도 일등급의 선행. 오늘 제가 건너온 다리 하나에도 그렇게 착한 마음이 깃들어 있었습니다.

아주 오래된 다리입니다. 우리나라 다리들 중에서 누가 제일 나이가 많은지를 물으면 이것이 손을 번쩍 치켜들 것입니다. 고려시대에 만들어졌다는데 전설에 가까운 이야기가 전해집니다. 물이 불어난 내川 앞에서 한 여인이 흐느끼고 있더랍니다. 지나던 장군이 연유를 물으니 여인이 이렇게 답했다지요.

"친정아버지가 돌아가셨는데 물이 막혀 건널 수가 없군요. 이 불효를 어쩌면 좋단 말입니까." 효심에 감동한 장군이 용마를 타고 이리 번쩍 저리 번쩍 하며 다리를 놓았답니다. 이 얘기를 곧이곧대로 들어도 좋을 만큼 이름도 생김새도 특이합니다. '농籠다리'. 충북 진천의 상징과도 같은 유적이지요.

백여 미터에 이르는 돌다리입니다. 고만고만한 자연석을 차곡차곡 들여쌓아서 스물여덟 칸의 교각을 마련하고 그 위에 어른 키만한 바윗돌을 올렸습니다. 멀리서 보면 지네를 닮았지요. 그저 무심코 척척 올려쌓은 돌무더기처럼 보이는데 웬만한 '큰물'에는 끄떡도 없답니다.

엉뚱한 상상이 일어납니다. 임씨 집성촌인 이 마을 조상, 임연 장군이 만들었다는 이 다리에도 물고기들의 도움이 있었던 것은 아니었을까요. 제 생각엔 꼭 그랬을 것만 같습니다. 간절한 염원이 천지신명을 움직여 온갖 물고기가 모여들더니 물위에 길이 열리는 장면이 동화책의 그림처럼 떠오릅니다.

이 다리가 천년 세월을 견디는 이유 하나는 돌들을 물고기 비늘처럼 촘촘히 얽어쌓은 데에 있답니다. 그래서일까요. 제 눈에는 농다리와 이 물 세금천이 한몸으로 보입니다. 저 돌들이 물귀신 허락 없이 어찌 제자리를 지켰겠습니까. 물고기들 도움 없이 어떻게 천년을 한결같은 모습으로 앉아 있겠습니까.

농다리를 건너면 초평호입니다. '죽어서 용인, 살아서 진천'이란 말이 옳다면, 진천의 밥과 복은 여기서 나온다고 해도 과언이 아닐 것입니다. 이 고장 사람과 짐승을 두루 살리고 논과 밭을 고루 적시는 생명의 샘이니까요. 저는 지금 그 한 귀퉁이에서 저녁상을 받고 있습니다.

'붕어 마을'입니다. 붕어 낚시, 얼음낚시로 워낙 유명해서 낚시꾼들 발길이 끊이지 않는 곳이지요. 자연스럽게 붕어찜이 향토 음식 반열에 오르고 물고기 이름이 마을 문패에까지 들어갔습니다. 붕어 마을은 '붕어의 마을'로 읽어도 좋을 것입니다. 붕어 마을 사람들이 누구 덕에 사는지를 알고 있다는 증표일지도 모르니까요.

그런 생각으로 호숫가에 나와 서니 꽁꽁 얼어붙은 물속 풍경이 그려집니다. 붕어, 잉어…… 물고기 세상이 보입니다. 어떤 물고기들은 은공을 잊지 않는 이들에게 무슨 선물을 줄까 의논을 하는 중입니다. 유품을 찾아주고 다리를 놓아주던 바로 그들입니다.

79

충주에서

서울 센트럴시티에서 버스를 타고 충주에 왔습니다. 하나는 영어, 하나는 한자말인데 두 고유명사의 의미는 같습니다. '충忠'은 '중中'과 '심心'이 합쳐진 글자, 그러니까 충주는 센트럴시티지요. 그래서일까요. 이 도시엔 여기가 이 땅의 '중심 고을'임을 내세우는 수식어나 슬로건으로 가득합니다.

천년 넘게 지켜온 자존감이며 자긍심입니다. 충주 옛 이름 중 하나인 '예성藥城'은 숫제 자화상에 가깝습니다. 예 자 안에는 가운데를 의미하는 심 자가 세 개나 포개져 있습니다. '예'는 꽃술을 뜻하지요. 한반도가 거대한 꽃잎이라면 예성은 한복판, 바로 꽃술에 해당한다는 믿음의 표현입니다.

말뿐만이 아닙니다. 꽃술의 상징물이라 해도 좋을 실물도 있습니다. 지금 제가 바라보고 있는 칠층석탑이 그것입니다. 이 탑이 있어 이 마을은 '탑평리'가 되었지요. 흥미로운 이야기가 전해옵니다. 14.5미터나 되는 탑이 조성된 연유를 짐작하게 하는 전설입니다.

신라 원성왕 때였다지요. 삼국이 서로 차지하려던 땅을 독차지한 나라의 기쁨이 얼마나 컸겠습니까. 재물의 목록을 자꾸 헤아리는 벼락부자처럼 새 영토의 크기가 궁금했던 모양입니다. 먼저 나라의 중심이 어딘지 알아보기로 했지요. 덩치도 보폭도 비슷하고 걷기 잘하는 사람 둘을 뽑아서 임무를 주었습니다.

"한 사람은 북쪽 국경에서 남쪽을 향해 걸어라. 또 한 사람은 남녘 땅끝에서 반대편으로 걸어라. 출발 일시를 엄수해야 함은 물론이다. 게으름을 피워서는 안 된다. 정해진 방향과 보조를 어기거나 기분 내키는 대로 걸어서도 아니될 것이다. 두 사람이 만날 때까지 그저 묵묵히 걷고 또 걸어라."

신라의 걷기 선수 두 사람이 만난 곳에 이 탑이 세워졌습니다. 국보 6호 중원 탑평리 칠층석탑. 그러나 학자들이 붙인 호칭보다 더 유명하고 친숙한 이름이 있습니다. '중앙탑'. 어쩌면 이 이름이 훨씬 오래되었는지도 모릅니다. 남과 북의 끝에서 하염없이 걸어온 두 신라인이 지었다고 해도 좋을 것입니다.

두 사람은 땀범벅의 얼굴을 마주보며 무어라 소리쳤을 것입니다. 기쁨에 겨워 아마도 이렇게 외쳤을 것만 같습니다. "여기가 우리나라 중앙이다!" 이들을 맞이하던 누군가는 시를 읊었을지도 모릅니다. '이곳이 신라의 물과 구름의 출발점, 산천의 시작점 그리고

백성들 마음의 정처定處다.'

'중앙'이란 말의 속을 들여다봅니다. 이렇게 정의하고 싶어집니다. '얼마나 멀리 떠나왔는지, 또다시 가야 할 길이 얼마나 되는지를 가늠하게 만드는 곳.' 이렇게 말해도 좋겠지요. '알 수 없는 곳으로부터 나를 찾아 길을 나선 사람이 어떻게 여기까지 왔는지 기억도 희미한 나와 우연히 만나게 되는 곳.'

아무튼 이 순진한 역사로부터 중원中原의 위상은 더욱 확고해집니다. 근방을 흐르는 '반천半川' 혹은 '안반내'라는 물도 그 무렵의 사연을 품고 있다지요. 그 유래를 '한반래韓半來'로 유추해볼 수 있으니, 결국 국토 아래위를 '절반으로 가르는 한복판의 물'을 가리키는 말이랍니다.(도수희,『한국의 지명』 참조)

제 중심이 어딘지 모르는 땅이 어디 있겠습니까. 어느 길이 중앙도 모른 채 동서남북으로 달리겠습니까. 어느 산과 들과 냇물이, 제무게중심 둘 곳을 찾아 흐르지 않겠습니까. 누군들 지금 자신이 처한 곳이 중앙에서 얼마나 떨어졌는지 궁금하지 않겠습니까. 구름이라도 풍향은 가리고 싶을 것입니다.

'심心'이 심장을 본뜬 글자라서 그럴까요. 모든 모서리는 중심을 향해 무릎을 꿇고 머리를 조아립니다. 중앙은 거기에 인습과 제도의 권위까지 더해서 모든 변방의 절을 받습니다. 그래서 가운데 자리에 앉고 싶은 물목物目들이 자꾸 늘어납니다. '중앙'이 밤하늘의 별만큼 많아집니다.

안산, 부산, 의정부, 창원, 대구, 대전…… 밀라노, 로마, 뮌헨, 프랑크푸르트, 베네치아…… '중앙동'도 흔하고 '중앙역'도 많습니다. 브라질을 무대로 한 영화 〈중앙역〉도 있지요. 중앙로, 중앙극장, 중앙시장, 중앙식당, 중앙이발관…… 교회도 있고 학교도 있습니다. 병원도 있고 장례식장도 있습니다.

기준과 표준, 원조와 대명사가 되기를 꿈꾸는 이름들입니다. 그러나 꿈을 이루긴 쉽지 않지요. 싸워야 하고 이겨야 합니다. 이 중원의 무심한 적요가 거저 얻어진 것이 아니지요. 삼국의 각축과 몽고에 맞선 삼별초 항쟁, 임진왜란과 동학란, 그 많은 피를 머금은 들판의 평화입니다.

설날이 코밑입니다. 천지 사방 헤어졌던 사람들이 이제 곧 그리운 쪽을 향해 길을 가겠지요. 반가운 얼굴들과 마주치는 곳까지 걸어갈 것입니다. 저마다의 '중앙'을 찾겠지요. 저는 이제 센트럴시티행 버스를 타야 합니다. 서울 '중앙탑'이 보이는 곳으로 갑니다. 남산타워로 가는 길입니다.

80

동검도에서

저 말고는 아무도 없는 영화관에서 혼자 앉아 있던 적이 있습니다. 월요일이었고 열시쯤이었을 것입니다. 판소리 꿈나무들을 소재로 한 다큐멘터리를 보러 갔었지요. 신촌 어느 대학 캠퍼스 안 예술영화관이었습니다. 영화가 시작될 때까지 내내 불안했습니다. 막차에 홀로 남은 승객처럼 공연히 미안한 생각도 들었습니다.

이런 방송이 흘러나올 것만 같았습니다. '입장하신 손님께 송구스러운 안내 말씀을 드려야겠습니다. 객석이 너무 많이 비어서, 이번 타임은 부득이 쉬어야 할 것 같습니다. 다음 기회를 이용해주십시오. 환불해드릴 테니 매표소 앞으로 나오시기 바랍니다. 어려운 걸음을 하셨을 텐데 죄송합니다. 거듭 사과드립니다.'

그러나 그런 방송은 나오지 않았습니다. 영화는 제시간에 시작되었고 저는 황제처럼 영화를 보았습니다. 앞좌석에 다리를 올리고 길게 눕고 싶은 충동까지 일어나더군요. 행복한 시간이었습니다. 마치 극장이 저 한사람을 위해 스크린을 비워둔 것 같았습니다. 군소리 없이 영화를 돌려준 직원에게도 감사하고 싶었습니다.

도심 한복판도 아닌 곳, 회사 가고 학교 가야 할 시간에 맞춰진 영화. 그 일방적인 시간과 장소의 폭력성에도 불구하고 제 기분은 나쁘지 않았습니다. 혼자 들어간 식당이나 술집에서보다 더 귀한 대접을 받은 느낌이었습니다. 극장 주인의 친구나 친척처럼 공짜로 영화 구경을 한 것 같았다고 할까요.

오늘 저는 또 그런 호강을 했습니다. 특별 시사회에 초대된 손님처럼 어깨가 으쓱해졌습니다. 영화감독인 주인이 내려준 커피를 마시며 그의 피아노 연주를 들었습니다. 〈기차는 여덟시에 떠나네〉. 그는 인사말도 몸가짐도 깍듯했습니다. 관객들에게 최대한의 예의를 보여주려는 사람의 태도였습니다.

그저 나들이 삼아 건너온 강화도 여행길에서 생각지도 못한 횡재가 참 많았습니다. 바람은 아직 매서운데 햇살은 외할머니 손길처럼 따스하고 보드라웠습니다. 이맘때면 이 섬은 유빙流氷의 계절. 한강, 임진강을 타고 내려온 얼음덩이들이 서해와 만나서 일대 장관을 이루는 광경을 목격했습니다. 대단한 '스펙터클'이었지요.

대조적으로 이 꼬마 섬의 '미니 영화관' 앞은 숨막히게 고요한 정지 화면입니다. 갈대밭 너머 바다 그리고 꽃봉오리 같은 섬. '이 섬 전체가 극장이로군.' 그런 생각으로 영화를 기다렸습니다. 이윽고 영화가 시작되는 순간, 하마터면 소리를 지를 뻔했습니다. 첫 장면이 극장 앞 풍경을 그대로 옮겨놓은 것 같았기 때문이었습니다.

〈천국에 있는 것처럼〉이란 스웨덴 영화였지요. 스산한 갈대밭에서 바이올린을 연주하는 소년의 애잔한 표정이 이 음악영화의 미학을 요약하고 있었습니다. 눈보라가 휘몰아치는 산길, 아름다운 침엽수림과 시리도록 처연한 바다. 어떤 마에스트로가 대자연의 완벽주의를 넘어서겠습니까.

겨울 해가 기울기 시작하는 해안이 눈 덮인 논두렁길을 닮았습니다. 검은 갯벌 위에 희끗희끗한 눈과 얼음의 결정에서 소금 사막을 연상할 수도 있습니다. 붉은 석양빛이 고려청자의 상감기법으로 바다를 수놓고 있습니다. 아주 오래된 풍경일 테지요. 강화도는 몸뚱이만으로도 '보물섬'입니다.

역사를 불러오면 '이야기 보물창고'가 되지요. 영화관이 들어앉은 섬, 동검도는 소설이나 시나리오 제목이 되어도 좋을 곳입니다. 이곳을 지나는 배와 사람들을 검문하고 조사하던 곳이라서 그런 이름이 붙었다지요. 행인의 면면과 사연만 챙겨도 드라마 극본 하나쯤은 하룻밤에 꿰어질 것 같은 착각이 일어납니다.

동검도는 삼남에서 한양으로 오르던 고깃배와 세곡선의 주요 통로였습니다. 중국을 오가던 상선과 사신들을 태운 선박을 관리 감독하기도 했겠지요. 요즘으로 치자면 세관 역할을 했을 수도 있습니다. 강화가 어디 보통 섬입니까. 한 시절 이 땅의 서울 노릇까지 했던 곳 아닙니까.

고려 왕조의 피난살이가 생각보다 궁핍하지 않았을 것이라는 추론에도 쉽게 고개를 끄덕이게 됩니다. 바닷길로 세금도 잘 들어오고, 부안이나 강진에서 청자를 싣고 오는 배도 약속을 잘 지켰을 것입니다. 그 덕에 춤과 음악과 잔치는 계속될 수 있었고 팔만대장경 주조 같은 국책 사업도 어렵지 않았겠지요.

어쩌면 그 빛나는 문화 예술의 시기를 이 섬이 야무지게 증언할 수 있을지도 모릅니다. 생각이 여기에 이르니 이 미니 영화관이 지극히 자연스럽고 무궁무진한 상상력의 초소처럼 여겨집니다. 이규보의 시와 청자의 무늬, 그리고 화문석의 디자인이 눈앞에 어룽거립니다.

섬 속의 섬, 동검도는 스크린의 민주주의까지 가르쳐줍니다. 천만 관객의 영화 한 편보다 관객 천 명의 영화 백 편을 생각해보길 권합니다. 마침 장엄한 일몰의 시간입니다. 관객 숫자를 묻지 않는 '라스트 신'입니다.

81

한복집 앞에서

저희 동네엔 한복 가게가 있습니다. '가게'라고 하면 주인이 섭섭해할 수도 있습니다. 진열장 횃대에 철따라 내걸리는 한복 태깔이 여간 고급스럽지 않은 까닭입니다. 옷감의 질과 바느질 솜씨가 아무나 주인이 되기 어려운 물건임을 짐작게 합니다. 저 같은 사람은 그저 눈요기나 할 뿐입니다.

한복은 제게 행복을 줍니다. 바지저고리에 두루마기를 갖춰 입고 나서면 '공경대부公卿大夫'가 된 느낌입니다. 흰 고무신이 나를 번쩍번쩍 들어올려줍니다. 옷고름이 깃발처럼 나부낍니다. 한복을 좋아하는 바람들이 어디선가 마중을 나오고 온종일 저를 따라다닙니다.

보는 것만으로도 기분이 좋아집니다. 고향 사람처럼 반갑고 설렙니다. 아마도 고등학교 때 국어 선생님 영향일 것입니다. 한복을 입을 때마다 그분의 검은 두루마기가 떠오릅니다. 목소리도 들립니다. "현대인은 누구나 실향민입니다. 우리는 모두 잃어버린 고향을 찾아가고 있는 사람들입니다."

조금 생경하지만 이런 비유는 어떨까요? '한복은 우리가 떠나온 공간이나 시간의 유니폼이다.' 기억하십니까. 우리가 떠나오던 날의 차림새와 우리를 향해 손수건을 흔들던 이들의 입성. 박목월 시인의 시 「한복」 속 묘사처럼 한복은 우리를 차별 없이 '싸안고' 우리를 '안도하게' 합니다.

어쩌다보니 제게도 '고향의 유니폼'이 두 벌입니다. 삼베옷까지 더하면 네 벌입니다. 마음만 먹으면 사시사철 한복을 입을 수도 있습니다. 물론 어려운 일입니다. 삼복에 몇 번 입고 잔치나 특별한 행사에 가느라 입습니다. 십 년쯤 전에 제자의 주례 부탁을 받고 한복을 처음 짓던 일이 생각납니다.

빌려 입어볼까 했는데 값이 만만치 않았습니다. 두어 번 빌리는 값으로 한 벌 지을 수 있겠다 싶었습니다. 게다가 물건들 색깔이나 모양도 마뜩지 않았습니다. '누구에게 물어볼까?' 궁리 끝에 가까운 국악인에게 물었지요. "거문고 타실 때 입는 옷, 어디서 지으십니까?"

한복 디자이너 한 분을 소개받았습니다. 예인들 옷을 주로 짓는 이였습니다. 손님 취향보다는 자신의 직관을 앞세우더군요. 단도직입! 스크랩북에서 그가 옷감 하나를 가리켰습니다. 제가 마음에 두

고 있는 천 바로 옆의 것이었습니다. "선생님은 이겁니다." 그것이
지금 제 두루마기가 된 옷감이었습니다.

"옆의 것은 선생님께 어울리지 않습니다. 그걸 입으시면 아무도
가까이 오지 않습니다. 이걸 입고 그저 미소만 짓고 서 계시면 사람
들이 저절로 모여들 것입니다. 입을수록 모양이 나고 때가 타고 낡
아져도 오히려 멋이 날 것입니다. 이것으로 안 하시면 저도 선생님
옷 안 지으렵니다."

순간 그가 달리 보였습니다. 옷 꿰매는 사람이거나 바느질 일꾼
이 아니었습니다. 그는 상대의 정체성을 파악하고 그 옷 입은 이의
무대에 합당한 메시지를 만들 줄 알았습니다. 장인 혹은 작가라 해
야지요. 전문가입니다. 제 일밖에 모르는 이가 아니라 제 것으로 다
른 세상과 소통하는 방법을 아는 사람입니다.

전문가는 자신의 지혜와 공력으로 손님을 빛나게 하는 방식을
잘 압니다. 자기 손을 떠난 물건이 궁극적으로 어떤 상황에서 어떤
역할을 해야 하는지를 짚어냅니다. 한복은 훌륭한 '언어'입니다. 지
은이의 말대로 제 한복은 십 년 이상 할말을 다 하고 있습니다. 어
느 자리에서든 할 이야기를 잘하고 있습니다.

며칠 전에 끝난 평창 올림픽은 한복 덕분에 더욱 아름다웠습니다.
우리 옷의 미덕과 가치가 가득하면서도 새로운 느낌의 디자인이 넘
쳐났습니다. 잔치 마당의 춤추는 치마저고리뿐이 아니었습니다. 태극
기를 들고 행진하는 스포츠 스타들은 늠름했고, 아이들은 앙증맞았
습니다. 한복 전문가들의 노력과 보람이 동시에 읽혔습니다.

특히 노래하는 아이들이 어여쁘고 깜찍했습니다. 눈에 넣어도 아플 것 같지 않았습니다. 다문화 가정 어린이들로 구성된 '레인보우'합창단. 피부색이 제각각으로 어쩜 그렇게 아름답지요? 폐회식에서 애국가를 부른 강원도 아이들은 종달새떼였습니다. 천사의 무리였습니다. '빈소년합창단'보다 황홀했습니다.

삼일절 만세의 외침 속에 '평화 만세'도 들립니다. 기미년 '흰옷 물결'을 생각하며 색동옷 입은 아이들과 광화문 네거리를 행진하고 싶어집니다. 아이들의 미래와 한복의 내일이 궁금해집니다.

82

그들 편에서

산골짜기 유원지 식당 골목입니다. 기와지붕을 이고 앉은 집 한 채가 눈길을 끕니다. 문 앞에는 닭의 형상을 한 조각이 있습니다. 실물 같습니다. 바깥벽엔 그림을 그려놓았습니다. 큼직한 나무 한 그루 아래 토종닭 일가족이 보입니다. 한 마리는 날개를 번쩍 치켜 들고 손님을 부르는 포즈입니다.

벽화 한쪽엔 이렇게 쓰여 있습니다. "맛있는 토종닭―○○식당." 닭의 머리 위엔 "저요!"라고 적혀 있습니다. 그러니까 닭은 지금 '자기 PR'을 하고 있는 셈입니다. '나는 맛있는 토종닭!' 엎어놓은 항아리 위에 서 있는 닭의 발밑에는 구호를 닮은 일곱 글자가 있습니다. "바로 잡는 토종닭". '언제든 몸 바칠 수 있다'는 선언입니다.

닭의 표정이 심상치 않습니다. 지나치기 어렵습니다. 비뚤어진 생각을 바로잡고 싶어집니다. 주위를 둘러봅니다. 세수도 하지 않고 숙소를 빠져나온 산책길이라 저 말고는 아무도 없습니다. 다급한 대로 제가 사람의 대표를 자청해봅니다. 닭에게 먼저 사과의 말을 전합니다. '미안하다, 미안하다!'

짐승을 시켜 손님을 부르다니! 잔혹한 일입니다. 뉘우칩니다. 인간 중심주의의 야만성을 반성합니다. 순간 눈치를 챘는지 닭의 형상과 벽화 속 그림이 소리칩니다. 반가움과 절박함이 뒤섞인 몸짓입니다. '꼭 좀 바로잡아주세요!' 동지를 만난 것처럼 닭들이 제 다리를 붙잡고 늘어집니다. 물론 환각이지요.

하지만 울음 속의 메시지는 또렷합니다. 자신과 동족의 죽음을 재촉하는 일을 떠맡은 자의 슬픔을 아느냐고 울먹입니다. 그리 생소한 풍경도 아닙니다. 삼겹살이나 돼지갈비를 먹으러 가면 앞치마를 두른 돼지가 허리 굽혀 인사를 합니다. 어서 오시라고, 찾아주셔서 고맙다고 절을 합니다.

미소 띤 얼굴의 아기 돼지가 입맛을 다시는 모습도 흔합니다. 물론 간판 속 그림이거나 의인화한 캐릭터 인형이지요. 어느 횟집 입구엔 낙지나 문어가 요리사 모자를 쓰고 손님을 맞습니다. 소고기를 파는 집 문간에서 소가 웃고 있습니다. 엄지를 '척' 들어올리며한우가 손님을 유혹합니다.

기시감이 있습니다. 모질고 독한 자들이 일경의 앞잡이가 되어동포를 고발하는 장면입니다. 동물의 왕국에서도 언젠가는 저들을'친일'이나 '부역'을 닮은 죄목으로 다스릴 것입니다. 하지만 죄를 물어야 할 대상은 따로 있지요. 인간입니다. 곰의 쓸개만 빼먹은 것이 아니라 쓸개 빠진 꼭두각시를 만든 죄입니다.

소나 돼지나 닭을 자랑스러운 모델로 만들 수도 있습니다. 조류 인플루엔자 같은 몹쓸 병의 조짐이 보일 때 그들을 등장시키면 좋을 것입니다. 방역 일꾼들 옆에서 소나 돼지가 정중히 인사를 하면서 협조를 부탁하면 어떨까요. 그들에게 어처구니없는 살처분의 참극을 줄게 만든 보람을 주면 어떨까요.

신라 왕릉의 십이지신상을 디자인 모티프로 삼아도 좋겠지요. 1988년 서울의 '호돌이'와 2018년 평창의 '수호랑과 반다비'도 부르면 달려와 도울 것입니다. 어린이들이 특히 좋아할 것입니다. 어른들의 노력만큼 미래는 새로워집니다. 인간의 나라와 동물의 왕국, 양국 관계는 평화로워집니다.

연례행사처럼 찾아드는 불청객을 막아보려고 올해는 지방자치단체들마다 일찍이 팔을 걷어붙였다지요. 구제역 백신 접종을 서두르며 미리미리 철저한 예방 조치를 해두겠다는 소식입니다. 수입에만 의존하던 백신을 국산화하려는 노력도 반가운 시도입니다. 다양한 식물 유전자를 활용한다니 더더욱 바람직스럽습니다.

무엇보다 좋은 처방은 동물에 대한 우리의 눈길과 손길입니다. 그들의 처지를 진심으로 헤아려주는 일입니다. 사고의 '모드'를 동물에 맞춰봅시다. 마음의 스위치를 껐다가 다시 켜봅시다. 어렵지 않은 일입니다. 마음 한번 고쳐먹으면 세상이 달라집니다. 동시 한 편이 그걸 가르쳐주고 있습니다.

늘/강아지 만지고/손을 씻었다//내일부터는/손을 씻고/강아지를 만
져야지

─함민복, 「반성」 전문

어느 날 아침 벌레가 된 사내처럼 가끔은 강아지 눈으로 앞을
보기도 해야겠습니다. 역지사지! 눈앞의 꽃과 나무들, 곤충과 동물
들의 마음이 되어보아야겠습니다. 경칩도 지났으니 이제 곧 개구리
들도 나오겠지요. 그 눈에는 제가 어떤 모습으로 비칠까 알아보고
싶어집니다.

일본의 문호 나쓰메 소세키의 소설 『나는 고양이로소이다』를 다
시 읽고 싶어집니다. 인간의 위선과 허세를 해학과 풍자로 읽어내
는 고양이가 주인공이지요. 아니, 고양이가 저자라고 할 수도 있습
니다. 생각이 여기 이르니 자주 마주치는 길고양이 한 마리가 두려
워집니다. 제 속을 들여다볼 것 같아서입니다.

「봄은 고양이로다」라는 이장희 시인의 시 제목 때문일까요. 고
양이는 봄날이면 더욱 신령해 보입니다.

83

바람 속에서

    갑자기 제주 서귀포 안덕면 '비오토피아BIOTOPIA' 생각이 났습니다. 산방산과 푸른 바다가 내려다보이는 중산간의 명소지요. 이름에서 느껴지듯이, 생태 공원으로서의 자부심이 무척 커보입니다. 온천과 골프장, 호텔 등 갖가지 시설이 두루 어울렸는데 '수풍석박물관'이 볼만합니다.

    물과 바람과 돌의 박물관. 명칭부터 낯설지요. 언뜻 들으면 제주의 흔한 자연물 가운데 기묘한 것들을 모아 전시해놓은 공간쯤으로 짐작되기 십상입니다. 물론 아닙니다. 물, 바람 그리고 돌을 오브제로 한 '건축 조형물'이라 할까요. '예술 건축'이라 해야 할까요. 두 가지 표현 모두 썩 만족스럽지는 않습니다.

    결국 조금 추상적인 수사를 동원해야겠습니다. 물 박물관은 '하늘 사진관'이거나 '구름의 영화관'입니다. 원형 연못에 받아놓은 물이 거대한 거울의 역할을 하지요. 그런가 하면 돌 박물관은 '오픈 스튜디오'입니다. 집과 돌멩이들이 먼 풍경들과 조화를 이루며 다양한 얘기를 만들어냅니다. 사물이 주체가 됩니다.

돌과 물은 그렇게 자연과 변주하는 그림들을 만화경처럼 보여줍니다. 박물관은 일종의 액자거나 열린 상자입니다. 그렇다면 바람은 어떻게 박물관에 수장되고 전시품이 될까요. 비유컨대 바람 박물관은 바람의 '호텔'이거나 '정거장'입니다. 잠시 쉬었다 떠나기도 하고 하룻밤쯤 묵어가는 장소입니다.

작은 집 한 채인데 오지랖은 설문대 할망 치마폭처럼 넓고 큽니다. 긴 회랑을 닮은 실내가 사방으로 열려 있습니다. 판장들 틈새 하나하나가 바람의 문이면서 방입니다. 통로입니다. 당연히 서울역 철길처럼, 국제공항 활주로처럼 분주합니다. 동서남북의 바람들이 끊임없이 들고 납니다. 연방 뜨고 내립니다.

그 집에서 한철만 보내면 지상의 모든 바람을 다 만날 수 있을 것 같습니다. 바람 박물관답습니다. 재일교포 건축가 이타미 준의 작품이지요. 그는 제주에 부는 모든 바람결을 몸으로 느끼고 싶었던 모양입니다. 채집과 표본, 박제까지 꿈꾸었는지도 모르지요. 그러나 그것은 건축 영역 바깥의 일이었습니다.

사진은 그 일을 합니다. 바람의 무늬까지 그림처럼 잡아냅니다. 풍향과 풍속, 경로까지를 보여줍니다. 정지화면으로 꼭 붙잡아서 천천히 살펴볼 수 있게 합니다. 바람이 우리 곁에 와서 무슨 일을 하고 떠나는지 소상히 알게 합니다. 바람에게 무슨 일을 시키고 무엇을 부탁해야 할 것인지 알아차리게 합니다.

저는 지금 과천에서 바람의 얼굴을 보고 있습니다. 국립현대미술관입니다. 나라 밖에서 더 유명한 작가, 이정진의 사진전입니다. '에코echo—바람으로부터'. 칠십여 점의 작품이 아무런 프레임도 없이 벽에 붙어 있습니다. 이십여 년 지속해온 한지 작업을 대표하는 작품들이 스위스와 독일을 거쳐 한국에 왔습니다.

한지에 감광유제를 발라 흑백사진을 프린트하는 그의 제작 과정은 수묵화의 그것을 닮았습니다. 욕심껏 넣고 채우는 일이 아니라 대부분 비우고 버리는 작업입니다. 여백에 바람이 들어섭니다. 폐사지 칠층전탑에 불던 바람이 옵니다. 미국 산타페에서 오고, 소금이 솜처럼 날리는 사막에서도 옵니다.

이타미 준이 바람의 집을 지었다면 이정진은 바람의 초상을 그립니다. 사물과 주변 풍경들로 바람의 몽타주를 만듭니다. 홍운탁월烘雲托月! 구름을 그려 달의 얼굴을 드러내는 방식입니다. 어쩌면 그가 정말 보여주려는 것은 카메라에 잡히지 않는 장면 아닐까요. 바람의 모자가 아니라 신발일지도 모릅니다.

시간이나 세월도 바람의 화물이거나 이삿짐이란 생각이 듭니다. 잔뜩 이고 지고 고단한 길을 걸어오는 바람의 짐꾼도 있겠지요. 모든 바람이 씽씽 날아다니는 것만은 아닐 것입니다. 어느 바람은 뛰어오고 어떤 바람은 기어서 오는 모습이 그려집니다. 귀기울이면 신발을 끌며 오는 바람의 가쁜 숨소리도 들립니다.

봄바람이 붑니다. 꽃바람이 입니다. 시샘의 바람도 있습니다. 뜻 없이 부는 바람이 어디 있겠습니까. 일없이 스러지는 바람도 없습 니다. 바람마다 태생의 사연이 있고 살아가는 곡절이 있습니다. 어 느 바람이 제 임무를 모르겠습니까. 가야 할 길을 모르겠습니까. 어 느 바람에게 일과 사랑이 없겠습니까.

〈바람이 답을 알고 있다〉라는 노래가 있지요. 〈바람이 우리를 데 려다주리라〉라는 압바스 키아로스타미 감독의 영화 제목도 떠오릅 니다. 바람은 학교입니다. 선생님입니다.

84

임진강에서

『외로운 식량』. 박찬 시인의 유고집입니다. 책을 받던 날 저는 가슴이 많이 시리고 아팠습니다. 선배의 죽음을 속절없이 받아들일 수밖에 없었기 때문입니다. 우편물에 적힌 낯선 지명과 발신인 이름이 그가 이제 여기 없음을 확인시켰습니다. '마포구 연남동…… 박찬 시인 가족'.

그의 마지막 시집은 그렇게 '가족' 명의로 제게 왔습니다. 허전함을 달래려고 누런 봉투의 글씨를 오려서 붙여놓았지요. 시인의 사진이 보이는 표지 안쪽입니다. 사진 속 그의 얼굴은 여전히 선하고 온유합니다. 현주소가 어딘지는 모르겠습니다만 평안하리라 믿습니다.

한동안 잊고 지냈던 그가 요 며칠 자꾸 눈에 밟힙니다. 지인의

'문자 안부' 한 통 때문입니다. "안녕하십니까./미황사입니다./잘 계시지요?//동백꽃이 많이 피었습니다./매화도 피었고요./문득 한번 내려오시지요." 언뜻 보낸 이의 글인 줄 알았습니다. 그러나 위의 시집에 나오는 시 「봄 편지」였습니다.

시 한 편이 제 마음을 땅끝마을로 줄달음치게 합니다. 달마산 미황사 언덕을 오르게 합니다. 달마산에선 제자 혜가에게 옷과 밥그릇을 전하고는 홀연 자취를 감춘 달마의 얼굴이 보입니다. 남해로 떨어지는 저녁 해가 황홀하고 아침 안개가 그윽한 절이지요.

저는 절집 이야기를 즐깁니다. 팔도 명찰을 다 본 것처럼 허풍도 곧잘 섞습니다. 석탑을 천 개쯤 보았다고 자랑합니다. 어느 절 일주문이 물건인지, 어느 절 배롱나무가 몇 살인지 알은체합니다. 그러다보니 이런 종류의 질문을 많이 받습니다. "어느 절이 제일이오?"

기다렸다는 듯이 빛나는 절들 이름을 댑니다. '별점'을 줍니다. "이 절은 별 세 개, 저 절은 두 개 반……!" 듣는 이는 의외란 듯이 고개를 갸웃거립니다. "그 유명한 절이 어째서?" "처음 듣는 절인데?" 당연한 반응입니다. 제 주관의 저울질이니까요. 전문가가 들으면 웃을 것입니다. 스님이 들으면 가소롭다 할 것입니다.

보잘것없는 지식으로 침소봉대針小棒大를 일삼는 딱한 중생으로 여길 것입니다. 이것도 입으로 짓는 죄口業일 테지요. 저세상에서도 '좋은 곳'과는 반대쪽 길을 예약해놓은 셈입니다. 그걸 알면서 번번이 무책임한 채점을 합니다. "봄철의 미황사는 별 다섯 개!"

미황사는 그만큼이나 좋은 절입니다. 몇 년 전 제 동료에게 그곳

템플 스테이를 소개했습니다. 매우 만족스러워했습니다. "조카와 갔는데 정말 좋았어요. 언제든 또 가고 싶어요. 천주교 '피정避靜' 느낌이랄까." 지금 그 절에 동백이 만개하고 매화도 피었다니 어찌 아니 권하겠습니까.

봄맞이 명소를 추천해달라는 후배에게 대답 대신 박찬 시인의 시를 보냈습니다. 저부터 가고 싶어집니다. 그러나 언감생심, 떨치고 나설 형편이 못 됩니다. 아쉬워하면서 달마산을 그리워할 뿐입니다. 문득 그 절집 툇마루 섬돌 위에 쓰인 네 글자가 떠올랐습니다.

'조고각하照顧脚下'! 발밑을 보라는 이야기입니다. 먼산을 그리워할 것이 아니라 동구 밖 사정을 살피라는 뜻으로도 읽혔습니다. 순간 이곳 생각이 났습니다. 임진강 나루. 흐드러진 봄 풍경도 좋지만 이제 막 새 계절의 기운이 퍼지는 정경이 더 궁금해진 까닭입니다.

파주 들판을 내다보려고 경의선을 탔습니다. 달마산에서 올라온 '춘풍'의 무리도 이 기차를 탔을 것 같습니다. 더러는 저처럼 임진강 근처에 내려서 놀겠지만 대개는 더 멀리 갈 것입니다. 평양을 거쳐 신의주까지 가겠지요. 차창 밖으로 펼쳐지는 논밭에는 봄 농사를 준비하는 농부들의 움직임이 부산합니다.

문산역에서 내려 반구정까지 걸었습니다. 만고의 청백리, 황희 정승 계신 곳이지요. 제법 먼길인데 힘든 줄 모르고 왔습니다. 정자에 올라 강물을 내려다봅니다. 봄볕에 반짝이는 물무늬가 황정승께서 벗하셨다는 흰갈매기떼를 생각나게 합니다. 저 햇살과 바람도 혼자 보기 아까워하셨을 어른이지요.

성현 선생의 시 한 구절도 강물에 포개집니다. "……가소춘광비아유^{可笑春光非我有}……" 봄볕은 누구의 것도 아니란 말. 겨울이 비우고 간 자리마다 차별 없이 들어차는 푸른 기운이 고맙습니다. 제자리를 잊지 않고 돌아와 피는 꽃이 기특합니다. 제게도 이맘때의 강을 노래한 시 한 편이 있습니다.

처음엔 이렇게 썼다.//다 잊으니까 꽃도 핀다/다 잊으니까, 강물도 저렇게/천천히 흐른다.//틀렸다, 이제 다시 쓴다.//아무것도 못 잊으니까 꽃도 핀다/아무것도 못 잊으니까,/강물도 저렇게/시퍼렇게 흐른다.
　　　　　　　　　　　　　　　　　　—졸시, 「강가에서」 전문

85

외솔 기념비 앞에서

사사오입四捨五入. 셈법에서 쓰는 말입니다. '5 미만의 수는 버리고 그 이상이면 윗자리로 올려 넣는다'는 뜻입니다. 제1공화국 3대 국회가 억지로 헌법 개정안을 통과시키면서 유명해졌지요. 그래서 그런지 어감이나 생김새부터 좀 찜찜한 느낌이 있습니다. 이것 대신에 '반올림'이란 말을 쓰게 된 것은 참 다행입니다.

누가 지었을까요. 절하고 싶어집니다. 경쾌하게 튀어오르는 물방울처럼 맑고 예쁜 말을 공짜로 받아서 쓰니까요. 조사해보니 그런 말들이 한둘 아닙니다. '마름모꼴, 꽃잎, 짝수, 홀수' 같은 용어들이 모두 한 사람의 자식들입니다. 딱딱하기 그지없는 '직경' 대신쓰라고 '지름'이란 말도 낳았습니다.

하나같이 말하고 듣기가 쉽고 편합니다. 입속에 넣고 굴리면 기분이 좋아집니다. 명랑한 말들입니다. 아무리 써도 변함이 없을 물건입니다. 사람에 비하면 오목오목 '잘생긴' 소녀들입니다. 깎아놓은 밤톨 같은 소년들입니다. 추측건대 그이도 그런 소년소녀들을 생각하면서 환하게 빛나는 말들을 찾아냈을 것입니다.

제 중학생 시절의 기억이 심증을 더해줍니다. 문법책 이름이 '말본'이었습니다. 명사를 '이름씨'라 했고, 동사를 '움직씨'라 배웠습니다. 형용사를 '그림씨'라 불렀고, 부사를 '어찌씨'로 익혔습니다. 이상한 일은 제 어린 마음에도 그런 말들이 전혀 어색하지 않았다는 것입니다. 오히려 근사하게 여겨졌습니다.

단어들을 사람처럼 '아무개씨'로 부른다는 것이 재미있었습니다. 사전 속에 갇혀 있던 말들이 제 앞에 나와 앉는 것 같았습니다. 이름씨는 점잖게 걸어나오고, 움직씨는 폴짝 튀어나왔습니다. 어찌씨는 느릿느릿 걸음을 옮기고, 그림씨는 귀부인처럼 우아한 포즈로 섰습니다. 셈씨, 토씨도 나왔습니다.

아홉 가지 품사가 생물처럼 살아 움직였습니다. 품에 안기고 함께 밥을 먹었습니다. 이름을 부르면 대답했습니다. 제 앞에 달려와 서고 그림자처럼 따라다녔습니다. 노래도 하고 그림도 그렸습니다. 어렴풋이 이런 생각이 듭니다. '그 책의 지은이는 우리말과 글이 우리 생명의 일부임을 가르쳐주려 했던 것이다.'

어느 방명록에 남긴 그의 '손글씨'가 제 짐작이 틀리지 않았음을 확인시킵니다. '한글이 목숨'! 한글은 그에게 생존의 이유이면서, 목표였습니다. 만해 한용운의 화법을 빌리겠습니다. "장미꽃의 님이 봄비라면 마치니의 님은 이탈리아다. 외솔의 님은 한글이다. 님은 내가 사랑할 뿐 아니라 나를 사랑하나니라."

외솔 최현배. 남산 기슭 당신의 기념비 앞에서 님을 생각합니다. 당신의 님이면서 우리 님입니다. 누구겠습니까. 한글입니다. 당신은 오직 그 님 말고는 어디에도 눈을 두지 않으셨지요. 외로운 소나무를 자처하시며 오로지 지조와 절개로서 님 하나 섬기는 일로 일흔일곱 해를 아낌없이 쓰셨습니다.

"봄맞이 반긴 뜻은, 임 올까 함이러니,/임을랑 오지 않고, 봄이 그만 저물어서,/꽃 지고 나비 날아가니, 더욱 설워하노라." 춘향의 노래 같은 당신의 시조 한 토막에서 지독한 사랑을 읽습니다. 함흥 감옥에서 지으셨다지요. '임'은 나라의 독립이면서 한글의 광복인 것을 대번에 알겠습니다.

이제 당신을 잊었거나 아예 모르는 사람들이 더 많아졌습니다. 기억하는 이들도 대개는 괴팍한 한글학자나 고집스러운 대학교수 쯤으로 당신을 떠올릴 뿐입니다. 당신은 괜찮다고 하시는군요. 그러나 지금 제 귀에는 당신의 독백이 들립니다. "내가 잊히는 것은 섧지 않다. 내 '님'께서 홀대를 받는 것이 서글플 따름이다."

국어사전을 찾는 사람도 없고 만드는 사람도 없습니다. 맞춤법이 틀렸다고 호루라기를 불며 나무라는 어른들도 사라진 지 오래되었습니다. 말들은 마구 만들어지는데 당신이 지으신 것들처럼 겉과 속이 꼭 들어맞는 것은 드뭅니다. 말의 허리를 꺾고 비틀고 상처를 입히는 것을 대수롭지 않게 여깁니다.

저 역시 말과 글을 공부하고 그것을 수단으로 삶을 영위하는 자로서 부끄러운 날들이 많습니다. 아쉽고 안타까운 말과 글의 풍경에 속상할 때가 많습니다. 여기서 보이는 저 커다란 호텔 간판만 해도 그렇습니다. 영어와 한글을 나란히 넣으면 오죽 좋으랴 싶습니다. '리틀 야구장'이란 말도 새로 짓고 싶어집니다.

어느새 삼월의 끝. 유관순 열사의 동상 앞을 지나오던 길에 선생님 생각이 나서 들렀습니다. 그분의 일과 당신께서 하신 일이 크게 다르지 않아 보입니다. 듣자 하니, 이와나미 출판사가 '고지엔' 7판을 낸답니다. 일본 사람들 국어사전의 대명사격인 책이지요. 왜 공연히 배가 아픈지 모르겠습니다.

연이어 떠오르는 궁금증. '여기 외솔 기념비가 있다는 것을 아는 사람은 얼마나 될까? 저 아래 장충단공원이나 지하철 정거장에 안내표지 하나 만들 수 없을까?'

86

한옥마을에서

새 학기라서 학생들과 이런 대화를 자주 하게 됩니다. "집이 어딘가?" "서울입니다." "서울 어디?" "불광동입니다." "거기서 나고 자랐나?" "네. 저는 서울 토박입니다." "부모님은?" "아버지는 전라도 광주 출신, 어머니는 부산 분이십니다." "그렇다면 서울 토박이는 아닐세." 학생은 어리둥절한 표정으로 선생을 봅니다.

선생의 설명이 제법 길어집니다. "토박이는 그 땅에서 태어난 사람을 가리키는 말이 아니네. 한곳에 대대로 뿌리를 내리고 살아온 집안의 자손을 일컫지. 토종닭이나 토종개 혹은 토박이 식물을 생각해보게. 외국에서 씨를 들여다 이 땅에서 키우고 가꿨대서 그 꽃을 우리 화초라고 할 수는 없지 않은가."

"에이. 그럼 서울 토박이가 얼마나 되겠어요?" 선생은 고개를 끄덕이며 답을 이어갑니다. "당연히 많지 않지. 어느 조사 통계를 보니 4.9퍼센트. 생각보다 훨씬 더 적더군. 서울 시민 스무 명 중에 한 사람꼴이라는 얘기지. 하지만 그게 맞을 거야. 토박이 축에 들려면 한일 병합 이전부터 한성부 사람이었어야 한다니까."

적어도 삼대 이상, 그것도 '사대문 안' 사람들이라야 서울 토박이라고 부른다는 말입니다. 범위를 한껏 넓혀봐야 '한양 도성 십 리 근방'에 살던 사람들까지 넣어주는 게 고작이랍니다. 임금 무릎 밑에 살던 이들과 성벽 그늘 아래 백성들의 묵시적 합의에서 비롯된 관념일 테지요.

양성모음보다는 음성모음을 즐겨 쓰기 때문인지 서울말은 대체로 부드럽고 온순한 인상입니다. 삼촌을 '삼춘'으로, 돈을 '둔'이라 했습니다. '여보세요'가 '여부세요'에 가깝게 들립니다. '~같아'를 '~같어'라 했습니다. 지금 몇시인지 물으려는 아이가 '아이씨!' 하면서 시계 찬 아저씨를 불러 세웠습니다.

초등학교 삼학년 때 서울로 전학 온 촌뜨기, 제 기억에도 퍽 많은 말이 남아 있습니다. 서울은 의사 선생을 '으사 선생', 계란을 '겨란'이라 말하는 도시였습니다. 가장자리는 '가생이'라고 하고, '~허우' '~허시우' 같은 말투가 흔했습니다. 「사랑방 손님과 어머니」의 '옥희'가 그러지 않던가요. "아저씨는 겨란 안 좋아허우?"

지금 제 귀엔 옥희와 어머니 그리고 사랑방 아저씨 목소리가 쟁쟁 울립니다. 이 댁 부인네가 서울말, 서울 억양으로 인사를 건네올 것만 같습니다. "뉘시우? ……어딜 찾아오셨어요?" 주인 허락도 없이 남의 집 툇마루에 와 앉아 홍매화에 취해 있는 까닭입니다. 남산골 한옥마을 김춘영씨 댁 '개와(기와)'집입니다.

김씨는 구한말 오위장五衛將을 지낸 사람입니다. 삼청동 그의 집이 여기 와 앉아 있습니다. 우두머리 목수 집부터 황후 큰아버지가 살던 집까지 조선 민가 여러 채가 모인 곳입니다. 모두 시절의 인연을 따라왔을 것입니다. 그럼에도 불구하고 저는 이 집의 운명이 조금 더 기묘하게 느껴집니다.

오위장이라면 도성 안팎을 순찰하고 궁궐의 안위를 책임지던 직책입니다. 요즘식으로 이야기하면 서울 경비를 맡은 부대의 고급 장교지요. 이 자리에 있던 군인들과 콘크리트 막사와 연병장이 떠오릅니다. 삼십여 년간 서울을 지킨 부대였습니다. 지금의 '수도방위사령부'입니다.

이 마을(규모와 구색을 생각하면, 좀 멋쩍은 이름이지만)이 올봄에는 더 각별한 생각을 불러옵니다. 무기고, 화약고의 골짜기에서 아름다운 옛집을 만납니다. 남산 자락에서 삼현육각, 우리 소리를 듣습니다. 여기 국악당을 앉힌 것은 잘한 일입니다. 덕분에 이 마을이 평균적인 관광지의 차원을 훌쩍 넘어섭니다.

어쨌거나 헛기침 소리가 나던 지붕 밑을 내 집처럼 들락거리며 조선과 한양을 이야기할 수 있다는 것은 행복한 일입니다. 한옥을 보는 즐거움은 조선 톱과 대팻날의 공력, 목수의 눈썰미를 생각하며 시선을 이리저리 옮기는 데에 있지요. 거기에 약간의 상상력을 보태면 사극의 '미장센'을 온몸으로 경험하게 됩니다.

민씨 댁 뒷마당에서 곧 피어날 배꽃을 그려봅니다. 이조년의 시조가 그리는 정경입니다. "이화梨花에 월백月白하고 은한銀漢이 삼경三更인데/일지춘심一枝春心을 자규子規야 알랴마는/다정도 병인 양하여 잠 못 들어 하노라". 보고 싶은 장면입니다. 바라건대 그런 밤에는 문 닫는 시간을 더 늦추면 좋겠습니다.

배꽃과 달빛이 서로 홀린 밤, 국악당에서는 정가正歌가 흘러나올 것입니다. 어느 봄밤이 부럽겠습니까. 고향의 달밤처럼 황홀할 것입니다. 서울 사람이 아니면 어떻습니까. 따지고 보면 처음부터 여기 와 있던 것이 어디 있습니까. 동서남북 사방에서 옮겨온 집들입니다. 팔도에서 모여든 꽃과 나무들입니다.

바람은 산을 넘어왔고 구름은 강을 건너왔습니다. 제 학생에게도 다시 가르쳐야겠습니다. '딛고 선 땅에 사랑의 뿌리를 내리는 사람, 그는 토박이다.'

87

목련꽃 그늘 아래서

본가에 들렀다가 거기까지 갔습니다. 제 모교가 있던 자리입니다. '자리'라고 말하기도 쑥스럽습니다. 내력을 적은 표지판 하나 없고 옛 절터만큼의 흔적도 남아 있지 않은 까닭입니다. 학교가 떠난 자리엔 아파트가 들어앉았고 주변 풍광도 낯설기 짝이 없었습니다. 교문 옆 오래된 성당이 남아 있을 뿐이더군요.

공연히 짠해져서 죄 없는 아파트만 원망스럽게 올려다보았습니다. '먼발치에서 바라보고 말 걸 그랬나?' 후회도 따라붙었습니다. 동서남북만 겨우 짚어보고 돌아섰습니다. '여기쯤 목조 건물, 본관이 있었다. 저쪽으로 중학교 건물이 있었다. 운동장 서쪽 끝엔 옹벽이 있었고, 그 위로 위태롭고 무질서한 집들이 올려다보였다.'

환하게 피어난 목련꽃이 저를 열일곱 살의 봄날로 데려다주었습니다. 피아노 반주를 타고 오는 〈4월의 노래〉를 들었습니다. 목련은 자신의 이름이 들어간 노래가 자랑스러울 것입니다. 바람도 없는데 꽃잎이 살랑거립니다. "목련꽃 그늘 아래서 베르테르의 편지를 읽노라……" 봄이 지금보다 훨씬 길게 느껴지던 시절이었습니다.

환청과 환각에 취해서 언덕길을 내려왔습니다. 음악 선생님 생각이 났습니다. 교가를 배우던 날의 음악실 풍경도 어제처럼 생생했습니다. 돌이켜보니 훈련소에서 군가를 배우던 느낌 비슷했던 것 같습니다. 선생님께서는 실제로 군가도 여러 곡 지으셨지요. 아이처럼 천진하고 음악가답게 무구한 감성을 지닌 분이셨습니다.

유머가 풍부하고 장난과 놀이를 좋아하셨지요. 항상 유쾌하셨습니다. 그런데 그날은 좀 달라 보였습니다. 근엄한 표정으로 말씀하셨지요. "여러분의 교가는 예사로운 노래가 아닙니다. 〈보리밭〉의 작곡가가 만든 곡입니다. 이분 노래들 중에는 명곡 아닌 것이 없어요. 우리 교가도 예외가 아닙니다. 이분이 누구신가? 아는 사람!"

저희들은 옆 사람 얼굴만 쳐다보았습니다. 결국 당신께서 답하셨습니다. "윤용하 선생이십니다. 어려운 삶 속에서도 투지와 용기를 잃지 않았던 분이지요. 옳다고 믿는 것은 끝까지 지켜냈고 그렇지 않은 것들과는 일절 타협을 하지 않았습니다. 동요처럼 순수하고 가곡처럼 아름다운 영혼을 지녔던 음악가입니다."

저는 지금 제 방에 앉아서 〈보리밭〉을 듣고 있습니다. 이 노래의 모든 버전을 찾아보겠다는 생각으로 성악가들을 불러내오고 있습니다. LP판과 카세트테이프까지 뒤지고 있습니다. 조수미, 김영자, 신영조, 안형일, 엄정행…… 제 고향 휴게소가 온종일 〈울고 넘는 박달재〉를 틀어대듯이 저는 밤새 〈보리밭〉을 들어보려는 것입니다.

잘 알던 이름이 떠오르지 않는 것은 화나는 일입니다. 한참 속상해하다가 겨우 기억해냈습니다. 조영호. 고등학교 은사 한 분께서 엄지를 추켜세우시던 성악가입니다. "〈보리밭〉은 그 사람이 최고지. 듣고 있으면 눈물이 나지. 폐부 깊은 곳에서 끓어오르는 소리가 푸른 보리밭에 붉게 타는 노을을 보여주거든."

동감입니다. 같은 노래인데 어쩌면 이렇게 다를까 싶습니다. 성악에도 '명기名器'가 있음을 실감합니다. 보리에 관한 명시들도 연달아 떠오릅니다. 청보리를 "어머니 무명 옷고름 속의 눈물 같다"던 시인(임홍재)도 있었지요. 그의 시를 향한 '저항적 순수의 시'라는 찬사를 보리밭에도 바치고 싶어집니다.

함형수 시인의 육성도 들립니다. 빼어난 시 「해바라기의 비명」에 관한 기자회견 같습니다. 비석을 세우지 말고 '해바라기를 심어달라'는 유언. '해바라기의 긴 줄거리 사이로 끝없는 보리밭을 보여달라'는 부탁. '푸른 보리밭 사이로' 노고지리가 되어 날아오르겠다는 외침.

빈센트 반 고흐의 밀밭 풍경이 겹쳐집니다. 그가 한국인이었다면 보리밭을 그리지 않았을까요. 이맘때면 전라도 고창 어느 농장 근처에 내려가 지낼 것입니다. 한하운의 「보리피리」 가락으로 출렁대는 보리밭 머리에서 붓을 들고 앉았겠지요. 푸른 보리밭을 물들일 장엄한 저녁노을을 기다릴 것입니다.

가곡 〈보리밭〉은 원래 '옛 생각'이란 제목의 시였습니다. 곡을 붙이는 과정에서 작곡가가 그렇게 바꿔 적었지요. 그런데 그 일조차 범상하게 여겨지지 않습니다. 〈보리밭〉의 노랫말은 애당초 윤용하를 위해 지어졌을 것만 같습니다. 박화목 시인의 다음과 같은 회고가 그런 추측을 가능케 합니다.

"지쳐 있는 우리 맘속에, '니힐'과 애수가 저녁놀처럼 승화되어 곱게 번져가고 있음을 (보여주고 싶었다.) '보리밭'을 통해 (……) 느낄 수가 있을 것이다. 그것이 구원의 문을 향한 통로일 수 있다고 나는 믿고 싶은 것이다." 저는 〈보리밭〉을 고흐만큼 불행했던 예술가 윤용하를 위한 묘비명으로 읽고 싶습니다.

제 음악 선생님은 못마땅해하셨지만 〈보리밭〉을 국민 가곡으로 만든 대중 가수의 이름도 고맙게 기억합니다. 〈보리밭〉 생각이 끝도 없이 이어집니다. 창밖에는 목련꽃이 등불처럼 환합니다.

88

외암리에서

아산 외암리 민속 마을. 차를 세우고 국숫집부터 찾았습니다. 여기 온 진짜 이유가 거기 있었으니까요. 그 집은 여전히 옛 자리를 지키고 있습니다. 외관은 좀 변했지만 음식 맛은 여전합니다. 멸치 국물이 기대를 저버리지 않았습니다. 이렇게 점잖고 은근한 맛을 선물해준 멸치들에게 감사의 인사를 전하고 싶습니다.

갓 삶아낸 국숫발이 살아서 꿈틀댑니다. 도시엔 '이름만 멸치 국물' '말만 잔치국수'가 대부분인데 여기서 제맛을 봅니다. 얘기가 나왔으니 말이지만 이름과 내용이 서로를 배신하는 음식이 얼마나 많습니까. 멀건 국물이 멸치를 부끄럽게 만들고 탄력을 잃은 면발이 국수 망신을 시킵니다.

국수 한 그릇에 허리가 곧추섭니다. 팔자걸음으로 식당을 나섭니다. 원하는 맛을 보고 나니 어제의 섭섭함도 조금은 누그러집니다. 즐겨 다니던 칼국숫집이 아주 문을 닫는다지 뭡니까. 점심 먹으러 갔다가 알게 된 일입니다. 영업 종료를 알리는 안내문이 나붙었더군요. 생각지도 못한 소식이었습니다. 당혹스럽고 허탈했습니다.

한 사람의 일상에서 이삼십 년 단골 음식점이 문을 닫는다는 것만큼 큰 뉴스도 드뭅니다. 생활의 배경 하나가 자취를 감추는 대형 사건이지요. 단골손님은 지독한 상실감을 견뎌야 하고 대체될 수 없는 맛의 기억을 지워야 합니다. 입맛을 길들여놓은 연인이 느닷없이 절교나 이별을 선언하고 사라진 경우와 흡사합니다.

어머니 손맛을 볼 수 없게 된 사람의 처지라 할 수도 있습니다. 남은 사람은 금단의 아픔을 견뎌야 합니다. 저는 칼국숫집 '겉절이'에 대한 그리움을 참아낼 일이 걱정입니다. 잊을 자신이 없습니다. '금세 밭으로 돌아갈 수도 있을 것처럼' 생기가 넘치는 김치였지요. 그 맛의 기억이 무시로 저를 힘들게 할 것입니다.

하지만 오래가지는 않을 것입니다. 또 어느 곳의 국수가 낯선 김치와 짝을 이뤄서 제 간사한 입맛을 사로잡겠지요. 세상에 국수가 얼마나 많습니까. 국수는 백석 시인이 그의 시 「국수」에서 반색을 하며 칭송하던 음식. "아, 이 반가운 것은 무엇인가/이 히수무레하고 부드럽고 수수하고 심심한 것은 무엇인가".

'이 반가운 것'을 먹고 나서 외암리 마을을 바라봅니다. 또다시 백석의 질문을 던져봅니다. "이 조용한 마을과 이 마을의 으젓한 사람들과 살틀하니 친한 것은 무엇인가/이 그지없이 고담하고 소박

한 것은 무엇인가". 잔치국수를 먹었으니 이제 잔치를 보러 갈 차례
입니다. 울긋불긋 꽃대궐, '봄꽃 잔치'입니다.

제비꽃, 민들레, 금낭화, 산당화, 수선화. 이팝꽃, 조팝꽃, 배꽃,
사과꽃, 박태기꽃, 살구꽃…… 제가 알고 있는 모든 봄꽃이 눈에 들
어옵니다. 그런데도 전혀 야단스럽거나 시끄럽지 않습니다. 수선스
럽게 모여 피지 않고 골목 끝이나 담장 너머에 조용조용 피었습니
다. 물오른 냇가의 수양버들만 요염한 자태를 뽐내고 있습니다..

시냇물도 명랑하게 흘러갑니다. 이원수 선생의 동시 「고향의
봄」이 꼭 이 마을에서 나온 것 같습니다. "살구꽃 피는 마을은 어디
나 고향 같다"던 이호우 시인의 시 한 줄도 겹쳐집니다. 누구 고향
이 이런 모습 아니겠습니까. 외암리는 지금 이 땅의 평균적인 봄 풍
경을 보여주고 있습니다.

어느 집이나 고모네 같고 외할머니네 같습니다. 불쑥 문을 열고
들어가면 누군가가 기다렸다는 듯이 달려나와 반겨줄 것만 같습니
다. 마루에 걸터앉아 잠시 쉬고 있으면 주인은 어느새 국수를 삶아
내오겠지요. 개다리소반에 김치도 따라올 것입니다. 꼴이 하도 사
나워 젓가락이 쉽게 다가가지 않을 김치입니다.

쉬어 꼬부라진 것도 같고 볼품이라곤 없습니다. 하지만 김치 없
이 어떻게 국수를 먹습니까. 눈을 질끈 감으며 김치 한쪽을 입에 넣
습니다. 순간 맛있는 국수가 세상에 날 때 김치도 함께 태어난다는
것을 알게 됩니다. 아까 그 김치가 그랬습니다. 수북하게 담긴 김치
한 그릇을 혼자서 다 먹었습니다.

외암리에는 '민박' 표지가 붙은 집이 여럿입니다. 여러 날 지내보고 싶은 집도 두어 군데 눈에 듭니다. 이 마을에서 며칠쯤 묵게 되면 하루 한끼는 국수를 먹고 싶습니다. 일일일면—日—麵! 매표소 앞 식당에서 모르는 사람들과 어울려 잔치국수를 먹거나 주인아주머니에게 칼국수를 해달라고 부탁하고 싶습니다.

이상국 시인도 저와 비슷한 생각을 가진 모양입니다. 그의 시(「국수가 먹고 싶다」)가 말합니다. "사는 일은/밥처럼 물리지 않는 것이라지만/때로 허름한 식당에서/어머니 같은 여자가 끓여주는/국수가 먹고 싶다 (……) 어둠이 허기 같은 저녁/눈물자국 때문에/속이 훤히 들여다보이는 사람들과/따뜻한 국수가 먹고 싶다".

국수는 참으로 조용하고 온화한 먹거리입니다. 어머니처럼 자비롭고 평화로운 음식입니다. 일본의 어느 식품회사 슬로건이 떠오릅니다. '인류는 면류人類は麵類'.

89

시계탑이 있던 자리에서

어제 갑자기 휴대전화가 꺼졌습니다. 아무런 예고도 경고도 없이 숨을 거뒀습니다. 난감했습니다. '받을 메시지도 많고 연락할 일도 많은데 어쩌나', 눈앞이 캄캄했습니다. 황급히 응급실 문을 두드렸지요. 전문 수리 센터를 찾아갔습니다. 증상을 설명하고 전문가의 진단과 처방을 기다렸습니다.

수리공도 고개를 갸우뚱거렸습니다. 조사를 해봐야 알겠다며 한 시간쯤 기다리라고 했습니다. 시키는 대로 따를 수밖에요. 의식을 잃고 쓰러진 가족의 보호자처럼 막막한 심정으로 문을 열고 나왔습니다. 턱 받치고 앉아서 기다리기보다는 길에서 시간을 보내는 쪽을 선택한 것입니다.

낯선 골목길을 천천히 걸었습니다. 잰걸음으로 걷다보면 시간이 훨씬 더디게 흘러갈 것 같기 때문이었습니다. 한 방향으로 삼십 분쯤 가다가 돌아올 참이었습니다. 부자 동네라서 높고 큰 집들 구경만으로도 심심치 않았습니다. 방범 카메라의 눈총이 요란했지만 아직 지지 않은 봄꽃들의 시선은 순하고 착했습니다.

걷다보니 시간이 궁금했습니다. 주머니를 뒤졌지만 있어야 할 것이 없습니다. 휴대전화가 없으니 시간조차 알 길이 없었습니다. 서둘러 큰길로 나섰습니다. 대로변에선 시계 보기가 어렵지 않을 테니까요. 하지만 제 생각은 빗나갔습니다. 약국에도, 카페에도, 빵집에도 시계는 좀처럼 눈에 띄지 않았습니다.

옛날 같으면 쇼윈도 바깥에서도 잘 들여다보이는 위치에 둥그런 시계 하나쯤 걸려 있던 가게들입니다. 하지만 둥근 것도 네모진 것도 없었습니다. 이내 당연한 일이란 생각이 들었습니다. 이제 시간을 묻는 행인도 없고 벽시계를 찾아 두리번대는 손님도 없습니다. 타인의 시간보다 개인의 '찰나'가 더 소중한 시대입니다.

그리니치 천문대로부터 똑같이 나눠 받은 시간의 눈금이 천차만별입니다. 길이도 무게도 사람마다 다릅니다. 공공재쯤으로 여겨서 함께 쓰던 공동의 '세월'이 점점 더 사적이고 내밀한 물건이 되어갑니다. 전화기가 주머니 속으로 들어가는 동안 그 많던 시계도 숨어버렸습니다.

대표적인 것이 시계탑입니다. 한 시절, 그것은 어디에나 있었지요. 광장에 있었고 정거장에 있었습니다. 대학 캠퍼스에 있었고 종합병원 입구에 있었습니다. 군부대 연병장에 있었고 체육관이나 운동장 근처에 있었습니다. 공업단지의 중심과 공원 한복판을 지켰습니다.

　많은 사람이 시계탑을 보면서 뛰거나 달렸습니다. 일터와 학교로 향하는 발걸음을 재촉했습니다. 시간의 소중함이 천금 같아서 탑은 실제보다 훨씬 높아 보였습니다. 이 땅 모든 시계들이 스스로를 자랑스러워할 때였지요. 마루에 걸린 벽시계 소리가 옆방까지 들리고 괘종시계 종소리가 담을 넘던 시절이었습니다.

　한 사람을 위한 시계보다는 여럿을 위한 시계가 더 많았습니다. 당연히 소리가 커야 했고 동작이 커야 했습니다. 덕분에 귀가 어두운 할머니도 알아듣고 숫자를 모르는 농부도 때를 알았습니다. 그런 시계가 하나둘이 아니었습니다. 첫차의 기적 소리, 라디오 프로그램 시그널, 산등성이에 걸린 해와 달……

　마흔이 되어서야 자신의 태어난 시각生時을 알아냈다는 소설가 K씨가 생각납니다. 단서는 어머니의 기억. "너를 낳을 때 아침볕이 막 안방 문턱에 닿고 있었단다." 말씀대로 폐가가 된 고향집에 가서 그 순간의 시각을 확인했다지요. '열시 육분 사십오초'. 어머니의 시계는 아들 시계만큼 정확했습니다.

　그나저나 제 휴대전화는 아주 못쓸 상태라는 판정을 받았습니다. 결국 새것을 장만했습니다. 전화기 하나 잃으니 (인정하기 싫지만) 손발을 잃은 것처럼 불편하더군요. 머릿속 정보들도 죄다 그리로 옮겨가서 전화번호 하나 기억하지 못했습니다. 시간도 알 수 없어서 쩔쩔맨 걸 생각하면 부끄럽기 짝이 없습니다.

오늘은 아침 일찍 정거장에 나왔습니다. 행사가 있어서 지방에 가는 길입니다. 문득 예전에 시계탑이 있던 자리가 궁금해집니다. 역 광장이 사라지는 바람에 정확한 위치도 가늠하기 어렵습니다. 정거장 손님들을 상대로 장사하던 수백 개의 상점도 보이지 않습니다.

그 많던 집이 고층 빌딩 몇 채 안으로 다 들어갔습니다. 숨어버렸습니다. 광장과 시계탑의 실종이 대다수가 '시간과 공간'을 공유하던 시대의 종언처럼 느껴집니다. 지난겨울에 타계한 가야금 명인 황병기 선생의 작품 〈시계탑〉의 선율이 떠오릅니다. 대학병원의 시계탑을 보고 지었다는 곡입니다.

얼마나 많은 환자와 가족이 그 시간의 탑을 바라보았을까요. 희망과 절망이 거기서 나뉘고 생로병사가 그 탑을 돌아서 주어진 길로 갔을 것입니다. 시계탑은 그 모두에게 균등한 위로와 격려와 박수와 갈채를 보냈을 것입니다. 지금 제가 그리워하는 시계탑도 마찬가지였을 테지요.

시계탑의 시간은 적어도 지금 제 주머니 속의 시간처럼 고독하고 이기적이진 않았습니다.

90

보통리 저수지에서

화성에 왔습니다. 정남면 보통리. 과천에서 봉담, 다시 동탄으로 이어지는 고속도로에 인접한 마을이지요. 후배 시인이 둘째를 시집 보낸다 해서 축하해주러 왔습니다. 잔치는 신부의 집 근처 리조트 정원에서 열렸습니다. '날씨도 부조扶助를 한다'는 말은 이런 날을 위해 있나봅니다. 청명한 봄날입니다.

주례사가 인상적이었습니다. 선남선녀의 결합을 이번 남북 정상의 만남에 빗대었습니다. 상투적 미사여구가 없어서 좋았습니다. 정상회담의 과정이 조목조목 새내기 부부를 위한 덕담과 가르침의 재료로 쓰이더군요. 남녀가 함께 그려가야 할 정신의 풍경들이 판문점의 역사적 장면들과 다르지 않았습니다.

문대통령과 김위원장의 '기념식수'가 무엇보다 큰 상징으로 읽혔습니다. 소나무는 삼천리를 대표하는 생명, 장삼이사張三李四를 닮은 나무. 합토합수合土合水의 행위가 말과 글을 대신했습니다. 백두와 한라가 몸을 섞고 대동강과 한강이 마음을 합치는데 무슨 수식이 필요하겠습니까.

이십 년 전에 정주영 회장이 소떼를 몰고 올라가던 길목에 심었다지요. 온몸으로 민생을 져나르던 짐승과 청산을 지켜온 나무의 합체입니다. 제게도 각별한 감회가 엉깁니다. "소는 죽어 소나무가 되어 운다"고 노래한 바 있는 까닭입니다. 소나무는 '소의 나무'라는 생각의 표현이었습니다.

이 땅의 가장 보편적인 동물과 식물이 '평화와 번영'의 이정표로, 숨쉬는 장승이 되어 섰습니다. 튀고 도드라져본 적 없는 목숨, 수수하고 무던한 생명이 무사하고 무탈한 세월을 축수합니다. 자연의 법칙과 순리의 규범이 가장 윗길에 놓이는 삶을 기약합니다. 오늘 주례 선생이 부부의 길을 이르는 이치가 다르지 않았습니다.

바람도 햇살도 이래저래 기분이 좋은 모양입니다. 보통리 저수지 봄물결이 까르르르 소리를 내며 웃고 있습니다. 못 한 바퀴를 돌고 싶어 슬그머니 산책로 입구로 내려왔습니다. 물위로 난 길을 걸었습니다. 늪지를 이룬 저수지 가장자리 식생들을 보호하려고 만든 다리일 테지요. 아무튼 걷는 맛이 예사롭지 않습니다.

꽃가루가 하얗게 날려서 조금 성가시지만 자연의 호흡을 누가 멈추겠습니까. 저수지 둑 밑 논밭엔 본격적인 농사철을 준비하는 농부들 손놀림이 분주합니다. 물도 흙도 흥겨운 낯빛으로 제 역할을 생각합니다. 야트막한 산이 저수지에 비친 제 얼굴을 들여다보고 논물은 하늘과 구름을 담고 가볍게 찰랑댑니다.

　김소월이 「개여울」에서 묘사한 물의 움직임이 꼭 저런 모습이었을 것입니다. '잔물'이 '봄바람에 헤적'이는 느낌. 보통리 저수지 수면에 북녘 물빛도 함께 포개집니다. 보통강입니다. 평양성 서쪽을 돌아나가는 강이지요. 그 물도 지금쯤 저렇게 살랑살랑 눈웃음을 치며 강마을의 버드나무를 흔들고 있을 것만 같습니다.

　강물이 내려다보이는 '보통문' 근처에는 데이트하는 젊은이들도 많겠지요. 성문 안 어느 우물가에는 지금도 김동환 시인의 시 「웃은 죄」에 나오는 그이가 있을지도 모릅니다. "지름길 묻길래 대답했지요,/물 한 모금 달라기에 샘물 떠주고,/그리고는 인사하기에 웃고 받았지요,/평양성에 해 안 뜬대도/난 모르오,/웃은 죄밖에."

　'보통리'라는 마을은 여기 말고도 여럿입니다. 경기도 여주, 강원도 원주, 충청남도 세종시. 모두 같은 이름을 거느리고 있는 고장들입니다. 그곳들의 풍광도 이 동네와 다르지 않을 것입니다. 보통의 강이 흐르고, 보통의 꽃이 피고, 보통의 새들이 지저귀는 땅에서 보통의 사람들이 보통의 살림살이들을 꾸려갈 테지요.

　지난해에 뜻하지 않은 사고로 집을 잃어본 저는 '보통'처럼 시시해 보이는 말들이 얼마나 소중한 어휘인지를 압니다. 범상치 않은 일을 당한 사람에게 '별일 없느냐'는 질문보다 곤혹스러운 인사는 없습니다. '별일 없다'고 말할 수도 없고 사실대로 '별일이 있음'을 이야기하기도 어려운 까닭입니다.

'평상심平常心이 도道'라는 가르침은 참입니다. 보통날의 마음입니다. 이 못가에 그런 마음의 흙집 한 채 짓고 싶습니다. 자꾸 한눈을 파는 마음을 보통리에 풀어놓고 키우고 싶습니다. 평양에 다녀온 가수 백지영의 노래 〈보통〉이 품은 정한과 이루고 싶은 꿈들도 한자리에 둘러앉히고 손잡게 하렵니다.

"보통 남자를 만나 보통 사랑을 하고, 보통 같은 집에서 보통 같은 아이와, 보통만큼만 아프고 보통만큼만 기쁘고, 행복할 때도 불행할 때도 보통처럼만 나 살고 싶었는데……" 어법은 따지지 않겠습니다. 그녀가 질기게 매달리는 '보통'의 삶을 향한 비원에 귀기울이고 싶을 따름입니다.

애끓는 목소리에서 〈총 맞은 것처럼〉 아픈 마음의 상처가 만져집니다. 보통의 날들이 약입니다. 평화와 번영도 서로 껴안고 보듬는 보통의 차원일 때 지속 가능한 행복의 자산이 되지요. 오늘 결혼한 젊은이들의 앞날도 보통리의 나날이기를.

91

문조당에서

한 사람 빠지고 모두 모였습니다. 계절에 한 번씩은 꼭 얼굴을 보는 벗들의 모임입니다. 사십 년 '지기'들인데, 주로 여기서 만납니다. '문조당'. 고색창연한 옛집은 아닙니다. 솟을대문 높다란 대 갓집도 아닙니다. 그저 평범한 시골집입니다. 서해대교 가까운 바 닷가 마을, 파란 기와집입니다.

당호도 그리 오래된 것이 아닙니다. 십여 년 전에 제가 지었으니 까요. 들을 문聞, 바닷물 조潮. '바닷물 소리를 듣는 집'이란 뜻입니 다. 실제 물결 소리가 들리진 않습니다. 그러나 문조당 주인 귀에는 밀물과 썰물이 드나드는 소리가 정말로 들리는 모양입니다.

살갗에 와닿는 바람결만으로도 제 친구는 바다의 표정을 읽어 냅니다. 빗물을 받듯이 허공에 손을 내밀며 이렇게 말합니다. "오전엔 파도가 높아서 배를 띄우기 어렵겠어. 점심 먹고 나면 잠잠해질 거야." 바람이 기상 캐스터가 되어 포구의 날씨를 중계방송이라도 하는 것 같습니다.

문조당 손님들은 도시에 두고 온 다른 바다를 이야기합니다. 보험 전문가는 안개 속 항로를 걱정하고, 역사학자 친구는 격랑을 만난 이 시대에 관해 목소리를 높입니다. 공직에 있는 친구는 새로운 항해 지도를 찾고, 교사 친구는 표류하는 청춘의 등대가 되고 싶어 합니다.

직업도 일터도 제각각인 친구들 '생각의 파도' 소리가 들립니다. 세월의 파고에 맞서는 다양한 인생의 방파제가 보입니다. 역사가 어디로 흘러가고 새 시대가 어디서 오는지 알게 됩니다. '세월 time and tide은 우리를 기다려주지 않는다'는 영어 격언에 어째서 '바닷물'이 들어가는지를 깨닫습니다.

이 집 벽에다 저 푸른 현판을 붙이던 날이 생각납니다. 한문학 박사 후배에게 부탁하여 받은 서체로 글자를 모아서 판각을 한 것입니다. 마치 친구들 공동 명의의 문패를 거는 것처럼 즐거웠습니다. 모임의 명칭을 '하여간何如間'으로 바꾼 것도 그 무렵입니다. 어찌할 수 없는! 운명적 관계들이라서 '하여간'입니다.

'하여간'에 새긴 뜻은 이렇습니다. "우리는 오랜 친구들, 언제까지나 서로 잊지 못할 사이間다. 어디서 무얼 하든 때맞춰 만나지 못하면 그리워서 견딜 수 없는 사이다. 오늘 다툰다 해도 내일은 포옹해야 할 사이다. '하여간'은 우리들 사이를 설명하는 데 가장 적합

한 말이다. 우리들 만남에 다른 이유는 모두 사족이다."

이 이름이 제일 도드라지는 곳은 장례식장입니다. 문상객이나 초상집 가족 중 누군가는 이렇게 묻습니다. "하여간이 뭐예요?" 대부분 근엄한 명찰을 달고 있는 화환들 가운데서 니힐리즘에 가까운 '하여간' 세 글자가 단연 눈길을 끕니다. 당연한 일입니다. 그만큼 질긴 인연입니다.

아내들의 모임도 있습니다. '여하간如何間'입니다. 그들끼리만 일본 온천 여행을 다녀오기도 했지요. 여고 동창생 무리쯤으로만 여겼던 안내원이 자못 신기해하면서 이렇게 말하더랍니다. "남편들이 친구라는 이유만으로 부인들끼리만 이렇게 해외여행을 나온 사람들은 처음 봤습니다."

문조당 풍경이 많이 바뀌었습니다. 오랜만에 왔다는 증거입니다. 잔디뿐이던 마당 복판에 나무 두 그루가 섰습니다. 반송盤松입니다. 주인이 오랫동안 공들여 가꾼 솔밭에 있던 것입니다. 밭에서 마당으로 나왔을 뿐인데 태깔이 달라 보입니다. 아직은 교실을 막 빠져나온 사복 차림의 고등학생처럼 수줍어하는 눈치입니다.

친구 아내가 차와 과일을 내옵니다. 평상에 앉아 집 주변을 빙 둘러봅니다. 개가 짖고 닭이 소리를 냅니다. 반갑다고 환영의 인사를 보내는 것일 테지요. 거위들과 염소들은 우리가 아직 낯선가봅니다. 저희들끼리 통하는 소리만 반복합니다. 야생화들이 인사를 건네옵니다. 매발톱꽃이 앞으로 나섭니다. 금낭화도 보입니다.

푸른 꽃들이 계절의 변화를 알립니다. '녹색의 꽃'들입니다. 꽃

을 떨군 자리에 새잎들이 참새 혓바닥 같은 모습을 드러냅니다. 저
것들이 어찌 꽃이 아니겠습니까. 시 한 편이 생각나서 시집을 뒤져
봅니다. 건넛마을(부곡리)에 '필경사筆耕舍'라는 집을 짓고 살던 『상
록수』의 작가 심훈의 작품 중 일부입니다.

시들은 풀잎만 얼크러진 벌판에도 봄이 오면은/하늘로 뻗어 오르는
파란 싹을 보셨겠지요?/당신네 팔다리에도 그 싹처럼 물이 올라서/지
둥치듯 비바람이 불어도 쓰러지지 말라고 비가 옵니다/높이 든 깃발
이 그 비에 젖습니다.

「어린이날」이란 제목이 붙었으니, 꼭 이맘때 정경입니다. 마침
빗방울까지 떨어져서 문조당이 필경사 마당처럼 느껴집니다. 시인
의 말대로 우리네 "팔다리에도" 저 푸른 "싹"에게처럼 "물"을 올려
주려고 내리는 비입니다. '땅이 흔들리도록' 세월이 우리를 어지럽
게 하여도 쓰러지지 말라는 하늘의 당부입니다.
　　유고집 『그날이 오면』에 실린 시지요. 하여간에, 문조당에 비가
내립니다. 좋은 비입니다.

92

윤필암에서

새재를 넘었습니다. 점촌에 왔습니다. 문경시립도서관이 마련한 문학 강좌에 초대 시인으로 왔습니다. 생각보다 많은 이가 저를 기다리고 있더군요. 대부분 연세 지긋한 아저씨 아주머니들이었는데 분위기가 사뭇 진지했습니다. 우연히 눈에 띈 작품 수준으로 보건대 글에 쏟아온 공력들도 만만치 않았습니다.

오랜만에 문학에 대한 '순정'을 느낄 수 있어 좋았습니다. 글쓰기에 대한 애정과 시와 한몸이 되어보려는 희망이 가득한 교실이었습니다. '초심'으로 세상 끝까지라도 가보려는 눈빛들이었습니다. 덕분에 그분들과 함께하는 점심밥이 입에 달았습니다. 야생화가 아름다운 카페에서의 시간이 행복했습니다.

서둘러 작별을 고했지만 제 행선지는 서울이 아니었습니다. 내려오면서 반드시 들러보려고 계획한 곳을 향해 달렸습니다. 사불산 윤필암. 오래도록 벼르던 숙제였습니다. 궂은 날씨 탓에 조바심이 났습니다. 초행에 늑장을 부리다간 허탕을 칠지도 모른다는 불안감이 밀려들었습니다.

다행히 윤필암은 그리 멀지 않았습니다. 날은 흐리고 길은 구불구불했지만 마음은 마냥 부풀었습니다. 사진으로만 보아오던 이상형을 만나러 가는 사내처럼 설렜습니다. 전설의 성을 찾아가는 소년처럼 가슴이 뛰었습니다. 핸들을 잡은 손에 자꾸 힘이 들어갔습니다. 비와 안개가 온 산을 휘감았습니다.

오히려 잘됐다고 중얼거렸습니다. 절 구경은 사실 쨍한 날보다 흐리거나 비 오는 날이 훨씬 더 좋습니다. 사람과 하늘이 더 가까워질 수 있기 때문입니다. 화가 임옥상씨도 엇비슷한 생각을 했더군요. 일찍이 이 절을 드나들며 윤필암 그림 전시회까지 열었던 화가들이 엮은 책(『사불산 윤필암』)에서 읽었습니다.

"우리말에서 '절 받으세요'의 절과 '절을 찾는다'의 절이 같은 것은 우연이 아닐 것이다. '절 받으세요'의 '절'은 '저를 받아주세요'의 '저를'을 줄인 말로 웃어른이나 신께 자신을 공양한다는 뜻이리라. '절을 찾는다'에서의 '절'은 '저를' 찾는다는 것으로 '나를 찾는다'의 겸양적 표현으로 보아야 할 것이다…… 절을 찾는다는 것은 나를 찾아가는 일종의 만행萬行이다."

저 역시 흡사한 이야기를 한 적이 있습니다. "절하고 싶어야 절이다." 윤필암 사불전에 들면 절하고 싶어집니다. 불상이 없는 법당입니다. 부처가 앉아 있어야 할 자리에 창문이 있을 뿐입니다. 창밖으로 맞은편 산꼭대기 '사면불'이 보입니다. 사방에 부처가 그려진! 『삼국유사』에도 나오는 설화 속의 돌입니다.

"죽령 동쪽 백 리가량 되는 곳에 높이 솟은 산이 있었는데, 진평왕 9년 정미丁未에 갑자기 사면이 한 길이나 되는 큰 돌이 하나 나타났다. '사방여래四方如來'의 상이 새겨지고, 모두 홍색 비단으로 싸여 있었다. 그것은 하늘로부터 그 산꼭대기에 떨어진 것이다. 왕은 그 말을 듣고 그곳에 가서 쳐다보고 절하고는⋯⋯"

아쉽게도 왕이 절을 하게 만든 그 돌은 보이지 않습니다. 사면불은 지금 안개에 싸여 있습니다. 하릴없이 저는 산에 대고 절을 합니다. 아니, 숲속에 무릎을 꿇고 허공에 이마를 댑니다. 저 유리창을 낸 이의 뜻도 어쩌면 불상 대신 나무와 구름을 보라는 것인지 모릅니다. 구름을 몰고 오는 바람을 보라는 당부일 수도 있습니다.

이런 법당은 여기 말고도 여럿 있습니다. 이른바 '적멸보궁'이라고 일컫는 곳들입니다. 부처의 진신眞身을 모셨는데 무엇하러 허깨비를 받들겠습니까. 논산 관촉사 생각도 납니다. 최근에 그 절 미륵불이 보물에서 국보로 승격되었지요. 모자를 쓴 얼굴이 엄청나게 큰 고려의 돌부처 말입니다.

그 절 미륵전에도 여기처럼 불상이 없습니다. 정면 벽에 커다란 창문이 나 있지요. 그리로 미륵부처님 커다란 상호相好가 보입니다. 저는 그것 또한 돌로 된 형상을 보라는 뜻은 아닐 거라 믿습니다. 거기에 자신의 얼굴을 비추어보라는 주문일 것만 같습니다.

며칠 있으면 부처님 오신 날. 그분께서 세상에 나오자마자 외쳤다는 말씀의 의미도 멋대로 새겨보고 싶어집니다. '천상천하 유아독존天上天下 唯我獨尊!' 저는 이 말을 '인간의 존엄성 선언'으로 이해합니다. '오직 '나 홀로' 존귀하다의 '나'는 '싯다르타'가 아니고 '석가모니'도 아니다. 인간이다.'

마치 입학식이나 운동회 같은 데서 대표자가 선서를 할 때 따라 하는 이들 모두 각자의 이름을 넣어서 같은 다짐을 하는 격입니다. 덧붙이자면 이런 문장과 같은 의미지요. "(나, 싯다르타가 모든 인간을 대표해서 이르노니) 하늘 위에도 하늘 아래에도 '인간(홍길동, 성춘향……)'만큼 존귀한 존재는 없다."

사불전 유리창 너머 푸른 산을 봅니다. 제 얼굴이 비칩니다. 얼굴을 비추어주는 것이 유리창인지 안개인지 잘은 모르겠습니다. 그저 자꾸 절하고 싶을 뿐입니다. 지금 저는 부처님 손바닥 안에 있습니다.

93

수족관 앞에서

빌딩 숲 사이로 '자이언트 구라미'가 헤엄을 칩니다. 자동차들 물결을 따라 '인디언나이프'가 유영을 합니다. 행인들 머리 위로 '엔젤'이 지나고 '아로와나'가 버스를 타고 갑니다. 형형색색의 물고기가 가로수 위를 떠가고 하늘로도 솟구칩니다. 착시도 아니고 환영도 아닙니다. 초현실주의 그림도 아닙니다.

저는 지금 도시 한복판에서 바다를 보고 있습니다. 서초동 어느 제약 회사 사옥 앞입니다. 이 건물 일층 정면에 설치된 대형 수족관에서 그런 환상을 보고 있습니다. 바짝 들여다보면 꿈속 같고, 조금 떨어져 보면 동영상으로 보는 자연 도감 같습니다. 일종의 자연 다큐멘터리라고 해도 좋습니다.

누가 여기다 '물고기들의 집'을 지을 생각을 했을까요. 레스토랑이나 은행 지점 유리문이 보이는 것이 자연스러웠을 자리에! 주인 아니면 할 수 없는 일입니다. 추정컨대 사장이나 회장의 결정이었을 것입니다. 궁금증을 참기 어려워 인터넷을 열어보았지요. 어렵지 않게 CEO의 뜻을 찾아 읽을 수 있었습니다.

"삭막한 도심에 소박한 행복을 선물하고 싶었습니다. 기업의 작은 나눔으로 시민들이 마음의 휴식을 얻을 수 있기를 바랍니다. 바쁜 발걸음을 멈추고 잠깐이나마 숨을 고를 수 있는 장소였으면 좋겠습니다." 그분 뜻대로 제 발길은 여기서 자주 멈춰집니다. 어쩌면 이제 물고기들이 먼저 저를 알아볼지도 모릅니다.

좋은 이웃을 두는 것은 무척 기분 좋은 일입니다. 자신이 아끼는 것까지 흔쾌히 내어주는 사람 곁에 산다는 것은 행복입니다. 말처럼 쉽지는 않습니다. 혼자만 쓰고 보고 즐기고 싶은 욕심을 누르기는 생각보다 어렵습니다. 이 수족관만 해도 그렇습니다. 중역 회의실 근처나 로비 안쪽 깊숙이 설치할 수도 있었습니다.

가까운 사람들이나 불러서 보여주며 뽐내고 뻐길 수도 있습니다. 기업의 이익과 직접적으로 관련이 있는 장소에 만들어놓고 잔뜩 생색만 낼 수도 있습니다. 그랬다면 이 물고기 집의 가치는 벌써 흐려지고 말았을 것입니다. 처음엔 무척 놀랍고 고마워하던 사람들도 어느새 당연한 것으로 받아들이고 있을지도 모릅니다.

물고기들도 늘 보는 얼굴이 지루하고 권태로워서 다가서는 눈길을 피할 수도 있습니다. 골목길 담장 위의 줄장미들이 싱그럽고 어여쁜 것은 그것들이 아무런 대가도 바라지 않기 때문입니다. 우리가 정말 소중하게 여기는 것들은 예외 없이 인간의 화폐로 셈할 수 없는priceless 가치를 품고 있습니다.

광화문 어느 빌딩 글판板이 우리를 감동시키는 것은 거기 적힌 한 줄에 삿된 속셈이 들어 있지 않은 까닭입니다. 우리가 광장의 세종대왕과 이순신 장군을 존경의 시선으로 우러르는 것 또한 그분들이 한량없는 사랑의 눈길로만 우리를 굽어보고 있기 때문입니다.

제가 한때 세 들어 쓰던 조그만 사무실 생각이 납니다. 옆집은 저택이었습니다. 창문을 열면 크고 아름다운 정원이 한눈에 들어왔습니다. 괜히 미안했습니다. 풀 한번 뽑지 않고 물 한번 주지 않고서 사계절 눈부신 풍광을 즐긴다는 것이 죄스럽기조차 했습니다. 그러나 주인은 언제나 웃으며 손을 흔들었습니다. 행인들에게도 똑같은 인사를 건네곤 했습니다.

그이가 마당의 꽃과 나무를 정성 들여 가꾸는 뜻이 혼자 보고 즐기려는 것만은 아니었습니다. 이 대목에서 지난주에 세상을 떠난 어느 대기업 회장의 얼굴이 포개집니다. 평생 애지중지 가꾼 숲을 만인의 쉼터로 내어주고 자신도 나무 밑에 묻혔다지요. 혼자 가지면 마당이지만 나누는 순간 광장이 됩니다.

대학원에서 박물관 마케팅을 공부하는 제자에게도 비슷한 이야기를 한 적이 있습니다. "좋은 전공을 택했다. 박물관은 점점 많아질 것이다. 소장품을 언제 어떤 사람들과 어떤 방식으로 나눠볼 것인가를 생각하는 공부가 되어야 한다. 세상과 관계를 늘려가지 못할 때 박물관은 유물 창고나 무덤이 되고 만다."

잔소리가 제법 길었던 날입니다. "수장고에서 잠든 물건은 땅속에 있는 것이나 다를 바 없다. 최대한의 관객들과 만날 수 있는 접점을 만들어야 한다. 값진 보물일수록 번식력이 좋다. 관람객의 숫자만큼 늘어간다. 백만 달러짜리 유물을 천 명에게 보이면 천 명의 소장자가 생긴다. 천 명의 백만장자가 탄생한다."

저는 이 수족관 물고기들의 친구이며 이웃입니다. 아니, 이 거리의 모든 이들이 그럴 것입니다. 흐뭇한 장면이 연달아 떠오릅니다. 이른 새벽 미화원 아저씨가 간밤의 안부를 물으며 손을 흔듭니다. "어이, 친구들 잘 잤는가?" 소풍 나온 유치원생들이 유리에 이마를 붙이고 이렇게 속삭입니다. "친구야! 이리 가까이 좀 와봐."

이렇게 좋은 벗과 이웃들을 소개해준 회사 이름을 누가 잊겠습니까. 간판을 올려다보면서 고마워할 것입니다. 가는 곳마다 이 물고기들의 집을 이야기하며 칭송할 것입니다. 물고기들이 영업사원이 되어서 방방곡곡을 떠다니는 모습까지 눈에 선합니다.

94

안경점에서

한복을 곱게 차려입은 할머니가 선글라스를 쓰고 계십니다. 명창 박록주 선생이 북을 안고 소리를 하는 장면입니다. 만년의 모습입니다. 제가 즐겨 듣는 〈흥보가〉 음반에 있는 사진이지요. 재미있다 싶으면서도 이유가 궁금했습니다. '이 어른이 늘그막에 젊어지고 싶어 멋을 부리셨던 걸까?' 그것은 아니었습니다.

이유를 알았습니다. 글씨가 깨알 같아서 늘 외면하던 해설문에서 선글라스의 사연을 읽었습니다. "남아 있는 박록주의 말년 사진은 대개 검은 안경을 쓰고 있는데, 한쪽 눈을 실명한 탓이다." 외할머니를 오해한 손자처럼 부끄러웠습니다. 어른들이 자주 쓰던 말도 생각났습니다. '공연히 색안경 쓰고 보지 마시오.'

제가 '색안경'을 쓰고 본 것입니다. 편견과 선입견의 시선입니다. 반성의 마음이 황급히 일어납니다. 한쪽 눈을 감고 노래를 불러봅니다. 남은 한쪽 눈, 마저 감고 싶어집니다. 선생의 선글라스는 어쩌면 시력을 잃은 눈에 대한 배려였을지 모릅니다. 아니, 두 배로 고생하게 될 다른 한쪽 눈에 대한 예의였을 것입니다.

〈서편제〉의 주인공 송화가 겹쳐집니다. 뜬눈으로도 제대로 못 보는 세상을 보이지 않는 눈으로 절절히 펼쳐내던 여인입니다. 먼 눈에 맺히던 눈물이 또렷이 떠오릅니다. 판소리는 소리로 만든 영화입니다. 의성어 하나가 기가 막힌 미장센을 이룹니다. 의태어 하나가 청중을 들었다 놓았다 합니다.

안경점에 와서 소리를 생각합니다. 눈앞에 낯익은 얼굴 하나가 바짝 다가와 섭니다. 물론 환각입니다. 얼마 전에 세상을 떠난 김벌래 선생입니다. 세상 만물을 음향으로 다스리던 사람입니다. 그가 만든 소리는 귀에 들리는 것이 아니라 눈에 보였습니다. TV에 나타나고 스크린에 떴습니다.

사물들이 그가 시키는 대로 소리를 냈습니다. 콜라병 뚜껑은 그의 명령대로 '뻥뻥' 열렸고 리모컨은 '삐융·삐융' 에어컨을 켜고 껐습니다. 그는 해 뜨는 소리도 만들 수 있다고 장담하던 사람이었습니다. 모두 웃었지만 저는 그의 말을 믿는 쪽이었습니다. '꽃피는 소리' 얘기를 들었던 기억 때문이었을 것입니다.

〈달마가 동쪽으로 간 까닭은?〉이란 영화에 쓰인 효과음이었습니다. 큰 기대를 하지 않았던 감독도 퍽 만족스러워했다지요. "…… 이이…… 이이잉". 아주 먼 데서부터 벌 한 마리가 날아드는 소리였습니다. 모깃소리만하던 것이 점점 커지는 동안 꽃봉오리는 시나브로 벌어졌습니다. 벌이 내려앉는 순간 꽃은 활짝 피어났습니다.

누가 틀렸다 하겠습니까. 꽃 한 송이도 혼자 힘으론 피어날 수 없는 법. 어디선가 '번져오는' 기운이 있어 꽃도 열매도 새롭게 생겨납니다. 워낙 고요한 영화였으니 벌의 소리가 항공기 소음만큼이나 요란했을 것입니다. 나비도 따라왔을 테지요. 나비가 우주를 끌어안았을 것입니다.

장석남 시인의 시(「수묵정원 9」)가 떠오릅니다. "번짐,/음악은 번져 그림이 되고/삶은 번져 죽음이 된다/죽음은 그러므로 번져서/이 삶을 다 환히 밝힌다/또 한 번—저녁은 번져 밤이 된다/번짐,/번져야 사랑이지/산기슭의 오두막 한 채 번져서/봄 나비 한 마리 날아온다".

소리가 풍경을 밀고 오고 풍경이 음악을 데려옵니다. 전후가 좌우를 간섭하고 시간이 공간을 흔듭니다. 셰익스피어 전집과 뮤지컬이 싸웁니다. 문장과 노랫말이 다툽니다. 청중보다 관중의 힘이 막강해집니다. 귀와 눈은 점점 더 사이가 나빠집니다. 양쪽의 헤게모니 싸움이 볼만합니다.

본래는 '귀'가 윗길이었습니다. 구텐베르크의 인쇄술 덕분에 '눈'이 귀보다 우월해졌습니다. 예수님 말씀도 부처님 가르침도 읽고 보지 않으면 믿을 수 없게 되었습니다. 눈은 이제 구름이나 물결을 바라볼 여유도 없습니다. 지독한 과로와 일방적인 혹사, 착취에 시달립니다.

KTX의 속도로 달아나는 세월의 폭력 앞에서 딴청을 부릴 겨를이 없습니다. 한눈을 팔지 못합니다. 빛과 색깔의 잔치에 넋을 잃는 날이 대부분입니다. 전자기술이 자연 색상에 가까운 화질과 해상도를 말하지만 눈은 소리 없이 비명을 지릅니다. 오늘의 눈은 식탁의 평화와 침실의 휴식조차 보장받지 못합니다.

책과 친한 사람이 아니어도 안경을 쓰지 않을 수 없습니다. '안경'이 우등생의 별명이던 시절이 아득한 옛날처럼 느껴집니다. 그렇다고 귀가 행복해진 것도 아닙니다. 젊은이들은 이어폰을 끼고 삽니다. 눈과 귀에 차별을 두지 않으려는 것일까요. 제 눈엔 귀와 눈 모두를 학대하는 것으로 보입니다.

제 눈도 그리 좋은 팔자는 아닙니다. 지난해보다 더 나빠진 것 같습니다. 시력 검사 끝에 렌즈를 바꾸라는 권유를 받았습니다. 눈을 어지간히 들볶았던 모양입니다. 무엇에 빠지고 홀리었던지 생각해봅니다. 귀는 무시하고 눈만 믿고 따른 것은 아닌지 되짚어봅니다.

95

대구에서

정자옥화랑을 아십니까? 1940년 수화 김환기의 개인전이 열렸던 곳입니다. 그의 연보를 보다가 거기가 어디였는지 궁금해졌습니다. 별의별 추측을 다했지요. 주인의 성명일지도 모른다고 생각했습니다. 인터넷을 뒤지니 '정자옥丁字屋'으로 나오기도 해서 한옥 갤러리라고 단정하기도 했습니다.

한옥이 흔하던 시절이었으니, 지붕이 정丁 자 모양으로 생긴 집일 수도 있었겠다고 짐작했습니다. 요즘 삼청동이나 서촌 쪽에도 그런 집들이 더러 있지 않던가요. 옛집을 이용한 카페나 화랑. 해방 전 서울에도 그렇게 '모던'한 쓰임새를 지닌 전통가옥이 있었구나 싶어서 신기했습니다. 상상은 더 큰 날개를 달았습니다.

툇마루에 걸터앉았던 화가가 벌떡 일어나며 반가이 두 팔을 벌립니다. 식민지 청년 같지 않게 훤칠하고 당당한 모습으로, 작품을 설명합니다. 모란꽃 주변으로 알 만한 얼굴들도 여럿 보입니다. 당대의 문인, 논객들입니다. 두어해 전, 이쾌대전의 사진 자료로 나온 방명록에서도 보았던 사람들입니다.

하지만 추측은 보기 좋게 빗나갔습니다. 근대 건축 유산에 대한 무지도 함께 드러났습니다. 정자옥은 사람 이름도 아니고 건물 생김새에서 나온 명칭도 아니었습니다. 그것은 '조지야'로 읽히는 일본말이었습니다. 고바야시라는 집안이 포목 장사와 양복점 사업으로 일으켜 세운 백화점입니다.

미쓰코시와 함께 명동과 충무로 상권을 지배하던 이름이었습니다. 두 건물 모두 아직 제자리를 지킵니다. 외양은 변했으나 건물의 역할은 변치 않았습니다. 하나는 S백화점이 되었고 또하나는 중앙백화점, 미도파백화점을 거쳐 오늘의 Y플라자가 되었지요. 그러니까 조지야 화랑은 백화점 미술관입니다.

문득 제 청년기에 보았던 그림들이 줄지어 떠오릅니다. 남관, 이중섭, 장욱진, 유영국, 이응노, 천경자, 박고석, 서세옥, 박노수, 김기창…… 그런 이들 작품을 처음 보던 날의 기억이 생생합니다. 첫 대면은 대개 백화점에서였습니다. 말하자면 우리 현대미술에 대한 저의 학습은 대부분 적산가옥에서 시작된 것입니다.

돌이켜보면 한 시절의 백화점 화랑은 무척이나 매력적인 교실이었습니다. 가난한 대학생들에겐 더없이 황홀한 강의실이었습니다. 포마드나 화장품 냄새가 나는 이들 곁에서 생경한 미술 용어를 들는 것부터가 퍽 근사한 수업이었습니다. FM 라디오의 클래식 선율을 들으며 별세계와 만나는 시간이었습니다.

오늘 저는 오랜만에 젊은 가슴을 쿵쾅거리게 하던 그림들과 다시 만났습니다. 〈매화와 항아리〉를 만나고 〈산과 달山月〉을 만났습니다. 친구(김광섭)의 시구를 모티프로, 사무치게 그리워하던 이름들을 붓끝으로 불러낸 그림들입니다. '어디서 무엇이 되어 다시 만나랴'. 점점이 영혼의 별들입니다. 인연의 모래알들입니다.

가슴이 벅차오릅니다. 아침 일찍 서둘러 대구행 열차를 탄 제가 대견스럽습니다. 이런 대규모 전시회가 어찌하여 서울이 아니라 여기에서 열리게 되었는지는 따지고 싶지 않습니다. 칠곡군청 마당에서 열리면 어떠랴 싶습니다. 아니, 신안 앞바다 섬마을이면 또 어떻겠습니까.

실업률을 줄이고 청춘의 활력을 높이려 할 때, 이런 생각을 해보는 것은 어떨지요. "부산행이나 목포행 열차의 한 칸쯤은 젊은이들을 위해 무료로 운영해봅시다. 미션은 분명히 주어야겠지요. 그 전시회에 가서 김환기를 만나고 오라. 그의 그림 〈산과 달〉을 보고 달이 산 위로 얼굴을 내미는 풍경도 직접 보고 오라."

철없는 몽상일지도 모릅니다. 그러나 우리가 젊은이들에게 가르쳐야 할 것이 빵 굽는 법이나 컴퓨터 기술처럼 실용적인 일만은 아닐 것입니다. 인간을 사랑하고 세상을 이해하는 방식이 생각보다 많음을 일러주었으면 합니다. 미술과 음악과 문학의 끝없는 경계를 확인하고 오게 했으면 좋겠습니다.

젊음의 동력을 키우는 방법 하나가 상상력을 키우는 것임을 부인할 사람은 없을 것입니다. 그런 점에서 미술관은 이상적인 학교입니다. 김환기 선생에게는 개별적 존재를 보편으로, 특수를 전체로 확대시켜가는 미의식(이경성의 김환기 작가론 참조)을 배울 수 있을 것입니다.

대구미술관에서 생각합니다. 문화와 청춘의 접점을 어떻게 더 늘려갈 것인가를 고민해야 할 때입니다. 젊은이들로 하여금 그림을 보는 것이 얼마나 위대한 수업인지를 경험케 했으면 좋겠습니다. 미술관엔 작가의 체취가 있습니다. 이 전시장에는 동경과 파리와 뉴욕을 돌아온 김환기, 영혼의 '아우라'가 실물로 있습니다.

연극 〈맥베스〉에 셰익스피어는 나오지 않습니다. 「노인과 바다」를 펼쳐도 소설가 헤밍웨이를 만나진 못합니다. 그러나 화가는 죽어서도 관객과 '일대일'로 만납니다. 지금 제 가슴은 정자옥, 아니 조지야 화랑에서 김환기를 만나고 있는 신의주 청년처럼 설렙니다.

96

압구정동에서

인도 여행에서 돌아오는 사람들의 태도는 크게 둘로 나뉩니다. 한 부류는 고개를 절레절레 흔들거나 손사래를 치며 단언합니다. "내가 여기 다시 오나 봐라." 다른 한쪽은 그윽한 표정으로 꿈꾸듯이 말합니다. "언제 또 올 수 있을까." 이상한 일입니다. 같은 나라의 출국 소감이 어쩌면 이렇게 극과 극일까요.

관점의 문제입니다. 구청이나 백화점 문화센터에서 같은 강의를 들은 두 수강생의 상반된 평가에 견줄 수도 있습니다. "괜히 돈만 버렸어. 재미도 없고, 배울 것도 없는데." 어떤 교실이든 그렇게 말하는 사람이 있듯이, 반대 의견도 꼭 있게 마련입니다. "많은 것을 생각하게 해준 강의였어. 기회가 되면 다시 듣고 싶어."

경구 하나가 불쑥 떠오릅니다. "여행은 가장 좋은 스승이다. 그런데 수업료가 너무 비싸다." 저는 아직 이보다 멋진 여행의 정의를 듣지 못했습니다. 직접 보고 듣고 느끼고…… 100퍼센트 실습이니, 수업료가 비쌀 수밖에요. 그러나 저는 이것 역시 학생에 따라 다르다고 생각합니다.

어떤 마음으로 여행이란 학교에 들어가느냐의 문제지요. 구경꾼으로 떠나는 사람과 출발에 앞서 여행의 충실한 제자가 될 것을 다짐하는 사람. 시작하는 마음이 다른데 배움과 깨달음의 결과가 어찌 같겠습니까. '돈만 버렸다'는 후회의 원천은 여행지에 있는 것이 아니라 여행자 자신에게 있습니다.

책에도 적용됩니다. 저는 가끔 학생들에게 이런 질문을 합니다. "세상에서 제일 싼 물건이 무얼까요?" 다양한 의견들이 나오지만 제가 원하는 단어는 쉽게 나오지 않습니다. 당연합니다. 저 혼자서 옳다고 믿는 답이니까요. 고백하건대 이 문답은 선생만 재미있고 즐거운 것인지도 모릅니다. 멋쩍으니 목소리만 높입니다.

"생각들 해보십시오. 어떤 책은 지은이가 몇 년을 연구 노력해서 얻은 결과물일 것입니다. 어떤 저자는 평생을 바쳐 찾은 인생의 지혜를 엮었을 것입니다. 목숨을 건 투쟁의 성과도 있겠지요. 피땀의 결실을 만 원에 팔고 만 오천 원에 팝니다. 얼마나 헐값입니까. 한 인간이 생각한 전부, 한 생애가 이룩한 모든 것을 갖는데."

급기야 한 세상이 신기루처럼 일어났다 스러집니다. '서점은 백화점 일층에 있어야겠다. 상상만으로도 아름답지 않은가. 보석 코너와 화장품 매장 사이로 책방이 보이는 풍경. 소설책 한 권이 향수나 브로치보다 고급의 쇼핑 대상이 되는 사회. 천만 원짜리 시집 한 권을 훔치다 붙잡힌 문학청년 얘기가 톱뉴스가 되는 나라.'

제 얘기는 그렇게 흘러서 여행 예찬이 됩니다. "책만 책이 아닙니다. 영화, 건축, 그림, 조각, 음악, 스포츠······ 책 아닌 것이 없습니다. 지구는 어마어마한 두께의 책입니다. '미국 어디까지 가봤니?'라는 질문은 '미국'이란 책을 몇 쪽이나 읽어봤냐는 물음이지요. 젊은 날엔 여행을 많이 하십시오."

이런 잔소리 끝엔 으레 받게 되는 질문이 있습니다. "추천하고 싶은 여행지가 있으신지요?" 필독 도서 목록 확인처럼 진지한 물음일 때, 저는 '인도'를 이야기합니다. 워낙 큰 책이라서 축약본 한 권을 소개합니다. 가장 인도다운 곳입니다. 바라나시Varanasi.

제 기행 수첩에는 이런 문장으로 남아 있는 곳입니다. '이 도시와 친해진다는 것은 냄새와 소음과 먼지에 익숙해지는 것이다.' 인간의 풍경과 삶의 리얼리티만으로 도시의 등급을 매긴다면, 뉴욕도 바라나시에 절해야 할 것입니다. 바라나시는 온몸으로 기억되고 오감으로 기록되는 곳입니다.

갠지스강은 이 도시의 다른 이름인지도 모릅니다. 인도 사람들이 어머니의 품으로 받들어 모시는 성스러운 물줄기지요. 두 번 가봤을 뿐인데, 툭하면 눈에 밟힙니다. 마침 인도 국민 배우(아딜 후세인)가 그 강(영화 〈바라나시〉)을 들고 왔다는 소식을 들었습니다. 하도 반가워서 압구정동까지 단숨에 달려왔습니다.

겨우 찾아낸 상영관입니다. 〈바라나시〉를 만났습니다. 상영 시각은 밤 아홉시 이십분. 관객을 세어보니 저까지 일곱 명. 그립던 소식을 듣는데, 아무려면 어떻습니까. 생로병사가 평등한 갠지스 강변에 앉아 길 떠나는 아버지와 멀리 배웅 나온 아들의 이야기를 들었습니다.

두루 알다시피 이 나라 사람들 대부분은 여기서 삶을 마감하는 것이 소원이지요. 원제가 그런 로망을 품고 있었습니다. '호텔 셀베이션Hotel Salvation'. '구원' 혹은 '열반 호텔'? 물론 말이 호텔이지요. 피안행 여객터미널 대합실이라 해도 좋을 것입니다. 그러나 어둡고 무겁지만은 않습니다.

차를 마시며 웃고 떠듭니다. 서로 사귀고 모여서 TV를 봅니다. 안녕과 평화의 인사가 오가고 사랑과 배려가 빛나는 곳입니다. 위대한 건축가 르 코르뷔지에의 말이 생각납니다. "죽음은 출구. 여길 찾아 일생을 헤맨다."

97

동물원에서

'아프리카에서 상아가 없는 코끼리가 태어나고 있다.' 뉴스를 보는 순간 코끼리가 보고 싶어졌습니다. 코끼리는 전부 상아를 가졌다고 믿어온 제겐 무척 놀라운 소식이었습니다. '지구의 나쁜 미래를 예감케 하는 불길한 조짐은 아닐까?' 경망스러운 생각을 하면서 동물원까지 왔습니다.

'상아 없는 코끼리'에 대한 추론은 두 가지더군요. 첫째는 자연적 도태라는 견해입니다. 상아가 살육의 목표가 된다는 것을 본능적으로 알아차린 코끼리들의 생존 전략이란 것입니다. 그럴 법한 얘기입니다. 탐낼 것도 빼앗을 것도 없는 상대에게 총구를 겨눌 이유는 없습니다.

저는 지금 멀거니 코끼리 우리를 들여다보고 있습니다. 네 마리인데 한 가족처럼 보입니다. 그런데 상아가 눈에 띄질 않습니다. 이들도 같은 운명일까 궁금해집니다. 반대 의견이 믿고 싶어집니다. "코끼리라고 모두 상아를 가진 것은 아니다. 상아 없는 코끼리의 갑작스러운 증가는 유전적 요인에 의한 단순한 진화다."

사실이면 좋겠습니다. 남아프리카공화국 '코끼리 국립공원'의 특수 환경에서 비롯된 일시적 변화란 결론이 나길 기대해봅니다. 별것도 아닌 일을 침소봉대하여 호들갑을 떤 것이었으면 좋겠습니다. 다행히 전문가들도 이쪽에 무게를 두는 눈치입니다. 그런데 이 대목에서 왜 '도둑이 제 발 저리다'라는 속담이 떠오를까요?

저는 발이 저립니다. 지구인의 과오에 대한 자각이며 반성입니다. 저 또한 공범일 수 있다는 무언의 자백입니다. 밀렵꾼들만 손가락질할 게 아니지요. 누가 자신은 코끼리나 상아와 전혀 관계가 없다고 말할 수 있을까요. 손을 드는 사람이 있다면, 그는 불감증 환자입니다. 발이 저려야 정상입니다.

코끼리는 우리 생활 깊숙이 들어와 있습니다. 피아노 건반, 공예품, 장신구, 당구공, 단추, 도장…… 상아의 쓰임새는 생각보다 훨씬 폭넓고 다양합니다. 제 책상 서랍 안에도 있습니다. 인감도장입니다. 세계자연기금식으로 말하면 저 역시 '범죄 용의자'입니다. 그들의 광고 한 편이 떠올라서 하는 말입니다.

비주얼은 아름다운 구두를 신은 여인의 발. 거기에 이런 헤드라인이 달려 있습니다. "그녀는 방금 국제적인 밀수 조직에 가담했습니다She's just stepped into an international smuggling ring." 사진 속 구두는 인도

산 비단뱀 가죽 제품. 당연히 온당한 거래의 산물이 아닙니다.

말이 났으니 말이지만, 지구와 생명에 관한 모든 사건은 '연좌제'로 다스려야 마땅할 것입니다. 그 고약한 형사 제도가 자연과 환경을 위협하는 범죄에 대한 응징 방식으로는 꼭 알맞다는 생각이 듭니다. '지구촌'이란 말이 축제에나 쓰여선 안 됩니다. 마을 안의 모든 문제는 마을 사람 전체의 숙제입니다.

코끼리의 일 역시 지구의 일입니다. 인도의 종교적 서사시가 노래한 것처럼 코끼리는 '세계의 기둥', 만물의 상징이며 대표입니다. 코끼리는 사람들 가슴을 들락거리고心象, 천지간에 가득합니다森羅萬象. 형상, 현상, 인상, 대상, 물상…… 모두 코끼리가 끌고 갑니다. 글자 하나가 온갖 사물과 풍경을 밀고 갑니다.

어쩌면 당연한 일입니다. 코끼리는 우주를 구성하는 요소와 인자를 한몸에 모두 품고 있습니다. 용도 아니고 범도 아니고 봉황도 아니고 기린도 아닌, 코끼리象란 글자가 괜히 그 자리에 앉았겠습니까. 연암 박지원의 『열하일기』에도 코끼리 얘기가 나옵니다. 북경에서 처음 코끼리를 보고 찬탄하는 글인데, 그림 같습니다.

"……몸뚱이는 소 같고, 꼬리는 나귀와 같으며, 낙타 무릎에, 범 발톱에, 털은 짧고 잿빛이며 성질은 어질게 보이고, 소리는 처량하고 귀는 구름장같이 드리웠으며, 눈은 초승달 같고, 두 어금니는 크기가 두 아름은 되고, 길이는 한 길이 넘겠으며, 코의 부리는 굼뱅이 같으며, 코끝은 누에 등 같은데……"

사진을 찍으며 동물원 관계자에게 물었습니다. "아시아 코끼리는 상아가 없나요?" 암컷의 경우엔 '아주 짧거나 없다'는 답이 돌아왔습니다. 그 말을 들으니 더욱 '짠한' 생각이 듭니다. 이빨 빠진 호랑이나 발톱이 없는 독수리의 모습이 포개집니다. 창도 잃고 칼도 잃은 장수의 얼굴이 겹쳐집니다.

인도와 스리랑카가 떠오르고, 코끼리들이 사람들과 어울려 사는 동남아 여러 나라가 생각납니다. 먼 데서 온 이주 노동자들의 커다란 눈망울도 그려집니다. 그들도 더러는 여기 올 것입니다. 코끼리와 눈을 맞추면서 고향 이야기를 할 테지요. 눈빛만으로도 많은 말을 주고받을 것입니다.

코끼리가 먼저 눈물을 흘릴지도 모릅니다. 아직도 기억이 생생한 인도 영화 〈신상神象〉의 코끼리 라무처럼 말입니다. 불경에 의하면 코끼리는 전생까지 기억한다지요.

98

인사동에서

풍경이 많이 변했습니다. 익숙한 간판들보다 낯선 상호들이 더 많아 보입니다. 이 길도 서울 여느 거리와 별반 다를 바 없어져가는 느낌입니다. 저도 어느새 회고 습관이 든 것일까요? 어제와 오늘을 자주 견줍니다. 달라지는 삶의 '문법'을 아이처럼 익히고 바뀌는 게임의 '규칙'을 자꾸 들여다봅니다.

이 길 위에는 제 살던 집을 나그네에게 묻고 있는 사람도 있을 것만 같습니다. 눈 감고도 걷던 길을 두리번거리며 지나는 마음을 헤아려봅니다. 밀려나는 것들은 무엇이나 안쓰럽습니다. 걱정이 새끼를 칩니다. '조선'이나 '한양'의 흔적을 기대하며 이곳을 찾아오는 외국 관광객들에게도 공연히 미안해집니다.

문제와 답이 뒤엉킵니다. '인사동이 젊어졌다고 해야 하나, 새로

위졌다고 해야 하나. 현대화라 해야 하나, 세계화라 해야 하나. 주저앉으려던 집들을 반듯하게 일으켜세우고 세월의 먼지와 티끌을 털어내는 것이야 누가 뭐랄까. 부모님 늙은 얼굴에 화색이 도는 것처럼 반가운 회춘의 기미라면 얼마나 좋을까.'

이런 생각들을 하며 걷다보니 약속 장소입니다. 윤선생의 '노상 路上 작업실'입니다. 가로수에 빨래들처럼 내걸린 그림들이 인사를 건넵니다. 초록색의 별과 풀꽃과 돌고래가 그려진 티셔츠와 손수건들입니다. 그는 십팔 년 동안 날짜와 시간을 정해두고 이 자리에 나와 그림을 그렸습니다. 페인트공의 행색으로 지구를 지킵니다.

'날마다 지구의 날everyday earth-day'이란 명제를 선승의 화두처럼 삼백육십오 일 안고 삽니다. 지구를 생각하는 일이 생활입니다. 환경운동을 하되 김구 선생이나 윤봉길 의사처럼 합니다. 옳다고 믿는 것은 곧바로 실천으로 옮깁니다. 말과 행동이 다르지 않습니다. 주변 사람들을 실망시키는 법이 없습니다.

저는 그의 광신도입니다. 그의 이상과 신념을 '그리니즘Green-ism'이라 부르고 그를 교주로 모십니다. 강연을 하러 가면 그의 그림부터 걸어놓고 시작합니다. 온갖 동식물 실루엣으로 사람의 얼굴을 형상화한 것입니다. 인간이 자연의 일부라는 것과 모든 생명체와 동등한 존재라는 메시지를 담은 작품이지요.

그는 오늘도 뙤약볕 아래 엎드려 그림으로 복음을 전합니다. 마침 중국 젊은이 한 사람이 입고 있는 옷에 그림 선물을 받고 있습니다. 반쯤 누워서 선생의 붓질이 끝나길 기다립니다. 이윽고 흰 셔츠에 푸른 별 하나가 생겨납니다. 친구들이 박수를 칩니다. 호기심의 눈길들이 이내 존경의 시선으로 바뀝니다.

저만치서 일인 시위를 하던 사람이 선생 곁으로 다가와 허리를 굽힙니다. '설악산 케이블카 설치 반대'라 쓰인 피켓을 들었습니다. 초록 모자를 쓰고 녹색 천을 치마처럼 둘렀습니다. 팔뚝엔 산양의 문신이 보입니다. 선생이 그림으로 전하는 이야기를 이 남자는 온몸으로 말하고 있습니다.

두 남자가 꿈꾸는 세상에 제 생각도 보태고 싶어집니다. '아름다운 풍경은 불편을 감수하는 사람에게 주어지는 상이어야 한다.' 제 오랜 믿음입니다. 설악산의 비경은 숨이 턱에 차도록 걸어오른 자만이 만날 수 있게 해야 합니다. 금강산 비로봉이나 만물상도 수천 년 불편한 길 끝에 숨어 있어서 금강산일 것입니다.

선생 댁엔 냉장고가 없습니다. 처음부터 없던 것은 아닙니다. 자동차를 버리고 집에서 식판을 쓰더니 그것마저 치운 것이지요. 많은 이가 놀라워하며 묻습니다. '냉장고 없이 어떻게 살지요?' 그의 답은 아주 심플합니다. "지구 위엔 냉장고 없는 사람이 가진 사람보다 수십 수백 배 많습니다."

모두가 냉장고 없는 삶을 따르라는 이야기는 물론 아니지요. 지구를 위해 사람이 무조건 참고 견뎌야 한다는 것은 더욱 아닙니다. 인간의 '리모컨'으로 산천을 움직이고 지배해선 안 되겠다는 것입니다. 인간이 편리해지고 편안해지는 동안 지구는 자꾸 열이 오르고 숨이 가빠진다는 것을 잊지 말자는 뜻입니다.

이 대목에서 최근에 쓴 제 동시 한 편을 소개하고 싶어집니다. 제목은 「부자 나라」. "하느님께서 주신 것을/천만년 전에 주신 것을//처음 받을 때와 별로 다르지 않게/아직도 새것처럼 쓰고 있어서/돈 주고 살 것이 별로 없는 나라//히말라야 산속 나라들처럼/남태평양 섬나라들처럼".

안나푸르나의 만년설을 떠올리며 썼습니다. 망망한 바다 위의 섬들도 생각했습니다. 저는 정말 궁금합니다. 태초에는 하나같이 '새것'이었던 하늘 땅 바다가, 어디는 아직도 새것이고 어디는 아주 망가져버렸을까요? 종교와는 상관없는 얘기입니다. 그저 동화적인 발상일 뿐이지요.

철없는 몽상은 꼬리를 뭅니다. 서울에도 산골 마을이 있고 시내 한복판에도 섬 하나쯤 있으면 어떨까요? 헛소리지요? 그래도 빌고 싶은 소원 하나. 먹의 향기와 화장품 냄새는 섞이지 않기를! 인사동은 인사동, 설악산은 설악산이기를!

99

익산에서

비가 많이 옵니다. 아니, '온다'라는 표현으로는 부족합니다. 숫제 퍼붓습니다. 수박밭 원두막이나 산속 암자 툇마루가 눈에 삼삼해서 집을 나섰습니다. 그런 곳에서 빗줄기나 하염없이 바라보았으면 하는 생각이었습니다. 머리를 텅 비우고 허깨비처럼 앉아 있고 싶었습니다.

어디든 빨리 떠나는 기차표를 사 들고 오다보니 여깁니다. 익산 미륵사지. 결국은 절에서 비를 봅니다. 백제의 풀밭에 내리는 비 구경만도 좋은데, 꿈에 그리던 '임'이 곁에 있습니다. 미륵사지 석탑. 해체해서 다시 세운다는 소식이 들릴 때부터 간절히 보고 싶었지요. 대학생 시절에 보고 오늘 다시 봅니다.

알려진 대로 복원 공사는 마무리 단계입니다. '복원'이란 허구적

어휘는 여전히 싫지만, 그래도 고맙고 반가운 일입니다. 본래 모습까지는 아니라도 백 년 전쯤으로 돌려놓는다니! 조선총독부가 시멘트로 박제 형국을 만들어놓기 이전 상태로 말입니다. 막혔던 숨통을 여는 일입니다.

1934년 우현 고유섭은 이 탑에 관한 논문에 '익산 용화산 아래 버려진 다층탑'이라고 쓰면서 가슴 아파했지요. 그의 제자(황수영)는 이렇게 표현했습니다. "이 탑은 금세기 초에 붕괴된 그대로 '응급 수리'한 것으로, 기이한 모습 그대로 서 있다…… 첫 인상은 '큰 돌로 세운 빌딩' 같은 느낌……"

이 무렵의 사진 속 풍경은 더욱 처연합니다. 덩치가 커서 더 슬퍼 보입니다. 탑 뒤로 보이는 여남은 채의 초가집들이 어깨를 들썩이며 울고 있는 것 같습니다. 흉가처럼 서 있는 석탑 옆으로 식민지의 농부가 지게에 나뭇짐을 지고 갑니다. 탑이 건축의 장르에 들어간다는 사실이 새삼스러워집니다.

집주인을 생각합니다. 탑은 부처의 무덤이니, '부처의 집'입니다. 미륵사 탑이니 '미륵의 집'입니다. 오십육억 칠천만 년 뒤에 오실 미래불의 집이니 '시간의 집'입니다. 『삼국유사』를 믿자면 무왕과 선화공주의 설화가 층층이 쌓인 '사랑의 집'입니다. 신동엽의 시(「금강」 19장)를 따르자면 '백성의 집'입니다.

복원공사 현장은 육층 높이 가건물입니다. 관람객을 위한 통로 계단을 오르내리며 미니어처를 보듯이 탑의 전신을 봅니다. '지붕돌' 위를 내려다보고 살짝 접어올린 '처마 귀'를 쳐다봅니다. 탑의 허리를 눈높이에서 보고 시멘트 덩이가 사라진 뒤태를 봅니다. 참으로 황홀한 집 구경입니다. 집들이에 초대받은 느낌입니다.

공사가 끝나고 가림막이 벗겨지면 어떻게 이 각도와 이 높이에서 탑을 볼 수 있겠습니까. 사방으로 문이 나 있는 일층 중심부에서 은은한 빛이 뿜어져나옵니다. 등불을 밝혀둔 모양입니다. 거대한 석등 같습니다. 한국은 석탑의 나라, '동방 최고의 석탑東方石塔之最'이 스스로 뿜어내는 신광身光인지도 모릅니다.

밖에는 비가 내리는데 '돌집' 안엔 온기가 가득합니다. 화강암 말간 피부에 피가 도는 것처럼 발그레한 기운입니다. '이 빗속에 어딜 가느냐'는 식구들 걱정을 무시하고 내려오길 잘했습니다. 푸른 비 내리는 바깥 풍경이 거대한 연못처럼 보입니다. 그렇다면 이 탑은 새로 피어나고 있는 연꽃입니다.

아주 싱겁고 실없는 생각도 하나 일어납니다. 1961년 문교부가 펴낸 국보 도록에는 이 탑이 '국보 59호'로 나옵니다. 지금은 11호지요. 그것이 그저 등록번호에 불과하다는 것은 알면서도 탑의 가치와 품격에 대한 새로운 자리매김으로 이해하고 싶어집니다. 사랑에 빠진 사람의 유치한 집착입니다.

사랑에는 이유가 많습니다. 어떤 핑계도 통하고 무슨 이야기라도 빌미가 됩니다. 비 오는데 무엇하러 왔느냐 물으면 빗속에서 보고 싶었다 하면 됩니다. 꼭두새벽이라면 해 뜰 때까지 도저히 기다릴 수 없었노라고 말하면 됩니다. 한밤중에 웬일이냐 물으면 달빛 물든 얼굴이 보고 싶었다면 그만입니다.

이 탑은 올해 연말에 달빛 아래 나온다지요. 그 밤에 다시 와보고 싶습니다. 작가 현진건이 소설『무영탑』에서 묘사한 '무영탑'과 견주어보고 싶어집니다. "초생 반달이 탑 위에 걸렸다. 그 빛 물결은 마치 흰 비단오래기 모양으로 탑 몸에 휘감기어 빛과 어둠이 서로 아르롱거리며 아름다운 탑 모양은 더욱 아름답게 떠오른다."

무영탑은 백제의 아사달이 가서 지었고 미륵사지 탑은 신라의 백공이 와서 도왔다지요. 그렇다면 두 탑 모두 국제적인 명품. 국경을 넘은 러브스토리를 품은 것까지 같습니다. 이 탑의 달밤엔 선화공주가 보이고 불국사 무영탑엔 아사녀의 슬픈 그림자가 어른델 것입니다.

100

연못에서

연꽃의 계절입니다. 꽃들의 아우성이 귓가에 쟁쟁했습니다. 번쩍번쩍 손을 들고 소리쳐 부르는 연꽃들이 보였습니다. 시흥 관곡지, 강화 선원사지, 양평 세미원…… 멀리는 부여 궁남지, 더 멀리는 무안 백련지까지. 이름난 연못들을 차례로 짚어나갔습니다. 관곡지와 백련지가 제일 나중까지 남았습니다.

관곡지는 우리나라 연꽃의 역사가 시작된 곳. 조선 초기 강희맹이 중국에서 씨앗을 가져다 처음 심은 곳입니다. 시흥이 '연꽃 도시'로 불리는 까닭이지요. 백련지에선 연꽃의 지평선이 보입니다. 한 농부가 몇 뿌리 심은 것이 삽시에 끝도 없이 퍼져나가서 오늘의 장관을 이룬 것입니다.

한 곳은 너무 가깝고 한 곳은 너무 멉니다. 멀든 가깝든 도로 사정과 교통 상황 눈치를 보기는 마찬가지입니다. 가까운 곳은 그만큼 많은 사람이 모여들어서 까딱하면 차 안에 갇히기 십상입니다. 먼 데로 욕심을 부렸다간 오늘 안에 돌아오기 어려울 테지요. 게다가 꽃 나들이라고 어디 꽃만 보고 오게 됩니까.

순간 '첫사랑' 같은 이름이 떠올랐습니다. 전주 덕진연못. 제 기억 속의 그곳은 연꽃 바다지요. 바다를 처음 본 산골 소년처럼, 알프스를 처음 본 남국 소녀처럼 황홀했습니다. 사실 저는 그때 처음 연꽃을 보았을 것입니다. 연꽃도 연꽃 축제도 흔치 않던 시절이었으니까요.

그때까지 저는 꽃의 얼굴도 모르면서 '연화문 기와' '연화문 청자연적' 이름만 외웠습니다. 부처님 연꽃 자리는 알았으나 거기 새겨진 '복련覆蓮'의 실물을 본 것은 한참 뒤였습니다. 철 지난 연잎은 실제로 그렇게 홀렁 뒤집혀 있더군요. 연잎에 싼 밥이 훌륭한 도시락인 것도 먹어보고야 알았습니다.

상주 민요 '연밥 따는 저 처녀야……' 노래는 곧잘 따라 불렀지만 연밥의 효용은 잘 몰랐습니다. 연뿌리를 본 것도 연근조림맛을 알고 꽤 오랜 시간이 지난 뒤였습니다. 송나라 주돈이의 '연꽃 사랑 이야기愛蓮說'를 배우고 나서야 연꽃이 모란이나 국화보다 윗길임을 겨우 알았습니다.

심청을 태우고 오는 용궁의 탈것이 어째서 연꽃일 수밖에 없는지도 뜨거운 여름날 연못에서 알게 되었습니다. 연잎은 우주선을 만들어도 좋을 만큼 완벽한 재질인 것 같습니다. 거기 구르는 물방

울은 다이아몬드보다 귀해 보입니다. 연밥은 미사일만큼 강할 것입니다. 태양과 일대일로 맞서는 체력이니까요.

연꽃은 천년쯤은 우습게 넘나듭니다. 1951년 일본 식물학자가 동경대 운동장 땅속에서 이천 년 전 씨앗을 캐내어 싹을 틔운 이야기는 유명하지요. 경남 함안산성에서 발굴된 씨앗이 칠백 년 세월을 어제처럼 여기고 아무렇지도 않게 붉은 꽃을 피우기도 했습니다. 홍련이었습니다.

'타임캡슐'이라 해도 좋을 연꽃의 생리를 터득한다면 신라나 로마쯤은 마음대로 오갈 것입니다. 베드로성당이었던가, 바티칸에서 본 돌확 속의 연꽃 한 송이도 떠오릅니다. 덕진연못 연꽃 송이들이 사람의 얼굴로 보입니다. 누군가를 찾아서 두리번거리기도 하고 다시 만날 날을 기약하는 것처럼 눈을 맞춥니다.

언젠가 신문에서 보았던 달라이 라마의 사진이 연못 위에 포개집니다. 어느 도시에서 열린 집회 사진인데, 달라이 라마가 수많은 군중을 향해 손을 흔드는 광경입니다. 그 사진을 굳이 오려둔 까닭이 생각납니다. 제 눈에는 군중이 연못의 연꽃 송이 같고 달라이 라마는 꽃들에게 설법을 하는 부처처럼 보였습니다.

연꽃은 진흙 속에서 피어나는 까닭에 더 많은 찬사와 격려를 받습니다. 하지만 그렇게 유별난 일도 아닙니다. 세상 어느 꽃이 깨끗한 땅에서 피어날까요. 죄와 벌과 수치와 굴욕을 모두 끌어안은 흙, 예토穢土일수록 저렇게 아름다운 꽃이 올라옵니다. 아니라면 강아지 똥에서 피어나는 민들레를 어떻게 설명해야 할까요.

이 풍진 세월을, 우리 마음 깊은 곳에 맑고 고운 연꽃을 피우기 위한 준비의 시간이라고 생각합시다. 타고르의 시편 「기탄잘리 20」을 소리 내어 읽고 싶어집니다. "연꽃이 피던 날 아아, 내 마음은 헤매고 있었고 나는 그것을 몰랐습니다. 내 바구니는 비었는데, 그 꽃을 돌아보지도 않았습니다."

작별 인사를 해야겠습니다. 서정주 시인의 시 「연꽃 만나고 가는 바람같이」로 대신하렵니다. 어느 꽝꽝한 속에서 연꽃 씨로 잠들어 천 년, 이천 년 뒤의 환생을 꿈꾸고 있을 사랑의 주인을 기다려 봅니다.

섭섭하게,/그러나/아조 섭섭치는 말고/좀 섭섭한 듯만 하게,//이별이게,/그러나/아주 영 이별은 말고/어디 내생에서라도/다시 만나기로 하는 이별이게,//연꽃/만나러 가는/바람 아니라/만나고 가는 바람같이//엊그제/만나고 가는 바람 아니라/한두 철 전/만나고 가는 바람 같이

작
가
의　말

행성을 향하여

서초동 향나무에게서 살아남은 자의 슬픔을 보았습니다. 여름날 하루는 황성 맹인 잔치 가는 길의 심학규씨 타는 가슴을 내 것처럼 느꼈습니다. 남대문시장을 지나다가 길을 묻고 답하는 일은 AI나 기계장치의 역할이 아니라 끝내 사람의 일이어야 함을 믿게 되었습니다. 제주도 성산포 가는 길의 카페 '바다는안보여요'가 솔직한 고백의 힘을 깨치게 했습니다.

길이 말을 걸어오고 풍경이 이야기를 들려주었습니다. 걸었던 길의 수효만큼 글이 남았습니다. 멋대로 쓰는 글을 백 차례나 흔쾌히 실어준 신문사 아시아경제와 마음의 길동무가 되어준 허진석 시인 고맙습니다. 덕분에 제 신발의 주행거리가 크게 늘었습니다.

여기 옮겨놓고 싶은 졸시 한 편이 있습니다.

　　지구를 지났다, 신발을 벗었다

　　여기서부터는

　　나도 별이다

　　　　　　　　　　　　　　　　　—「행성입문行星入門」 전문

별이 되기 전까지는 계속 걸어야 합니다.

　　　　　　　　　　　　　2021년 오늘

　　　　　　　　　　　　　아직은 행인

　　　　　　　　　　　　　윤제림

걸어서 돌아왔지요
ⓒ윤제림 2021

초판 1쇄 인쇄 2021년 9월 8일
초판 1쇄 발행 2021년 9월 16일

지은이 윤제림
펴낸이 김민정
책임편집 김동휘   편집 유성원 송원경 김필균
표지 디자인 한혜진
본문 디자인 신선아
마케팅 정민호 김도윤 방선영
홍보 김희숙 함유지 김현지 이소정 이미희 박지원
제작 강신은 김동욱 임현식
제작처 영신사
펴낸곳 난다
출판등록 2016년 8월 25일 제406-2016-000108호
주소 10881 경기도 파주시 회동길 210
전자우편 nandatoogo@gmail.com
트위터 @blackinana 인스타그램 @nandaisart
문의전화 031-955-8875(편집) 031-955-2696(마케팅) 031-955-8855(팩스)

ISBN 979-11-88862-87-0 03810